KB125789

구도자 마음으로

세상을 바꾸는 따뜻한 목소리들

이 도서의 국립중앙도서관 출판예정도서목록(CIP)은 서지정보유통지원시스템 홈페이지(http://seoji.nl.go.kr)와 국가자료종합목록 구축시스템(http://kolis-net.nl.go.k)에서 이용하실 수 있습니다.(CIP제어번호 : CIP2019024297)

구도자 마음으로

세상을 바꾸는 따뜻한 목소리들

초판 1쇄 인쇄 / 2019년 7월 25일
초판 1쇄 발행 / 2019년 7월 29일

엮은이 / 김기태, 강지원
글쓴이 / 김경태 외 27인
펴낸이 / 한혜경
펴낸곳 / 도서출판 異彩(이채)
주소 / 06072 서울특별시 강남구 영동대로 721, 1110호(청담동, 리버뷰 오피스텔)
출판등록 / 1997년 5월 12일 제16-1465호
전화 / 02)511-1891
팩스 / 02)511-1244
e-mail / yiche7@hanmail.net

ISBN 979-11-85788-19-7 03810

※값은 뒤표지에 있으며, 잘못된 책은 바꿔드립니다.

구도자 마음으로

세상을 바꾸는 따뜻한 목소리들

사회운동가 강지원 변호사가 소개하고,
출판평론가 김기태 교수가 묻다

이채

목 차

2부 아동·청소년의 전인적 성공

3부 장애·성 피해·빈곤을 위한 봉사

4부 공동체의 사랑과 정의

| 머리말 |

한때의 스타는 아무나 될 수 없지만,
구도자는 누구나 될 수 있습니다

김기태

출판평론가, 세명대 디지털콘텐츠창작학과 교수

1

우리 사회에는 따스한 세상 만들기에 힘을 보태려는 사람들의 크고 작은 노력이 꾸준히 있어 왔습니다. 그 안에는 우리네 한 사람 한 사람의 변화를 도모하려는 노력이 있는가 하면, 우리 공동체의 근본적인 변화를 위한 것도 있어 왔지요. 누구랄 것도 없이 모두 뜻하는 바가 다르고 관심 두는 영역도 다릅니다. 그러나 그 무언가를 향한 끝없는 발자취가 모여 결국엔 우리네 세상을 한 발짝 한 발짝 변화시켜 나갈 것만은 분명합니다. 나비효과라고나 할까요. 우리 사회를 변화시키려는 날갯짓을 하는 나비들이 많아질수록 우리가 사는 세상은 후세에 이르도록 살 만한 곳으로 남아 있게 될 겁니다.

바로 그런 날갯짓에 여념이 없는 나비 같은 사람들 가운데 유난히 돋보이는 인물을 꼽아보라면 저는 주저 없이 강지원 변호사를 떠올리곤 합니다. 부정부패에 연루된 정치인들을 벌벌 떨게 했던 검사 출신으로 초대 청소년보호위원장을 지낸 법조인이면서 우리 사회 변화를 위한 다양한 실천으로도 널리 알려진 사회운동가인 동시에, TV와 라디오 등 대중매체에서 각종 프로그램 진행과 출연으로 방송인이나 다름없이 잘 알려져 있는 강지원 변호사, 바로 그이가 맞습니다.

저는 개인적으로 1990년대 중반, 한참 서슬 퍼런 부장검사의 위력을 뒤로한 채 청소년 지킴이로 탈바꿈하던 시절에 편집자로서 그를 처음 만났습니다. 우여곡절 끝에 그를 저자로 섭외하여 『욱하다 깨달은 성자』(도서출판 연봉, 1995), 『나쁜 아이는 없다』(삼진기획, 1998)와 같은 책들을 기획하고 출판했던 편집자로 만나 인연을 맺은 지 어언 20여 년의 세월이 훌쩍 흘렀습니다.

어느 날 문득 마주앉은 그를 바라보다 오늘따라 유난히 눈부신 백발이 예사롭지 않다는 걸 느낄 즈음, 그가 고희를 맞이했다는 소식이 들려왔습니다. 당신 이름을 앞세워 세상에 나서는 걸 극도로 꺼리는 그에게 뭔가 기억에 남을 만한 소재들이 있지 않을까 생각하다 '강지원이 소개하는 작은 날갯짓'으로서 '행복한 동행'을 경험한 사람들의 이야기를 모아보는 건 어떨까 싶었습니다. 그래서 그에게 자신이 지금까지 관여해 온 여러 사회운동 중 우리 사회의 주역으로 성장해야 할 후진들에게 꼭 소개하고 싶은 것이 있는지, 소개하고 싶은 것들은 무엇인지, 그 내용들을 소개할 만한 필자들을 섭외해 줄 수 있는지 물었습니다.

강지원 변호사(그를 만난 사람들은 언제부턴가 '변호사'보다는 '선생님'의 친근한 표현인 '쌤'이라고 부르곤 합니다. 그래서 앞으로는 그를 '강지원 쌤'이라고 하겠습니다) 입장에서는 자신을 회고하는 기회도 될 것이고, 글을 읽는 이들에게는 우리 사회의 발전적 변화를 위한 여러 가지 시사점을 얻을 수 있는 또 다른 기회가 될 수 있을 것이라고 생각했기 때문입니다. 다만 강지원 쌤은 정치적으로나 사회적으로 요란하게 갈등하고 싸우는 방식들은 권장하지 않는 분이기에 그런 주제는 다루지 않아도 된다고 말씀드렸습니다.

필자 천거와 섭외를 부탁 받은 강지원 쌤은, 자신은 일평생 스스로 앞장서서 어떤 조직을 만들거나 단체를 구성해본 적이 없다고 회고했습니다. 그저 이분 저분이 좋은 일이라고 하면 한동안 골똘히 생각해보고, 옳다고 생각되면 그저 작은 힘이나마 보태고 지원하려 해 왔을 뿐이라고 했습니다. 그래서 자신의 이름도 '지원'을 잘한다' 하여 강 '지원'이라며 웃겼습니다. 그는 확실히 따뜻하고 다소곳한, 그리고 공동체의 사랑과 정의를 추구해 온 사회운동가입니다. 그에게 필자 섭외와 청탁을 부탁한 이유 중의 하나지요.

2

강지원 쌤의 2018년 7월호 《퀸》 창간 28주년 기념 특별초대석 인터뷰는 이렇게 시작합니다.

'청소년 지킴이'부터 '한국 최초 매니페스토 대선 후보', '노르딕워킹 실천가', '통곡물자연식운동본부 상임대표' 그리고 가장 오래된 '적성 찾기 운동'에 이르기까지, 평생 다양한 일을 해 온 강지원 변호사. 그러나 어느덧 나이 70세를 넘은 그는 여전히 철이 더 들어야 한다고 스스로를 채찍질했다. 앞으로는 더욱 구도자적(求道者的)인 삶을 목표로 삼겠다는 강 변호사. 그는 현재 자신의 지덕체(知德體)를 통해 인생을 완성해가고 있었다. 종로 소격동의 한 카페에서 만난 그가 나이가 들면서 깨달은 것들에 대해 찬찬히 늘어놓았다.

소격동은 그가 소싯적 노닐던 곳이다. 아내인 김영란 전 대법관과 결혼한 때까지 25년 동안 쭉 이곳에서 살았다. 오랜만에 고향을 찾은 듯 잠시 추억에 젖은 그는, 불현듯 서울을 떠나 화성으로 주거지를 옮긴 이유에 대해 이야기했다.

"저는 서울 탈출론자예요. 이렇게 밀집된 곳에서 치열하게 경쟁하며 사는 삶이 싫어졌어요. 미세먼지도 아주 고약하고요. 나이 60이 지나면서 그런 생각이 들었지요. 그때부터 사무실도 접고, 차도 없애며, 돈이나 사회적인 권력에서 해방되려고 부단히 노력했어요. 젊은 시절 남에게 보이는 삶에 치중했던, 눈앞에 보인 이욕을 위해 살았던 저 자신에 대해 회개하고 반성했습니다. 철 좀 들어야겠더라고요."

그로부터 어언 10년이 지난 지금은 어떻게 변했을까?

"요즘 70이 넘고 보니 '진짜' 철이 들어야겠다는 생각이 더 간절해졌지 뭐예요. (웃음)"

문득 그에게 '철이 든다'는 것은 무엇을 의미할까 궁금했다.

"비로소 구도자적인 삶을 사는 거지요."

더 나아가 그는 자신 같은 사람도 구도자적으로 살 수 있을 뿐 아니라, 간디나 슈바이처 등 대단한 인물이 아니더라도, 누구나 자신의 인생을 구도자적으로 살 수 있다고 믿는다고 말했다. 사회가 지나치게 탐욕적이고 이기적이며 경쟁체제 구도하의 자본주의로 흐르는 것이 아니라, 서로 공생하고 공존하며 화해하고 발전하는 공동체로 향해야 한다는 뜻에서다. 그의 표현을 빌리면, '구도자적인 공동체', '구도자적인 국가'라고도 할 수 있겠다. 이는 그가 나름대로 잡은 삶의 방향이다.

—송혜란 기자

구도자적 삶은 누구에게나 가능하다는 것, 그리고 우리네 공동체는 구도자적 자본주의를 추구해야 한다는 것. 이런 삶을 이야기하며 자신을 채찍질하는 강지원 쌤은 오늘도 어디선가 환하게 따뜻한 웃음을 짓고 있을 겁니다. 그 역시 욱하며 분노하고 호통치는 경우가 없지 않았을 것입니다. 그러나 그는 늘 회개하고 반성한다고 말합니다. 아직도 철이 덜 들어 그렇게 실수하곤 한다면서 말이지요. 2009년 강지원 쌤의 「내 삶의 가장 중요한 가치는 중정(中正)」이라는 기고문 중 일부를 살펴봅니다.

지난 세월 가장 많이 받은 질문이 있다면 한 가지 기록할 만한 것이 있다. "당신은 누구 편이냐?"는 것이었다. 이런 질문은 실로 시도 때도 없이 많이 받았다.
변호사로 전직한 후 TV나 Radio에서 시사프로그램의 진행을 요청해 왔다. 여러 방송에서 여러 차례 재미있게 진행했다. 시사프로를 진행할 때 나는 정중앙(正中央)의 위치에서 공정하게 방송하리라고 마음먹었다. 또 방송 진행자는 늘 그래야 한다고 지금도 생각하고 있다. 그런데 방송 끝날 때마다 가장 많이 받은 질문이 있다. 역시 "당신은 누구 편이냐"는 것이었다.
정치권의 참여 요청도 수없이 받았다. 그런데 진짜 웃기는 일이 있다. 정당이라면 정치적 견해를 같이하는 사람들이 뭉쳐 조직하는 결사체 아닌가? 그렇다면 자기들과 견해를 같이하는 자들을 찾아야 할 것인데 '나는 정치는 모른다'고 대답하면 꼭 되묻는다. '그러면 누구 편이냐?'고.
내가 생각하는 좋은 세상은 건강한 우파와 건강한 좌파가 서로 공존하며 경쟁하는 세상이다. 적대적 대결이 아니라 선의의 경쟁을 하고 승자가 패자를 위로하고 패자가 승자를 칭찬하는 좋은 모습을 만들어내기는 그리 쉬운 일이 아니다. 매니페스토 정책 경쟁 풍토를 조성하고자 노력해보는 소이도 바로 그런 것이다.
내 삶의 가장 중요한 가치는 '중정(中正)'이다. 아니, '중향(中向)'이다. 중정은 수직(ㅣ)과 수평(ㅡ)이 만나는 지점이다. 그런데 그 지점은 인간이 쉽게 도달하기 어려운 지점이다. 신(神)의 영역이라고나 할까.
그래서 내가 지향하는 바는 중(中)을 향하는 마음이다. 동(東)향도, 서(西)향도, 남(南)향도, 북(北)향도 아니고, 좌든 우든, 반드시 중을 향하려고 노력하는 것이다.
그러면 어떤 현상이 나타날까? 상대편이 적군이 아니라 동반자로 보이게 될 것이다. 상대편에서 배울 것도 많다고 생각하게 될 것이다. 필요에 따라서는 생각을 빌려올 수도 있게 된다. 때로는 상대편을 사랑하게 될 수도 있다. 마치 성별이 다른 남녀가 서로 사랑하게 되듯이.

중향(中向)을 공간적으로 보면, 특정 방향에 치우치지 않으려는 것으로 설명되지만, 양적으로 보면 지나치지도 부족하지도 않은, 즉 과유불급(過猶不及)의 상태를 지향하는 마음으로 설명할 수 있다.

다수결의 원칙을 존중하면서도 다수의 횡포를 막아야 한다고 생각하고, 반면에 소외되고 고통받는 사회적 약자에 대해 배려하고 지원하고자 하는 마음도 중향(中向)의 마음 아닐까. 고도성장한다면서 독재를 하거나, 민주화한다면서 성장을 배척하는 것도 모두 지나치거나 부족한 것 아닐까. 적정성장과 적정분배, 적정효율성과 적정속도를 지향하는 마음이 중향의 마음 아닐까. 돈, 권력, 명예도 청부(淸富), 청권(淸權), 청명(淸名)이라야 중향이 아닐까.

나는 오늘도 반성한다. 혹시 치우침은 없었을까. 혹시 지나치거나 부족함은 없었을까.

확실히 그는 일방적으로 사회적 강자의 편에 서서 그들의 '갑질'을 옹호하지 않습니다. 오히려 약자의 편에 서서 그들의 아픔을 나누기 위해 힘썼습니다. 그러면서도 약자라 하여 그들이 극단적으로 투쟁하며 사태를 파국으로 이끌어가는 데도 가담하지 않았습니다. 오히려 그런 분야에는 거리를 두고, 나아가 끝까지 대화하고 타협하는 길을 가라고 권고하고 호소했습니다.

산업화 세력이나 민주화 세력이나 그 어느 세력이든, 편파적으로 어느 한쪽에 서서 다른 한쪽을 공격하지도 않았습니다. 그것이 정치세력인 경우엔 더욱 그랬습니다. 그래서 자신은 결코 정치를 할 인물이 되지 못한다고 말합니다. 그리고 실제로 정치권에는 단 한 발자국도 들여놓지 않았습니다. 2012년 제18대 대통령 후보로 나선 것은 정치를 하거나 대통령이 되고자 한 것이 아니었습니다. 타락하고 썩어 빠진 정치 풍토에 대해 매니페스토 정책 중심 선거를 교육하기 위한 것이었을 뿐…….

그의 말에 의하면 정치란 가장 이타적인 직업이어야 합니다. 그래서 정치인의 가장 큰 덕목이라면 '이타 훈련'이 됩니다. 이 말은 곧 '이타 훈련'이 되지 않은 이들은 정치권에서 맨 먼저 퇴출시켜야 한다는 말이 됩니다. 매니페스토 정치는 건강한 정책공약으로 경쟁하는 이타적, 중향적 정치를 의미합니다.

그가 추구해 온 중향(中向)의 자세는 그가 철이 들어야겠다고 회개하는, 바로 그 구도자적 자세를 추구하는 것이 아닐까 생각해보게 합니다.

3

강지원 쌤은 어릴 적부터 서울재동초등학교, 경기중·고등학교, 서울대학교를 거쳐 행정고시·사법고시에 연이어 합격하는 등 세칭 엘리트 코스를 거치고, 사회에 나와 검사와 변호사로 활동을 했던 인물입니다. 그러나 그는 자신의 이런 경력들이 자신의 적성에 맞는 것이 아니었다고 회고합니다. 오히려 청소년, 여성, 장애인 등 사회적 약자를 위해 일해 온 것이 오히려 더 적성에 맞는 일이었다고 술회합니다. 그러면서 사람은 무작정 돈, 권력, 명예, 인기 등을 추구할 것이 아니라, 자신의 타고난 적성에 맞는 일을 찾아 그 소명을 다하는 것이 바로 구도자적 자세에 부합하는 길이 아니겠냐고 반문합니다. 그는 자신의 적성에 맞는 일을 추구해 온 것이 틀림없습니다. 돈, 권력, 명예, 인기보다 자신의 소명으로 보이는 적성에 충실했습니다. 그리고 공동체의 사랑과 정의를 추구했습니다. 한때의 스타는 아무나 될 수 없지만, 구도자는 누구나 될 수 있다는 걸 몸소 보여 주었다고나 할까요.

이 책은 어느새 강지원 쌤이 지난 세월, 자신이 관심을 가지고 성심을 다해 지원해 온 우리네 삶의 여러 주제들과 사람들을 소개하고, 그 일들을 앞장서서 해 오신 여러분들에게 찬사를 보내기 위해 출간하는 책이 되었습니다. 근 2년간에 걸쳐 많은 분들이 옥고를 보내 주셨습니다. 꼭 글을 받고 싶었으나, 현재 부득이한 직책을 맡고 있거나 연세 등에 비추어 청탁을 드리지 못한 분들도 있었습니다. 또 옥고를 보내 주셨으나 이러저러한 사정 때문에 다음 기회로 미룬 분들도 있었지요.

이 책에는 모두 스물여덟 분의 옥고가 실렸습니다. 우리 사회에 알게 모르게 꼭 필요한 과제들을 찾아내고 공동체를 위해 작지만 절실한 메시지들을 따뜻하게 전해 오신 분들의 사려 깊은 글들입니다. 글을 읽다 보니 문득 아련한 그리움 속에 남아 있는 기형도 시인의 '질투는 나의 힘'이란 시가 떠오릅니다. 이 시에서 시인은 "나의 생은 미친 듯이 사랑을 찾아 헤매었으나/단 한 번도 스스로를 사랑하지 않았노라"고 토로합니다. 아마도 이 책의 필자 여러분이야말로 남을 사랑하느라 자기 사랑에는 인색했던 혐의(?)가 있는 분들이거나 이타주의를 통해 이기주의를 극복한 분들이 아닐까 싶습니다. 필자 여러분들께 감사의 말씀을 드립니다.

여담입니다만, 강지원 쌤은 옥고를 일별한 후 매우 난색을 표시했습니다. 아무래도 필자들이, 강지원 쌤이 지원하고, 강지원 쌤이 천거한 주제에 대해 글을 써 주신 탓으로 뜻하지 않게 강 쌤을 향한 과도한 표현들이 포함되어 있었기 때문입니다. 이런 사태를 강 쌤은 매우 난감하게 받아들였습니다. 이해가 되었습니다. 그러나 일은 이미 저질러진 뒤였기에 강 쌤에게, 우리가 독자 여러분들에게 그 같은 사정을 솔직히 말씀드리고 그 점을 감안하여 읽어 주시기를 부탁드리고 출판할 수밖에 없다고 설득했습니다.

이 책은 그런 과정을 거쳐 출판되었음을 솔직히 말씀드리고 독자 여러분들이 감안해서 읽어 주시기를 간곡히 부탁드립니다. 고맙습니다.

1부

몸과 마음의 행복

통곡물을 주식으로, 최고의 건강밥상

허미숙_《월간 건강다이제스트》 편집장

노르딕워킹, 네발로 걷는 건강

김경태_노르딕워킹인터내셔널코리아 대표

생명 존중을 알리는 희망의 메시지

하상훈_한국생명의전화 원장

자살 예방 연극, 관객의 눈물

이상철_탤런트, 극단 버섯 대표

중독 없는 사회로의 여정

이해국_가톨릭대 의정부성모병원 정신건강의학과 교수

보건교과, 몸과 마음의 건강 배우기

우옥영_보건교육포럼 이사장, 경기대 교수

허미숙

《월간 건강다이제스트》 편집장

통곡물을 주식으로, 최고의 건강밥상

2017년 3월, 이상한 소문이 나돌았다. 사회 원로 몇몇 분이 주축이 돼 이색적인 사회운동을 펼치고 있다는 거였다. 소문의 진원지를 수소문하면서 알게 된 사실은 놀라웠다. 범국민 건강 회복을 부르짖는 사회운동인데, 그것도 다른 게 아니라 우리가 매일 먹는 주식을 '통곡물'로 확 바꾸자는 혁명적인 일이었다.

이른바 '통곡물자연식운동본부'가 발족되면서 통곡물 주식운동이 전개되고 있었다. 그런데 이 운동을 주도하고 있는 사람이 의외였다. 이름 석 자만 들어도 전 국민이 다 아는 사람, 강지원 변호사였다.

'잘 나가는 스타 변호사가 왜?' 그런 생각을 하면서 인터뷰를 요청했다. 부인인 김영란 전 대법관과 함께였다. 어렵게 만난 강지원 변호사는 통곡물자연식운동본부 상임대표를 맡아 범국민 밥상혁명을 주도하고 있었다. 그런데 그 이유가 너무도 간절하고 절박했다. 이 인터뷰를 마치고 나는 그 기사를 《월간 건강다이제스트》 2018년 4월호에 게재했다.

스타 변호사가 왜?

이름 석 자만으로도 세상을 밝히는 사람! 스타검사에서 인권변호사, 청소년 지킴이, 소수자의 대변인까지……. 강지원 변호사는 언제나 우리 사회의 그늘진 곳을 밝혀 온 주인공이다. 아직도 MBC 예능프로 '이경규가 간다'에 고정 패널로 출연해 맹활약했던 강지원 변호사를 기억하는 사람이 많다.

강지원 쌤은 2013년 3월부터 MBC TV 저녁 5시 '이브닝뉴스'에 코멘테이터로 고정 출연했던 것이 이 밥상혁명에 결정적 계기가 되었다고 말했다. 방송은 저녁 5시부터 7시까지 2시간 동안 생방송으로 진행됐다. 뉴스 해설자로 입담을 뽐냈다. 그런데 한 가지 복병이 있었다. 한창 배고플 때여서 방송 전에 빵이나 초콜릿바 같은 칼로리 높은 식품을 마음껏 먹고 방송하기 일쑤였다.

장장 8개월 동안 그런 생활을 하고 방송을 그만두었을 때 믿기지 않는 일이 벌어졌다. 체중이 5kg이나 불어나 있었다. 늘 68kg 언저리이던 몸무게가 73kg로 늘어나 있었다. 그 이유는 3개월 뒤에 비로소 밝혀졌다. 해외출장을 갔다가 호텔에 있는 체중계에 올라보곤 두 눈을 의심했다. 체중이 4kg이나 빠져 있었다. 특별한 노력을 한 것도 아니었다. 단지 방송을 끝낸 지 3개월 만에 몸무게가 저절로 빠졌던 것이다.

'갑자기 체중이 늘고 또 저절로 줄어든 이유가 뭘까?' 궁금했다. 체중이 늘어난 시점과 줄어든 시점에서 바뀐 거라곤 하나밖에 없었다. 방송 프로를 하고 안 하고의 차이였다. 한 걸음 더 들어가면 방송 전에 먹었던 빵이나 초콜릿바를 먹고 안 먹고의 차이였다.

이때부터였다. 식생활과 관련된 서적을 탐독하기 시작했고, 다양한 건강서적도 폭넓게 섭렵했다. 그러면서 새롭게 결심을 했다. 흰 밀가루를 완전 끊었다. 흰쌀밥도 완전 끊었다. 100% 현미잡곡밥을 먹기 시작했다. 세끼 식사 모두를 그렇게 먹었다. 점심도 도시락을 싸다니며 현미식을 실천했다. 그 여파는 실로 컸다. 강지원 쌤은 "1년 정도 지났을 때 몸에서 너무도 극적인 변화가 나타났다"라고 말한다. 체중이 60kg 이하로 줄어들었던 것이다.

1년 만에 13kg 감량

흰 밀가루를 끊고 흰쌀밥도 끊고 100% 현미잡곡밥을 먹기 시작하면서 일어난 변화는 강지원 변호사의 인생 지침을 돌려놓기에 충분했다. 그리고 이 일은 통곡물자연식운동본부 강지원 상임대표를 있게 한 단초가 됐다. 먹는 것의 중요성을 새롭게 자각하는 계기가 됐기 때문이다. 현미식 마니아가 됐다. 좀 더 엄밀히 말하면 통곡물 예찬론자가 됐다. 그러면서 알게 된 사실은 충격 그 자체였다. 흰쌀밥, 흰 밀가루의 실상을 알게 되면서 기가 막혔다.

첫째, 흰 밀가루, 흰쌀밥은 빈 깡통식품이었다. 곡물의 생명영양소 90% 이상이 깎여나간 탄수화물 덩어리에 불과했다. 흰쌀밥을 먹기 위해 현미를 백미로 도정하는 과정에서 수많은 영양소가 제거됐다. 흰 밀가루를 먹기 위해 통밀을 도정하는 과정에서도 수많은 영양소가 사라졌다. 따라서 현미 대신 백미를 먹는 것은, 또 통밀가루 대신 흰 밀가루를 먹는 것은 많은 단백질과 지방은 물론 면역력을 높여 주는 각종 비타민, 각종 미네랄, 다양한 아미노산 등을 일부러 제거하고 먹는 것과 진배없었다.

둘째, 더 중요한 사실이었다. 흰 밀가루, 흰쌀밥은 만병의 주범이었다. 흰 밀가루, 흰쌀밥은 부드러워 씹지 않고도 술술 잘 넘어갔다. 그런데 그것이 화근이 되는 것이었다. 탄수화물 덩어리여서 많이 먹게 되고, 그래도 배고파 또 먹게 되면서 혈당이 널을 뛰게 만들었다. 그 결과 비만을 부르고, 당뇨를 부르고, 고혈압을 부르고, 만병을 불렀다.

이 같은 사실을 알게 되면서 강 쌤은 전 국민을 위해 반드시 해야 할 사명이 생긴 것으로 여겨졌다고 말했다. 더군다나 미국 농무부 홈페이지에 올라 있는 자료는 깜짝 놀라지 않을 수 없는 자극제가 됐다. "전국의 스쿨 브런치(School brunch: 점심식사)와 스쿨 브랙퍼스트(School breakfast: 아침식사)는 홀 그레인(Whole grain: 통곡물)을 사용하라"라고 권고하고 있었던 것이다.

강 쌤은 "그것을 보는 순간 너무도 개탄스러웠다"며 "그동안 대한민국에 많은 농림부장관이 있었는데, 그중에 어느 한 사람도 이런 주장을 하고 나선 사람이 없었던 것이 그 이유"였다. 교육부장관도 마찬가지였다. 그래서 더 서둘렀는지도 모른다. '통곡물자연식운동본부'를 발족시키고 상임대표를 맡아 전 국민 통곡물 먹기 운동에 시동을 걸었다.

전 국민 통곡물 먹기 운동…… 왜?

너무도 개탄스러워서 전 국민 통곡물 먹기 운동을 펼치기 시작했다는 통곡물자연식운동본부 강지원 상임대표! 너무도 중요한 사실을 모르고 살아온 것이 억울해서였다. 아무것도 모른 채 여전히 흰쌀밥을 먹고, 흰 밀가루로 만든 빵을 먹고, 국수를 먹고, 우동을 먹고, 라면을 먹는 사람들이 안타까워서였다.

'전 국민에게 제대로 알리자.' 통곡물자연식운동을 시작한 이유다. 우리가 먹는 밥상을 통곡물로 바꾸면 깜짝 놀랄 일이 벌어지기 때문이다. 살쪄서 고민? 고민할 필요가 없다. 주식을 통곡물로 바꾸면 비만 걱정은 하지 않아도 된다. 일주일 만에 변 색깔도 황금색으로 바뀐다. 주식을 통곡물로 한 달만 실천해도 혈당이 떨어지고 혈압도 내려간다.

강지원 쌤은 "아무리 따져 봐도 100가지 이로움에 단 한 가지 씹어야 하는 흠밖에 없는 것이 통곡물 밥상"이라며 "흠으로 꼽히는 씹기도 따지고 보면 오히려 약이 되는 것"이라고 말한다. 씹기는 뇌를 자극하기 때문이다. 씹기는 전신의 혈액순환을 촉진하기 때문이다. 그래서 기억력이 좋아지고 치매를 예방하며 공부도 잘하게 한다. 과학적으로 밝혀진 사실이다.

김영란 전 대법관은 든든한 조력자

대한민국 밥상을 통곡물 밥상으로 바꾸는 일! 통곡물자연식운동본부 강지원 상

월간
건강 다이제스트
www.ikunkang.com
2018 4
단맛·짠맛·식탐
확실하게 이별법

건강 다이제스트

건강 다이제스트

건강 다이제스트

건강 다이제스트

프로젝트
함께 해요!

건강 다이제스트

건강 다이제스트

건강 다이제스트

건강 다이제스트

2019
대한레이저피부모발학회
GRAND
KALDAT

기장 나락
토종 귀리
토종 수수
율무 나락
모밀 나락

임대표가 요즘 가장 꿈꾸는 일이다. 그에게 주어진 사명으로 여긴다. 그런 그에게 김영란 전 대법관은 든든한 조력자다. 이른바 '김영란법'으로 전 국민이 다 아는 그분 맞다. 청탁금지법으로 우리 사회에 경종을 울린 김영란 전 대법관은 아내이자 동료로서 언제나 든든한 힘이 되어 주는 존재다.

그래서 김영란 전 대법관에게 물었다.

"통곡물 밥상도 김영란법처럼 우리 사회를 변혁시킬 수 있을까요?"

이 물음에 김영란 전 대법관은 답했다.

"통곡물 밥상을 실천하면서 체중도 줄고 몸도 건강해지면서 좋은 변화가 많았습니다. 전 국민의 밥상을 통곡물로 바꾸면 우리 사회에 미칠 파장도 적지 않을 것입니다"라고. 누가 뭐래도 통곡물 밥상은 모든 면에서 우수한 밥상이기 때문이다. 그것이 국민 건강에 기여할 바는 분명하기 때문이다.

도대체 통곡물이 뭐기에? 도대체 강지원 쌤이 이처럼 두 팔을 걷어붙이고 열심인 이유, 대국민 운동으로 확장시키기 위해 아낌없는 열정을 쏟아 붓고 있는 이유가 무엇일까?

통곡물은 완벽한 영양덩어리

통곡물이란 우리가 식사 때마다 먹는 곡물이 도정하지 않은 상태의 것을 말한다. 쌀, 보리, 밀, 귀리, 조, 수수, 콩 등 사람의 식량이 되는 곡물에서 식용이 불가능한 왕겨만 벗겨낸 곡물이라 할 수 있다. 왕겨를 제외하고 식용이 가능한 속껍질, 씨눈, 배젖 등 세 가지 부분을 모두 가지고 있는 곡물을 말한다. 원래 우리가 주식으로 먹었던 쌀은 왕겨만 살짝 벗겨낸 통곡물이었다. 그런데 일제 강점기 정미소가 유입되면서 멀쩡한 곡물을 빈껍데기 곡물로 만들어버리고 말았다. 쌀겨, 쌀눈까지 몽땅 깎아버린 흰쌀로 둔갑시키면서 벌어진 일이다.

그 후환은 그리 간단치 않았다. 완벽한 영양을 가진 곡류가 불량식품이 돼버

렸기 때문이다. 통곡물을 도정하는 과정에서 단백질과 지방의 상당 부분이 깎여나갔고, 각종 비타민, 미네랄, 섬유질 등 너무도 소중한 영양소들까지 몽땅 깎여나갔다.

이렇게 깎아내면 단순히 영양소가 부족하다는 데 그치는 것이 아니다. 우리 몸을 망치는 독소식품이 된다. 멀쩡한 통곡물을 흰쌀로 둔갑시키면 통쌀에 들어 있는 95% 이상의 필수 영양소가 제거되고 탄수화물 덩어리로 돼버리기 때문이다. 그 결과 혈당을 급격히 올리는 흉기가 되고, 과식하게 만드는 주범이 되기도 한다. 동맥경화, 고혈압, 당뇨뿐 아니라 각종 암과 치매까지 유발하는 원흉이 되는 것이다.

강지원 쌤이 "우리가 매일 먹는 주식을 통쌀, 통보리, 통밀로 반드시 바꾸어야 한다"라고 주장하는 것도 이런 이유 때문이다. 주식을 통곡물로 바꾸는 것은 한 나라의 흥망성쇠도 좌우할 만큼 위력적이라는 게 그의 지론이다. 그는 "우리 통곡물자연식운동본부는 결코 거창한 단체가 아니다"라고 말한다. 그저 몇몇 60~70대 사회 원로들의 동호인회 정도? 그래서 젊었을 때처럼 눈에 뜨이는 활동도 절대로 하지 않기로 했고, 단순히 국민에게 조용히 알리기 위해 동영상을 찍어 인터넷에 올리는 정도의, 원로들의 분수에 맞는 일만 하기로 했다고 말했다.

다만 한 가지 오프라인에서 꾸준히 하는 일이 있다. 매월 1~2회 정도 횟수에 구애받지 않고 그때그때 각계 인사를 초청해 무료 강좌를 여는 것이다. '통곡물 자연식 최고위 강좌'다. 희망자가 열 명이든 백 명이든 관계하지 않는다. 다만 한 명에게라도 이 어마어마한 삶의 비결을 전달해 주고자 노력하고 있다.

각계각층 전문가들을 통해 속속 밝혀지고 있는 통곡물의 위력

나는 《월간 건강다이제스트》의 편집을 책임지고 있는 사람으로서 강지원 쌤에게 매월 통곡물 자연식 관계자들을 초청해 인터뷰를 진행해 주십사 부탁을 드렸다. 그는 흔쾌히 수락했다. 대한민국 밥상을 통곡물 밥상으로 바꾸기 위해 그가 들이는 노력은 말로 다 못 한다. 매월 각계각층 전문가를 초빙해 대담자로 활약하면서 통곡물의 위력을 《월간 건강다이제스트》에 소개해 독자들의 열렬한 호응을 얻고 있기도 하다. '통곡물자연식운동본부 강지원이 만난 사람' 코너다.

그동안 인터뷰한 사람도 전방위적이다. 내로라하는 의사, 치과의사, 한의사, 영양학자뿐 아니라 통곡물 생산자, 요리사, 심지어 통밀 제빵사까지 두루 포진돼 있다. 각계각층 최고 전문가와의 대담을 통해 주식을 통곡물로 바꿔야 하는 이유를 다각도로 조명했다. 각계각층 전문가 그룹을 통해 새롭게 조명되기 시작한 통곡물의 가치는 실로 놀랍다.

통곡물의 영양학적 가치를 묻는 대담에서 약학박사 이숙연 명예교수는 영양약학적 입장에서 "통곡물인 현미에 남아 있는 쌀눈에는 영양소가 66%, 겹질에는 29%로 합하면 95%가 함유되어 있는데 반해 백미에는 불과 5%밖에 되지 않아 무려 19배나 차이가 난다"라며 "쌀의 영양 성분이 100%인 현미를 즐겨 먹기만 하면 누구나 건강해질 수 있는 주식"이라고 밝혔다. (2019년 3월호 게재)

또 식품영양학 박사인 임경숙 교수도 "통곡물은 혈당지수도 낮고 무기질, 비타민 및 식이섬유 등 각종 필수 영양 성분이 풍부할 뿐만 아니라 질병 예방에 도움이 되는 생리활성물질도 풍부하다"라고 밝혔다. (2018년 12월호 게재)

이렇듯 영양학적 가치가 뛰어남에도 불구하고 통곡물 식사를 어렵게 하는 방해꾼은 바로 씹기의 어려움일 것이다. 이 문제에 대해 씹기운동 전도사 치과의사 유영재 교수를 인터뷰했다. 유 박사는 "씹는 저작운동은 음식을 꼭꼭 씹어 소화가 잘 되게 하는 1차 소화기관일 뿐만 아니라 사람의 뇌를 비롯해 전신 건강에 매우 중요한 영향을 미치는 행위"라며 "씹기 운동만 잘해도 치매, 암, 당뇨까지 예방할 수 있다"라고 강조했다. 특히 통곡물은 딱딱해서 오히려 씹기운동을 제대로 실천할 수 있는 최선의 선택이 될 수 있음도 역설했다. (2018년 9월호 게재)

한의학적 관점을 듣기 위한 인터뷰도 진행했다. 통곡물 예찬론자로 알려진 선재광 한의학박사는 통곡물의 가치를 색다르게 밝혀 관심을 끌기도 했다. 선 박사는 "모든 곡물에는 고유의 차고 따뜻한 성질의 기(氣)와 달고 쓴맛의 미(味), 즉 기미(氣味)가 있고, 작은 독인 파이토케미컬들이 들어 있다"면서 "껍질을 함께 먹는 것이 중화된 기미를 먹을 수 있고, 독성이 완화되어 건강하게 음식을 먹는 방법이기 때문에 곡물은 특별한 경우가 아니면 통곡물로 먹어야 한다"는 주장을 폈다. (2019년 1월호 게재)

통곡물 식사를 환자 치료나 일반인 건강예방에 적극 활용하는 의사들의 활동 현장도 소개했다. '목숨 걸고 편식하다'라는 TV 프로그램으로 유명한 의사 황성수 박사가 25년간 뇌출혈 환자를 수술하던 병원 치료실을 뒤로하고 2주간의 숙박 힐링스쿨을 운영하는 입장을 인터뷰했다. 그는 "통곡물 식사와 식물식을 하면 대부분의 병이 치료된다"라고 주장했다. (2018년 11월호 게재)

17년 전까지 가정의학 전문의로서 발급하던 처방전을 접고 지리산 자락의 통나무 집에 안착한 농부의사 임동규 씨도 인터뷰했다. 그는"주식을 통곡물로 바꾸면 병원비 등 건강 관련 비용을 획기적으로 줄일 수 있다"라고 강조하며, 약 대신 생활습관 교정을 처방하는 환자 상담, 강연, 교육, 기고활동 등을 열심히 하고 있었다. (2018년 10월호 게재)

의원을 개원하고 있으면서도 약물치료나 수술을 하지 않는 의사도 인터뷰했다. 의정부 오뚝이의원 신우섭 원장이다. 실제로 통곡물 식사로 병을 고치는 의사로 알려진 그는 "모든 병의 원인은 식생활 습관에 달려 있다"라며 "병원과 약을 버리고 식생활을 현미밥 등 통곡물 식사로 바꾸면 못 고칠 병이 없다"라고

확신했다. 그의 저서명처럼 '의사의 반란'인 셈이다. (2018년 7월호 게재)

강지원 쌤이 인터뷰한 사람 중에는 통곡물 생산자, 현미식 요리사, 통곡물 제빵사에 이르기까지 한계도 없었다. 이들을 통해서도 왜 통곡물 밥상을 먹어야 하는지 또 한 번 입증하는 기회가 됐다.

친환경 오색미 생산자인 경북 상주 영농조합법인 '상생'의 한상철 대표. 그는 철저하게 친환경농법만으로 재배하고 재배방법도 특허 받은 방법만을 사용하고 있었다. '오색발효미'까지 개발했다. (2018년 8월호 게재)

현미식을 직접 실천하면서 현미식 대중화에 30여 년을 바쳐 온 약선요리 대사부 정영숙 명인은 "통곡물인 현미식을 먹는 것은 종합영양제를 먹는 것과 같다"라고 밝혔다. 그가 운영하는 음식점에는 항상 현미밥, 현미잡곡밥이 제공되고 있었다. (2018년 5월호 게재)

흰 밀가루 빵 대신 반드시 통곡물 빵을 먹어야 한다는 제빵사 곽성호 식품영양학 박사는 "하루 빨리 가난했던 시절의 흰 밀가루 문화를 확 바꾸어야 한다"고 강조했다. 흰 밀가루로 만드는 것은 빵뿐 아니라 피자, 스파게티, 햄버거, 도넛은 물론 머핀, 쿠키에다 온갖 과자 종류까지, 그리고 국수, 우동, 라면까지 모두 통곡물로 바꾸어야 한다고 주장했다. (2019년 1월호 게재)

구체적인 통곡물 식사 방안에 관해 자연식운동가 민형기 원장과도 인터뷰했다. 매일 세끼 먹는 밥상에서 흰쌀밥을 완전히 없애고 통곡물 쌀로 밥을 하는데, 각자의 취향에 따라 현미만으로 밥을 하거나, 아니면 현미에 흑미나 홍미나 녹미, 또는 현미찹쌀 중 자신의 취향에 맞는 통곡물을 적당량 혼합하여 밥을 해도 된다. 특히 현미를 마트 같은 곳에서 구입할 때 도정 일자를 꼭 확인해야 한다. 왜냐하면 현미에 남아 있는 씨눈에는 지방 성분이 많아 오래되면 산패가 되기 때문이다. 약 일주일 이내의 것을 구입하자고 권고했다. 이들 통곡물 쌀에 다른 통곡물을 혼합하는 것도 좋은 방법이라고 제안했다. 예컨대 귀리나 조, 그리고 통율무나 통메밀 등이다. 넓은 의미의 통곡물에 속하는 검은콩 등을 혼합하는 것도 매우 좋은 방법이다. (2018년 6월호 게재)

《월간 건강다이제스트》에 이러한 사실이 소개되면서 통곡물에 대한 사람들의 관심도 날로 높아지고 있다. 아직도 갈 길이 멀다. 전 국민이 흰쌀밥 대신 통쌀밥을 먹고, 전 국민이 흰 밀가루 빵 대신 통밀빵을 먹는 시대가 도래할 때까지 우리 모두의 노력은 더욱 강화되어야 할 것이다.

우리 사회를 변혁시킬 통곡물의 위력은 가늠조차 하기 힘들다. 우리가 매일 먹는 주식을 통곡물 밥상으로 바꾸기 위한 메시지가 온 국민의 건강에 곧 연결되기를 기대한다.

김경태

노르딕워킹인터내셔널코리아 대표

노르딕워킹, 네발로 걷는 건강

노르딕워킹은 1930년대 핀란드 헬싱키를 중심으로 시작된 걷기 운동이다. 그런데 단순한 걷기 운동이 아니다. 마치 스키 선수들처럼 양손에 특별한 스틱을 1개씩 들고 양팔을 앞뒤로 흔들며 걷는 운동이다. 이는 크로스컨트리 선수들의 여름철 훈련법으로 고안된 것이다. 스키 선수들이 하절기에도 어떻게 하면 동절기와 똑같은 몸의 컨디션을 유지할 수 있을까 하는 데서 고안되어 노르딕스키, 노르딕워킹으로 발전한 것이다.

노르딕워킹의 가장 큰 특징은 인체의 90% 근육을 활발하게 사용하는 운동이라는 점이다. 노르딕 폴 없이 단순히 걷기만 했을 때보다 운동 효과가 40~50% 이상 상승한다. 당연히 같은 속도로 그냥 걸었을 때는 물론이고 러닝했을 때와 비교해도 칼로리 소모량이 훨씬 더 높다.

몸의 밸런스에 문제가 있는 사람에게는 그러한 문제를 자신이 인지할 수 있게 해 주는 운동이다. 노르딕워킹 동작을 통해서 잘 쓰지 않는 상체의 힘을 효과적으로 길러 주는 것이다. 어깨와 목의 긴장감을 줄여 주고 요통 방지에도 효과적이다. 사무실에서 오래 앉아 근무하는 직장인에게 매우 유익한 운동이 될 것이다. 과체중인 사람들에게는 살빼기를 위한 아웃도어 운동으로도 최적이다. 걷기가 아닌 조깅을 할 때는 관절에 충격이 가서 무리가 따르기도 한다. 노르딕워킹은 그러한 무리가 없는 부드러운 운동이어서 무릎 등에 정형외과적 질환이 있거나 비만이 있는 사람들도 효과적으로 운동할 수 있다. 운동 후 부상을 치료하기 위한 재활 운동으로도 적합하다. 총체적 근육의 조정력을 상승시키는 효과가 있기 때문이다.

장소와 환경의 제약이 적어 계절에 관계없이 즐길 수 있는 것도 노르딕워킹의 장점이다. 집 앞이든 울퉁불퉁한 곳이든 어떤 지형에서도 안전하게 걸을 수 있으니 연령이 높은 분들도 편안히 즐길 수 있다. 양손으로 스틱을 사용하여 걷는데 마치 네발로 걷는 것과 같은 이치다. 노르딕 폴을 사용하여 워킹 전후 스트레칭 운동을 하니 운동 효과를 증진시키기도 하고 최소의 장비로 모든 사람이 즐길 수 있는 운동이라 할 수 있다.

2004년 처음으로 북유럽에 노르딕워킹이란 운동이 있다는 소식을 들었다. 그때부터 나와 노르딕워킹과의 인연은 시작된 것 같다. 그 후 2006년 10월 29일 올림픽공원 평화의 문에서 비만탈출 국민건강 걷기행사를 진행하고 있을 때였는데, 여성 한 분이 폴(pole)을 들고 걸어왔다. 김영신 씨였다. 그녀는 1997년부터 7년간 핀란드에서 공부하고 있던 중에 노르딕워킹 교육을 받았다고 했다. 그렇게 나는 노르딕워킹을 접했다.

2007년에는 서울시청에서 주최하는 건강박람회에 노르딕워킹 시범단을 만들어 행사 기간 동안 시범을 보였다. 노르딕워킹을 홍보하는 계기가 되었다. 2008년에는 내가 진행하는 남산노르딕워킹 모임에 김영신 씨도 참석해서 여러 차례 같이 걷기도 했다. 당시 그녀는 한국에서 노르딕워킹 폴 사업을 하겠다고 했지만, 전혀 진척이 없었다. 사업을 포기한 그녀는 나에게 노르딕워킹 폴을 드릴 테니, 노르딕워킹 보급에 노력해 달라고 했다. 그 이후로 나는 여러 지역을 다니며 노르딕워킹 특강을 했다.

그러던 중 2014년 2월 (주)한국레키에서 만나자는 제안이 왔다. 엄밀히 말하면, 2013년 8월에 한 차례 미팅한 적이 있었지만, 그때는 인연이 되지 못했었다. 독일 NWI(Nordic Walking International)에서 5월에 헤드코치 과정이 있으니, 다녀오라는 제안이었다.

2014년 5월 11일 나, 최승모, 이호윤 3인은 5박 7일간의 일정으로 독일로 출발했다. 그곳에서의 일정은 독일 NWI 수석코치인 카트린 부르스터를 만나 헤드코치 교육을 받는 것이었다. 우리 일행은 지도자과정을 마친 후 독일 레키 본사를 방문하고 귀국했다. 나는 더 본격적으로 노르딕워킹 활동을 하게 되었다.

나는 1991년 3월 상지대학교 체육학과에 입학했다. 1학기를 마치고 입대했다가 1994년 5월 16일 제대 후 2학기에 복학했다. 학교생활을 하던 중 '워킹'이란 운동이 일본을 비롯한 선진국에서 유행 중이고 국제걷기대회도 열린다는 소식을 듣게 되었다. 또 (사)한국체육진흥회라는 단체에서 한국 대표단체로 활동한다는 소식도 들었다. 그러던 중 1995년 제1회 한국 국제걷기대회가 강원도 원주에서 열렸다. 나는 코스 분과를 맡게 되어 여름방학을 포함한 3개월간 10km, 20km, 30km, 50km 걷기코스를 만드는 데 참여하였다. 한국 국제걷기대회는 매년 10월 넷째 주 토, 일요일 이틀에 걸쳐 진행되는데 어느덧 20여 회를 훌쩍 넘었다.

국제걷기대회는 1900년대 초 네덜란드에서 시작되었다. 유래는 네덜란드 군인들이 독일과의 전쟁에서 매번 패하면서, 패배의 요인을 찾던 중 군인들이 걷기를 제대로 못한다는 사실을 알게 된 데서 비롯되었다고 한다. 그런 이유로 네덜란드에서 군대의 행진이 시작되었다. 최초 단계에는 아른험에서 브레다까지 4일간 행진했는데, 이 군대의 행진에 시민들이 관심을 갖기 시작했다고 한다. 그리하여 1916년부터 4-Day March를 시작한 이래 현재까지 100년이 넘는 역사를 가진 세계 최대의 국제걷기행사가 되었다.

나는 1997년 4월 12일과 13일 이틀 동안 20시간 무박 100km를 완보했다. 1998년 8월 1일부터 15일까지, 15일간에 걸쳐 서울 광화문에서 부산시청까지 '조선통신사 옛길 도보탐사' 500여 km를 걷기도 했다. 또 1999년에는 해남 땅끝마을 땅끝탑에서 강원도 원주시청까지 500여 km를 걸었다.

2001년 5월 11일부터는 서울 남산에서 매주 토요일 새벽 6시 30분에 국립극장에 모여 남산워킹모임을 시작했다. 2004년에는 서울시청 앞 잔디광장 오픈 기념으로 장충단공원에서 출발하여 시청광장까지 걷는 행사도 진행하였다. 같은 해 11월 7일 국민건강걷기의 날 행사에서는 시범단을 만들어 무대에서 공연도 선보였다.

2007년에는 스위스 관광청 트래블 트레이너 자문교수로 활동했다. 트래블 트레이너는 스위스의 52개 하이킹코스에 대해 홍보하고 관광객을 유치하기 위한 특별한 프로그램이다. 매년 한국에서 트래블 트레이너를 양성하여 6월에서 8월 3개월간 스위스에 보내는데, 스위스관광청에서 기본교육을 이수하고 노르딕워킹도 익힌 다음 파견된다. 이 프로그램으로 인하여 매년 한국 관광객이 50%의 증가를 보였다고 한다.

그러던 중 2008년 남산워킹모임을 노르딕워킹모임으로 종목을 바꾸었다. 그 이유는 50대에 만난 분들이 60대가 되다 보니 세월에 장사 없다는 말처럼, 무릎에 통증도 생기고 척추도 굽어 자세가 틀어졌다. 그런데 노르딕워킹을 하면, 통증 완화는 물론 자세 교정을 하는 데도 수월해 남산워킹 프로그램에 적용하기로 한 것이다. 그 모임이 지금까지 유지되어 지금은 비가 오나 눈이 오나 30명 내외가 매주 토요일 새벽 남산에서 노르딕워킹을 하고 있다.

나는 걷기운동과 관련해 여러 활동에 관여했다. (사)한국체육진흥회 간사, (사)한국워킹협회 홍보이사, (재)대한걷기연맹 교육이사, (재)한국건강걷기연합 교육단장 등을 역임하며 많은 강연과 프로그램을 진행했다. 경기도 연천군

완도군⇔(사)노르딕워킹 인터내셔널코리아 업무협약(MOU)체결
NWI

함께하면 즐거운 노르딕워킹 무료체험

Namsan Nordic Walking Club
남산 노르딕워킹 클럽
NWI
LEKI

성동노르딕워킹클럽교실
성동구보건소

2016 노르딕워킹 지도자 양성
고흥군보건소

보건소, 구리시보건소, 양주시보건소, 성동구보건소, 경기인재개발원, 국립외교원, 지방행정연수원, 여의도KBS, 인천지방법원, 한국보건복지인력개발원, 삼성디스플레이(천안, 탕정), 건양대병원, 광주보건대, 영암군보건소, 노르딕 특강 및 초급지도자과정 등등. 또 최근에는 양주시보건소, 성동구보건소, 포스코 송도R&D센터, 기초과학연구원, 여의도KBS 노르딕워킹 프로그램 등을 진행했다.

나의 노르딕워킹 활동은 강지원 쌤을 만나면서 큰 변화를 겪었다. 2014년 7월 3일 당시 교육단장으로 있던 (재)한국건강걷기연합에서 강화 둘레길 걷기에 참여해 달라는 연락을 받고 참석했다. 그곳에 강지원 쌤과 그 부인이신 김영란 전 대법관이 참석했다. 강화 초지진 주차장에서 출발하여 선두리까지 걷는 프로그램이었다. 그때 나는 워킹 폴을 준비하여 몇 분에게 노르딕워킹으로 걸을 수 있도록 했다. 그중에 관절이 별로 좋지 않았던 한 분이, 폴을 들고 걸으니 많은 도움이 되어 끝까지 걸을 수 있었다며, 강지원 쌤께 적극 추천을 했다.

그날 점심식사를 마친 후 강지원 쌤과 김영란 전 대법관께 노르딕워킹에 대해 설명할 기회가 있었다. 그리고 연락처와 이메일 주소를 받아 행사가 끝난 후 노르딕워킹 관련 자료와 영상을 보내드렸다. 그 이후 강지원 쌤과 스케줄을 조정하여 7월과 8월 두 분께 노르딕워킹 교육을 하였다.

그날부터 강지원 쌤은 노르딕워킹의 광팬이 되었다. 오래전 승용차도 없애고 버스 타고 지하철 타고 다니던 강 쌤은 평소 거의 매일 워킹 폴을 들고 다녔다. 가방이나 다른 짐이 있는 특별한 날을 제외하고는, 간단한 서류는 윗옷 안주머니에 넣고 양손에는 노르딕워킹 폴을 들었다. 오히려 나에게 워킹 폴을 왜 안 들고 다니느냐고 훈계까지 했다. 사실, 교육이나 운동할 때 빼고 매일 들고 다닌다는 것은 그리 쉬운 일이 아니다. 아마도 한때나마 대한민국에서 노르딕워킹을 매일같이 가장 성실하게 실천하고 있는 분은 그분이 아닌가 싶었다.

그때까지도 협회를 만들어야겠다는 생각을 한 것은 아니었다. 이미 협회, 연맹, 기타 관련된 단체가 너무 많았기 때문이다. 그런데 노르딕워킹협회는 꼭 만들어야겠다는 생각을 하게 되었다. 워킹은 누구나 쉽게 할 수 있고 접근성이 용이하다는 생각에서인지 시간이 갈수록 여러 단체, 여러 지역에서, 동주민센터에서도 워킹을 하고 있었다. 그런 분위기다 보니 노르딕워킹의 특별함을 알고 있는 나로서는 협회가 필요하다는 생각을 하게 되었다. 양손에 같은 사이즈의 폴을 들고 걷기만 하면 되는 이 운동의 장점을 알리고 싶었기 때문이다. 아마도 강지원 쌤도 이런 매력을 느끼지 않았나 싶다.

그때 강지원 쌤은 서울 마포구 상암동에서 YTN 라디오 시사프로그램 '강지원의 뉴스 정면승부'를 진행하고 있었다. 나는 강지원 쌤께 노르딕워킹협회를 만들려고 하는데 어떻게 생각하시느냐고 여쭤 보았다. 좋은 생각이라고 하시며 만들어 보자고 했다. 그래서 자문을 청했다. 서류를 준비하고 정관을 만들어 다시 만나기로 했다. 그 후로는 일주일에 2~3번씩 뵙고 자문을 받으며 수정을 거듭했다.

그러면서 협회 대표를 맡아 주십사 제안했지만 도움은 줄 테니 나더러 맡으라고 하셔서 결국 내가 대표이사를 맡고 강지원 쌤을 총재로 추대했다. 그리하여 2015년 5월 11일 (사)노르딕워킹인터내셔널코리아가 탄생했다.

2015년 8월 3일에는 서울숲 노르딕워킹 프로그램의 활성화를 위해 성동구 김경희 보건소장, 서울특별시 동부 공원녹지사업 이춘희 소장과 MOU를 체결, 상호 협력하기로 했다. 서울숲에서는 3년 전인 2012년 하반기부터 노르딕워킹 프로그램이 시작되어 꾸준히 진행되어 왔다.

같은 해 12월 15일에는 독일 NWI 카트린 부르스터 회장을 초청하여 전라남도 이낙연 지사, 고흥군 박병종 군수와 MOU를 체결했다. 국립공원 팔영산에 노르딕 코스를 개발하고 국내 행사 유치 및 프로그램을 운영하는 데 자문 및 협조를 하기로 했다. 고흥군 팔영산 편백숲 노르딕워킹센터 및 노르딕워킹 코스 개발과 프로그램 개발 등의 업무에 협력했다.

또한 2016년 3월 28일에는 완도군 수목원 노르딕워킹 초급지도자 연수과정을 위해 완도군 신우철 군수, 전라남도 산림자원연구소 박화식 소장과 MOU를 체결했다. 2017년 4월 14일에는 완도국제해조류박람회 개회식에 강지원 쌤이 단체 총재이자 해조류박람회 홍보대사로서 참석하는 자리에 함께했다.

2017년 6월 15일부터 10월 15일까지는 고흥군의 요청으로 팔영산 노르딕워킹 코스 개발 프로그램 사업을 시행하였다.

2018년 8월 13일에는 우리나라 해양치유산업 선도 지자체로 선정된 완도군과 해양치유 노르딕워킹 프로그램 개발 및 코스 개발과 관련하여 MOU를 체결했다. 지금도 완도군에서는 매월 신지면 명사십리 해변에서 해양치유 노르딕워킹 프로그램을 진행하고 있다. 2021년 완도에 국내 최초의 해양치유센터가 건립되면 노르딕워킹 실내 프로그램도 도입될 예정이다.

앞으로 더 많은 노르딕워커들이 서울 한강을 비롯한 전국 곳곳에서 폴(pole)을 들고 걷게 되기를 기원한다. 좀 더 욕심이 있다면 한때 정부에서 자전거를 권장했던 것처럼 노르딕워킹을 전 국가적으로 권장하여 범국민걷기운동으로 확산되기를 기원해 본다. 이는 사사로운 이익을 위한 것이 아니다. 온 국민의 건강을 위한 일이다. 많은 사람들이 노르딕워킹 폴을 들고 걷는 그림을 떠올리는 일은 행복하다.

하상훈

한국생명의전화 원장

생명 존중을 알리는 희망의 메시지

'생명의전화'는 1963년 3월, 호주 시드니의 알렌 워커 목사에 의해 시작된 전화 상담 기관이다. 시드니 생명의전화는 빚을 진 한 젊은이의 자살을 막지 못한 충격에서 태동했다. 지금은 호주, 미국, 캐나다, 일본, 대만, 남아프리카공화국, 한국 등 전 세계 20여 국가의 300여 개 센터가 생명의전화 국제협회(Lifeline International)를 조직하여 연대하고 있다.

한국에서는 1976년 9월 1일 초대 이사장 조향록 목사와 초대 원장 이영민 목사에 의해 서울에서 시작되었다. 오늘날에는 부산, 대구, 인천, 대전, 광주 등 전국 19개 주요 도시에서 5천여 명의 자원봉사자들에 의해 운영되는 큰 조직으로 성장했다.

생명의전화는 삶의 위기에 처해 있는 사람들이 언제든지 즉시 편리하게 이용할 수 있다. 어려움을 만나 당황하고 어찌할 바를 모를 때 바로 옆에 있는 전화를 걸 수 있다면 그것은 매우 다행스러운 일이 아닐 수 없다. 이럴 때 생명의전화는 구급전화 핫라인(hotline)이다.

나는 대학을 졸업하고 상담 관련 기관에서 봉사하고 싶었다. 대학에서 심리학을 공부했지만 상담 경험이 없었기 때문이다. 그러던 중 1988년 상담교육을 받을 기회가 주어져 1년간 상담원 교육을 받고 생명의전화에 발을 들여놓았다.

당시 생명의전화는 365일 24시간 전화상담을 하고 있었다. 나는 월 1회 밤새도록 상담하는 심야상담원으로 봉사를 시작했다. 나 외에도 이미 많은 자원봉사 상담원들이 봉사를 하고 있었다. 그분들은 이타적인 마음을 갖고 자발적으로 참여하여 아무런 보상을 바라지 않고 지속적으로 봉사하면서 자원봉사 정신을 실천하고 계셨다.

나는 규정대로 한 달에 한 번 심야상담을 하면서 새로운 세계를 보았다. 전화선을 통해 들려오는 인간 내면의 소리는 내 마음을 아프게 했다. 전화기 저편에서 들려오는 내담자들의 사연은 가족 간의 갈등, 청소년 문제, 인간관계의 어려움, 경제적 문제, 소외와 우울감, 위기와 자살 충동에 이르기까지 다양했다. 겉으로 드러난 문제들보다도 사람들 내면의 문제가 더 크다는 생각이 들었다. 이때부터 나의 관심은 마음이 아픈 사람들의 이야기에 기울어졌다. 생명의전화 자원봉사 상담원으로 일하면서 그 일은 나의 소명같이 느껴졌다.

1992년 3월에는 부천 생명의전화 개설에 깊이 관여했고, 1993년 10월부터는 서울 생명의전화 상담부장으로 일하게 되면서 본격적으로 생명의전화 운동에 참여했다.

생명의전화는 1996년 '생명의전화 20주년, 그 뜻과 미래'라는 주제로 개최된 제15차 전국대회에서 생명의전화 본연의 임무 중 하나인 '전화를 통한 자살방지센터'로서의 역할에 충실하기로 선언했다. 그런데 다음 해인 1997년 11월 우리나라는 IMF 국제 금융위기의 폭탄을 맞았고 이것은 우리나라의 자살률이 급증하는 촉발제가 되었다.

1997년에는 자살자 수가 6,022명이었던 것이 1998년 8,569명으로 급증했다. 특히 1997년 4,161명이었던 남성 자살자 수가 1998년 6,208명으로 올라갔다. 언론에서는 연일 자살 관련 기사가 넘쳤다. 당시 실직, 정리해고, 사업부도, 파산 등의 이유로 죽고 싶다는 호소가 전화선을 통해 빗발치듯 들어왔다. 죽고 싶을 정도로 아픈 시민들의 외침을 들으면서 나는 자살문제에 더 적극적으로 관심을 가졌다. 당시 박사학위 논문을 준비하고 있던 나는 자살문제와 관련된 논문을 쓰기 시작했다.

1998년 정점을 이루던 자살률이 약간 주춤하는 듯하더니 2002년부터 다시 높아지기 시작했다. 국내적으로 자살 예방의 필요성이 싹트기 시작했고, 국제적으로는 자살 예방 운동에 큰 전환점이 되는 사건이 있었다. 국제자살예방협회(IASP)는 2003년 스웨덴의 스톡홀름에서 세계보건기구(WHO)와 함께 매년 9월 10일을 '세계 자살 예방의 날'로 선포했다. 전 세계적으로 매년 100만 명이 자살하는 것을 막기 위해 자살이라는 킬러들(killers)과의 전쟁(battle)을 선포한 것이다.

세계 자살 예방의 날은 자살 위험에 처한 사람들을 돕기 위해 우리 모두가 책임감을 갖고자 하는 뜻을 담고 있다. 또한 자살 예방은 가능하고, 우리가 할 수 있다고 선언하는 의미를 담고 있다. 우리나라도 그 인식을 같이하여 매년 9월 10일 자살 예방의 날을 시행하고 있다.

생명의전화는 우리 사회의 자살을 줄이기 위한 몇 가지 전략을 구상하고 추진했다. 생명의전화는 전화 상담뿐 아니라 새로운 시대에 부응하여 1998년 4월, 사이버 상담센터를 열었다. 2002년에는 전국 4개 지역(서울, 부산, 대구, 전주)에서 사이버 자살 예방 전문상담원 167명을 양성했다. 2002년 9월에 전국센터에서 전화 및 사이버 상담을 통한 자살 예방상담센터를 표방하고 현판을 내걸었다. 그동안 서울에서만 100만 건 이상의 전화 상담을 받았고, 1만 5천 건의 사이버 상담을 받았다.

생명의전화는 당시 현장에서 필요한 자살 예방 전문가들을 양성하기 위해 자살 예방 교육 프로그램을 개발하고, 실시하기 시작했다. 제1기 자살 예방 상담 전문가 교육이 2003년 12월 1일 처음 시작되었다. 자살 예방을 체계적으로 공부하기 위해 군 관계자, 경찰, 119 구조대원, 사회복지종사자, 학교 교사, 청소년 지도자 등등 많은 이들이 이 교육과정을 이수하였다.

제11기부터는 교육 프로그램의 내용을 심화하여 자살 예방 상담전문가 교육 AIR이란 명칭을 사용하였다. 자살 예방 상담 전문가들이 익혀야 할 행동 지침을 뜻하는 것으로 AIR에서의 'A'는 Awareness의 약자로서 자살 위기자를 인식하자는 것이고, 'I'는 Intervention, 곧 자살 위기자를 상담하고 개입하는 것이며, 'R'은 Refer, 자살 위기자를 전문기관이나 전문가에게 의뢰하는 것을 말한다. 이 교육 프로그램은 『자살 위기상담의 이론과 실제(AIR Training)』라는 제목의 책으로 출판되었다. 기초과정과 심화과정을 두고 있으며, 이 과정을 마치면 시험을 치르고 '생애위기상담사'라는 국가인증 민간자격을 취득하는 단계로까지 발전했다. 지금까지 계속된 교육을 통해 3천여 명의 현장 전문가들을 양성했다.

2003년 12월 18일 한국자살예방협회 창립총회가 열렸다. 나는 초대 사무총장을 맡았다. 협회의 기틀이 잡힐 무렵 사무총장직을 사임하고 협회의 상담훈련위원장으로 일을 하다가, 협회장과 조직이 바뀌면서 지금은 협회의 이사로 봉사하고 있다. 그러나 일 년에 한두 번 이사회에 참석하는 것이 전부라 우리나라 자살 예방을 위한 헤드쿼터로서의 역할이 아쉬웠다. 또 협회가 만들어지면 대국가적인 차원에서 예산도 지원받을 수 있고, 자살예방활동이 더욱 활성화되리라고 생각했는데, 현실은 그렇지 못한 점도 아쉬웠다.

자살 예방은 더 큰 차원으로 전개되어 나가야 한다는 움직임이 있었다. 그것이 바로 '범국민생명존중운동본부'의 출범이었다. 나는 한국자살예방협회 사무총장으로서 이 일에 적극 참여했다. 2004년 3월 범국민생명존중운동본부가 출범했다. 당일 발표한 국민에게 드리는 글은 다음과 같다.

국민에게 드리는 글

국민 여러분!

최근 우리나라 신문과 방송에는 자살 관련 기사가 거의 매일 보도되고 있습니다. 온 가족이 같이 자살하는 경우도 있으며, 심지어 인터넷에서 만나 동반자살하기도 하고, 자녀를 고층 건물과 다리에서 던지는 사건까지 있었습니다. 자살뿐 아니라 우리 사회에는 아동학대나 유괴사건, 성폭력 사건과 같이 귀중한 인간생명과 인격이 손상받는 안타까운 현실이 있었습니다. 이에 범국민생명존중운동본부는 인간의 생명과 인격이 존중받는 사회를 만들기 위해, 국민들에게 호소하고, 사회의 힘을 모으며, 정부에게 조언을 하고자 나섰습니다.

국민 여러분께 호소합니다.

삶을 포기하는 것은 죽음을 택한 사람뿐 아니라 남겨진 모든 가족과 사회에 크나큰 슬픔을 주는 일입니다. 인간의 생명을 포기하는 것은, 그것이 어떠한 이유라 하더라도 있어서는 안 될 일입니다. 우리 모두에게 그 어떤 것도 생명보다 더 귀중한 것이 없습니다. 타인의 생명과 인격을 해치는 것은 그 피해자뿐 아니라 가해자와 그것을 경험하는 사회에서도 큰 고통이며, 슬픔입니다.

이웃의 아픔에 눈 감지 말아 주십시오. 여러분의 이웃이 극단적인 선택을 하지 않도록 관심을 나누어 주십시오. 여러분의 관심은 힘들어하고 있는 이웃의 가슴에 생명의 씨앗이 될 것입니다.

정부에 촉구합니다.

정부의 모든 정책은 국민의 생명을 존중하고, 국민의 인격을 존중하는 데서 출발해야 합니다. 그 어떤 정책 목표도 국민의 생명과 인격 존중보다 앞선 것은 없을 것입니다. 따라서 정부는 국민의 생명을 지키고, 자살을 예방하며, 인간의 존엄성이 존중되는 사회가 앞당겨지도록 더 적극적인 생명존중 정책을 추진하길 촉구합니다. 특히 아동과 장애인, 빈곤자 등 취약 계층이 생명을 위협받거나 포기하지 않도록 각별한 관심을 강구해 주시길 바랍니다.

국민 여러분,

생명을 존중하는 사회는 그 어떤 사회보다도 희망이 있으며, 발전이 있는 사회입니다. 우리 모두 생명의 가치를 존중하는 사회, 어려운 가운데서도 자신과 타인의 생명과 인격을 존중하며 귀하게 여기는 '생명존중 대한민국' 을 만들어 갑시다.

2004년 3월 11일 범국민생명존중운동본부

강지원 전 청소년보호위원장, 김성수 성공회 주교, 김수환 추기경, 김용준 전 헌법재판소장, 김일수 고려대 교수, 김화중 보건복지부 장관, 박종철 한국자살예방협회 이사장, 박재형 서울대 교수, 박한성 서울시의사회 회장, 법륜스님 정토회 대표, 송웅달 대한정신보건가족협회장, 서영훈 전 적십자사 총재, 신익호 한국생명의전화 이사장, 이광자 서울여대 총장, 이광자 이화여대 교수, 이기춘 전 감신대 총장, 이상기 한국기자협회장, 이시형 삼성사회정신건강연구소장, 이용경 KT 대표이사, 이홍식 세브란스정신건강병원장, 전우택 연세대 교수, 지광스님 능인선원 원장, 한성열 고려대 교수 (가나다순)

강지원 쌤을 이때 처음 만난 것으로 기억한다. 강지원 쌤은 고 김수환 추기경, 김성수 성공회 주교 등과 함께 발기인으로 참여해 주었을 뿐 아니라 출범식에 앞서 열린 기념 세미나에서도 토론자로 참여해 주었다.

생명의전화는 '한 사람의 생명이 천하보다 귀하다'는 범국민 운동을 전개하기 위해 거리로 나섰다. 2004~2005년 2년간 자살 예방을 위한 시민운동으로 생명사랑 마라톤대회를 개최했다. 그러나 마라톤이 주로 동호인을 중심으로 하는 운동이라는 한계가 있어서 2006년부터는 생명사랑 밤길걷기를 진행했다.

우리 직원들이 미국자살예방재단에서 개최하고 있는 'OUT OF THE DARKNESS WALKING OVERNIGHT'에 참여한 것이 처음 이 프로그램을 시작하게 된 직접적인 계기였다. 이 프로그램은 자살자와 관련된 유가족, 친구, 친지, 공동체 회원들이 자살로 인해 큰 정신적 충격과 죄책감, 수치감 등 고통을 겪고 있으며, 또 다른 연속 자살의 가능성이 높기 때문에 이를 방지하기 위한 치유 프로그램으로 시행되었다.

이것은 고인을 떠나보내고 남아 있는 사람들의 삶이 칠흑같이 어두울지라도 아침이 되면 해가 뜰 것이니까 결코 희망을 잃지 말자는 메시지를 담고 있다. 밤새도록 고인이 살고 있었던 거리를 같은 아픔을 갖고 있는 사람들이 함께 걸으면서 고인을 추억한다. 아침 해가 뜨는 것을 보면서 함께 긴 어둠의 터널을 뚫고 나왔던 사람들끼리 서로 포옹하면서 용기를 갖고 살아보자고 다짐한다.

우리나라는 자살자 유가족들에 대한 사회적인 시선이 그리 따뜻하지 못하다. 그래서 유가족들이 자신의 슬픔을 표현할 수 있는 기회를 찾지 못하고 깊은 우울증에 빠지는 경우가 많다. 자살자 유가족은 외상 후 스트레스 장애(PTSD)에 시달린다. 그래서 미국처럼 유가족들을 중심으로 하는 프로그램으로는 어려울 것이라고 판단해 청소년들과 시민들을 대상으로 한 생명사랑 캠페인을 추진하기로 했다.

행사 전체의 이름을 '해질녘서 동틀 때까지 생명사랑 밤길걷기'라 불렀다. 2006년 10월 서울시청 앞 광장에서 처음 시작되었다. 참가자들은 5km, 10km, 30km를 걸으면서 자신과 가족과 이웃의 생명을 생각한다. 매년 9월 10일 세계 자살 예방의 날을 전후해서 개최한다. 밤길걷기 캠페인은 걷기뿐 아니라 라이프메시지, 임종체험관, 심리검사와 상담, 생명체험관 경험 등 각종 체험 부스를

2013
해질녘서
동틀때까지
생명사랑
밤길걷기
당신의 생명은 그 무엇보다 소중합니다
서울
대전
대구
부산
전주
수원
생명사랑밤길걷기
Love Life Walking Overnight
5Km 10Km 33Km

해질녘서
동틀때까지
생명사랑
밤길걷기
2016.9.2.(금) 6:30p.m.
여의도 한강공원
5Km 10Km 30Km
Love Life Walking Overnight
주최 | 한국생명의전화 EBS
특별후원 | KCRP 한국종교인평화회의
특별지원 | 문화체육관광부

해질녘서
동틀때까지
생명사랑
밤길걷기
You are not alone
당신이 실천하는 자살예방캠페인
2017. 9. 8. (금) 6:30 p.m.
여의도 계절광장
30Km 10Km 5Km
서울
EBS

2017 생명사랑 밤길걷기
해질녘서 동틀때까지 생명사랑 밤길걷기 30km

2016생명사랑밤길걷기

SOS
생명의전화

한국생명의전화는
우리나라 전화상담의 시작이며
최초의 전화상담기관입니다.

국민생명존중운동본부 출범

한국자살예방협회 · 한국기자협회 공동심포지움
자살예방과 미디어의 역할
일시 : 2004년 3월 11일 (목) 오후 1시 30분 - 2시 45분 장소 : 세종문화회관 컨퍼런스홀 주최 : 한국자살예방협회

당신은 우리와 함께
자살을 예방할 수 있습니다
생명사랑밤길걷기

통해 자신과 타인의 생명을 소중하게 생각할 수 있는 큰 교육의 장으로 꾸며지고 있다. 이 운동은 정부 지원이 거의 없이 모든 센터가 자체적으로 예산을 만들어 진행한다.

서울 생명사랑 밤길걷기대회에는 강지원 쌤이 상임고문으로 수고해 주고 있다. 공동 실무대회장으로 생명의전화 윤동원 이사, 오세완 이사, 이일재 이사, 박재승 이사가 수고하고 있다. 어려운 가운데서도 준비위원장으로 수고한 박주선 이사와 여러분들, 여러 위원회의 위원장들과 위원들, 그리고 늘 든든하게, 막중한 실무적 책임을 다해 온 김연은 기획위원장과 나선영 총무위원장의 노고는 이루 말로 표현하기 어렵다.

나는 강지원 쌤을 만나면서 자살 예방에 대한 새로운 도전을 받았다. 그는 힘들게 자살 예방활동을 하는 우리들에게 언제나 큰 힘이 되었다. 사실 그가 없었다면 우리나라의 자살 예방 활동이 지금처럼 이루어질 수 없었을 것이라고 생각한다. 그는 언제나 자살 예방에 적극적이었고 언제든 분명하게 자살 예방의 필요성에 대해 역설했다.

서울보호관찰소 소장, 국무총리 청소년보호위원회 위원장, 청소년 인권보호법률지원단장, 정보통신윤리위원장 등을 역임하면서 주로 청소년 재소자에게 관심을 갖고, 유해 환경으로부터 청소년을 보호하기 위해 앞장서 온 강지원 쌤을 나는 평소 존경했다. 범국민생명존중운동본부에 발기인으로 참여하기도 해서 인연이 있었지만, 내가 그를 좀 더 가까이 만나게 된 것은 생명사랑 밤길걷기 고문으로 위촉하면서부터이다. 생명사랑 밤길걷기 오세완 실무대회장과 송태호 대외협력위원장이 그의 참여에 적극적으로 도움을 주었다. 그에게 고문 역할을 부탁했을 때나 특강 요청을 할 때 그는 언제나 흔쾌히 응해 주었다.

강지원 쌤은 2008년 여름에 정부로부터 자살예방대책추진위원회 위원장으로 위촉되어 활동했다. 그는 여러 차례 회의를 거듭하며 '자살 예방 5개년 계획'을 심의하는 등 우리나라 자살 예방정책에 본격적으로 기여했다.

그는 특별히 고 최진실 씨와 고 노무현 대통령의 자살에 대해 안타까워했다. 그는 생명의전화 안민숙 출판위원과의 인터뷰에서 "자살예방대책위원장을 맡고 두 달이 지나지 않았을 때 최진실 씨가 자살했습니다. 그녀는 연예인 인권문제로 소송을 처리하기 위해 만날 때마다 죽고 싶다는 이야기를 많이 했습니다. 그러나 유명인이었기에 치료받기가 어려웠나 봅니다"라고 했다.

연이어 발생한 노 전 대통령의 자살 역시 막을 수 있었을 것이라고 했다. 노 전 대통령은 사법고시 17회 합격자로 18회인 자신과는 1년 차이이고 잘 아는 처지라고 했다. "노 대통령이 자살까지 가기에는 많은 고뇌가 있었을 겁니다. 만일 주변에 그 고통을 나눌 누군가가 한 명이라도 있었다면 그의 자살을 막을 수 있었을 겁니다"라고 했다. 강지원 쌤은 미리 두 사람의 자살 신호를 알아채지 못하는 바람에 도움을 주지 못한 것에 대해 마음 아파했다.

그의 노력 덕분에 2008년 12월 23일 보건복지부 자살예방대책위원회는 민·관이 협력해 생명존중 운동을 전개해 나가자는 자살예방 종합대책을 발표했다. 주요 내용을 보면 다음과 같다.

- 시·도 단위 자살위기 대응팀을 2008년 3개소에서 연차적으로 확대해 오는 2013년까지 12개소로 함.
- 112와 119를 실질적으로 연계해 자살 시도 시 현장 출동과 자살 미수자에 대한 관리 등을 실시함.
- 자살 사망자의 사망 원인을 밝히기 위한 심리학적 부검을 유가족의 동의를 얻어 실시하고 국가 차원의 심리학적 부검으로 자살의 주요 원인을 밝히고 자살 예방대책을 수립함.

• 2008년 245개 초·중·고에서 실시한 정신건강검사를 2009년에 450개교로 확대해 ADHD, 인터넷 중독, 자살 경향 등을 조기 발견함.
• 자살 유해 정보 모니터링을 포털 사이트와 케이블TV로 확대하고 자살사건 보도 시 언론 보도 권고지침 준수를 촉구함.
• 2011년까지 자살 예방을 위해 스크린 도어를 지하철역 450곳 가운데 354곳에 설치함.
• 군과 교정기관 자살사고를 줄이기 위해 지역정신보건센터, 민간자살 예방단체와 협력을 추진함.
• 정부는 13개 부처에 관련 10대 과제를 이행하는 데 있어서, 2013년까지 모두 5,632억 원을 투입하고, 자살사망률을 20% 정도 감소시킨, 10만 명당 20명 수준으로 낮춤.

그러나 체계적으로 준비한 그의 자살예방 5개년 계획에 의한 자살예방 종합대책은 그 노력에도 불구하고 자살률 감소에 크게 영향을 미치지 못했다. 그것은 정책에 따르는 정부의 자살예방에 대한 의지가 부족했기 때문이었다. 자살예방에 대한 법적 근거가 없었고, 예산이 뒷받침되지 못했기 때문이었다.

그는 이 문제에 대해 상당히 비판적이었다. 그는 "보건복지부 자살예방 담당 공무원이 현재 1명에 불과한데, 자살 관련 업무만 담당할 공무원이 100명은 있어야 합니다. 이런 실정에서는 OECD 자살 1위국의 오명을 씻을 수 없습니다"라고 하면서 자살 예방의 중요성을 역설하기도 했다.

강지원 쌤의 자살예방에 대한 신념은 의료적인 범위를 넘어 상당히 철학적이고 포괄적이다. 자살을 막는 방법 중의 하나로 제시한 것은 '생각의 전환'이다. 그는 자신의 지론을 이렇게 피력한다.

신은 누구에게나 달란트를 주셨다. 그러나 모든 사람에게 똑같은 달란트를 주신 것은 아니다. 자살하는 사람들은 자신의 부족함을 비관했기 때문이다. '가진 것, but 못 가진 것'이라는 사고는 못 가진 것이 크게 부각된다. 하지만, '못 가진 것, but 가진 것'의 사고는 가진 것에 대한 생각이 부각된다. 자신이 가진 것에 대한 감사한 삶을 살면 자살할 이유가 사라진다. 긍정적인 사고를 갖지 못하고 부정적인 사고의 틀에 매여 있기에 상대적 박탈감이 더욱 커지고 그래서 자살하는 것이다.

이러한 그의 철학은 그의 행복관에서도 엿볼 수 있다. 그는 생명의전화 생명사랑 서포터즈들을 위한 특강에서 행복하지 못한 우리 사회를 안타까워하면서 우리의 행복관이 바뀌어야 한다고 힘주어 말했다.

언젠가부터 우리 사회에는 앞으로의 행복을 위해 오늘을 희생하면서 살아가는 사람들이 많아졌다. 청소년들이 대학에 들어가면 행복해질 것이라고 생각하고, 성인들도 무엇을 성취하면 행복할 것이라고 기대하며 오늘의 행복을 미루는 것이 미덕인 양 여기는 가치관이 만연해 있다. 그러다 보니 청소년들과 국민들의 행복지수가 세계에서 최하위권에 머물고 있다.
긍정적 삶의 철학을 갖고 '지금' '여기서' '오늘' 행복하기 운동을 통해 자살예방도 해나갔으면 좋겠다. 밤길을 걸으며 자신과 대화하는 시간은 보물 같은 귀중한 시간이다. 이 일을 하면서 서포터즈들 스스로가 행복하고 미소 지을 수 있는 뜻깊은 시간이 되면 좋겠다.

그의 이 특강은 그 자리에 참여한 청소년들이 현재 자신의 행복관을 돌아보면서 행복은 결코 미룰 수 없는 우리들의 특권임을 자각하게 하였다.

쌤은 또한 우리나라가 해결해야 할 중요한 과제로서 '상처 주기의 폐해'를 언급했다.

자살문제의 핵심은 우리 인간의 내면의 상처다. 자살을 결행한 이들은 자신의 큰 상처를 감당하지 못해 스스로 손을 든 사람들이다. 고 최진실 씨든 고 노무현 전 대통령이든, 두 사람 다 내가 잘 알았던 사람들인데, 그들은 누구보다도 상처가 많은 사람들이었다. 그들은 안타깝게도 그 상처에 손을 들어 항복하고 말았다.

우리 국민들이 물질적으로 가난하게 살던 때에도 상처가 크진 않았다. 그러나 '언제부터인가 서로가 서로에게 상처를 퍼부어 왔다. 제 잇속을 챙기기 위해 사사건건 비교하고 차별하고 무차별적으로 공격했다. 그것이 승리라고 치부하다 보니 그 상처가 곪아 터지는 일이 발생했다. 세대 간, 이념 간, 지역 간, 노사 간 상처도 이루 말할 수 없이 커졌다.

이제는 더 이상 방치하지 말고 상처가 커지지 않도록 상처 주기를 줄여야 한다. 상처 주기를 줄이기 위해서는 대단한 심리적 훈련과 연습을 해야 한다. 자살예방은 거시적으로 전 사회적인 상처 예방과 치유대책이 최우선 되어야 하겠지만, 개별적으로는 갈등과 대립, 투쟁으로 치닫는 모든 주체들이 반성하고, 화해와 화합, 협동의 사회 분위기를 만들어 가야 한다. 우리 사회 뿌리에서부터의 의식 개혁이 있어야 한다.

강지원 쌤의 이러한 인식은, 자살예방을 위해 노력하는 분들이 귀담아듣고 실천해야 할 삶의 철학들이라고 생각한다.

쌤의 자살예방을 위한 노력 중에서 우리가 특히 잊지 말아야 할 것이 있다. 그것은 2011년 3월에 '자살예방 및 생명존중 문화조성에 관한 법률'이 국회를 통과하는 데 크게 기여한 점이다. 정부의 자살예방대책추진위원장으로서, 사회의 저명인사로서, 또 법률전문가로서 그의 활동은 이 법을 통과시키는 데 결정적인 역할을 했다. 강지원 쌤과 함께 국회의원회관에서 의원들 한 분 한 분을 찾아다니며 이 법의 통과를 위해 노력하던 기억을 잊을 수 없다. 당시 한국자살예방협회 하규섭 회장, 한국생명의전화 오세완 이사, 그리고 필자 등 여러 사람이 그와 함께했다.

국회에서 그 법을 만들기 위해서 이전부터 여러 움직임이 있었다. 2006년 한나라당 안명옥 의원, 2008년 한나라당 임두성 의원이 각각 자살예방법을 발의했으나 통과되지 못했다. 그리고 더불어민주당 강창일 의원이 17대, 18대 국회에서 연속 자살예방법을 발의했으나 그 법안들은 국회에서 오랫동안 잠자고 있었다.

마침내 법안이 통과된 후 국가와 지방자치단체는 법적 근거에 맞추어 자살예방대책을 전국적으로 세워나갈 수 있었다. 이 법률은 국민이 자살 위험에 처했을 경우 국가 및 지방자치단체에게 도움을 요청할 권리, 정부의 자살예방정책을 수립 시행함에 있어서 협조해야 할 의무를 규정하고 있고, 자살예방과 자살확산방지를 위해 국가 및 지방자치단체가 자살과 관련된 각 단계별 정책을 수립 시행해야 할 책임을 규정하고 있다.

또한 사업주 역시 국가 및 지방자치단체가 실시하는 자살예방정책에 적극 협력하고, 근로자의 정신적인 건강 유지를 위해 필요한 조치를 강구하도록 해서, 기업 역시 자살에 대한 사회적 책임이 있음을 강조했다. 그리고 5년마다 자살예방 기본계획을 수립하고 매년 이를 평가·조정하도록 규정하고, 국가 및 지방자치단체는 5년마다 자살에 대한 실태조사를 실시하여 자살통계를 체계적으로 관리하고, 보건복지부 장관, 시도지사 및 시장, 군수, 구청장은 자살예방센터를 설치 운영함으로써 자살 관련 상담, 상시 자살위기 현장출동 및 대응, 자살예방 홍보교육 등의 임무를 수행하도록 규정하고 있다.

이처럼 이 법은 자살예방을 위한 국가의 역할을 촉구하여 자살률 감소에 기여한 측면이 있지만, 아직도 이 법은 선언적 의미가 강하다. 실질적 사업을 이끌어 내기 위해서는 보다 구체적인 사업 내용을 규정하고, 사업이 진행되지 않는 경우 이를 조정하고 추진할 내용까지 포함할 필요가 있다. 무엇보다도 턱없이 부족한 예산과 인력으로는 한계에 이를 수밖에 없다.

강지원 쌤은 자살이 개인의 문제라고 치부하는 이 사회에, 자살예방에 대한 국가와 사회의 책임을 강조하면서 관심을 끌어내려 노력했다. 최근에는 한국자살예방협회 이사장도 맡으셨다. 일평생을 어려움에 처한 청소년들과 국민들을 사랑하고 섬겨 온 강지원 쌤의 열정적인 삶을 보면서 내 삶의 옷깃을 다시 여미게 된다. 그의 수고가 지금 곳곳에서 열매를 맺고 있다. 강지원 쌤께 감사드린다. 그러나 이것은 끝이 아니라 시작이다. 그와 함께 가야 할 길이 아직 먼 것같이 느껴진다.

생명의전화는 지속적으로 자살예방을 위해 의료 모델보다 사회적 모델, 지역사회 모델, 지역주민 참여형 모델을 구상하려고 노력했다. 그래서 꾸준히 자살예방포럼과 세미나를 개최했다. 2011년에는 한강의 각 다리마다 남쪽과 북쪽에 SOS 생명의전화를 2대씩 모두 4대씩 설치했다. 2016년 말까지 모두 79대의 전화가 설치되었다.

그동안 위기상담으로 걸려온 전화가 5,600건 이상이었고, 844명의 투신 직전 생명을 구조하는 성과를 거두었다. 서울시 소방재난본부에 의하면 2011년도 95명 사망, 10명 구조에서, 2015년 28명 사망, 377명 구조로 된 데에는 SOS 생명의전화가 큰 기여를 하고 있다고 한다. 매일 아침 출근을 해서 야간 근무자에게 어젯밤 무슨 일이 없었는지 묻는 게 나의 습관이 될 수밖에 없는 이유이다.

생명의전화는 또 유가족들을 위한 프로그램을 개발하기로 하여 '희망을 찾아 떠나는 여행'이라는 7회기의 집단 프로그램을 만들었다. 그리고 학교나 군부대, 교도소 등에서 자살 사망자가 발생하면 또 다른 자살로 이어질 수 있기 때문에 '자살 사후예방 프로그램'을 개발해서 연속 자살을 방지하고자 하였다.

또한 성북구 자살예방센터를 성북구로부터 위탁받아 운영하고 있다. 2012년 처음 센터가 개소할 때 서울시 25개 자치구 중 상위 4위에 해당되던 자살률이, 재수탁하게 된 해에는 서울시 21위가 되었다. 강남 3구 외에 자살률이 가장 낮은 자치구로 인정받는 성과를 올렸다. 이렇게 자살률을 낮출 수 있었던 것은 지역주민 참여형 자살예방사업 덕분이었다.

나는 다양한 영역의 인사들과 함께 생명존중 사회에 관심을 갖기 위해 '생명문화'라는 비영리단체를 만들었다. 또한 심리학, 사회복지학, 철학, 종교학, 법학, 교육학, 정신의학 등 다양한 분야의 학자들과 전문가들이 생명문화 조성을 위한 교육과 연구, 정책개발 등의 역할을 더 할 수 있도록 '생명문화학회'를 발족하는 데 함께하여 2017년 3대 학회장을 맡고 있다.

자살예방을 위한 나의 활동을 돌이켜보면 미약한 힘이었지만 우리나라 자살예방의 역사를 쌓아올리는 작은 돌 하나가 될 수 있었던 것에 대해 감사한 마음뿐이다. 나는 그리 유능한 사람이 못되지만 정말 훌륭한 분들이 자살예방과 생명사랑 운동에 앞장서 주셨다. 그분들을 따라오다 보니 오늘에 이르렀다. 안타깝게 생명을 포기하려는 사람들이 있는 한 생명의전화의 벨은 계속 울릴 것이다. 그리고 우리는 뛸 것이다.

이상철

탤런트, 극단 버섯 대표

자살 예방 연극, 관객의 눈물

"나는 가능하다면 150살 이상 살고 싶다."

내가 주변 사람들한테 자주 하는 말이다. 왜 나는 이렇게 오래 살고 싶다고 말하는 걸까? 이유는 바로 '극단 버섯'이 있기 때문이다. 눈을 살며시 감아본다. 지나간 시간이 주마등처럼 지나간다.

사실 인생은 우연의 연속인 듯하다. 1986년 MBC 18기 탤런트로 입사하여 평생 탤런트로 살겠다고 생각했었다. 전속 탤런트 생활을 거쳐 조연 및 단역으로 많은 드라마에 출연했고, 돈도 많이 벌었다.

그런데 1989년 광주 민주항쟁을 주제로 한 영화 '부활의 노래'에 출연하면서 내 인생은 느닷없이 내리막길을 걸었다. 단지 이 영화에 출연했다는 이유만으로 정부로부터 블랙리스트에 올려져 2년간 출연정지를 당하게 된 것이다. 2년 뒤, 1991년 청문회가 열리고, 지금은 없어진 서울 중앙극장에서 영화가 상영되면서 출연정지는 풀렸지만 나의 정신적인 방황은 그 후 3년간이나 계속되었다.

방황이 끝나갈 무렵, 가끔 신문기자들이 나의 답변을 듣고 웃게 되는, 그러니까 정말 우연한 계기로 극단 버섯의 역사가 시작되었다. 나는 예비군 훈련을 받으러 가면 연예인이라고 훈련병들 앞에서 노래와 만담을 시키는 것이 너무 싫어서 예비군 훈련을 빼달라고 부탁하러 동네 예비군 중대본부에 찾아갔다. 그런데 거기서 내가 원하는 대로 훈련을 빼줄 테니 대신 한 가지 제안을 받아들이라고 했다.

관내에 가정 형편이 어려운 남자 아이들 두 명의 꿈이 배우가 되는 것인데 동사무소에서는 도와줄 수 없으니 내게 도와달라는 것이었다. 대학 시절 연극 연출을 하면서 연기 지도를 한 경험도 있었으니 나로서는 흔쾌히 제안을 받아들이게 되었고 후에 이 아이들은 모두 대학의 연극영화과에 진학하였다.

이런 사실이 주변에 소문이 나면서 나한테 연기를 배우겠다는 아이들이 하나둘씩 늘어났다. 이렇게 나의 도움으로 배우의 꿈을 키우는 아이들의 수가 제법 많아지면서 이 아이들에게 실전의 경험을 만들어 주기 위해 공연을 기획하게 되었다.

스타급 탤런트가 아닌 나로서는 주머니 사정이 좋지 않았지만, 아이들과 꿈의 무대를 만들겠다는 집념 하나로 대관료가 저렴한 공연장을 대관하고 제작비를 최소화해 기존의 단막극으로 작품을 만들었다. 관객으로는 경제적으로 어려워 문화를 접하기가 쉽지 않은 이웃들을 무료로 초대하여 공연했다. 그것이 1996년 제1회 극단 버섯 공연이다. 이때만 해도 1년 정도 하다가 그만두겠지 했는데 벌써 20여 년이라는 세월이 훌쩍 흘렀다.

제1회 공연이 끝나고 난 뒤 이렇게 힘든 상황에서도 열심히 공연을 한다는 내용을 서울시 공연 담당자를 찾아가서 수차례 이야기하고 도움을 요청했다. 마침내 수서청소년수련관에서 극단 단원들과 숙식을 함께하며 연습하고 수련관 내의 공연장에서 공연을 하게 되었다. 주차장 한쪽 귀퉁이에 내가 직접 구입한 컨테이너를 놓아 숙소 겸 사무실로 이용하면서 공연장에서 연습을 하고 수련관 어린이 연극교실에서 12세 미만의 아이들에게 연기를 가르치며 받은 강의료로 제작비를 마련하여 공연을 하던 시절이 주마등처럼 지나간다.

많은 추억이 있었지만, 그중에도 특별한 기억이 있다. 수련원 가까이에 낙지 전문 음식점이 있었는데, 어려운 상황에서도 무료로 공연한다는 것을 알게 된 사장님께서 일주일에 한두 번씩 식사를 할 수 있도록 해 주시고, 공연이 끝나면 회식도 시켜 주셨다. 당시는 IMF 구제금융이라는 경제 위기 속에서 장사가 잘 되지 않는 상황이었는데도 나와 극단 단원들에게 사랑을 베풀어 주신 사장님을 지금도 잊을 수가 없다.

1999년 3년 동안의 수서 컨테이너 생활은 씨랜드 사건으로 막을 내렸다. 화재로 컨테이너에서 아이들이 사망하는 사건이 발생하자 수서청소년수련관에서는 더 이상 도와줄 수 없다 하여 다른 곳으로 이주했다. 연희동의 보증금 300만 원에 월 18만 원 하는 30평 정도의 3층짜리 건물 지하로 이주했다. 이곳에서 숙식과 생활을 함께하며 공연 연습을 하고 유서 깊은 명동 창고극장에서 공연을 하게 됨으로써 관객층을 넓히는 시발점이 되었다.

초기 극단명은 '불휘(뿌리)'로 시작했으나, '홀로서기'로 바꾸었다가, 연희동으로 이주하던 그때에 지금의 극단명인 '극단 버섯'으로 바꾸었다. 또 이때부터 공연장과 제작비 규모가 커져서 경제력이 허약한 나로서는 제작비가 턱없이 부족했고, 더욱이 관객한테 일체의 관람료를 받지 않는 무료공연이라 기업으로부터 협찬을 받기 시작했다.

공연 작품의 변화도 있었다. 외국 유명작가의 단막극 2편을 연속으로 공연하거나 기존의 작품을 공연장에 맞게 각색하여 무대에 올리기 시작했다. 각색을 시작하면서 창작까지 욕심을 내기 시작한 나는 동국대학교 문화예술대학원 공연예술과에 입학하여 창작 작품에 대해 공부했다. 그 결과 2004년에 생명사랑에 대한 작품 '이렇게 생각한다면'을 발표하고 공연하여 보건복지부 산하 한국자살예방협회로부터 '자살예방의 날' 기념식에서 생명사랑대상을 수상하기도 했다.

그리고 각 공연마다 문화소외계층인 장애인을 무료로 초대했다는 이유로 서울시로부터 공로상을 수상하기도 했다. 특히, 모자원이나 정신지체장애인 시설로 인원이 소규모인 곳은 경찰서에 도움을 요청해서 진압경찰 버스로 공연장까지 왔다가 다시 시설로 갈 수 있도록 협조를 받기도 했다. 청각장애인들이 공연을 감상할 수 있도록 수화통역사를 무대 한쪽에 배치하여 특별공연을 하기도 했다. 여기까지가 극단 버섯 역사의 제1막이라고 할 수 있다.

2004년까지만 해도 가족 같은 극단 단원들이 배우로서 서서히 성장하고 이들과 함께 공연하고 있다는 것이 내가 생각하는 극단 버섯의 전부였는데, 2005년 2월 22일 이후에는 분명한 한 가지가 더 생기면서 극단 버섯 역사가 제2막으로 들어섰다. 나의 도움으로 대학에 진학하게 된 극단 버섯 단원들 중에서 단국대학교 연극영화과에 진학한 단원들이 '단연회'라는 동아리에서 영화배우인 고 이은주와 절친한 사이가 되었다고 했다. 그런 인연으로 은주가 극단 버섯의 공연도 관람하고 나하고도 알게 되어 우리의 차기 작품 무대에 서고 싶다는 얘기도 했다. 하지만 은주는 머지않은 2월 22일에 삶을 마감했다. 이에 충격을 받은 나와 극단 버섯 단원들은 이때부터 오직 자살예방 연극만을 고집했다.

2004년에 '이렇게 생각한다면'을 창작한 경험으로 본격적인 자살예방 연극을 준비했지만 창작의 어려움을 이내 알게 되었다. 연극 제작을 위해서는 자금이 필요하다. 그래서 수년간 공연제작비를 마련하기 위해 잡상인 취급을 당하며 몇 번씩이나 쫓겨나기도 했고, 몇 시간씩 기다려서 담당자를 만나기도 했다. 그렇게 기업의 협찬을 받는 일이 무척이나 힘들다는 것을 알고 있었지만, 한 시간 남짓한 시간 안에 관객들에게 감동과 메시지를 분명하게 줄 수 있는 작품을 창작해 내는 것은 협찬 받는 것과는 비교도 안 될 만큼 더욱더 힘들고 어려운 작업이라는 사실을 이때 깨달았다.

게다가 자살예방 작품이라는 타이틀 때문에 자칫 무거운 소재로만 창작하게

cafe.daum.net/soulsang
창작/기획/연출 이상철
무료공연
병실에 불을 켜라!
살예방과 생명존중 인식 확산을 위한 국회공연
일시 : 2009년 7월 8일(수) 오후 2시
장소 : 국회의원회관 1층 대회의실

생명존중인식 확산을 위한 연극공연
NEW
놀이터에 불을 켜라!
2014년 9월 2일(화) ~ 9월 5일(금)까지
9월 11일(목) ~ 9월 21일(일)까지
평일 · 토요일 : 1일 2회 / 3시 30분, 7시30분 일요일 : 1일 1회 / 3시
장소: 대학로 소극장 알과 핵

창작/기획/연출 : 이 상 철
생명존중 인식 확산을 위한 연극공연
STATION
정거장
일시 : 2015년 10월 8일(목) ~ 10월 20일(화)
평일 · 토요일 : 1일 2회 / 3시 30분, 7시30분
일요일 : 1일 1회 / 3시
(19일, 20일 특별공연 오전 10시 30분 / 오후 3시)
장소 : 대학로 소극장 알과 핵

cafe.naver.com/mushroomplay
cafe.daum.net/soulsang
창작/기획/연출 : 이 상 철
생명존중 인식 확산을 위한 연극공연
STATION
정거장
일 시 : 2017년 6월 1일(목) ~ 6월 23일(금)까지
월요일 ~ 목요일 : 오전 10시 30분 / 오후 2시
금요일 : 오후 2시 / 오후 6시
공휴일 · 토요일 : 오후 2시
(일요일 공연 없음, 6월 23일 오전 10시 30분 / 오후 2시)
장 소 : 대학로 소극장 『 알과 핵 』

되면 지루한 스토리 전개로 관객들에게 외면당할 수밖에 없다는 사실을 알고 있었기 때문에 창작 작업이 딜레마에 빠졌다. 무거운 소재를 재미와 웃음, 그리고 영화적인 반전을 가미하여 감동적으로 창작해야 하는 문제가 2006년 4월 나의 아버지와 긴 이별을 하게 된 그때까지 전혀 해결될 기미를 보이지 않았다. 3일이라는 시간을 보내고 장지에서 돌아와서부터 기적처럼 작품 창작의 물꼬가 트이고 기승전결의 내용이 흥미 있게 정리되면서 결국 한 달 만인 2006년 5월 드디어 '병실에 불을 켜라!'라는 작품을 완성했다.

서둘러 캐스팅을 하고 밤낮 없는 연습을 거쳐 2006년 7월 상명대학교 예술디자인센터에서 초연했는데, 관람객의 반응을 보며 작품의 성공을 예감할 수 있었다. 일주일 전만 해도 자살을 생각했었다는 여학생이 공연을 보면서 많이 울었다며, 자살에 대해 다시 한 번 더 생각해봐야 되겠다는 감상평을 극단 카페에 올린 것을 보면서 나와 극단 단원들은 그동안의 고생에 대해 보람을 느끼고 사명감을 확고히 하게 되었다. 작품 '병실에 불을 켜라!'는 아버지께서 하늘나라에 가시면서 주신 선물이 분명하다.

그리고 그때까지 몇 년간 문제되었던 일이 그 공연기간 동안 해결되기도 했다. 2001년부터 대학로에서 극단 버섯은 다른 극단들의 눈엣가시였다. 자기네들은 상업 공연을 하는데 극단 버섯은 무료공연을 한다고 하니 당연히 관객들이 자기네들 공연을 굳이 관람료를 내고 보겠느냐고, 연극협회를 통해 수차례 항의를 해 왔다. 하지만 거기에 대응하지 않고 있었는데 급기야 공연의 현수막과 포스터를 훼손하고 몇몇 극단 대표가 공연장까지 찾아와서 항의하는 사태까지 발생했다. 나는 그들에게 기왕 공연장까지 왔으니 일단 관람이나 하고 얘기하자고 하여 '병실에 불을 켜라!' 공연을 관람하게 했다. 그랬더니 급기야 대학로에도 이런 의미 있는 공연이 하나 정도는 있어야 되지 않겠느냐며 악수를 하고 돌아갔다. 그때 그 장면이 지금도 생생하게 기억이 난다. 이렇게 2006년은 내 평생 잊지 못할 한 해가 되었다.

그 후 2008년까지 3년간 '병실에 불을 켜라!'는 뜨거운 관심 속에 계속 앙코르 공연을 하였다. 공연이 입소문을 타면서 전국 순회공연까지 하기에 이르렀다. 1년 동안 서울을 비롯해서 대전, 광주, 춘천, 대구까지 순회공연을 했다.

이렇게 승승장구하던 공연은 2009년에 또다시 큰 벽에 부딪쳤다. 전년도에 진행된 전국 순회공연의 긍정적인 평가와 극단 카페에 올라 온 감상평을 접한 국회와 보건복지부 측에서 자살예방법 입법화 추진을 위한 초청 공연과 전국 6개 지역 순회공연을 제안해 와서 극단 버섯은 축제의 봄을 맞이하는 줄 알았었다. 하지만 2009년 5월 23일 오전 노무현 전 대통령이 갑자기 세상을 떠나는 일이 발생했다. 그러자 공연에 적극적이던 국회와 보건복지부 측은 정치적인 문제가 있다며 모두 손을 뗐다. 극단 버섯은 또다시 단독 기획, 주관하는 공연을 할 수밖에 없었다.

이때 내가 겪었던 정신적 충격은 나 또한 자살을 고민했을 정도로 엄청난 것이었다. 결국 아버지께서 물려주신 17평짜리 아파트를 담보로 대출을 받고 지인들과 동창들에게 돈을 빌려서 대부분의 제작비를 마련했다. 나머지 부족한 제작비는 후원과 협찬으로 해결해 처음 기획했던 대로 2009년 7월 8일 자살예방법 입법화 추진을 위한 국회 공연과 전국 순회공연을 모두 진행했다.

모든 공연이 끝난 뒤, 보건복지부 정신건강정책과 과장으로부터 점심 대접을 하겠다는 연락이 왔다. 그 자리에서 그는 도와주지 못해서 미안하다고 하면서 내가 이번 기획을 모두 다 해내리라고는 상상을 못 했다며 앞으로 나와 극단 버섯이 하는 공연에 도움이 될 수 있는 분을 소개시켜 주겠다고 하였다. 이분은 그 당시에 자살예방대책추진위원장을 맡고 있던 강지원 변호사였다.

4년간 혼자서 외롭고 힘들게 달려온 내게는 구세주 같은 분이었다. 망설일 시간도 없이 곧바로 연락을 드렸다. 흔쾌히 만나자고 하셨다. 이날 이후 극단 버섯의 모든 역사에서 강지원 변호사를 언급하지 않고는 그 어떤 얘기도 할 수 없다.

안국역 주변에 있는 한 제과점에서 이루어진 쌤과의 첫 만남은 인상적이었다. 소보로빵을 드시면서 "복지부 과장한테 얘기는 다 들었는데 내가 도와줘야 되는 일은 뭐지?"라고 말씀하는데 그 모습이 마치 아버지가 아들한테 말하듯이 느껴졌다. "자네 고생이 많네. 연극 공연도 공연이지만, OECD 국가 중에서 자살률이 1위인 우리나라 수도 서울에 자살예방을 위한 공연을 상시 할 수 있는 문화공간이 하나쯤은 있어야 되지 않겠어? 내가 도울 수 있는 일이 있다면 뭐든 할 테니까 앞으로 계속 연락하면서 함께 노력해 보세!" 드디어 나와 극단 버섯에게 든든한 지원군이 생긴 것이 분명했다.

이렇게 쌤과의 인연이 만들어진 2009년에 극단 버섯이 지금까지 해 온 노력과 경력을 인정받아서 비영리 극단 버섯의 타이틀을 갖고 비영리법인 단체로서 활동 범위를 넓힐 수 있게 되었다. 이제부터 극단 버섯은 일반 상업적인 극단이 아닌 공익적인 극단임을 분명히 하게 된 것이다.

다음 해인 2010년에는 강지원 쌤과 함께하게 되면서 공연 준비에 더욱 박차를 가했다. 그리고 자살자 유가족을 주제로 한 '놀이터에 불을 켜라!'라는 새로운 작품을 발표했다. 서울시 교육청에서는 자살예방 조기교육을 위해 공연안내 공문을 서울시내 중·고등학교에 보냈고 이로 인해 예년보다 더 많은 학생들이 공연을 관람했다.

그리고 같은 해에 서울시 교육청과의 인연의 연장으로 사회복지공동모금회(사랑의 열매) 공모에서 선정되어 다문화 관련한 내용의 '레인보우 랄랄라'를 이화여고 100주년기념관에서 공연하기도 했다. 2012년까지 '병실에 불을 켜라!'와 '놀이터에 불을 켜라!' 공연은 서울과 지방을 오가며 계속 진행하게 되었고 해를 거듭할수록 학생은 물론이고 일반 관객들까지 그 수가 점차 증가했다. 전용 공연장을 만들기 위해 강지원 쌤과 함께 서울시내 공연장들을 노크해 보았지만 뾰족한 답을 얻지 못했다.

2012년 가을에 강지원 쌤께서 대통령 선거에 출마하신다는 것을 알게 된 나는 만사를 뒤로하고 쌤을 찾아가서 선거운동 관련하여 뭐든 돕겠다고 말씀드렸다. 그러나 쌤께서는 선거운동 같은 데는 관심이 없는 듯 보였다. "자넨 열심히 공연하는 것이 나를 돕는 거야"라는 말씀을 들으면서 나는 내가 무엇을 얼마나 열심히 해야 할지 확실히 느꼈다. 지금도 공연을 준비하다가 집중이 안 될 때는 이 말씀을 떠올리곤 한다.

2013년 8월 26일에는 강지원 쌤이 국회에서 강력하게 주장하여 만들어진 자살예방법을 더욱 알리기 위해 많은 국회의원들을 초대하여 국회의원회관 대강당에서 공연하기도 했다.

2015년 상반기까지는 작품 '병실에 불을 켜라!'와 '놀이터에 불을 켜라!'를 더 다듬고 각색하여 'NEW 병실에 불을 켜라!' 'NEW 놀이터에 불을 켜라!'를 발표했다. 한층 더 발전했다는 평가를 받으며 서울을 비롯하여 여러 지역에서 초청공연을 하게 되었다. 이런 와중에도 새로운 작품에 대한 나의 열망은 계속되었고, 2015년 8월에 드디어 '정거장'을 완성했다. 자살한 사람은 결국 후회하게 된다는 내용으로 영혼 정거장에서 자살을 절실히 후회하고 다시 살아나게 되는 청년의 이야기이다.

하지만 2014년부터 삐걱거리던 협찬과 후원이 더욱 어려워지면서 공연을 취소해야 되는 상황에까지 이르렀다. 정부와 기업, 단체들의 지원 방향이 2014년의 세월호 사건과 2015년의 메르스 사태로 집중되면서 기본적인 제작비 모금까지 흔들렸던 것이다. 공연 취소를 고민하고 있을 때 늘 그랬듯이 강지원 쌤께서 도와주신 끝에 마침내 생명보험사회공헌재단의 도움을 받아 성황리에 공연을 마칠 수 있었다. 이렇게 벼랑 끝에서 일으켜진 행운은 여기서 끝나지 않고 이어져서 '정거장' 공연을 감상한 관객들에게 기대 이상의 감상평을 들었다.

그 후 생명보험사회공헌재단으로부터 2016년 공연을 단독 주최하고 제작비 준비로 뛰어다니지 말고 공연에만 집중하라는 제안을 받았다. 극단 버섯은 더없이 좋은 시기를 맞이하여 오로지 감사할 따름이었다. 2015년 겨울부터 작품을 더욱더 탄탄하게 만들고 늘 갈망하던 대로 제작비 고민 없이 공연연습을 더 충분히 할 수 있었다.

2016년 6월 8일 마음껏 준비하여 더 좋아진 '정거장' 공연을 개막하면서 그때 느꼈던 나의 흥분은 무어라 표현하기 어려울 정도였다. 공연기간 중에 일정을 조율하여 강지원 쌤과 보건복지부, 생명보험사회공헌재단, 그리고 서울시 교육청의 각 관계자들이 함께 공연을 관람했다. 공연 뒤에 일행이 분장실까지 내려와 배우들과 나에게 "이제까지 정신과 의사들만 치료하는 줄 알았는데 배우들도 그 역할을 할 수 있다는 사실을 알게 되었다"라고 말씀하셨을 때 벅차오르던 감정은 아직도 생생하다.

생명보험사회공헌재단은 우리에게 2017년에는 더욱 확대하여 공연하자고 또다시 제안을 해왔다. "관객을 더 많이 울게 하고 더 좋은 작품이 되도록 노력해 봐"라는 쌤의 말씀에 나와 극단 버섯은 공연장도 미리 잡아놓고 배우들과 스태프들 스케줄도 확정하여 쉬지 않고 공연 준비에 전념을 다하였다.

그런데 2017년 2월 13일에 충격적인 연락을 받았다. 재단의 이사장과 전무가 바뀌면서 이전의 모든 약속을 백지화한다는 것이었다. 쌤께서 이미 공연장과 배우들, 스태프들까지 모두 확정되어 진행된 상황을 얘기하고 이번만은 진행될 수 있도록 사정해 보라고 말씀하셔서 얼른 쫓아가 사정해 보았지만 막무가내였다. 재단이 공연을 확대하자고 하여 공연기간, 배우, 스태프까지 모두 인원수를 늘리고 중·고등학생들과 공연 초대 약속까지 이미 마친 마당인데, 아무리 후원단체라 하더라도 이건 아니다 싶을 정도로 참담했다.

공연을 취소할까도 생각해 봤지만 공연계가 블랙리스트 관련하여 너무 위축된 마당에 이미 약속된 일정마저 취소한다면 극단 버섯은 앞으로 더 이상 공연을 할 수 없게 될 것이 분명해 보였다. "하늘이 무너져도 솟아날 구멍이 있다고 하잖아. 모두 힘을 합쳐서 이 난국을 해쳐나가 보세"라는 쌤의 말씀에 난 정말 절실한 각오로 다시 뛰기 시작했다. 간절하게 흘린 땀의 결과로 2017년 6월 1일부터 23일까지 당초에 기획했던 그대로 공연을 성황리에 마쳤다. 이 기간 동안 서울시내 중·고등학생 5,217명이 관람하였고, 2005년을 시작으로 14년간 누적 관객 수가 112,051명이 되었다.

부러진 뼈가 다시 붙게 되면 더 단단해지듯이 이제 나와 극단 버섯 앞에 그 어떤 고난과 시련이 올지라도 이겨낼 수 있는 힘이 생겼다. 이렇게 될 수 있었던 것은 강지원 쌤이라는 하늘이 있었기 때문이다.

난 항상 꿈을 꾼다, 서울에 자살예방을 위한 연극 공연을 항시 할 수 있는 공연장이 있고, 제작비 걱정 없이 일 년 내내 공연할 수 있는 미래의 그날을! 이 꿈이 있는 한, 난 150살 이상 살고 싶다, 반드시!!!

이해국

가톨릭대 의정부성모병원 정신건강의학과 교수

중독 없는 사회로의 여정

정신적 고통, 즉 정신질환의 종류는 많다. 환청, 망상이 나타나는 심한 조현병도 있고, 우울, 불안과 같이 보다 흔히 경험되는 신경증도 있다. 이런 정신행동의 문제 중 좀 특별한 것이 중독이다. 중독은 정확히 말하자면, 알코올 사용 장애, 물질 사용 장애, 도박 장애, 게임 장애 등으로 기술할 수 있다.

중독은 특정 물질이나 행동을 과도하게 반복, 지속함으로 인해 일상생활 기능 수행에 심각한 문제가 발생하는 상태를 말한다. 핵심적 증상으로는 조절력의 상실, 부정적 결과에도 지속적인 사용, 여타 다른 취미, 여가 등에 대한 흥미의 상실 등이며 물질 중독의 경우 금단, 내성 등이 더욱 특징적이다.

인간은 본능적으로 기쁨과 행복, 쾌락을 추구하므로 그것이 영속적이든 순간적이든 기쁨을 느끼려고 스트레스를 벗어나기 위해, 술을 마시거나 게임을 하는 것 자체가 문제가 될 수는 없다. 그러나 순간적으로 강한 기쁨을 주는 것들은 어쩔 수 없이 중독성을 가지는데, 처음부터 그것을 인식하고 조절하지 않으면 본인도 인식하지 못하는 사이에, 다른 일상적 대상에 기쁨을 느끼지 못하고 특정 물질이나 행위에만 집착하는 중독의 상태가 될 수 있다.

특히 우리나라는 인구밀도가 높고, 경쟁이 심한 과도한 스트레스 사회인 데 반해 이를 해소할 만한 여가, 문화자원은 매우 제한적인 환경이다. 술, 담배, 사행성 산업, 게임 등은 모두 많이 소비되어질수록 이윤이 발생하는 산업이다. 그렇기 때문에 중독의 위험을 알리고 예방하는 일이 때론 경제적, 산업적 이해와 충돌하기도 한다.

이런 상황이고 보니 우리 사회는 특히 중독문제에 대한 국민적 인식과 정책의 수준이 매우 낮아, 과도한 음주나 게임 이용으로 인한 문제는 전 세계적으로 그 명성(?)이 자자하다. 사회적으로 중독문제가 심각하지만, 중독이 치료가 필요한 질병이라는 인식도 매우 낮아 중독문제로 치료를 받으려는 비율은 여타 정신행동 건강문제에 비하여 절반도 되지 않는다.

내가 진료실에서 정신적 고통과 아픔을 가진 사람들을 돌보는 정신과 의사로서, 이러한 중독문제의 현실을 안타깝게 생각하고 있던 중 2012년 6월 15일 '중독 없는 세상을 위한 다학제적 연구네트워크 중독포럼'을 발족하게 되었다. 중독 연구, 치료, 예방, 정책과 연관된 다양한 전문가, 실무자 들이 모였다.

중독포럼은 창립 이후 매월 포럼 세미나를 통해 국민들의 눈높이에 맞추어 쉬운 언어로 우리나라 중독문제의 심각성을 알려나갔다. 월례포럼 횟수가 40회를 넘고, 언론보도는 100회 이상에 이르는 성과가 있었다. 특히, 대통령 선거 일주일 전인 2012년 12월 12일에는 유력 중앙일간지 1면에 '술, 도박, 인터넷, 마약…… 8명 중 1명이 중독'이라는 제목으로 중독포럼의 세미나 발표자료가 보도되었으며, 이후에도 다수의 언론매체에 우리나라의 중독문제가 특집, 기획기사 등으로 보도되었다.

중독문제의 심각성을 알리기 위한 중독포럼의 활발한 대국민 활동에 힘입어 2013년 5월, 정신과 의사 출신인 신의진 의원의 대표 발의로 '중독 예방·관리 및 치료를 위한 법률안(이하 중독예방치료법)'이 국회에 제출되었다.

이 일은 진료실과 연구 현장에서 '중독'에 대해 열심히 연구하고 치료하는 것에 머물러 있던 연구자, 전문가들에게 '진료실 밖 현장에서 시민들을 위해 무언가 할 수 있다'는 자부심을 갖게 했다. 그러나 한편으로는 중독 관련 산업 특히, '게임 사용 장애의 존재와 위험성 자체를 부정하는 게임산업계'의 조직적 반대운동이 선의에 기반하여 활동하는 전문가들에게 많은 상처를 주기도 했다. 법과 제도를 만드는 과정은 '선의'만으로 이루어지지 않으며, 이 사회를 걱정하고 좋은 뜻을 가지고 있는 많은 시민, 시민사회단체, 사회지도자와 함께할 때, '선의의 제도화'가 가능하다는 각성이 자연스럽게 이루어졌다.

중독포럼의 활동가들의 회의에서 마치 약속이라도 한 듯이 강지원 쌤을 모시자는 의견이 모아졌다. 초대 청소년보호위원회 위원장을 역임했고, 청소년을 위한 인생 멘토로 여전히 사회운동을 열심히 하고 있었기에, 2013년 초가을 어느 날 용기를 내어 연락을 드렸다.

간단히 취지를 설명드리자, 전화를 드린 날 오후에 바로 약속을 잡아 주셨다. 바쁘신 와중에 조금이라도 도움을 받을 수 있을지를 긴장된 마음으로 여쭈어 보았다. 지금도 그 순간이 기억나는데, 그렇게 물은 내가 무안할 정도로, 강지원 쌤은 마치 기다렸다는 듯이 "꼭 필요한 일이다", "전적으로 함께하겠다"라고 말씀해 주었다. 그날 이후로 강지원 쌤은 중독포럼의 울타리가 되어 주고 있다.

강지원 쌤의 응원에 힘입어, 중독포럼은 중독예방치료법 등 국가의 중독예방에 대한 역할을 촉구하기 위한 조직으로 130여 개의 학부모·시민·교육·학계·전문가 단체가 모인 민간 네트워크 조직 '중독예방을 위한 범국민 네트워크'를 구성하였고, 10만인 서명운동을 진행할 수 있었다.

마침내 10만 명 서명을 취합하고 2013년 12월엔 직접 국회를 방문하였다. 강지원 쌤은 국회정론관에서 진행된 기자회견에서 직접 대표 발표까지 해 주었다. 이후 여당 정책위원장, 보건정책 전문위원실 방문 간담회도 직접 참여해 주었다. 말 그대로 몇몇 의원실의 문을 '발로 차고 들어가' 직접 법안 통과의 필요성을 역설해 주던 모습은 지금도 눈에 선하다.

이후 이듬해인 2014년 5월에는 중독예방 관리 치료를 위한 안전망과 국가법제도체계 구축을 촉구하는 '범종교시민사회 200인 선언 및 토론회'를 국회에서 개최하였고, 강지원 쌤께서는 좌장을 맡아 힘을 보태 주었다.

당시 강지원 쌤은 푸르메재단의 대표직을 맡고 있으면서, 장애아동 재활병원 건립기금 모금을 하고 있었다. 우리나라에서 가장 큰 게임회사인 넥슨은 가장 많은 기부를 약속한 기업 중 하나였다. 당시 게임업계에서는 중독예방치료법이 게임을 중독물로 규정한다는 비판을 하고 있었던 터라 강지원 쌤의 입장이 다소 껄끄러울 수도 있는 상황이었다.

그러나 강지원 쌤은 이 법의 목적은 "게임을 중독으로 규정하는 것이 아니고, 실제로 존재하는 게임중독 아이들에 대한 예방치료 서비스를 제공하기 위한 것이다"라며 게임회사 관계자들을 당당하게 설득하고 중독예방치료 전문가들과 함께 논의할 수 있는 테이블을 만들고자 애썼다.

이후 게임업계의 거부로 테이블이 성사되지는 못했지만, 당시의 원칙과 소신을 가지면서도, 입장이 다른 의견을 존중하고 설득하는 모습은 왜 강지원 쌤이 오랜 시간 동안 존경받는 사회지도자로 자리를 지키고 있는지 설명해 주는 대목이었다.

이후 중독포럼과 중독예방을 위한 범국민 네트워크는 강지원 쌤과 함께 대국민포럼을 통해 중독문제의 심각성과 법제도 구축의 필요성에 대하여 지속적으로 사회와 소통해 나갔다.

2015년 8월 중독포럼은 한국중독정신의학회와 함께 세계보건기구(WHO)의 '게임, 디지털기기의 과도한 사용 문제에 대한 공중보건학적 대응을 위한 국제전문가 테스크포스(TF) 회의'를 개최하였다. 당시 전 세계에서 20여 명의 관련 분야 석학, 전문가들이 방한했다. WHO 중독대응팀 책임자 포즈냐크 박사, 예

대한민국국회

중독 예방 · 관리 및 치료를
위한 법률안
무엇을/어떻게/누가 할 것인가?
무엇이 어떻게 달라질까?

문재인 정부에 기대하는 탈중독 사회를 위한 정책 퍼레이드

"지속가능 스마트디지털 소사이어티"
중독포럼
2017

IFAP 2015

중독포럼
일시: 2014년 7월

[중독포럼 중독정책국회토론회]
중독관리를 위한 국가 법제도체계 구축을 촉구하는 "범종교시민사회 200인 선언과 토론회"
일시: 2014년 5월 22일(목) 오후2시 장소: 국회의원회관 2층 제1소회의실 주관: 중독예방을 위한 범국민 네트워크 주최: 중독포럼, 국회의원 신의진

"범종교시민사회 200인 선언과
주관: 중독예방을 위한 범국민 네트워크

해법
26일
1시 30분~

중독
30분~오후
행위중독

일대의 행위중독 과장 마크 포텐자 교수, 국제표준 알코올중독 선별도구인 AUDIT을 개발한 호주의 존 사운더스 교수, 일본 국립 중독센터의 스스무 히구치 원장 등 정말로 쟁쟁한 석학들이 우리나라를 찾았다.

중독포럼은 이들의 내한이 단지 국제회의로 끝나는 것이 아니고, 우리나라 국민들의 중독문제에 대한 인식을 높일 수 있는 좋은 계기가 될 수 있을 것으로 판단하였다. 부족한 예산을 아껴 대여한 63빌딩 회의실에서, 무려 13명의 국내외 석학 연사들이 재능 기부의 형태로 '테드(TED)' 식 강연을 15분씩 릴레이로 이어가는 획기적인 시도를 하였다. 결국 3천여 명의 일반인 청중이 강연장을 찾았고, 30여 언론에 소개되는 등의 성과가 있었다. 더불어 대중 강연회에 참여했던 세계의 석학들이 평생 잊지 못할 인상 깊은 기억을 가지게 되었다.

또한 2015년 8월 서울의 2차 세계보건기구 회의에서는 세계질병표준분류기구 11판에 게임사용장애의 등재를 검토하기로 하고, 새로이 제시할 진단기준의 초안이 마련되는 역사적인 진전이 이루어졌다.

2012년부터 시작된 중독포럼의 활동 중에서 19대 국회에서 발의된 중독예방치료법의 제정을 지지하고 지원하는 일은 가장 인상 깊었던 일이었다. 그러나 전문가뿐만 아니라 여러 시민사회단체가 함께했음에도 불구하고, 이 법은 보건복지상임위 법안심사소위의 토론까지 올라간 것을 끝으로 결국 19대 국회가 종료되는 상황을 맞았다. 중독치료관리법은 주류회사, 사행산업 업체, 게임 산업계 등 규모가 큰 산업계에서 반겨할 법은 아니었으니, 당연히 반대 입장에서 국회에 강력한 로비를 전개했고, 관계된 언론매체 등을 통해 부정적 여론을 형성하고자 조직적으로 대응했다.

중독포럼은 2015년에서야 보건복지부로부터 비영리민간단체 승인을 받은 신생 단체이자, 상근 사무직원조차 없이 회원들의 회비로만 운영되는 단체이다. 모든 활동이 관련 분야의 연구자, 실무자들의 자발적 참여와 재능 기부로 이루어진다. 중독으로 고통받는 우리 아이들과 이웃, 이들을 중독으로 내모는 취약한 환경을 개선해야 한다는 의지는 강했지만, 이러한 순수한 뜻만으로 제도가 만들어지지 않는다는 교훈을 얻는 것에 일단은 만족해야 했다.

중독포럼은 창립 이후 비정기 포럼과 정기 세미나에서 발표한 국내외 연구자가 50여 명, 참여 인원이 4천여 명이었고, '중독에 대한 100가지 오해와 진실' 1판과 2판을 포함해 발간된 자료집과 도서가 50여 종, 언론 소개 200여 회 등에 이르는 등 활발한 활동을 꾸준히 전개하고 있다.

중독포럼은 중독 관련 다양한 사회적 이슈에 대하여 정확한 정보를 전달하고 공익적 입장에서 의견을 지속적으로 개진해 왔다. 2012년 피겨스타 김연아 선수가 맥주 광고에 출연했을 때, 중독포럼에서는 "해외에서는 주류협회가 자율규제로 24세 이하로 어려 보이는 연예인이나, 스포츠 스타를 주류 광고 모델로 금지하고 있다"라는 사실을 소개하면서 문제 제기를 하였다. 또한 인터넷의 과도한 사용과 관련된 건강상의 문제에 대한 진단코드 신설을 지속적으로 제안하여, 2016년 한국질병분류기준 Z code에 관련 코드가 신설되도록 하는 데 기여했다. 이렇듯 중독포럼의 활동은 현실의 문제점을 개선하고 대안을 제시하는 것에 맞닿아 있다.

중독포럼은 창립 이후 수년간 입회비를 낸 회원이 150여 명, 매년 연회비를 내는 이사회원의 수가 60여 명에 이르는 등 지속적으로 외연을 넓혀 왔다. 보건의료 중심의 구성에서 기타 사회, 교육, 디지털, 문화 분야로 참여 전문가 풀도 확장되고 있다.

2017년 우리 국민들은 정치 분야에서 새로운 선택을 일구어냈다. 그러나 우리 사회는 중독문제에 대해서는 여전히 아무런 변화를 보이지 못하고 있다. 2017년 10월에 중독포럼 연구진에 의해 발표된 통계에 따르면 2015년 기준, 5년 만에 처음으로 국민 1인당 순수 알코올 소비량이 9리터를 넘겼다. 우리나라의 자살률이 일정 수준 이상 감소하지 않는 이유로 우리나라의 심각한 음주문제가 제기되기도 했다. 국정감사 자료에서는 청소년 알코올 중독자가 늘고 있는 것이 지적되었지만, 별 대책은 없다.

대표적인 여자 아이돌 가수인 아이유와 수지가 소위 국민소주 참이슬과 처음처럼의 광고 모델이다. 자체적으로 아이돌 스타들의 주류 광고를 제한하는 선진국의 경우를 감안한다면, 이는 얼마나 우리나라가 술과 관련해 허용적인 문화를 갖고 있는지 알 수 있는 대목이다. 그럼에도 우리나라는 음주로 인한 건강과 사회적 폐해를 예방하고 치료하기 위한 국가의 기본적 책무를 정의하는 법제도 없다.

중독포럼은 다양한 연구 성과를 국민의 눈높이에서 가공 전달함으로써 중독문제에 대한 인식을 높이는 활동을 열심히 해 왔다. 향후 중독포럼은 높아진 인식이 실질적인 법과 제도로 발전되게 하는 역할에 집중하고자 한다. 특히 소비자단체, 청소년단체, 시민사회단체와 함께 국가가 보다 적극적으로 음주 폐해를 예방할 수 있도록 하는 법제도를 만들어 내기 위해 노력하고자 한다. 나아가 음주 문제뿐만 아니라, 우리사회의 인터넷 디지털 자원의 발전이 단순히 사행성 게임물 등 자극적, 쾌락적 콘텐츠로만 귀결되는 불균형을 막고, 보다 지속가능한 발전을 이루기 위한 디지털 리터러시 향상을 위한 운동도 꾸준히 전개하고자 한다. 강지원 쌤 같은 분들의 동행이 큰 힘이 되어 중독 없는 세상을 위한 우리의 여정은 꾸준히 계속될 것이다.

우옥영

보건교육포럼 이사장, 경기대 교수

보건교과, 몸과 마음의 건강 배우기

지금 대한민국의 모든 학교에서는 보건교육이 의무적으로 실시되고 있다. 학교보건법이 개정, 시행되고 있기 때문이다. 보건수업은 초등학교에서는 17시간 이상 의무적으로 실시하고 있고, 중·고등학교에서는 선택과목으로 도입되어 있다.

그러나 보건교과를 처음 도입하는 과정은 그야말로 산 넘어 산이었다. 사회적 의제화 및 입법, 고시, 집행에 이르는 정책과정 내내 교육과정과 교원정책의 변화와 관련하여 첨예한 대립과 논쟁이 이어졌다. 사실 '보건교과 이슈'는 일부 사람들의 편협한 인식과는 달리, 학생 건강과 국민 보건의 문제일 뿐 아니라 중요한 교육개혁의 논제였다. 그런데도 사회적 요구를 강조하며 변화를 원하는 세력과 그렇지 않은 세력은 극도로 대립하고 갈등하며 갖은 전략을 구사해왔다.

지금이야 우리 보건교육포럼과 강지원 쌤을 비롯한 많은 분들의 노력의 결과로 법률(학교보건법)이 바뀌어 보건과목이 생겼고, 교육부가 모든 학교에서 보건교육을 가르치도록 하면서 인식이 상당히 바뀌었지만, 보건교과 도입 운동 초기만 해도 사정은 지금과 매우 달랐다.

보건교육, 특히 보건교과 도입에 대해 언급하려고 하면, 마치 전혀 말도 안 되는 이야기라도 꺼낸 듯 면전에서 무안을 당하는 것을 각오해야 했다. 교육계의 주류라 할 수 있는 교육부 관료들, 교육대학교와 사범대학교의 교수들, 교원단체의 활동가들 대부분이 '교과의 신설'에 대해서 잠재적으로 이해 당사자였고, 실제로도 대부분이 '교과의 신설' 자체에 노골적인 적대감을 드러내거나 기존의 통념을 근거로 은근히 낙인을 찍는 분위기였다.

공무원 총정원제, 교원 총정원제 등을 바탕으로 10개 교과 운영으로 굳어진 교육 구조에서 사회 변화를 보지 못하고 이를 절대시하던 그들에게 '보건교과의 신설'은 물론 일체의 교과 신설 요구는 교대와 사범대 출신이 아닌 교사에게 교과를 맡기는, 다시 말해 교육계 전체의 이해가 걸린 교원 개방의 문제로 인식되었다.

지금도 초등교사 임용 대란이 문제가 되고 있거니와, 진즉부터 이러한 이해관계를 드러내고 논의하여 대안을 찾을 수 있었다면 좋았겠으나, 이해 당사자였던 정책 담당자들부터 이러한 논의가 표면화되는 것을 차단한 채 교과 신설 자체를 금기시했다. 그 시기에는 보건교과의 신설에 '찬성'의 기색을 드러내는 것조차 매우 심한 공격을 받아야 했던 때였다.

대학에서 간호학을 전공하다가 세상의 변혁을 꿈꾸며 10여 년간 학생운동과 노동운동에 몸담았던 나는, 이후 서울대병원 근무를 거쳐 30대 중반이 지나 학교의 보건교사가 되었다. 그리고 보건실에서 몸과 마음이 아픈 아이들을 만났다. 그렇게 자신의 몸, 마음, 건강, 의료에 대한 무지가 만연하여 수많은 문제들이 생기는 현장을 지켜보면서 왜곡된 입시교육과 돈벌이 의료의 문제점을 절감했다. 이에 대한 고민과 탐색을 통해 나는 인간화 교육과 공공의료의 일환이자 토대가 될 '보건교육의 가치'에 주목했다.

그리고 곧 내가 선 자리에서 나의 전공과 경험을 살려 세상(공동체)에 이로운 일이 보건교육을 일구고 발전시키는 데에 있다는 신념을 갖게 되었다. 학교에서 학생들이 건강에 대해 제대로 배울 수 있다면, 그 아이들이 자라면서 전 국민이 건강관리에 대한 기본 소양을 가질 수 있게 될 것이고, 그만큼 전 국민이 더 건강하고 행복한 삶을 누릴 수 있을 것이라 믿었다. 그래서 나는 '보건교육 운동'에 '행복한 삶의 운동'이라는 이름을 붙였고, 이는 우리 단체의 공문 양식의 머리말로 쓰기도 했다. 나아가 보건교육은 저출산 노령화 사회에서 인간적으로도, 국가발전 전략으로서도 유용하다고 판단했다.

당시 아이들의 건강 문제는 성, 흡연, 비만, 약물 등 여러 방면으로 심각성이 언론에 보도되고 사회적 문제로 등장하고 있었다. 실제 학교에서 만나는 아이들은 더욱 심각하게 다양한 양상을 보였다. 아이들은 건강을 위해 기본적인 식사, 운동, 수면, 휴식의 생리와 관리의 중요성을 알지 못했다. 배가 고픈데 식사 대신 약을 달라고 했고, 가벼운 화상이나 긁힘, 베임 같은 작은 상처조차 스스로 대처하는 법을 거의 알지 못했다.

아토피를 전염병이라 놀려 자퇴하는 아이가 생기고, 감기에도 휴식이나 영양가 있는 음식을 취하지 않고 항생제를 포함한 5~6가지나 되는 약물에만 의존했다. 어른들이 없이 혼자 병원을 가야 할 때도 어떻게 해야 할지 몰랐다. 성에 대한 관심으로 음란물을 모방하며 서로 놀리거나 따라하고, 또래끼리 술과 담배, 약물을 권하거나 비행으로 이어지는 일이 빈번했다.

여러 가지 사회적 조건이 급격하게 변화하며 예전처럼, 가정에서 이 아이들을 돌보는 것은 한계가 있었다. 학교에서 이에 대해 접근할 필요가 있었다. 사실 일부 구체적인 양상의 차이는 있지만 이러한 문제들은 서구에서는 이미 진즉에 문제가 되어 왔던 것이다. 우리는 이미 문제를 겪었던 여러 나라들의 보건교육 경험을 벤치마킹할 필요가 있었다.

WHO가 학교에서 보건교육에 1달러를 투자하면 10달러의 효과가 있다는 연구 결과를 발표하며 보건교육을 권장했던 것도 이미 오래전의 일이었다. 하지만 당시 교육부는 UN에 보건교과를 도입하겠다는 공문서를 보냈으면서도, 실제로는 이를 외면한 채 교과에 대해 맹목적으로 '현행 유지' 기조를 고집했다. 보건교사들은 아이들을 위해 꼭 해야 할 일 대신 각종 부당한 행정 업무를 요구받으며 정체성의 혼란을 겪는 등 매우 힘들어했다. 이에 대해 근본적인 변화가 필요하다고 판단이 들었다.

2000년대 초반, 나는 전교조 보건위원장이 되어 보건교육 운동의 전면에 나섰다. 보건교사 연수를 통해 생각을 나누고 조직적 결집력을 높여가면서, 교사들과 정부의 정책 담당자들을 설득하고 다각도로 정책 제안을 시도했다.

그런데 학교에서 아이들에게 '건강'을 가르치는 보건교육의 당위성에는 누구나 쉽게 동의하면서도, 이를 실천에 옮기기 위해 가장 필수적인 '보건교과'에 대해서는 대부분 고개를 저었다. 사실 처음에 나는 이러한 주장이 얼마나 견고한 기득권과 이해관계 속에 놓여 있는 민감한 문제인지 제대로 알지 못했다.

사람들이 보건교육의 취지를 제대로 알게 되면 당연히 우리를 지지해 줄 것이라 믿고 발이 닳도록 열심히 뛰어다녔다. '아이들이 건강하고 행복하며, 전 국민의 평생 건강의 토대를 닦을 수 있다, 결과적으로 국가의 생산 활동에도 기여하고 엄청난 의료비도 획기적으로 줄일 수 있는 정말 좋은 일이다' 등으로 열정을 담아 설득했다. '보건교사의 이해관계가 세상을 유익하게 하는 보람이 있는 일에 일치하고 내가 거기에 헌신할 수 있으니 얼마나 좋은 일인가!' 생각하였다.

당시에 OECD 각국에서는 이미 보건교과가 보편화되어가는 추세였다. 그러나 우리나라에서는 그런 사실이 전혀 공유되지 못했고, 대체로 사람들은 아프면 병원에 가면 되고 교과는 지식이나 입시를 위해 배우는 것으로 생각했다. 또, 보건교사는 가르치는 일보다 응급처치를 하는 사람이고, 교대와 사범대 출신의 교과교사에게만 교육의 전문성이 있다고 생각했다.

더욱이 교육부 관료, 교대 사대 교수들, 교원단체 활동가들은 입을 모아, 보건교과는 '아이들의 학습량을 늘어나게 하므로 절대 안 된다', '교육과정과 교원정책에 혼란을 초래하니 절대 안 된다', '다른 교과를 배려하지 않고 자기들 생각만 하는 이기주의라 절대 안 된다' 등 온갖 논리를 들며 결사적으로 반대하였다.

그 방식도 정당하게 논의의 근거를 제시하는 형태로 이어진 것이 아니라, 대개 많은 사람들 앞에서 옳지 못한 얘기를 꺼낸 사람을 대하듯 공개적인 낙인을 찍고, 때로는 인신공격이나 차별에 가까운 조직적인 린치로 이어지기도 했다. 그 결과 쉽게 보건교육의 취지에 동의하던 사람들도 교육부나 단체 관계자들을 만나고 나면 얼굴빛이 달라지고 논조가 바뀌기 일쑤였다.

예민하고 자존심이 강한 나에게 그런 경험들은 참으로 힘이 빠지고 인간에 대한 믿음에 회의가 드는 견디기 힘든 시련이었다. 그런 힘든 일을 반복적으로 겪는 날에는 하루 종일 아무것도 하지 못할 정도로 얼마나 상처를 입고 고통스러워했던지, 얼마나 많이 눈물을 흘리며 주저앉으려 했는지, 이렇게 무너지면 안 된다고 나약하게 굴지 말고 용기를 내야 한다고 얼마나 많은 채찍질을 했던지……. 새삼 그때의 여러 장면들이 스쳐가며 마음을 친다.

그런데 정말 다행스러운 건 혼자가 아니었다는 것이다. 이 장벽을 어떻게 뚫고 나갈까 골몰하는 전교조 보건위원회, (사)보건교육포럼의 동료들이 있었고, 강지원 쌤처럼 그 대의를 지지하며 함께하고 힘을 주시는 분들이 계셨다.

이 운동의 초기였던 2001년에는 전교조 보건위원장으로서, 보건교사 대상 연수를 통해 우리가 주체적으로 학생 건강과 국민 건강을 위한 보건교사의 역할을 찾아야 한다는 생각을 공유하고, 아이들 건강실태 조사를 실시하여 심각성을 널리 알리고 보건교육의 필요성을 함께 홍보했다.

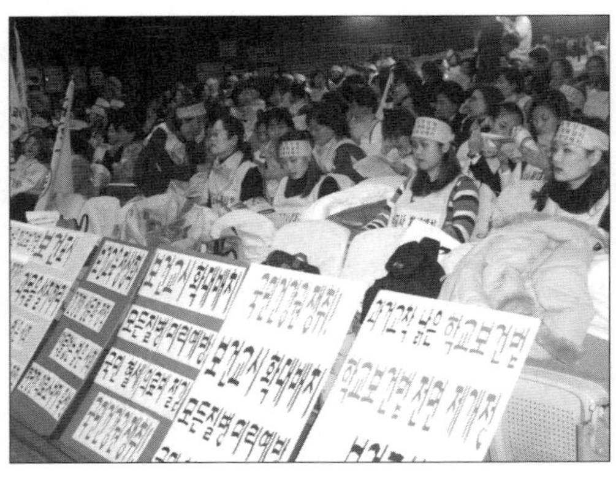
보건교사 확대배치
국민건강권 쟁취!
모든질병 미리예방
학교보건법 전면 재개정

솔선수범하기 위하여
일 수 없습니다.
보건교과 설치로
무상보건 교육을
보건교과 신설하여
체계적인 보건교육!!!
어릴시절 익힌 건강습관
평생건강 좌우한다
통합관리와 아이들 보건교

생활 속의
보건
5
YBM

생활 속의
보건
6
YBM

중학교
보건

고등학교
보건

제15회
(사)보건교육포럼 정기 총회 및 집행부 겨울 연수
2018. 01. 27(토) 10:30
서울유스호스텔

건강하고 행복한 학교를 위한
보건 교육포럼

보건교과설치

황 및 건강문제 사

학교응급상황 및 건강문제 사례와 자료전시
일시 : 2005년 11월 23일 (수) 15시 장소 : 국회의원회관 1층 로비 주최 : 이주호 국회의원, 건강사회를 위한 보건교육 연구회

2002년에는 보건교육에 필요한 시간도, 교육과정도 없어 보건교육이 실종되고 있어 대안이 필요함에도 불구하고, '관련 교과에서 잘하고 있다'는 교육부와 교과의 이해관계자들의 반대를 넘어서기 위해 '대선후보 초청 119 보건교사 결의대회'를 개최했다. 보건교과를 노무현 대통령 대선공약으로 채택하는 것에 성공했다.

2003년에는 교과교사로 구성된 교원단체 내에서의 활동의 한계를 넘어서기 위해, 보건교육을 지지하는 보건교사들을 모아 '건강사회를 위한 보건교육연구회'와 ' 보건교과 추진위원회'를 구성했다.

2004년에는 교육부에 대선공약 이행을 촉구하는 6천 명의 사이버 의견 개진을 주도하여 교육혁신위원회 및 국회 등에 우리의 주장을 알렸고, 국회에서 보건교과 입법 방안을 제안하는 토론회를 개최했다(구논회 의원 공동 개최).

2007년에는 마침내 모든 학교에서 모든 학생에게 보건교육을 의무적으로 실시하도록 하는 학교보건법이 통과되었다. 2009년부터는 보건수업을 초등학교에서는 17시간 이상 의무적으로, 중·고등학교에서는 선택과목으로 하게 되었다. 그리고 나를 포함하여 이 운동을 벌여 왔던 주체들을 중심으로 지금의 (사)보건교육포럼이 교육부 산하 법인으로 설립되었다.

나는 이 과정을 2012년에 박사 논문 '교육과정 조정에 관한 연구'에 담았고, 2017년에는 그 내용을 『보건교과와 교육과정』이라는 책으로 출판하면서 '교육과정 정치학'이라는 부제를 달았다. 사정을 잘 모르는 누군가는 주변부에 불과한 보건교과가 무슨 교육개혁 이슈와 상관이 있냐고 의문을 제기할 수도 있으나, 변화는 종종 기득권화된 중심부가 아닌, 절박하게 새로운 체제를 원하는 변방에서 시작되곤 하는 법이다.

지금도 인터넷에서 '강지원, 우옥영'을 검색어로 치면, '보건교과 설치 촉구 1천인 선언'을 비롯해서 여러 가지 주장과 반론이 담긴 보도자료 등등 그 치열

했던 흔적의 일부를 찾아볼 수 있다.

그러니 강지원 쌤께서 이에 개의치 않고 공개적으로 앞장서서 우리 보건교육 운동을, 보건교과를 든든하게 지켜준 것은 변방에서 시작되고 있던 새로운 변화에 커다란 창과 방패가 되어 주신 것이었다. 나에게는 참으로 큰 힘이 되었다. 지금도 그때를 돌아보면 강지원 쌤의 그 대단한 안목과 용기에 새삼 감사한 마음과 경의를 표하지 않을 수 없다. 입으로는 개혁을 외치면서도 기득권 세력 앞에서는 이를 철저히 회피하던 이들과는 정말 근본적으로 다른 분이셨다.

강지원 쌤을 생각하면 나도 몰래 얼굴에 웃음이 번지곤 한다. 호인 같은 외모에 묘하게 어울리는 중독성 있는 너털웃음과 유머가 넘치면서도 정곡을 찌르는 간단명료하고 후련한 어법 때문에 그런가 싶다. 가끔 사람들이 지루하고 답답한 분위기로 이야기를 하고 있을 때 갑자기 매우 낙천적이고 긍정적인 태도로 핵심적인 말씀을 툭 꺼내실 때는 엉뚱하게도 '멋진 돈키호테'(?) 같은 느낌이 들기도 했다.

여하튼 그런 강지원 쌤의 기운에 어둡고 쫓기던 마음이 환해지고 여유가 생기곤 했으니 그걸 돈으로 치면 몇 백만 불 이상의 가치가 있을지도 모르겠다. 무섭고 단호하실 때도 있겠고 모든 이들에게 그런 분은 아닐 수도 있겠지만 말이다. 그러나 내가 강지원 쌤을 생각하며 마음이 환해지는 것은 단지 그런 모습들 때문만은 아니다. 강 쌤께서는 내가 자라고 세상에 나와 오랫동안 내 삶의 특별한 소명처럼 여겼던, 작지만 소중하고 외로운 '보건교육 운동'에 든든한 후원자가 되어 주셨기 때문이다. 보건교육 운동이 본격화되기 시작할 때부터 지금까지 그는 늘 든든한 우군이었다.

2005년 우리의 운동을 토대로 국회에 보건교과 도입을 위한 학교보건법 개정안(이주호 의원 대표발의)이 제출되었고, 우리는 주요 쟁점을 연구하여 공청회 및 토론회 등을 통해 적극적으로 주장을 펼쳤다.

그러나 워낙 반대 일색인 교육계의 이해를 넘어서지 않고는 법안이 통과되리라고 기대하기 어려웠기 때문에 법안 논의를 앞두고 각계 오피니언들의 지지가 절실했다. 그래서 널리 그 취지를 알리고 지지를 표방하는 '보건교과 설치 촉구 1천인 선언'을 조직하기로 했다.

누군가는 "그런 선언에 이름 하나 얹는 게 뭐 그렇게 어려운 일인가?" 할지 모르지만 그때는 지금과는 사정이 달라서, 정말 교육부나 다른 기득권 집단이 문제로 삼아도 흔들리지 않을 명망이 있고 믿을 만한 분들의 동의를 얻어내는 것이 절박하고 중요한 일이었다. 그리고 첫 번째 선언에 누구 이름을 올리는가가 이후의 동참에 매우 중요했다.

바로 그때 강지원 쌤이 '보건교과 설치 촉구 1천인 선언'의 제일 앞에 이름을 올려 주었다. 교육계를 뛰어넘어 각계 인사가 참여했던 이 선언에는 보건교과가 21세기 선진국형 복지국가 실현의 초석이며, 대통령과 정부의 약속이고, 학습량을 늘리지 않고도 당장 도입이 가능하다는 등의 주장이 비교적 자세하게 실려 있었다.

또한 보건교과 추진 과정 내내 정책적 자문과 전략 자문을 아끼지 않았던 당시 김대유 교육개혁 시민운동연대 대표, 교육부 차관을 방문하여 대선 공약인 보건교과를 교육부에서 공식적으로 논의하도록 길을 열어 주었던 당시 박재갑 국립암센터 원장을 비롯하여 이수일 전교조 위원장, 이수호 민주노총 위원장 등 각계 인사들의 이름도 실렸다.

이후 강지원 쌤은 보건교과 입법이 통과되기까지 있었던 여러 활동들에 힘을 보탰다. 예를 들면 2006년 5월 파고다공원 앞에서 국회와 교육부를 향해 보건교과 도입을 촉구하고 환경위생 등 시설관리 업무를 교원에게 부과하지 않도록 요구했던 '보건교육 정상화 촉구·결의대회', 2007년 4월 보건교과 도입 입법과정에서 향후 보건교과 도입을 대비하여 교육 내용 및 정책 등을 제시하기 위해 국회에서 개최된 '건강하고 행복한 학교를 위한 보건교육 진흥 토론회', 2007년 10월 국회 입법 직전 국회에서 개최된 '보건교육 포럼' 등에 모두 함께 해 주었다.

또한 보건교과 입법이 통과된 이후에도 교육부가 보건교육과정을 고시하고 보건교육이 제대로 이루어지도록 하기 위한 세부 정책을 마련하는 여러 활동에도 참여해 주었다. 예를 들면 2008년 8월 대통령의 약속, 국회가 만든 법을 지킬 수 있도록 34시간 이상 보건과목 즉시 고시하라는 교육부 앞 기자회견, 2008년 12월 학교보건법과 보건과목 고시에 따른 학교 보건교육 활성화 방안 토론회 및 교과서 예산 확보 등을 촉구하는 정책 토론회, 2009년 7월 국회에서 개최된 『생활 속의 보건』(보건교육과정에 따라 본 법인에서 발간한 최초의 보건 교과서) 출판기념회 및 학교보건법 개정에 따른 보건교육을 위한 교과교육론 실시 및 정교사 전환 등 보건교육정책 토론회 등에도 늘 함께해 주었다.

2012년 12월의 대선후보 초청 보건교육 정책토론회에서는 직접 대통령 후보가 되어 보건교육의 중요성과 보건교과 추진 정책의 전폭적 지지는 물론, 우리가 담쟁이포럼 등을 통해 문재인 대통령 후보 등 각 당 후보에게 제안했던 학점제, 국가교육위원회 공약에 대해서도 적극 지지 발언을 해 주기도 하였다.

보건교육운동은 아직도 할 일이 많다. 보건교육이 실질적으로 우리 아이들의 행복한 삶의 교육이 되도록 하고, 또 이를 위해 보건교사의 정교사화 등 제도적 보완책들을 착실히 강구해 나가야 하기 때문이다. 오늘도 변함없이 더 큰 진전을 위해 더 힘껏 노력할 것을 다짐해 본다.

최근 아버지께서 돌아가시고 난 후, 나는 이전보다 삶과 죽음에 대해 더 많은 생각을 하게 되었다. 그리고 몽테뉴의 『수상록』을 읽으며, 나의 몸을 낳아 주시고 길러 주신 육체적인 아버지의 소중함에 대해서는 물론이거니와, 그에 못지않게 나의 소명과 사회적 삶을 지지하고 키워 주신 사회적인 아버지에 대해 생각해보았다. 나에게도 육체적 자식들이 있거니와, 보건교육, 보건교과, 나아가서 그 고민 속에서 나온 학점제와 국가교육위원회에 대한 제안들 역시 사회적 자식일 수 있다는 생각을 해본다. (사)보건교육포럼과 동료들도 그 일부일 수 있을 것이다.

그리고 강지원 쌤이 큰 모습으로 그 모든 과정을 지켜보며, 보이게, 보이지 않게 엄청나게 큰 힘이 되어 주었던 것을 돌아본다. 다시 한 번 진심으로 감사의 마음을 전하면서 조금이라도 그 모습을 닮을 수 있기를 소망한다.

2부

아동·청소년의 전인적 성공

김선도

쌤앤파커스 『꿈 같은 거 없는데요』 편집자

타고난 적성을 찾아야 행복합니다

출판사 편집자로 일하는 나에게, 출판사에서 일하면서 가장 좋은 것이 무엇인지 묻는다면 여러 분야의 새로운 사람들을 만날 수 있다는 점을 꼽곤 한다. 강지원 쌤은 그동안 만났던 수많은 사람들 중에서도 아주 특별한 기억으로 남는 분인 것 같다.

아직은 여름 더위가 물러가지 않았던 2017년 9월의 유난히 볕이 좋던 날, 약속 장소에 도착해 보니 강지원 쌤은 아직 다른 분과의 미팅이 끝나지 않았는지 대화 중이셨다. 선생님에 대한 첫인상은 멀리서도 느껴지던 강렬한 눈빛으로 기억된다. 주변에 조용히 자리를 잡고 미팅이 끝나기를 기다리면서 준비한 이야기들을 정리하려 했지만 마음대로 잘 되지 않았다. 마치 연예인을 본 것 같은 떨림이었을까. 정신을 바짝 차리지 않았더라면 본분을 잊고, 명함이 아닌 수첩을 들이밀면서 "사인 좀 부탁드려도 될까요?"라고 했을지도 모르겠다.

1시간 정도의 짧은 시간이었지만, 대화를 나누는 동안 쌤은 믿고 의지할 수 있도록 곧고 정직하면서도 따뜻함을 보여 주셨다. 사람 좋은 호탕한 웃음을 보여 주다가도 자신의 생각을 나눌 때는 잡아먹을 듯 강렬한 눈빛으로 돌변했다. 그렇다고 결코 자신의 생각을 강요하지 않았고, 상대방의 이야기를 무시하는 모습도 찾아볼 수 없었다. 나의 작은 의견도 메모를 하며 경청했고 공감하는 모습을 보여 주셨다.

쌤과의 첫 미팅을 마치고 돌아가는 차 안에서 자꾸 웃음이 나왔다. 아직 경험이 부족해서일까, 사람을 보는 안목이 부족하구나 싶었다. 그동안 가졌던 선생님에 대한 이미지를 모조리 다시 그려야 할 터였다. 선생님을 뵙기 전 내가 상상했던 이미지는 검사와 변호사를 거친, 흔히 '꼰대'라 여겨지는 그런 법조인의 모습이었다. 방송에서 보인 푸근한 옆집 할아버지 같은 모습은 그냥 '방송용'이라고 생각했었기 때문이다.

움직이는 차들 위로 노을이 내려앉고 있었다. 교통 체증으로 느리게 움직이는 차 안에서 노을을 바라보며 쌤과의 미팅을 생각하다 보니, 문득 강지원이라는 이름에 대한 짙은 기억이 하나 떠올랐다. 2012년 겨울, 영화 '레미제라블'을 보고 나왔던 그날이었다.

돈키호테

우연찮게 대선 하루 전 개봉한 그 영화를 나는 대선이 지나고 보았다. 엔딩 크레디트가 올라가기 시작했지만 영화의 여운이 남아서였는지 나를 포함해 대부분의 사람들이 쉽사리 자리를 뜨지 못했다. 역시 먼저 영화를 보았던 지인들의 하나같은 평가대로 잘 만든, 근래 보았던 작품 중에서 손에 꼽을 만한 괜찮은 영화였다. 한 작품에서 한꺼번에 만나게 되는 것 자체가 신기하게 생각될 정도로 최고의 자리에 있던 배우들이 보여 준 훌륭한 연기에 덧입혀진 아름다운 노래들이 스크린에 펼쳐지면서 시간이 가는 줄 모르고 즐겼던 것 같다.

수많은 명장면이 있었지만 영화의 마지막에 등장한 군중들의 모습과 합창이 특별히 잊히지 않았다. 후대에 이름조차 남겨지지 못한 수많은 보통 사람들, 원하는 바를 이루기 위한 그들의 희생을 딛고 결국 그토록 바라던 새로운 시대를 맞이했다. 영화 속 결말과는 다른 현실을 마주하고 싶지 않았던 걸까. 내가 엉덩이에 힘을 주고 있더라도 엔딩 크레디트는 곧 끝날 것이고 그러면 자리를 정리하고 일어서야 할 터인데 그렇게 다시 현실로 돌아가야 한다는 것이 두려웠던 것 같다.

극장을 나서다 보니 아직 철거하지 않은 선거 포스터가 보였다. 두 명의 거대한 '고래' 후보 사이에 끼인 '새우' 후보들이 그제야 눈에 들어왔다. 그중에서도 돋보이는 한 사람, 그는 고운 자줏빛 셔츠를 입고 있었다. 그는 대체 왜 무모한 도전을 감행했을까? 이름을 알리려고? 그동안 방송 출연을 많이 해서 많은 사람들이 알고 있을 텐데. 그것이 아니라면, 자기 잇속을 챙기고 돈을 벌기 위해서? 잘은 몰라도 대통령 선거를 치르려면 어마어마한 돈이 필요하다는 것 정도는 알고 있다. 돈을 벌기는커녕, 지출이 엄청났을 터였다. 혹시, 정말로 자신이 대통령이 될 것이라 생각했을까? 아마도 그건 아닐 것 같았다. 누가 보더라도 말 그대로 고래 싸움에 등이 터질 새우 같은 모양새였는데 도대체 왜 그는 대선에 출마했을까?

그제야 강지원이라는 사람의 인물 프로필과 공약들을 찾아보았다. 행정고시를 합격하고도 사법고시에 또 도전해 수석으로 합격했다니. '대한민국의 엘리트 코스를 제대로 밟았군……' 하며 피식 웃었다. 그런데 모두가 바라는 법조인으로서의 삶을 시작했지만 평범한 길을 걸어온 것 같지는 않아 보였다. 매 순간 뚜렷한 주관을 갖고 모두가 원하는 권력을 얻을 수 있는 길이 아닌 길을 걸어온 것 같아서 조금은 다르게 보이기 시작했다. 변호사로서의 활동들과 참여했던 다양한 사회활동을 보면서 자신이 가진 배경을 이용해 쉽게 갈 수 있는 꽃길이 아닌, 그만의 험난한 길을 개척했다는 것을 느낄 수 있었다. 대선에 출마하겠다는 결정은 2006년 초대 상임대표로 시작한 '매니페스토 정치개혁'을 이루기 위함이었다고 밝히고 있었다.

그러고 보니 대학에서 정치학을 전공할 당시 매니페스토와 관련해 그의 이름을 접했던 기억이 났다. 선거 때마다 반복되었던 공허한 공약(空約)의 홍수 속에서 확실한 정치적 의도와 견해를 밝히고 구체적이고 실천 가능한 약속을 공개적인 방법으로 책임 있게 선언해야 한다는 주장에 대해 함께 토론하고 공부했다. 우리 사회가, 정치 환경이 예전보다 조금이라도 더 앞으로 나아갈 수 있었던 것은 그의 노력 덕분이지 않을까 싶었다.

뒤늦게나마 그의 공약들을 하나씩 살펴보았다. 공중에 떠 있는 풍선처럼 공허한 외침에 지쳤던 내게 그 약속들은 상쾌한 즐거움을 주었다. 이런 것들이 실현되었다면 어땠을까, 이 사람이 진짜로 권력을 가졌다면 우리 사회는, 내 삶은 어떤 모습으로 변했을지 상상하니 작은 희망이 피어올랐다.

그런데…… 나는 과연 그처럼 살 수 있을까? 옳지 않은 것에 눈을 감지 않고 당당히 진실을 말하며 세상을 고치고자 나설 수 있을까? 이제 막 사회에 진출했고, 가정을 이룬 지 얼마 되지 않아 손에 쥔 것도 별로 없지만 그마저도 잃을까 두려워 세상과 타협하며 살고 있는 나인데…….

어쩌면 시계가 거꾸로 돌려지듯 힘든 시간이 좀 더 길어지겠지만 강지원 같은 사람이 있는 한 기대를 가져도 좋지 않을까 싶었다. 그리고 어느새 나도 부끄럽지 않게 살아야겠다는 다짐을 새기고 있었다.

최고의 찬사

"선생님, 좋아하는 일과 잘하는 일의 공통점을 찾는 것이 적성이라 하셨죠?"
"좋아하는 것이 아니라, 하고 싶은 일이에요. 이 둘은 엄청난 차이가 있어요."

2018년 3월에 출간된 쌤의 저서 『꿈 같은 거 없는데요』의 편집 초반에 나도 모르게 반복했던 실수였다. 어릴 때부터 '적성'을 찾아야 한다는 이야기는 학교 선생님으로부터, 혹은 부모님으로부터 많이 들었지만 정작 그 적성의 정체

특별한 재능도, 확실한 꿈도 없는
99% 아이들을 위한
미래 설계 '적성 찾기' 프로젝트
꿈 같은 거 없는데요
· 강지원 지음 ·
적성과 진로 발견 워크북 수록
"특별한 재능은 없어도,
누구나 적성은 있습니다."

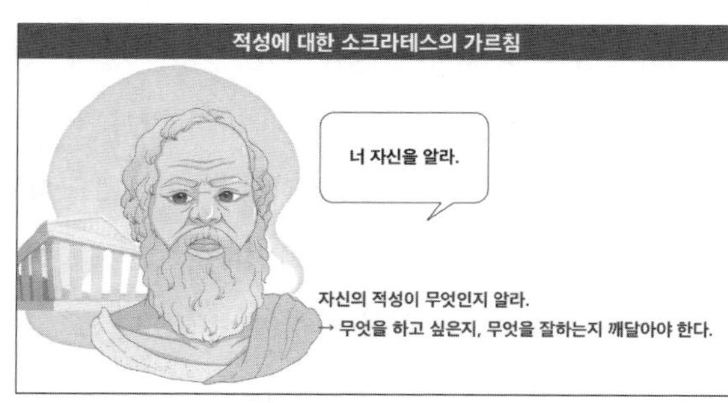
적성에 대한 소크라테스의 가르침
너 자신을 알라.
자신의 적성이 무엇인지 알라.
→ 무엇을 하고 싶은지, 무엇을 잘하는지 깨달아야 한다.

적성에 대한 공자의 가르침
위기지학爲己之學.
본래의 나를 찾는 공부를 하라.
→ 나의 타고난 적성을 찾고, 계발하는 공부를 하라.

적성에 대한 예수의 가르침
각각 그 재능대로 달란트를 주고 떠났더니…
나에게 주어진 달란트를 발휘하라.
→ 나의 타고난 적성을 활용하고 가꿔야 한다.

적성에 대한 석가모니의 가르침
자기에게 의지하라. 자기를 등불로 살아라.
자기에게 의지하고 길을 찾아야 한다.
→ 나의 적성에서 길을 찾는 것이다.

강지원 변호사 "꿈 같은 거 없는데요"

<그 다음 단계 : 적성을 융합하라=진로 찾기>
적성
적성
적성
적성

제4회 민송 백일장
일시 2019. 5.
장소

가 무엇인지는 아무도 가르쳐 주지 않았던 것 같다. 막연하게 '좋아하는 일을 하는 것이 적성을 찾는 것 아닐까?' 하고 생각했기에 '좋아하는 것'과 '하고 싶은 것'을 구분하지 못한 것은 그 때문이었을지도 모르겠다.

『꿈 같은 거 없는데요』가 출간된 후 가장 많이 접했던 반응은 '제목에서부터 공감이 된다'였다. 요즘 많은 아이들에게 "네 꿈이 뭐니?" 하고 물으면 많은 아이들이 "그런 거 없는데요?"라고 답한다는 이야기를 들었다. 어쩌다 이렇게 되었을까 가만히 생각해 보니 우리 아이들이 스스로 미래를 그려 보고 도전하게 하기보다 부모님이 시키는 대로, 남들이 좋다는 길로 움직이도록 했기 때문이 아닐까 싶다.

이 책에서는 누가 보아도 멋있는 삶을 살고 계신 강지원 쌤도 한때는 자신의 삶을 후회했었다는 고백을 볼 수 있다. 쌤은 부모님의 바람에 따라 시키는 대로 대학에 들어가고 법조인이 되었지만 몸에 맞지 않는 옷을 입은 듯 힘들었던 것이다. 하지만 새내기 검사 시절 비행청소년을 만나면서 비로소 적성을 찾을 수 있었고, 삶의 행복을 경험했다고 말씀하신다.

요즘 '4차 산업혁명'의 소용돌이 속에서 필수 사교육 분야로 '코딩'이 떠올랐다고 한다. 그러면서 자연스레 우리 아이들의 어깨는 더 무거워지고 있다. 이런 변화에 대해 쌤은 이렇게 말씀하신다.

> 인공지능과 로봇이 앞으로 무슨 일들을 어떻게 해낼지 아무도 모른다. 수많은 직업이 사라지고 또 수많은 직업이 새롭게 만들어질 것이다. 아마도 평생 종사할 직업은 사라질 것이다. 그런데도 기존의 여러 직업, 직장을 놓고 우리 아이들에게 진로지도를 한다? 이게 도대체 무슨 의미가 있는지 생각해 보지 않을 수 없다.
>
> ― '프롤로그' 중에서

세상의 변화에 불안해하는 우리에게 주는 쌤의 메시지는 간단하고 명확하다. 어떤 변화가 다가와도 흔들리지 않고 적응할 수 있는 비밀이 바로 적성이라는 것이다. 내가 가진 적성들만 잘 알고 있다면 상황에 따라 여러 적성을 다각도로 융합해 새로운 진로를 얼마든지 찾을 수 있기 때문이다.

『꿈 같은 거 없는데요』는 4차 산업혁명으로 대변되는 변화에 대한 불안한 마음을 다잡아 주는 메시지로부터 시작하여, 적성을 찾는 3단계와 발견된 적성을 융합해 진로를 찾는 3단계의 구체적인 솔루션을 제안하고 있다. 적성에 대한 이론적인 설명으로 그치지 않고 삶에 적용할 수 있는 방법을 일러주는 점은 아이를 키우고 있는 부모로서도 큰 도움이 되었다.

이 책의 후반부에서 대학에 대한 소신을 펼치신다. 고등학교 졸업 후 바로 대학에 가려 하지 말고 필요할 때 가라는 것이다. 앞에서도 말했던 쌤의 고백을 바탕으로 한 주장이기에 깊은 울림을 주는 것 같았다.

어릴 때 친구들과 동네의 소식을 담은 작은 신문을 만들어 여기저기 다니며 팔았던 기억이 있다. 좀 돌아오긴 했지만, 결국 책을 만드는 편집자가 되었다는 것이 자연스러운 결과라고 생각한다. 이런 내게 쌤은 "김 대리는 적성을 제대로 찾아서 일을 하고 있네요"라고 하셨다. 이 말은 쌤이 나에게 해 주실 수 있는 최고의 찬사라는 점을 깨닫기까지 오랜 시간이 걸리지 않았다.

쌤을 통해 적성에 대한 개념을 교정(?)받고, 쌤께서 가르쳐 주신 적성 찾기 방법을 따라 내 적성은 무엇인지 제대로 찾아보는 연습을 시작했다. 내가 무엇을 하고 싶어 하는지, 무엇을 잘하는지 따져 적성을 찾아보니 바로 지금 내가 하고 있는 편집자가 아닌가! 비록 적성에 대해 정확하게 이해하지 못했지만 다행히 적성을 찾았고, 그것을 직업으로 삼아 살고 있었던 것이다. 쌤은 그런 내 모습을 보셨던 것이다.

『꿈 같은 거 없는데요』를 출간하고 주변의 엄마들이나 일반 독자들에게서 제일 먼저 들었던 소리는 '후회'였다. 자녀교육서이지만 아이들을 어떻게 교육하겠다는 반응 이전에, 부모 된 자신이 지금까지 적성을 찾고 그 적성을 융합해 진로를 결정하지 못했던 것에 대한 안타까움이었다. 그리고 일찌감치 적성을 찾았더라면 더 나은 삶을 살았을 것이라고도 했다. 그렇게 본다면 지금까지의 내 삶은 나름 성공했다고 볼 수 있었다.

독자들의 이런 반응은 쌤께서도 의도했던 것이다. 주 독자층인 부모님들의 마음을 움직이고 공감을 얻을 수 있다면 단순한 지식으로서의 자녀교육법만 전달하는 것을 넘어설 수 있기 때문이다. 마음에 새겨지고 체험한 것은 결코 사라지지 않는다. 적성의 중요성을 깨달은 엄마아빠를 부모로 둔 아이들이 훗날 얼마나 멋진 삶을 살게 될지 벌써부터 기대가 된다.

쌤을 통해 깨달은 '최상의 행복'

쌤은 어린이뿐만 아니라 이미 어른이 된 사람들, 그리고 생이 얼마 남지 않은 노인이더라도 적성을 찾는 것을 쉬지 않아야 한다고 강조하셨다. 적성을 찾는다는 것은 직업이나 진로를 결정하는 것에 한정되는 것이 아니라 매일의 삶에서 마주하는 모든 것의 기준이 된다는 것도 미팅 때마다 강조하셨다. 그런데 처음에는 '그것이 그렇게까지 중요한 일인가?' 하고 생각했었다는 것을 고백해야겠다. 하지만 쌤의 약력을 정리하면서 걸어오신 길을 가만히 돌아보니 비로소 깨달을 수 있었다.

쌤은 『꿈 같은 거 없는데요』에서 '최상의 행복'을 힘주어 말씀하신다. 시기적으로는 지금 이 순간, 바로 오늘의 행복이라 한다. 오늘의 행복을 누리지 못한다면 내일의 행복을 어떻게 누리겠냐는 쌤의 말씀이 기억에 남는다. 그리고 최상의 행복은 몸과 마음이 함께 누리는 행복이라고 말씀하신다. 쌤을 보면서 늘 느끼는 것 중 하나는 참 '건강하시다'는 점이다. 몸과 마음은 하나라는 쌤의 말씀을 몸소 실천하고 계시다고 느껴진다. 세 번째로는 나 자신을 넘어 공동체가 함께 누리는 행복을 강조하신다.

풍차를 향해 돌진한 돈키호테처럼 보였던 쌤의 이해할 수 없었던 행동들은 매순간 적성을 찾고 그에 따라 내린 결정이었다. 생각해 보면 쌤은 2012년의 그때도, 그보다 훨씬 더 이전에도, 그리고 지금도 늘 한결같다. 늘 사람들이 무어라 말하든 신경 쓰지 않았고, 옳은 일을 우직하게 실천하셨던 것이다. 결국 그 결정들이 모여 세상을 좀 더 나은 방향으로 이끌었다는 점을 인정할 수밖에 없다. 이렇게 쌤을 통해 최상의 행복을 알았고, 그 행복을 실제로 누리는 모습을 목격했다.

늘 그렇듯 오늘도 출근해 세상 돌아가는 소식을 체크하고, 사람들은 무슨 생각을 하며 지내는지 무엇을 궁금해하고 어떤 것을 바라는지 둘러본다. 어떤 콘텐츠를 담아야 이 무거운 책을 사기 위해 서점에 방문하게 만들 수 있고, 굳이 가방에 넣어 다니면서 한 장 한 장 책장을 넘기며 읽는 수고를 감수하게 할 수 있을까 고민하며 하루를 시작한다.

책상에 앉아 어제 살펴보다 아무렇게나 놓았던 교정지를 다시 마주하고 호흡을 가다듬는다. 종이 위에서 춤을 추는 글자들과 연애하듯 속삭이며 마음을 나누다가도 전쟁을 치르듯 한 치의 양보 없이 치열하게 다투면서 교정지라는 전장을 핏빛 붉은 교정부호로 물들이기도 한다. 글자와의 전쟁에 지칠 때쯤 얼마 전 새롭게 섭외했던 저자와의 통화가 시작된다. 새롭게 진행할 원고에 대한 생각을 주거니 받거니 하다 보면 도끼자루 썩는 줄 모른 채 시간이 흐른다.

『꿈 같은 거 없는데요』 덕분에 특별할 것 없이 늘 그렇게 반복하던 평범한 일상이 적성에 맞는 일이라는 것을 확인하게 되었고, 이제 자부심을 가지고 이 일을 더 잘할 수 있게 되었다. 적성을 따라 사는 오늘 하루는 그 무엇과 비교할 수 없이 특별하고 소중하다. 그리고 더할 나위 없이 행복하다.

박미애

위즈덤적성찾기캠프스쿨 대표

나의 길을 찾아가는 여정–적성 찾기 캠프

2015년 12월, 강지원 쌤과 사모님이신 김영란 전 대법관님과 함께 멕시코의 인디오 마을로 출발했다. 미국 LA까지 15시간의 비행 후, 다시 국경을 넘어 멕시코로 7시간의 야간이동을 감행했다. 새벽 4시에야 도착해서 짐을 풀고 나니 날이 훤히 밝아 왔다.

인디오 마을은 토착민인 인디오족의 후예들이 사는 마을로, 키가 평균 148cm 정도로 150cm 넘지 않았다. 카말로우 마을의 인디오들은 평균 수명이 48세에 불과하고 마을 환경은 매우 열악했다. 우리는 마을 공동 닭장과 화장실, 쓰레기 분리함을 만들어 주었고 태양광 가로등도 설치해 주었다.

우리도 나무를 때서 밥을 하다 보니 그을음에 연기 냄새가 온몸에 배고 춥기도 했다. 물이 귀해서 제대로 씻기도 어려워서 간단한 것만 사용하고 물티슈로 대용했다. 잠자리도 열악했다. 화장실의 물도 제대로 부을 수 없어 난감하기 그지없었다.

강지원 쌤 내외분은 바쁜 일정을 뒤로하고 10일 동안을 함께하며 한 아이 한 아이를 관심과 사랑으로 지켜보며 돌봐 주었다. 감사할 따름이었다. 두 분은 하루 만에 20명의 아이들 이름을 다 외우고 있었다. 직접 이름을 부르며 함께 봉사활동을 했다. 별이 빛나는 밤에는 모닥불을 피워 놓고 밤하늘의 별을 헤면서 아이들에게 주옥같은 말씀을 전해 주었다. 그 말씀들은 아이들에게 앞으로 힘들 때마다 용기와 에너지가 될 것이었고 평생 잊지 못할 추억의 한 페이지가 되었을 것이다.

도착했을 때 아이들의 첫 질문은 "여기서 어떻게 자요? 머리는 못 감나요?"였다. 그런데 아이들은 그곳에 있는 내내 머리도 감지 못하고 열악한 환경 속에서도 살아갈 수 있음을 배웠다. 참고 절제하는 것도 배울 수 있었다. 모든 게 다 가능함을 느낄 수 있었다.

국경 너머 미국으로 갈 때는 차가 지체되어 시간이 많이 소요되었다. 그 와중에 많은 멕시코인들이 밤인데도 기타를 치면서 구걸하는 모습을 보았다. 어떤 여인은 어린아이를 데리고 다니면서 입에 휘발유를 머금고 불을 붙여 불꽃을 피우며 구걸하였다. 너무나 처절한 모습에 나도 5달러를 주었다.

나는 청소년 관련 교육과 동기부여가로서 청소년 관련 교육기관을 가지고 있으면서, 늘 일반적인 프로그램에서 벗어나 청소년에게 꼭 필요한 신선하고 새로운 프로그램이 없을까 갈구하고 있었다. 그 긴 목마름에 지칠 때쯤 강지원 쌤과 청소년들과 함께 멕시코 봉사를 같이 가게 되었던 것이다.

우리는 힘들게 멕시코 봉사를 마치고 돌아올 때, 한국의 억압된 교육 탓에 자신감도 잃고 자존감도 떨어졌던 아이들이 봉사를 통해 새로운 동기부여를 받고 자신감을 찾아가는 것을 보면서 대한민국 청소년들을 빨리 세워 나가야겠다고 다짐했다.

쌤은 우리 아이들의 멘토 역할뿐만 아니라, 청소년바로세우기 컨퍼런스, 토크콘서트, 자선음악회 등 많은 활동을 앞장서서 해 주었다. 쌤은 이제까지 청소년을 위해 준비했던 많은 보따리들을 풀어 놓았다. 이런저런 프로그램을 많이 갖고 있었다. 아이들을 위해서 이렇게 본질적이고 체계적인 프로그램을 만들어 놓았다니 참 놀라운 일이었다. 적성 찾기 프로그램도 그중의 하나였다.

나는 나의 긴 목마름 끝에 이를 적셔 줄 샘물을 쌤께서 가지고 계시다는 것을 발견하고 무척이나 반가웠다. 쌤을 만나 비로소 나의 적성을 새로이 찾은 것 같았다. 사실, 아이들이 하고 싶어 하는 것, 잘하는 것을 하면 성공할 확률이 당연히 높다. 그리고 성장하는 동안도 아이들은 행복하게 자신을 탐색해 볼 수 있다. 쌤이 창안해 놓은 자료를 기초로 나는 '아이들에게 어떻게 잘 활용할 수 있을까?' '수준에 맞게 활동지를 어떻게 잘 만들 수 있을까?' '체험은 어떻게 잘할 수 있을까?' 하는 고민을 시작했다. 여러 생각이 꼬리를 물고 이어졌다.

지금 사회적으로 큰 화두의 하나는 일자리 창출이다. 안타깝게도, 많은 청년들이 자신의 적성과 소질을 찾기 위해 많은 고민을 해 보지 않았고 또 어떻게 고민해야 하는지도 모르고 지내 왔다는 사실이다. 단지 성적에 맞추어 그저 덩달아 대학에 가는 경우도 많고, 그러다 보니 졸업도 하지 않고 도중에 하차하는 경우까지 많이 보았다. 지금 이 시점에 적성 찾기는 너무도 중요한 시대적 과제이다.

나는 곧바로 전문 강사진 확보에 들어갔다. 쌤이 직접 프로그램을 교수한, 적성 찾기 전문 강사진이 지금은 30여 명에 이른다. 대구 경북에서부터 상담학과 교육학 전공자들로 쌤의 교육철학과 삶의 방향을 공유하며 주입식 교육의 틀을 적성 위주의 교육으로 바꾸는 교육혁명에 동반자로 함께하고 있다. 저녁마다 학습하며 토론하고 고민하고, 우리의 아이들을 세우는 일을 누군가가 해야 된다면 우리가 앞장서자는 열의를 가지고 여러 학교와 기관에서 캠프 형식의 활동을 전개하고 있다.

위즈덤적성찾기캠프는 쌤이 직접 창안한 최초의 특별한 캠프다. 캠프에 참여했던 아이들은 "나 자신에 대해서 이렇게 고민해 보고 심도 있게 탐색해 본 적이 없어요"라고 얘기했다. 적성은 내가 하고 싶어 하는 것과 잘하는 것이 겹치는 부분이다. 따라서 내가 하고 싶은 것이 무엇인지를 찾은 다음 실제로 체험을 해 봄으로써 찾아지는 것이다. 체험활동 하나하나가 역동적이고 그 체험을 통해서 나에게 맞는지 맞지 않는지를 알아가는 방법을 배우는 것이다. 아이들에게 적성을 찾아야 할 이유를 알게 하는 것만으로도 참으로 의미 있고 가치 있는 일이다.

방학 때마다 전국에서 신청을 받아 제주도, 포항, 남해 등에서 캠프가 이루어졌다. 참가한 학생들은 적성 찾는 방법도 배우고 새로운 친구들 사귀기도 하며 마지막 헤어질 때는 눈물로 아쉬워했다. 방학 때마다 매번 참여하는 학생들도 생겼다. 구미○○중학교, 구미○○고등학교, 안동○○초등학교, 고령○○도서관의 아이들…… 이제 적성을 어떻게 찾아야 하는지, 앞으로 나의 미래를 어떻게 만들어 가야 하는지 알게 되었다고 얘기할 때는 내 가슴까지 쿵쾅거리며 행복해졌다. 배영주 대표와 여러 강사진들의 마음은 똑같았다.

위즈덤적성찾기캠프스쿨 대표 역할을 하며 나는, 항상 대구까지 KTX로, 지하철로 귀찮다 하지 않고 왕래하는 쌤의 열정에 늘 감탄하고 카랑카랑한 쌤의 음성을 무척이나 좋아하게 되었다.

2016년 8월 제주에서의 4박 5일 캠프 일정은 우리 모두에게 주어진 선물의 시간이었다. 학교 수업과 학원을 뒤로하고 '나'를 알아보고 싶다는 욕구 하나로 모여서 서로를 알아가고 함께 봉사와 체험을 하면서 '나'를 탐색해 보았다. 자신을 탐색하기 위해 용기를 낸 그들에게서 용기 있는 자만이 진리를 차지할 수 있음을 또 한 번 확인했다. 캠프에 참여한 35명의 중·고등학생과 대학생 매니저 8명, 스태프 등 50여 명은 자신의 적성을 찾는 노하우를 터득할 수 있었다. 우리의 일은 적성을 찾아 주는 것이 아니라 적성 찾는 방법을 교수하는 것이었다.

진지함과 호기심 속에서 진행된 캠프에서 쌤은 열강을 했다.

융합
•취미
•봉사

주제 : 가슴 뛰는

배움이 즐겁고 나눔이 행복한 인재 육성
"강지원변호사와 함께하는"
위즈덤 적성찾기 금오고등학교 CAMP
• 일시 | 2017. 7.17(월)~19(수)
• 장소 | 구미금오고등학교
• 운영기관 | 위즈덤적성찾기캠프스쿨

금오고등학교 CAMP

학생의 적성을 찾아 꿈과 끼를 키워 행복드림을 실현하는 진로캠프
주제 : 가슴 뛰는 적성을 찾아라 !

강지원 변호사와 함께하는
제1기 위즈덤 적성찾기 제주 캠프
주제 타고난 적성을 찾아서 마음껏 날개를 펴라!
●일시: 2016년 8월 8일(월)~12일(금)(4박 5일) ●장소: 제주 한신 리조트 ●주최: (사)글로벌나눔네트워크 ●주관: 위즈덤 적성찾기

다음세대바로세우기를 위한 청소년 지킴이 토크 콘서트 우리아이적성찾기

제6기 멕시코 해외봉사 및 미국서부 비전투어
The 6th Mexico(까말로우) Overseas Volunteering & Western America Vision Tour

자기 발견은 위대한 발견이다. 어릴 적 꿈, 현재의 꿈을 적어 보고 내 안의 많은 적성을 찾아보라. 나의 적성을 기록해 보고 융합해 보자. 이제껏 우리가 생각하고 있는 꿈들이 얼마나 황당하며 잘못된 정보에 의한 것이었음을 알게 된다. 적성은 무엇인가? 하고 싶은 것과 잘하는 것이 겹쳐지는 부분인 것을……. 나에게 질문해 보라. 내가 파랑색을 좋아하는지? 노란색을 좋아하는지? 내가 어떤 놈인지 잘 모르겠거든 늘 나에게 질문하며 탐색해 보라!
우리는 우리 꿈이 먼 미래에 있다고 생각한다. 아니다. 지금 당장 여기서의 꿈부터 적어 보자. "Here & Now."

바쁜 와중에도 청소년을 사랑하고 또 잘 이끌어가야겠다는 사명감으로 혼신을 다하는 모습은 감동을 일으키기에 충분했다. 한 명 한 명 기록지를 보면서 피드백을 하는데 고함을 치기도 하고 때론 격려의 말씀으로 용기를 주는 모습은 참으로 가슴 찌릿찌릿한 장면이었다.

제주도에서 적성찾기캠프를 할 때 마침 남편이 여름휴가 중이라 같이 참여하여 4박 5일을 보냈다. 각자 준비하느라 쌤을 챙길 사이도 없었는데 스스로 열정을 가지고 강의를 하고 개인 상담까지 한 명씩 다 해주는 것을 보면서 남편은 깜짝 놀랐다. 이분이 무엇을 위해 이곳까지 와서 이토록 열정을 쏟아 내는 것일까? 그래!! 우리 아이들에 대한 사랑이며, 아이들에게 삶을 행복하게 살아갈 수 있는 방법을 가르쳐 주기 위한 몸부림이구나. 그날 이후 남편은 강지원 쌤의 열성 팬이 되었다. 이처럼 검소한 가운데 선한 영향력을 실천하는 모습은 늘 귀감이 된다.

2016년 12월 3일간 구미○○중학교 1학년 10개 반을 대상으로 적성찾기캠프가 열렸다. 비가 오고 추운 날씨였지만 우리 열정은 추위도 녹였다. 선생님과 아이들은 하나가 되어 공동 작업으로 3일간의 교육과 활동 체험을 멋지게 해냈다. '나의 꿈 깨뜨리기', '나의 적성에 대해서', '나의 적성을 융합하는 방법'을 공부했다. 공동 작업에서는 각자의 적성에 맞는 포지션으로 작업을 스스로 선택하고, 거기에 의미를 부여하고 발표하고 영상을 만들었다.

우리 아이들은 역시, 무한한 가능성의 존재라는 사실을 금방 느낄 수 있었다. 캠프 기간, 적성에 대한 개념이 분명해지고 앞으로 어떻게 해야 하는지를 알게 되었다는 건 아이들이 보물지도를 갖게 된 것과 같았다. 적성 찾는 방법!! 물고기 잡는 방법!! 쌤은 3일 내내 캠프장을 돌아보며 지도하고 강의도 했다. 학교 측에서도 전체 수업 교육과정에 이 프로그램이 들어갔으면 좋겠다고 했다.

우리 단체는 다음 세대를 바로 세우는 일을 최우선으로 할 것이다. 우리 아이들이 적성을 찾아서 행복할 수 있도록 적성 찾기 운동을 전국적으로 펼칠 계획이다. "Here & Now", 지금 공부하는 이 시간도 행복해야 나중에도 행복할 수 있다. 왜냐면 행복은 습관이기 때문이다.

2017년 7월 구미 ㅇㅇ고등학교에서 3일간 10개 반, 10명의 강사진들과 함께 한 캠프도 성공적으로 진행되었다. 고등학교 1학년, 공부하기 바쁜 시기이지만 잠시 몇 발짝 뒤로 물러나서 나를 돌아보는 시간도 참 중요할 것 같다는 교장선생님의 뜻이 아이들에게 자신의 적성을 찾아볼 수 있는 계기를 만들어 주었다.

3일 동안 꿈, 적성에 대한 개념 교육과 활동지를 통해서 자신 안에 숨어 있는 욕구를 툭툭 깨워 보았다. 이렇게 해 본 적이 없으니, 끄집어내는 것이 어찌 쉽기야 하겠는가? 하고 싶은 게 없다는 것은 참 가슴 아픈 이야기였다. 꿈 많은 청소년기에 꿈을 잃어버린 아이들, 하지만 자신이 하고 싶은 일을 할 때 아이들의 눈은 반짝이며 꿈틀꿈틀 희망이 일어났다.

학생들은 하나하나 미션을 받고 자신의 적성에 맞는 일들을 찾아갔다. 영상을 찍고 인터뷰 하고 그림을 그리고, 분석하는 모습에서 살아 있는 아이들을 느낄 수 있었다. 강당에 모여서 작품 발표를 하는 것을 보면서 짧은 시간 안에 멋진 작품을 만들어 내는 학생들이 참 대단하다는 생각이 들었다. 나를 탐색하는 시간이 길수록 나의 적성을 찾을 가능성은 높다. 인생이란 힘들고 어려운 것이 아니라 적성을 찾으면 즐겁고 행복하다. 길을 찾고 있는 그 아이들에게 "인생이란 충분히 살 만한 가치가 있다"는 것을 알려 주고 싶었다.

2017년 8월에는 안동ㅇㅇ초등학교에서 이틀에 거쳐 캠프를 열었다. 낙동강 줄기 따라 자리한 선비의 고장 안동, "그랬니껴", "저랬니껴" 오고가는 말들에서 느껴지는 정감만큼이나 아이들은 참 순수했고, 방학인데도 거의 다 참여하여 알찬 캠프가 되었다.

학교에서도 주입식 교육에 치중하면 아이들이 적성을 찾을 기회를 갖지 못할 것이라는 인식을 갖고, 여러 가지 체험 기회를 열어 주려는 교육 방침으로 페스티벌도 열고, 국악도, 관현악도, 합창단도 해 보도록 하고 있었다. 그런 상황에서 적성찾기캠프는 아이들이 꿈에 대한 가치관을 바로 세우고 진로를 정해 가는 데 많은 도움이 되리라 기대되었다.

대학생이 되고 어른이 되어서조차 자신의 적성이 무엇인지, 어떻게 진로를 찾아봐야 할지를 고민하고 있는 상황인데, 일찍부터 적성 찾기의 중요성과 적성 찾는 방법을 알고 있다면 분명 인생의 보물 찾는 비법을 알고 있는 것 아니겠는가? 나의 꿈을 무엇으로 해야 할지 몰랐는데, 이 캠프를 통해서 내가 하고 싶은 것과 잘하는 것을 알게 되었고, 이제 내가 가고 싶은 대로, 하고 싶은 대로 길을 찾아갈 것이라는 한 아이의 소감문이 기대에 대한 응답 같아서 가슴이 따뜻해졌다.

적성찾기캠프는 중국에서도 진행되었다. 2017년 12월 9일부터 11일까지 중국 닝안시 조선족 닝안중학교 2, 3학년이 그 대상이었다. 최근에는 중국에서도 종전의 주입식 교육에서 탈피해 진로 탐색교육을 시도하고 있다. 우리의 적성

찾기캠프는 중국 교육에 새로운 장을 여는 시금석이 되었다.

그동안에는 틀에 박힌 교육을 함으로써 아이들의 창의성을 끄집어내는 훈련을 하지 못하고, 특히 적성 찾기처럼 개인의 역량을 찾아내어 키워나가는 일은 시도조차 없었던 상황이었다. 그래서 한 번도 이런 교육을 맛보지 않은 아이들의 반응은 어떨지? 아이들이 잘 적응할까? 캠프에 대해 교장선생님과 여러 선생님들은 고민이 많았다고 했다.

하지만 캠프가 끝난 후 그들은 기대 이상의 만족감을 표출했다. 토론과 창의력, 합동으로 하는 미션이 많았는데, 이런 수업이 처음이라서 조금 힘들어하기도 했지만 학생들은 너무나 즐겁게 잘 해냈다. 교실마다 아이들이 왁자지껄하게 신나 하는 모습을 보면서 선생님들은 아이들이 저렇게 행복해하는 모습은 처음이라고 했다. 적성을 찾는 방법, 꿈을 정할 때는 어디에 목표를 두어야 하는지 고민하는 모습들을 보며 그들이 얼마나 기특하던지 마음이 뭉클했다. 함께했던 이 시간이 그들에게 인생의 중요한 보석을 찾는 첫걸음이 되었기를 기대해 본다.

우리는 그곳 조선인들이 한국인보다 더 한국적으로 살아가는 모습을 보면서 가슴 뭉클했다. 그리고 민족사랑 중 최고가 한글을 가르치는 것이라며 조선어를 가르치는 교사들을 귀하게 여기고 악바리같이 우리 것을 지키려고 애쓴다는 교장선생님의 말씀은 우리의 가슴을 흔들었다.

초등학교에서는 전교생을 대상으로 우리 단체 후원으로 '발해컵 한글 글짓기대회'가 열렸다. 교실에 참관하러 들어갔다가 모두 한복을 곱게 입고 앉아 글짓기하는 모습을 보니 뭉클하여 자꾸만 눈물이 배어 나왔다.

시상식 전에 준비한 연극이랑 노래, 춤, 패션쇼는 어릴 적의 느낌이 그대로 느껴져서 어린아이가 된 나를 바라보고 있는 것 같았다. 저학년, 고학년 나누어서 시상하고 상금과 메달, 상품을 전달하였다. 은상을 받은 남자아이가 메달을 목에 걸며 울고 있었다. 나중에 들으니 공부도 못 하고 잘하는 게 하나도 없어서 늘 뒤에서 위축되어 있던 아이가 상을 받고 "나도 잘하는 게 있구나" 하고 용기를 얻었다고 했다.

어린 동생을 둔 언니로서의 의연함과 한국에 가 있는 엄마에 대한 그리움, 그리고 보고 싶어서 손꼽아 기다리다가 동생이 아파서 못 온다는 엄마의 전화에 눈물이 흐르는 마음을 진솔하게 써서 고학년 대상을 받은 김려원 학생의 글도 잊히지 않는 기억이다.

중국 조선족학교의 여러 행사와 캠프를 통해서 사랑도 나누고 교육도 나누었던 경험은 참 행복했다. 적성 찾기는 이제 대한민국을 넘어 세계의 다음 세대를 바로 세워 나가는 일에 걸음을 내딛었다.

위즈덤적성찾기캠프의 특징 첫째는 1) 강의 2) 활동지 3) 체험, 이 세 파트를 골고루 하게 하는 것이다. 둘째는 교육의 목표인 지, 덕, 체를 함께 교육할 수 있도록 되어 있다는 점이다. 셋째는 서로 모르는 아이들이 전국에서 모여 새로운 친구들을 쉽게 사귈 수 있는 계기가 된다는 점이다. 특징 넷째는 너무 재미있다는 것이다. 그래서 헤어질 때는 울고불고 야단이 나는 것이 우리 활동의 최고 묘미가 아닐까 싶다.

대한민국의 미래인 우리 아이들이 건강하고 행복하게 공부하고 자라기를 바라면서 청소년에 대한 관심과 애정으로 강지원 쌤이 뿌려 놓은 씨앗!! 작은 씨앗 하나가 열 배, 백배의 열매를 맺으리라 믿는다. 그 순간을 위해 우리는 청소년들을 위해 또 다른 고민을 할 것이다. 이 일이 우리가 해야 할 소명이며 그 어떤 일보다 가슴을 뜨겁게 하는 일이기 때문이다. 우리 대한민국에 적성 찾기 열풍이 활활 불어서 진정한 교육의 가치를 찾고 아이들이 적성에 맞는 일들을 찾아서 삶의 모든 순간순간 행복할 수 있는 그런 세상이 오기를 기대해 본다.

여근희

EBS R. 작가

적성을 찾은 사람들—EBS R. '강지원의 특별한 만남'

2008년 여름이었다. EBS 방송국의 여름은 수많은 프로그램들이 들고 나는 개편 시기이다. 그런 중에 EBS 라디오에 새로운 인터뷰 프로그램이 편성된다는 이야기가 있었다. 평소 휴먼 프로그램과 인터뷰 프로그램에 관심이 많았던 터였는데 때마침 담당 PD로부터 제안이 있었다. 나는 흔쾌히 함께하기로 했다. 그렇게 무더운 여름, 우면동 라디오 스튜디오에서 첫 제작회의가 열렸고, 거기서 처음 강지원 쌤을 뵈었다.

TV나 신문지상을 통해 사회운동가로, 법률가로 이미 널리 알려진 분이었지만, 직접 뵙기는 처음이었다. 게다가 프로그램의 진행자로 같이 일을 하게 되다니, 어떤 분일까 궁금했다. 그런데 이런 개인적인 호기심에 앞서, 무엇보다 관심이 가는 것은 이 프로그램을 기획한 사람이 강지원 쌤이라는 점이었다. 평소 청소년 인권이나, 여성들의 인권 분야에 관심을 갖고 많은 활동을 하신 것은 알고 있었지만, 라디오 인터뷰 프로그램을 기획하시다니? 기획의도는 무엇이고 어떤 프로그램일까? 이런 궁금증을 갖고 첫 제작회의에 참석했다.

"세상에는 수많은 길이 있습니다. 그런데 왜 우리 사회는 천편일률적으로 몇 개의 길만이 성공의 기준이 되는 걸까요? 그것은 진로교육, 직업교육에 대한 지금까지의 우리의 접근이 좀 달라져야 한다는 뜻일 겁니다. 그래서 저는…….”

청소년들을 대상으로 한 직업 소개, 진로 관련 프로그램들은 기존에도 많았다. 하지만 직업을 소개한다고 해서 그것이 실질적으로 아이들이 진로를 찾아가는 데 얼마나 도움이 될까? 이것은 평소 나 또한 가지고 있던 의문 중의 하나였다. 강지원 쌤은 청소년들에게 진로를 이야기할 때, 우리가 이른바 ‘적성과 소질을 찾아서’라고 말하는 그 ‘진로 찾기의 과정’을 좀 제대로 가 보자는 의미에서 이 프로그램을 제안했다고 했다. 즉 남들이 가지 않은 자신만의 길을 찾은 사람들을 만나, 그들이 자신만의 적성과 소질을 젊은 시절 어떻게 개발했는지, 그 구체적인 방법에 대해 접근해 보자는 것이었다.

‘소질과 적성’, 그리고 ‘자신만의 길 찾기!’ 우리는 이 두 가지 키워드를 가지고, 각계각층의 섭외 리스트를 작성했다. 정치, 경제, 종교, 문화……. 각 분야를 망라하고 남이 가지 않는 길을 개척하거나, 남다른 선택을 한 사람들이 주된 대상이었다.

그렇게 해서 2008년 8월 25일 첫 게스트로 모신 분이, 지금은 고인이 되신 류근철 박사였다. 한의학자로 평생 모은 전 재산 578억을 카이스트 대학에 기부해 화제가 되신 분이다.

적성과 소질이 직업과 접목되다

개인 기부액으로는 지금도 깨지지 않고 있는 최고 금액이다. 하지만 재산 기부라는 이슈 이전에 류근철 박사님은 국내 최초로 한의학자이면서 의공학 박사학위를 취득하신 분이기도 했다. 또한 국내 최초로 침술로 제왕절개 수술 마취를 성공시키는 등 한의학자로도 자신만의 길을 개척해 오신 분이었다. 류근철 박사는 자신이 어려서부터 만들기에 재주가 있고, 하고 싶어 했다고 회고했다. 함석을 오려 자동차를 만들거나, 철사를 꼬아 스케이트를 만드는 등 손재주가 남

달랐다고 한다. 초등학교 시절에는 장인 공(工) 자를 함석으로 오려 붙이고 다닐 정도로 만들기를 좋아했고, 어릴 적 꿈도 공학박사였다고 한다.

하지만 중학교 진학을 포기해야 할 만큼 가난하여 초등학교 졸업 후에는 제철회사를 다녀야만 했다. 그렇게 꿈을 접는가 했지만, 그는 포기하지 않았다. 공부에 대한 열망을 접지 않고, 서른 살 늦깎이로 한의사가 되었다.

한의사가 되어서도 류근철 박사는 만들기를 잘하는 자신의 재능을 접목시켰다. 추간판 및 관절 교정기구 등을 개발하고 특허를 받는 등 한의사이면서 의공학박사인 최초의 인물이 되었다. 그렇게 자신만의 분야가 있는 한의사로 명성을 떨치다 보니, 부는 절로 따라왔다. 하지만 그는 그 '돈'이 자신의 것이 아니라, 자신처럼 힘들게 공부한 사람들을 위해 써야 하는 것이라고 생각해 전 재산을 기부하게 된 것이다.

류근철 박사를 시작으로 매주 3명씩 각계 다른 분야의 인물들을 만났다. 인터뷰할 때 인터뷰어인 강지원 쌤이 빼놓지 않고 하는 질문은 이것이었다. 첫째, 학창시절 어떤 학생이었는지? 둘째, 어떤 적성과 소질이 있었는지? 셋째, 그 적성과 소질이 어떻게 직업과 연결이 되었는지?

인터뷰한 많은 인물들 중에는 어릴 때부터 꿈이 명확했고, 꿈을 그대로 이룬 분도 있었다. 하지만 대부분의 경우는 우리의 예상과 달랐다. 사실 유명해지고 뭔가를 이룬 사람들은 어린 시절부터 남다르지 않았을까? 날 때부터 특별한 뭔가를 쥐고 태어나지 않았을까? 하는 기대가 있다. 하지만 회를 거듭하고 인터뷰가 거듭될수록, 우리가 얻은 답은 처음의 예상과는 조금은 다른 지점에 가 닿아 있었다.

어린 시절 가치 없는 경험, 의미 없는 방황은 없다

한국인 최초 우주인이 된 이소연 씨의 경우도 그러했다. 언제나 당당하고 자신의 의지가 확고할 것처럼 보이는 이소연 씨도, 지금의 자신이 있기까지 많은 시행착오와 방황의 시기가 있었다.

이소연 씨는, 우주선을 타는 것은 상상조차 해 본 적 없는 기계공학도였다. 하지만 학창시절 꿈은 또 달랐다. 고등학교 시절엔 산업디자인을 전공해 디자이너가 되는 것이 꿈이었다. 어린 시절부터 음악과 미술에 관심이 많아 중학교 때는 예술고 진학을 꿈꾸기도 했다. 이소연 씨의 표현을 빌자면, "정말 여기저기 안 기웃거려 본 것이 없다"라고 말할 정도로 꿈이 많은 학생이었다.

그런데 이소연 씨는 점점 커 갈수록 자신이 원하는 분야와 자신이 잘하는 분야는 다르다는 것을 깨달았다. 음악이나 미술은 아무리 노력해도, 더 잘하는 친구들을 보면서 좌절해야 하는 순간들이 많았지만, 과학이나 수학은 조금만 노력해도 이해가 잘 되고 결과물이 좋았다. 그런 과정을 거치면서 이소연 씨는 차츰차츰 자신의 길을 찾아 나갔다.

돌이켜보면 그런 방황의 시간들이 이소연 씨에게 한국인 최초 우주인이라는 타이틀을 얻을 수 있게 해줬다고 한다. 어려서부터 새로운 일에 도전하고 경험해 보는 것에 두려움이 없었던 터라 우연한 기회에 신문에 난 우주인 모집 기사를 보고 지원하게 됐고, 결과와 상관없이 지원해 보는 것만으로도 충분히 의미가 있고 가치가 있다고 생각했던 것이다.

관심 있는 곳은 자꾸 기웃거려봐라

올리는 작품마다 '히트'를 치면서 요즘 가장 잘 나가는, 한국 창작 뮤지컬계의 젊은 연출가인 장유정 씨도 지금의 자신의 길을 찾기까지 적지 않은 방황의 시절이 있었다고 했다. 어린 시절의 그녀는 무슨 일을 해도 관심이 많아, 이것저것 건드려 보았지만 오래가지는 못하는 성격이었다.

하지만 책은 늘 손에서 놓지 않는 학생이었다. 성장하면서 소설가가 되겠다는 꿈이 생겼고 대학 진학도 국문학과를 선택했다. 그런데 입학하고 보니 자신이 소설에 재능이 없다는 것을 깨달았다. 너무 잘 쓰는 동료들을 보면서 자신감이 떨어졌다. 그래서 이번에는 연극에 눈을 돌렸다. 극회에 들어가 연극배우에도 도전해 봤다. 하지만 그 또한 재능이 없고 자신의 길이 아닌 것 같았다. 뒤늦게 사춘기가 왔다. 나의 길은 무엇일까? 나를 되돌아보는 시간이 필요했다. 그래서 그녀는 휴학하고 여러 나라를 여행했다. 혼자 낯선 나라를 다니면서, 자신을 버리고 찾는 여행을 했다. 그리고 돌아와 그녀는 대학에 다시 진학했다. 과거 극회의 일을 하면서 우연히 공석이었던 선배를 대신해 연출을 맡으며, 연출에 매력을 느꼈던 자신을 기억했다. 연출과에 다시 진학했고 '연출가'로서의 자신의 길을 찾은 것이다.

장유정 씨는 관심이 있는 일은 자꾸 들여다보고 기웃거리는 것이 중요하다고 말한다. 길을 찾으려면, 열정과 치열함으로 반드시 구름 속에서 뭔가가 명확해지는 단계를 가지는 것이 필요하다고 말한다.

두드려라 열릴 때까지

오지탐험가에서 이제는 국제긴급구호 전문가로 또 다른 자신의 길을 개척해 가고 있는 당찬 여성 한비야 씨의 경우도 꿈을 찾아가는 과정은 녹록치 않았다. 어린 시절 한비야 씨는 호기심이 유난히 많은 아이였다. 새로운 동네로 이사를 가면, 잠시도 가만있지 못하고 동네를 돌아다니면서 어디에 뭐가 있는지 알아내 지도를 그려야 직성이 풀리는 아이였다. 그러다 보니 길도 자주 잃어, 파출소 출입이 본의 아니게 잦았다.

열 살 때는 세계일주를 하겠다는 꿈도 가졌다. 하지만 이후 성장과정은 그 꿈과 멀어질 수밖에 없었다. 대학 입시에 한 번 실패한 이후, 가정 형편 때문에 대학 진학을 하지 못했다. 그리고 6년간 아르바이트만 하면서 20대의 절반을 보

根 哲 교수님의 명복을 빕니다

내야만 했다. 그러다가 뒤늦게 대학 영문과에 진학했다. 외국인 영어 선생님의 집에서 3년간 베이비시터 일을 하면서 키운 영어 실력으로 선택한 전공이었다.

한비야 씨는 자신이 대학 입시에 실패하지 않았다면 지금처럼 단단해지지 않았을 것이라고 말한다. 6년간 방황했던 시절이, 왜 대학을 가야 하고, 왜 공부를 해야 하는지를 확실히 알게 해 주는 계기가 되었다. 그 후 어린 시절 꿈꾸었던 세계일주를 실현하면서 오지탐험가가 되었고, 그녀는 또 그 경험을 바탕으로 국제긴급구호 전문가가 되었다.

'두드려라, 그러면 열릴 것이다'가 아니라 '두드려라 열릴 때까지'라고 한비야 씨는 말한다. '다른 사람한테는 쉽게 열리는 문이 왜 내게는 열리지 않는가?'라고 많은 사람들은 푸념하는데 사실은 끝까지 두드리지 않았기 때문이라고 그녀는 말한다. 그녀는 자신이 선택한 문이 열릴 때까지 두드리려고 노력하는 것이 중요하다고 말한다.

타고난 등산가도 채찍질을 통해 탄생한다

세계 7대륙 최고봉 완등과 남·북극점 정복, 북극 횡단, 에베레스트 3회 등정 등 대한민국 산악인으로서 최고 기록을 가지고 있는 허영호 씨. 그는 자신의 소질과 적성을 미루어 볼 때 타고난 산악인은 아니었다고 말하지만 남들이 보기에는 분명 타고난 적성을 가진 산악인이다.

어렸을 적 허영호 씨는 내성적이고 조용한 성격에, 반에서 있는지 없는지도 모르던 학생이었다. 심지어 밤마다 귀신 꿈에 시달릴 정도로 기가 허하고 체력도 약했다. 그래서 체력을 기르기 위해 누나를 따라 중학교 때부터 산에 다니기 시작했다. 산을 다니는 횟수가 거듭될수록 그는 산에 매료되기 시작했다.

처음엔 그냥 따라갔던 것이, 산 정상에 다녀오면 밤에 쉽게 잠들지 못할 정도로 여운이 많이 남았다. 그러면서 점점 난이도가 높은 등반 기술들, 암벽기술,

빙벽기술을 익혔고 그러다 보니 점점 등반에 대한 욕심이 생겼다. 남들이 가지 않았던 길, 새로운 길, 때로는 가장 어려운 길을 가면서 허영호 씨는 새로운 가치를 발견했다.

그런 발견이 그를 더욱 채찍질했고, 지금의 세계적인 산악인이 되게 했다. 허영호 씨는 남들이 가지 않은 길을 개척하다 보면, 그것이 진짜 내 것이 된다고 말한다.

진정 하고 싶다면 확신을 가지고 준비해야

국민 만화가 허영만 화백은 하루도 빠짐없이 새벽 다섯 시에 출근해 그림을 그리는 열정의 만화가였다. 50년을 해 온 일이건만 지금도 만화 그리는 일이 좋다고 했다. 하지만 그도 처음부터 만화가가 꿈은 아니었다.

그는 화가를 꿈꾸는 학생이었다. 어린 시절, 그는 괴도 뤼팽, 셜록 홈즈 등 탐정 소설을 좋아하는 평범한 아이였지만, 초등학교 시절 환경미화를 할 때면 일을 도맡아 할 정도로 그림 그리는 것에 소질이 있었다. 자연스럽게 미대 진학을 꿈꿨다. 하지만 넉넉지 않은 가정형편에 8남매 중의 셋째로, 대학 진학은 포기해야만 했다.

그런데 그는 친구들이 입시를 준비할 때 그 옆에서 만화를 그렸다. 입시 준비하듯이 그렇게 열심히 만화를 그렸다. 그러고는 당시 유명한 만화가였던 박문윤 화백께, 고등학교를 졸업하면 찾아가 뵐 테니 문하생으로 받아 달라고 무작정 편지를 썼다. 그렇게 고등학교를 졸업하자마자 상경해 박 화백에게 테스트를 받고, 그 밑에서 10년간 문하생 생활을 했다.

그때를 돌이켜보면 허영만 화백은 정말 열심히 했던 시절이라고 회상한다. 만약 그때 대학 입시가 좌절됐다고 그림 그리는 것을 포기했다면 어땠을까? 허영만 화백은 정말 하고 싶은 일이라면, 항상 준비를 하고 있어야 한다고 말한다. 그래야 기회가 와도 잡을 수 있다고 한다. 아무리 소질이 있다고 해도 근성이 없으면 이루기 힘드니, 진정으로 하고 싶다면 확신을 가지고 준비하기를 바란다고 허영만 화백은 조언한다.

끈을 놓지 않으면 투잡도 가능하다

그런데, 자신의 길을 찾는 데 있어, 주변의 환경적인 영향이 있었다고 말하는 이들도 있었다. 가수 김광진 씨의 경우가 그랬다. 작곡가로, 가수로도 알려져 있지만, 김광진 씨는 금융 분야에서도 자리를 잡고 꽤 인정받는 애널리스트였다. 남들은 하나도 힘든데, 전문성이 요구되는 두 분야의 길을 동시에 걸을 수 있었던 비결은 어디에 있는 것일까?

김광진 씨는 자신이 음악인이 될 수 있었던 것은 어릴 적 성장환경 때문이라고 한다. 어린 시절의 그는 7남매 중의 막내로, 귀여움을 많이 받았지만 그렇게 활동적인 성격은 아니었다. 다만, 온 가족이 음악을 좋아해 음악이 늘 가까이 있는 환경이었다. 7남매가 악기 하나씩은 연주할 줄 알았고, 3개월에 한 번씩 가정음악회를 할 정도였다. 그런 환경 속에서 그도 자연스럽게 바이올린을 배웠다. 하지만 바이올린 연주에는 큰 흥미와 재능이 없어 그는 중학교 때부터 기타를 치기 시작했다.

대학 진학을 선택할 때도 당시에는 대중음악, 실용음악과가 없어서, 주변 사람들의 조언에 따라 경영학과를 진학했다. 하지만 대학 시절, 유학 시절, 힘들 때마다 늘 그의 곁에는 음악이 있었다. 투자분석 전문가로 직장을 다니는 중에도 그는 음악인의 끈을 놓지 않았다. 많은 대가들이 있지만, 그들의 삶이나 음악을 흉내 내기보다 나만의 음악을 나만의 방식대로 가는 것도 중요하다고 그는 말한다.

타고난 나만의 길, 운명으로 받아들인다

대한성공회 김성수 주교께서는 자신만의 길을 선택하는 계기가 때로는 운명처럼 오기도 한다는 말씀을 하셨다. 평생 장애인들과 소외된 이웃을 위해 나누는 삶을 실천해 오신 김성수 주교지만, 종교인으로 지금의 길을 걸어오기까지는, 재능과 소질을 개발한 '선택'이라고 표현하기보다는 '운명'으로밖에 받아들일 수 없는 순간들이 있었다고 한다.

어릴 때부터 농구와 아이스하키를 좋아하는 활동적이고 열정 넘치는 학생이었던 김성수 주교는, 종교인이 되겠다는 생각은 한 번도 한 적이 없었다. 할아버지 때부터 성공회 신앙을 계승한 가정에서 성장하긴 했지만, 그의 꿈은 운동선수였다.

하지만 열여덟 살에 폐결핵을 앓으면서 그는 꿈을 포기해야만 했다. 꿈을 꾸기보다, 생과 사를 오가며 병마와 싸워야만 했다. 그렇게 10년간 투병 생활을 했다. 김성수 주교는 그 10년간의 외로운 싸움에서 더불어 사는 삶에 대해 많은 것을 깨달았다.

내 그림자에서는 내가 쉴 수 없다. 아무리 잘난 사람도 다른 사람의 그림자에서만 쉴 수 있지 않는가. 사람은 더불어 살아야 한다. 나는 누군가에게 그림자가 되어 주는 삶을 살아야겠다. 그런 생각에 다다른 것이다. 그렇게 '길'을 찾으면 주어지는 것이 바로 타고난 적성이요, 운명이 아닌가 싶다.

어떤 길로 가야할지 매 순간 고민하라

지금은 고인이 되셨지만, 분단문학의 대표 작가였던 이호철 선생과의 인터뷰도 기억에 많이 남는다. 참전과 포로, 귀향, 월남이라는 시대적 상황을 오롯이 겪은 경험을 바탕으로 독보적인 작품세계를 펼친 그의 길도 남들이 가지 않은 길이었다.

이호철 선생은 타고난 작가였다. 어릴 적부터 문학적 감수성이 남다른 문학 소년이었다. 여섯 살 때 누나가 읽어 준 셰익스피어의 리어왕 이야기를 듣고 남다른 감명을 받았다고 할 정도니, 그는 작가가 될 재능과 소질이 다분했다.

하지만 작가가 되겠다는 그의 꿈을 가로막은 것은 한국전쟁이라는 시대적 상황이었다. 참전을 하고 혈혈단신으로 월남을 하여, 피난민으로 부두노동자, 미군부대 경비원으로 온갖 고생을 했다. 그런 격동의 시절을 겪으면서도 그는 글쓰기를 놓지 않았다. 오히려 자신이 겪은 전쟁의 참상, 이산가족 문제 등을 작품에 녹여냈고 그것이 그의 뛰어난 작품세계가 되었다. 그러면서 이호철 선생은 말한다. 어떤 삶을 살지 치열하게 고민해야 한다. 아무리 날품을 팔아도 인생을 함부로 생각하면 안 된다. 그리고 어떤 길로 가야 할지 매 순간 고민해야 한다. 그래야 길이 보인다.

그 밖에도 우리는 많은 분들을 만났다. 범죄 프로파일러 표창원, 프로게이머 임요환, 신경정신과 전문의 이시형 박사, 뇌과학자 서유헌 박사, 영어교육 전문가 정철, 작사가 양인자, 신경림 시인, 철학자 이명현 박사, 성우 성선녀, 고도원 작가, 류근상 화가, 과학자 이상묵 교수, 마라토너 황영조, CEO 이청승 등 2008년 8월 25일부터 2009년 2월 27일까지 총 80여 분을 인터뷰했다.

그리고 그 많은 분들이 바쁜 시간을 쪼개어 출연에 흔쾌히 응해 준 데는 프로그램 진행자인 강지원 쌤에 대한 신뢰가 큰 몫을 했다. 그렇게 프로그램을 갈무리하며 우리는 애초 기획했던 대로, 자신의 진로에 대한 어떤 답을 얻었을까?

그분들을 인터뷰하는 기간 동안 이 프로그램이 길을 찾고자 방황하는 '청소년'들뿐 아니라, 이미 길 위에 서 있는 '어른'들에게도 큰 시사점을 주었다고 나는 생각했다. 처음부터 정해진 길은 없다. 수많은 명사들이 공통적으로 말한 것처럼 적성과 소질을 발견하기 위해서는 무엇보다 체험과 고민, 방황의 시간이 필요하다는 것, 그리고 어떤 선택을 하든 타인이 아닌 자신이 스스로 느끼고 오롯이 결정해야, 그 선택이 자신의 것이 될 수 있다는 것이다.

지금 이 순간에도 갈림길에서, 혹은 길 위에서 고민하는 사람들이 많을 것이다. 강지원 쌤의 바람처럼 성공의 척도가 달라지는 시대, 모든 이들이 자신만의 길을 찾아 행복하고 건강한 삶을 사는 시대가 하루 빨리 오기를 희망한다.

조정실

학교폭력피해자가족협의회 회장, 해맑음센터 센터장

학교폭력 피해학생들, 어떻게 치유할 것인가?

2000년 4월 12일! 꿈에도 상상하지 못했던 학교폭력으로 딸아이와 나의 인생이 송두리째 흔들린 날이다. 형체를 알아보기 힘들 만큼 망가진 얼굴과 가쁜 호흡, 중환자실에서 혼수상태로 생과 사를 넘나드는 아이를 보며 하늘이 무너지는 것 같았다.

그러나 정신을 다잡고 학교를 쫓아다니며 사건의 실체를 알고 보니 피가 거꾸로 솟구치는 것 같았다. 오래 지속돼 온 학교폭력 그리고 연약한 후배를 혼수상태에 빠트린 다섯 아이의 집단 폭행. '착하고 바르게 행동해라. 진실하게 살아야 한다'고 가르쳤는데 왜 이런 일이 생긴 건지, 무엇이 어디서부터 잘못된 건지 끝없는 의문이 들었다. 이 사건 이후 나와 딸의 삶은 갑자기 그 이전까지 생각조차 할 수 없던 방향으로 흘러가고 말았다.

피해를 입었기에 보호를 받고, 해결 과정의 모든 도움을 받을 수 있을 거란 기대는 학교를, 검찰을 찾아간 순간 모두 무너졌다. 학교는 사고를 외면하며 오히려 은폐 왜곡하기 급급했고, 가해자들은 아이가 입원한 병실에 찾아와 회유와 협박을 일삼았다. 검찰은 아이들끼리의 다툼을 빌미로 돈을 뜯어내려는 파렴치한 부모 취급을 했다. 학교폭력이 '자라나는 아이들의 통과의례' 정도로 치부되던 시절이었기에, 학교폭력 피해자를 보호하고 제대로 된 조치와 처벌을 할 수 있는 법과 제도는 어디에서도 찾아볼 수 없었다.

학교와 검찰의 도움을 받지 못한 나는 결국 고소장을 제출했고, 2000년 5월 27일 영장이 신청되었지만, 하루 뒤 영장이 기각되고 말았다. 법은 왜 존재하는가? 누구를 위한 법인가? 억울했고, 참담했다.

하지만 호랑이에게 물려가도 정신만 차리면 살아날 수 있다고 했던가? 막막한 심정으로 서울시 홈페이지에 올린 호소문이 커다란 반향을 일으켰다. '성수여중 폭력사건' 해결을 위한 인터넷 카페가 12개나 개설되고 3만여 명의 회원이 모여들었다. 분노한 네티즌들의 항의 글로 대법원 홈페이지가 다운되고, 올바른 판결을 촉구하는 집회가 계속해서 열렸다. 그러자 결국 가해학생 5명 모두에 대해 처벌이 이루어졌다.

이 일을 계기로 모였던 인터넷 카페 회원들은 사건이 해결된 뒤에도 흩어지지 않고 '청소년 폭력 근절을 위한 네티즌 연합'을 결성하고 계속해서 학교폭력 근절운동을 해나갔다. 거의 모두가 학생들과 학교폭력 피해자 부모들이었다. 법과 제도의 도움이 없는 상황에서 스스로 목소리를 내지 않고는 학교폭력 피해자가 보호받을 수 없음을 경험하며 피눈물을 삼켰던 사람들이다.

활동은 6년간 계속되었다. 매주 토요일마다 서울 대학로 마로니에공원에 모여 학교폭력 근절 캠페인을 벌였고, '학교폭력 특별법 제정' 서명운동을 시작했다. 토요일마다 빠짐없이 캠페인을 계속하자 전국 각지에서 학교폭력 피해자들이 모여들었다.

캠페인은 우리들의 억울함을 호소하는 신문고 역할을 했고, 날로 심각해지는 학교폭력 문제의 해결책을 찾는 토론의 광장이 되었다. 지성이면 감천이라고 했던가! 눈이 오나 비가 오나 토요일 마로니에 공원을 뒤덮은 엄마아빠들의 눈물이 언론의 주목을 받기 시작했고, 학교폭력의 심각성이 사회적 문제로 대두되는 시발점이 되었다.

사건을 해결하기 위해 관련 단체며 국회를 찾아다니다 나와 같은 입장의 피해부모들을 점점 더 많이 만났다. 우리 모두의 가장 큰 불만은 '학교'였다. 학교들은 폭력을 은폐·왜곡하는 것은 물론, 도리어 가해자 편에 서서 사건을 무마하려 하고, 결국 피해자가 학교를 떠나게 만들었다. '학교의 명예가 실추된다'는 이유로 상당수 학교들이 저지른 만행이었다.

피해부모들이 홀로 학교와 싸우기에는 역부족이라는 공감대가 형성되어, 2000년 8월 '학교폭력피해자가족협의회(이하 학가협)'를 만들었다. 학교폭력 사고의 사후수습을 위한 활동을 주목적으로 서로 정보를 교환하고 무리를 지어 학교를 방문하여 항의를 하면서 사건을 해결해 나갔다.

자식을 잃은 피해 부모를 위로하기 위해 영안실에서 함께 밤을 지새우기도 하고, 학교와 법정에서 피해부모들과 함께 항의하고 울부짖다 처참하게 끌려나오는 날이 연속되었다. 학교폭력으로 자식이 겪은 고통을 누구보다 잘 아는 부모들이었기에 영안실을 떠날 수 없었고, 법정에서도 방청객으로 가만히 앉아 있을 수만은 없었다. 모든 학교폭력 피해학생들이 내 자식만 같았다.

이러한 활동들이 소문이 나면서 학교폭력 피해부모들이 더 많이 모여들었고, 그렇게 모인 이들의 경험은 피해자의 입장에서 학교폭력을 해결하는 데 중요한 토대가 되었다. 그때 우리는 학교폭력 피해부모를 도우면서 꼭 받는 약속이 있었다. "사건이 해결될 때까지, 끝까지 돕겠다. 대신 사건이 모두 해결되고 나면 반드시 다른 피해자 세 명을 도와주어야 한다." 그렇게 서로가 돕는 시스템으로 모임의 결속을 높이고 함께하는 사람들을 늘려나갔다.

이 같은 시스템은 학가협이 상담을 제대로 전공한 전문가 한 명 없이도, 그 어느 단체보다 훌륭한 위로 상담가들을 배출하고, 그 어느 변호사나 경찰보다도 학교폭력 피해자에게 꼭 맞는 해결방법을 제시할 수 있게 한 토대가 되었다.

'내 아이를 살려야겠다'는 절박함과 사회적 시스템의 도움을 받지 못한 피해부모들이 온몸으로 부딪혀 싸워가며 얻은 경험이 학교폭력 피해자에게 가장 필요하고 가장 적절한 상담·지원 시스템을 만들어 낸 것이다.

학가협은 피해 가족의 지원활동에 전력을 다했지만, 학교폭력을 하나의 폭력 범죄로 규정하고 그 처리를 명문화한 법 규정이 없는 현실에 번번이 좌절을 경험해야 했다. 이러한 문제를 해결하기 위해 학교폭력 예방과 사후수습을 규정하는 법률을 만드는 일에도 매진했다. 국회가 관련법을 만들어 줄 것을 촉구하며 교육부와 국회 앞에서 입법청원 시위를 진행했다. 그 결과, 2004년 1월 '학교폭력 예방 및 대책에 관한 법률'이 제정되었고 현재까지 계속 개정되어 오고 있다.

2006년, ○○여고 서○○ 학생이 자살한 사건이 발생했다. 사건을 무마하려는 학교에 맞서 학생들이 일어섰고, 탄원서와 서명을 국회에 제출하면서 조사가 시작됐다. 이 사건을 계기로 국회 안에는 학교폭력대책위원회가 만들어졌고, 학가협의 활동이 인정을 받게 되면서 사단법인 등록이 이루어졌다. 학가협이 만들어진 지 만 6년 만에 그토록 바라고 또 바라던 '사단법인 학교폭력피해자가족협의회'가 출범하게 된 것이다.

사단법인이 되면서 학가협 활동의 폭이 넓어졌다. 교육부, 여성가족부 및 시·도 교육청과 함께 피해자 가족 캠프를 진행하고, 각 지역의 학교폭력 전문활동가를 양성하는 교육사업이 본격화되었다. 정부와 국회를 향한 청원활동에도 힘이 실렸다.

학교폭력 예방 및 대책에 관한 법률이 만들어졌지만, 학교 현장은 여전히 학교폭력 예방과 사후처리에 무지했고, 또 수동적이었다. 학교가 바뀌지 않으면 학교폭력은 결코 사라질 수 없고, 피해자 보호는 불가능한 일이었다. 학가협은 구체적인 방안을 제시하며 정부가 나서 줄 것을 촉구하여, 2012년 2월 '학교폭력근절 종합대책'이 발표되었다.

학교폭력 당사자인 피해·가해 학생에 대한 조치 강화, 학교 및 학부모의 책임 의무화 같은 직접적인 대책과 인성교육 강화라는 근본대책 등을 담은 학교폭력 근절 종합대책은 학교가 학교폭력의 당사자로서 가져야 할 최소한의 자세와 역할을 규정했다는 점에서 의의가 있다고 할 것이다.

학가협이 학교폭력과 관련한 법률과 종합대책을 만들 것을 촉구하며 주장했던 주요 내용들을 다음과 같다.

1. 학교폭력 치료로 인한 결석을 출석으로 인정: 학교폭력으로 입은 정신적·육체적 상처를 치료하다 결석으로 처리되어 수업일수 부족으로 유급되는 사례가 적지 않았고, 이러한 처리는 학교폭력 피해 학생이 학교에 더욱 적응하지 못하게 만드는 원인이 되어 학업을 포기하는 2차 피해로 이어지기도 했다. 이에 학가협은 학교폭력 피해학생의 치료로 인한 결석을 병결·상결처럼 출석으로 인정해 줄 것을 요구하여, 현재는 출석으로 인정되고 있다.

2. 학교폭력 치료의 의료보험 처리: 학교폭력은 가해한 상대방이 있어 피해자가 의료보험 처리를 받을 수 없었다. 과도한 병원비 때문에 제대로 치료를 하지 못함으로써 더욱 심각한 상태에 처하게 되는 경우가 허다했다. 이에 학가협은 학교안전공제회가 피해학생의 치료비를 선지급하는 규정을 이끌어내어, 가해자와의 합의 및 피해보상 이전에도 피해학생이 치료를 받을 수 있도록 했다.

3. 학교폭력으로 인한 봉사활동의 내신 반영 철회: 학교폭력 가해자의 처벌 중 하나로 사회봉사 명령이 내려지는데, 일단 사회봉사를 수행하고 나면 일반적인 경

우처럼 내신에 반영이 되었다. 학가협은 학교폭력 가해자의 사회봉사는 잘못에 대해 내려진 처벌이니 만큼 내신에 반영이 되어서는 안 됨을 지적해 문제점을 바로잡았다.

4. 가해 학생 전학 조치: 학교폭력 사건이 공론화되어 학교에서 처리 절차가 진행되는 동안에도 피해학생은 가해학생들과 같은 학교, 같은 교실에서 생활함으로써 또 다른 고통을 당해야 했다. '고자질했다'는 이유로 가해학생들이 피해학생을 비난하거나 2차 폭력을 가하는 경우도 적지 않았다. 이에 학가협은 학교폭력 사고의 처리 과정에서 피해자를 가해자와 분리토록 했으며, 가해자를 강제 전학시킬 수 있는 조항을 만들어 냈다.

5. 학교폭력 행위 생활기록부 기재: 학교폭력은 심각한 사회적 범죄지만, 아직 학생 신분인 가해자들은 그 심각성을 인식하지 못해 계속해서 학교폭력을 일삼는 경우가 적지 않다. 이에 학가협은 학교폭력 가해 사실을 학생생활기록부에 기재하는 규정을 이끌어냈다. 이 규정은 단순히 가해자에게 낙인을 찍는 처벌의 목적이 아니라, 재발을 방지하기 위한 목적이다. 재학기간에 학교폭력이 재발하지 않으면 졸업과 동시에 가해 사실을 삭제하여 상급학교 진학이나 사회생활에 불이익을 당하지 않도록 제안한 것 역시 이 같은 이유에서다.

6. 학교폭력 사고의 정확하고 객관적인 조사: 과거 학교폭력이 발생하면 학교의 명예나 이미지를 고려해 사건을 은폐·축소하는 일이 비일비재했고, 지역사회에서의 학교와 가해자 부모의 관계 때문에 사건이 무마되는 경우도 적지 않았다. 이에 학가협은 학교폭력이 신고되었을 경우 교사, 학부모, 경찰 등으로 구성된 학교

폭력자치위원회(학폭위)를 반드시 개최하도록 하는 운동에 앞장섰으며, 학폭위를 열지 않을 경우 엄중히 처벌하는 규정을 이끌어냈다. 학폭위는 모든 조사와 평가가 공정하게 이루어지는 창구 역할을 함으로써 학교장이나 일부 교사를 통해 학교폭력 사건이 자의적으로 해석, 처리되는 폐단을 없애는 역할을 하고 있다.

7. 피해자 전담 지원시설의 필요성 호소 : 우리나라의 학교폭력 대책은 철저히 '가해자 중심'이다. '가해자를 잘 계도하면 학교폭력이 사라진다'는 입장인 것이다. 물론 가해자를 잘 계도하는 일도 중요하지만, 문제는 학교폭력 피해자들은 철저히 혼자만의 힘으로 그 고통을 극복해야 한다는 점이다. 이에 학가협은 학교폭력 피해자들만을 위한 전담 치유시설의 필요성을 계속해서 주장했고, 2013년 7월 대전에 학교폭력 피해학생 및 학부모 치유시설 '해맑음센터'가 문을 열었다. 해맑음센터는 학교폭력 피해자에게 최적화된 상담과 치유 교육·활동을 통해 학교폭력 피해자들이 건강하게 학교로 돌아갈 수 있도록 돕는 역할을 수행하고 있다.

학교폭력은 범죄다. 아직도 학교폭력을 '아이들 사이에 일어나는 성장통'으로, 별것이 아닌 양 생각하는 사람들이 있지만, 학교폭력은 가정폭력이나 성폭력처럼 우리 사회가 안고 있는, 반드시 해결해야 될 사회적 범죄다. 그러나 학교폭력을 바라보는 우리 사회의 시각이나 대책은 그 범죄적 지위에 비하면 터무니없이 초라하다. '학교폭력은 범죄'라고 얘기만 할 뿐 '범죄'라는 그 규정에 걸맞은 대비책과 사후 수습책은 너무도 허술하고 초보적이다.

학교폭력의 심각성이 대두된 후 법률과 규정이 강화되는 과정이 있었지만, 상당수가 외국의 성공한 정책을 답습하다 보니 실효성이 없는 경우가 많았다. 우리의 교육체계, 학교문화, 법 규정에 맞지 않는 외국 성공 사례의 무비판적인 도입은 '귤이 회수를 건너면 탱자가 된다'는 격언을 새삼 일깨워 줄 뿐이다.

이처럼 현실과 맞지 않는 대책이나 규정들이 아직도 여기저기 똬리를 틀고 있다 보니, 학교폭력 피해자 입장에서는 별반 달라진 것이 없다. 단지 학교폭력이 좀 더 주목받는 사안이 되었을 뿐이다. 그런데 관련 법과 규정이 몇 번 개선되다 보니 "학교폭력 관련 대책이 계속 강화되고 있는데, 피해자들은 왜 자꾸만 자기주장만 내세우냐?"고 힐난하는 상황도 종종 맞닥뜨리게 된다.

한 예로, 학폭위 개최가 명문화되었지만, 최근에는 가해자 부모가 학폭위 결정에 불복해 재심을 신청하는 것이 당연시되고 있다. 이런 경우, 졸업할 때까지도 학교폭력 사건의 결론이 나지 않아, 피해자가 같은 학교 안에서 가해자와 함께 생활하며 폭력의 두려움과 주변의 싸늘한 시선을 온몸으로 체감해야만 하는 상황이 된다.

과거 성폭력 피해자들이 생활 속에서, 심지어 법정에서까지 혐오의 시선을 받는 시절이 있었다. '행실이 좋지 못해 빌미를 제공했다'거나 '부주의해서 사고가 발생했다'는 등의 비난을 가해자가 아니라 주변 사람들도 스스럼없이 했던 야만적인 시대였다.

학교폭력 피해자의 현실은 과거의 성폭력 피해자의 현실과 다르지 않다. 꽃다운 아이들이 생을 포기하는 일이 비일비재하게 일어나는데도 '얼마나 못났으면 친구에게 맞고 다니냐'거나, '아이들끼리 좀 다툰 걸 가지고 부모가 한몫 잡으려고 날뛴다'는 무책임한 비난은 여전히 존재한다. 학교폭력이 사회적 폭력으로 확대 재생산되는 현실이다. 폭력을 행사한 가해자가 아니라, 폭력의 고통에 몸부림치는 피해자의 입장에서 대책이 만들어지고, 그들을 보호할 수 있는 체계를 만드는 쪽으로 눈을 돌려야 하는 이유다.

그래도 지금은 학교폭력 피해자에게 동정 여론이 더 많은 세상이 되었지만, 딸아이가 중환자실에 실려 간 당시에는 학교폭력 사고에 누구 하나 관심 갖는

해맑음센터 개소식

학교폭력
OUT!

싫어!
학교폭력
학교폭력
OUT!
학교폭력
OUT!
싫어!
학교폭력

해맑음센터는 새로운 도전을 위한 쉼표
(사)학교폭력피해자가족협의회

'유쾌한 청소년 지킴이' 강지원 변호사의
내 몸과 마음의 활력소를 찾는 법
2.23(목) 오전 11시
해맑음센터 강당
관심있는 사람 누구나
신청서 작성 후 이메일 송부
070-7119-4119
참가신청서
다운로드

교육부
(사)학교폭력피해자가족협의회
'내 몸과 마음의 활력소를 찾는 법'
해맑음센터 명사특강
강사 : 강지원 변호사

사람이 없던 시절이었다. 세상에 혼자 내던져진 것처럼 무관심, 무책임과 싸우던 때에 강지원 쌤을 만났다. 딸아이 재판의 항소를 준비하던 때로 기억한다. 누군가 강지원 변호사를 만나 보라고 얘기해서 무작정 찾아간 것이 첫 만남이었다. 내 아픔에 공감해 주고 진심으로 공감해 주는 최초의 변호사를 만난 순간이기도 했다.

항소심 재판이 인연이 되어 어려운 문제가 생길 때마다 염치불구하고 도움을 요청했다. 무턱대고 찾아가 도움을 청하는 일이 부지기수였지만, 강지원 쌤은 한 번도 마다한 적이 없다. 어렵고 억울한 피해자들을 위해 무료 변론을 해준 것은 그가 우리에게 준 도움 중 가장 작은 것이다. '고마운 변호사'를 넘어 언제나 우리 학교폭력 피해자들의 동료 역할을 자처한 것이 강지원 쌤이었다.

강지원 쌤은 우리 학교폭력 피해부모들의 든든한 후원자이기도 했다. 한번은 학가협 활동에 불만을 품은 피해부모가 "학가협 활동이 무슨 의미가 있냐?"라며 억지를 부린 적이 있었다. 강지원 쌤이 우리들보다 더 흥분하여 "똘똘 뭉쳐서 싸워 나가도 벅찬 마당에 왜 열심히 일하는 사람을 끌어내리려고 하느냐. 또다시 그런 소리 하면 혼날 줄 알라"라고 불호령을 내렸다.

우리들 자신보다 더 우리를 이해하고 아파하는 사람! 많은 난관이 있었지만 그때마다 나를 다스리며 초심을 잃지 않고 이 자리를 지킬 수 있었던 것은 학교폭력 운동의 고비마다 강지원 쌤이 보여 준 열정과 의리 때문이 아니었을까.

2005년 세상을 떠들썩하게 만든 성추행 교사 사건이 일어났다. 학교폭력 사건의 해결에 어려움을 겪는 피해부모들이 상담을 요청하면 "학교를 엎을 자료가 있으니 도움을 주겠다"라고 피해부모들의 환심을 산 뒤 성추행을 일삼는 자였다. 11개 시민단체가 공동대책위원회를 만들었고 강지원 쌤이 법률자문을 맡았다. 은밀히 이루어진 성추행이어서 범죄 사실을 밝혀내기가 쉽지 않았고, 피해부모들도 학가협도 지쳐 갔지만, 결코 지치지 않고 가장 앞장서서 목소리를 내는 사람은 법률자문을 맡은 강지원 변호사였다. 이때 피해부모들을 다독거려가며 끝까지 함께 싸워 준 강지원 쌤이 없었다면 끝까지 불의에 저항하지 못했을지도 모르겠다.

학교폭력 피해자들의 든든한 동지이자 후원자였던 강지원 쌤은 정책 중심 선거운동단체인 한국매니페스토실천본부의 상임대표 활동 등 여러 사회운동과 방송활동 등으로 바쁜 중에도 불구하고 학교폭력 피해부모의 동지 역할은 요지부동이었다. 학교폭력 문제에 대해 사회적 관심을 촉구하며 강연, 인터뷰 등 마다하지 않고 뛰어다녔다.

강지원 쌤은 학가협에 사무실까지 제공해 주었다. 변호사 사무실 한 켠에 방 하나를 만들어 학가협 사무실로 사용하도록 해 주고, 책상과 컴퓨터 등 집기를 마련해 준 것은 물론, 인터넷 사용료까지 세세한 부분도 꼼꼼히 챙겨 주었다. 제대로 된 학가협 사무실을 처음 갖게 되었고, 그때부터 학가협이 단단히 뿌리를 내리고 자리를 잡을 수 있었다.

아이가 학교폭력을 당했을 당시 나는 식당을 운영하고 있었는데, 사고 이후 학교폭력 관련 일에 미친 듯 쫓아다니다 보니 결국 파산까지 했다. 지금껏 월세 집을 면하지 못하고 있지만, 당시 강지원 쌤이 파산과 면책까지 모두 도움을 주지 않았다면 아마도 더 큰 나락으로 떨어졌을지 모른다. 개인으로도, 학가협으로도 강지원 쌤은 정말 큰 은인이 아닐 수 없다.

강지원 쌤을 뵐 때마다 안타까운 점이 있다. 미련할 정도로 사람을 잘 믿으신다는 거다. 아마도 모두가 본인 마음 같을 거라고 생각하는 모양이다. 특히 약자인 피해자들에게는 아무런 계산도 의심도 없이 무조건적인 지지와 도움을 주곤 하는데, 그 선의가 화살이 되어 돌아오기도 했다.

한번은 어린 자녀가 성폭력 피해를 입은 부모가 단체를 결성하고 활동하는 것을 애정을 갖고 도와주셨는데, 처음 설립했을 때의 취지와 다르게 운영되며 분열이 생긴 것에 크게 낙심한 일이 있었다. 허탈해하시며 "조 회장은 절대 변하면 안 돼" 하시던 모습이 잊히지 않는다. 하지만 그 상처를 입으시고도 여전히 사람을 잘 믿는 미련둥이가 바로 강 쌤이다. 그런 모습을 보며 '저 정도로 사람에 대한 애정이 있으니 그 어려운 일을 마다 않고 해오는 것이 아닐까' 하는 생각을 한다.

나는 세상에서 가장 존경하는 사람을 꼽으라면 강지원 쌤을 첫 손에 꼽는다. 그의 순수함과 강인함을 닮고 싶다. 지금도 어려운 일, 중요한 일이 생기면 늘 처음으로 의논하는 멘토이자 동지다. 주변에서 다들 무모한 일이라고 고개를 가로젓는 상황에서도 강지원 쌤은 해낼 수 있다고 열렬한 지지를 보내 준다. 그 말씀에 힘을 얻어 목표만 바라보고 내달리곤 한다.

그렇게 해서 일구어낸 일들이 적지 않다. 그래서 어떤 어려운 목표에 도전할 때 실패할 거라는 생각은 아예 해 보지도 않는 이른바 '깡'이 생겼다. 이거야말로 내가 학교폭력 피해자를 위해 20년 가까이 활동할 수 있던 열정의 원천이다. '사람은 친구를 잘 사귀어야 한다.'는 옛말이 틀린 게 없다. 강지원 쌤의 긍정 바이러스와 무한 에너지에 완전히 전염되었나 보다.

물건이 쓰러지지 않도록 받쳐 주는 나무를 '버팀목'이라고 한다. 강지원 쌤은 작고 쓸모없는 나무라도 그냥 내치지 않고 바로 설 수 있도록 받쳐 주는 분이다. 그 덕분에 누구의 도움도 받지 못해 넘어지려던 우리 사회의 많은 약자들이 쓰러지지 않고 버틸 수 있었다. 학교폭력의 어두운 그늘에서 신음하는 우리 피해자 가족들과 학가협도 더욱 힘을 내 우리 사회에서 학교폭력을 추방해 나가는 데 앞장설 것이다.

이무웅

경기대학교 외래교수

비행청소년, 사랑과 관심이 필요합니다

보호관찰제도란 죄를 범한 사람을 교도소나 소년원 등 교정시설에 수용하지 않고 사회활동을 하게 하면서 선도, 교화, 개선하게 하는 제도를 말한다. 보호관찰이라는 말이 요즘은 꽤 알려진 용어가 되었지만, 우리나라에 처음 도입될 때는 매우 생소한 용어였다. 사실 우리나라 법률에 처음 등장한 것은 1955년 소년법에 소년범에 대한 보호처분의 일종으로 규정된 때이다. 그러나 수십 년간 적용되지 않다가 1989년 보호관찰법 시행으로 보호관찰소가 문을 열면서 비로소 소년범에 대해 보호관찰을 실시했다. 1995년 보호관찰 등에 관한 법률로 확대되면서 성인에게까지 적용되기 시작했다.

나는 20대 후반의 젊은 나이에 법무 공무원으로 출발하여 정년퇴임을 할 때까지 30여 년간 공직생활을 했다. 공무원 초기에는 교정현장에서 범죄자의 시설 내 처우 업무를 담당했고, 사무관 시절에는 법무부 교정국에서 전국 교정시설을 대상으로 범죄자 처우정책과 실무지침 등을 다루었다.

나의 공무원 생활 중 공직에 대한 보람과 자부심 그리고 미래의 희망을 가질 수 있었던 것은 우리나라가 형사정책상 획기적인 선진 보호관찰제도 도입을 추진하고 그 업무에 참여하면서부터라고 할 수 있다. 그리고 나의 공직 인생에서 자신감을 갖게 된 전환기는 보호관찰제도 도입 초기에 서울보호관찰소장으로 부임한 강지원 쌤을 만나면서부터라고 할 수 있다. 나는 그 시절에 인간적이고 지도력을 갖춘 강지원 쌤을 만나 보조자로 함께 일하면서 스스로 자기개발을 하고 능동적인 공직생활을 하게 되었다. 나는 지금도 그 시절 보람이 있던 일들을 회고하면서 즐거운 노후를 보내고 있다.

우리나라는 범죄자 처우의 선진제도인 보호관찰을 도입하기 위해 1988년 12월 31일 보호관찰법을 제정·공포하고, 다음 해인 1989년 7월 1일부터 시행에 들어갔다. 나는 1989년 2월 법무부 교정국 교정과에서 교정행정 담당 사무관으로 근무하다가, 신설된 보호관찰 업무의 주무국인 법무부 보호국으로 차출되어 관찰과에서 전국 보호관찰소 개청 준비 구성원으로 일하게 되었다.

당시 법무부에서는 보호관찰법 시행일인 1989년 7월 1일에 맞추어 전국에 걸쳐 12개 본소와 6개 지소 등 총 18개 보호관찰소와 가석방 등의 심사기관인 4개 보호관찰심사위원회를 동시 개청하기로 하고 개청 준비를 추진하고 있었다. 전국에 걸쳐 보호관찰소 개청 예정 소재지마다 동시 개청과 업무집행을 위한 임차건물을 확보하는 것이 나의 임무였다.

국가적 제도의 신설 업무인지라 서로 경험이 없는 직원끼리 모여 있어서 어느 누구로부터 업무지도를 받을 만한 상황이 아니었다. 담당자 스스로 알아서 준비해야 하는 처지라 난감했지만, 개청 준비는 원활하게 진행되어 전국 동시 개청을 성공리에 마무리할 수 있었다. 전국 동시 개청일에 서울보호관찰소에서 법무부 장관을 비롯해 많은 관련 인사들이 참석한 가운데 개청식이 무사히 치러졌다.

서울보호관찰소 첫 임대청사는 서울특별시 서초동 소재 원림빌딩이었다. 그리고 조직은 기관장인 소장을 두고 사무과, 관호과 그리고 조사과 이렇게 3과로 구성되었다. 서울보호관찰소 초대소장으로는 이문재 고등검찰관이 비상임

겸직으로 임명되었다. 임시 임차청사에서 업무 기반을 조성하기에 여념이 없었는데 두 달 만에 소장이 다른 기관으로 인사발령이 나서 떠났다. 이어서 강지원 쌤이 서울지방검찰청 고등검찰관으로서 제2대 소장으로 부임했다. 초대 소장의 재임기간이 너무 짧았기 때문에 사실상의 초대 소장 역할은 강지원 쌤이 담당하여 서울보호관찰소의 제도적 정착을 위한 토대를 닦게 되었다. 강 쌤은 아예 상임으로 일하기 시작했다.

나는 첫 사무과장으로서 새로 부임한 강지원 쌤을 만나 본격적으로 업무 기반을 조성하기 시작했다. 강지원 쌤은 소장으로 부임한 이래 특유의 설득력 있는 지도로, 새로운 제도의 정착을 위해 새로 구성된 조직원들의 관장업무 하나하나에 대해 매뉴얼과 실천지침을 만들기 시작했다.

나는 강지원 쌤의 지도를 받아 관호과장, 조사과장 등과 협력하여 부단한 노력을 기울였다. 처음 개척하는 생소한 보호관찰제도의 길잡이 역할에 최선을 다하려고 노력했다. 그 당시 보호관찰소 개청 준비 직원은 법무부 산하 검찰, 교정, 보도, 출입, 행정직 등 기존 직원들 중에서 선발되었다. 따라서 각 직종의 연합체인 보호관찰소 직원들은 업무 현장에서 무엇을 어떻게 해야 할지 알 수가 없는 상황이었다. 또 직원 간의 융화도 잘 되지 않다 보니 실제 업무를 집행하는 데도 어려움이 따를 수밖에 없었다.

그렇게 어려웠던 시기에 부임한 강지원 쌤은 직원들의 융화와 사기 진작에 각별한 지도력을 발휘하여 안정된 조직의 기틀을 다졌다. 강지원 쌤은 기관장임에도 불구하고 직원들의 업무 현장을 직접 답사하면서 직원들을 격려하고 지도하며 효율적인 업무 환경을 조성해 나갔다. 기관장의 이런 모습을 보면서 나는 "이런 지도자라면 신생 업무이지만 희망을 가지고 발전시킬 수 있겠다"고 생각했다.

강지원 쌤은 2년 정도 재임했다. 그분이 재직하는 동안 보좌하면서 그의 열정과 강력한 업무 추진력과 지도력에 힘입어 나 역시도 최대한 역량을 발휘할 수 있었다. 그분의 강력하고 합리적인 추진력은 전국 보호관찰소의 대표기관격인 서울보호관찰소를 타 기관들의 보호관찰업무 선도 기관으로 만들었다.

강지원 쌤이 기관장으로 재임하는 동안 그분의 온화하고 인간적이며 외유내강형의 지도력은 직원들의 사기진작과 자기역량 발휘를 이끌어 보호관찰제도 초창기의 눈부신 활동으로 전개되었다. 그분의 특유한 추진력과 인화력이 제도적 정착과 직원들의 화합 그리고 업무능률 증진을 위한 활동들을 유도한 것이다. 그분은 마치 세상의 변혁을 위한 사회운동을 하듯이 신설된 초창기 업무를 밀어붙였다.

예컨대 '푸른교실'이라는 수강명령 집행 프로그램을 개발 운영하고, 또 사회적으로 손길과 도움이 필요한 곳을 찾아 사회봉사명령을 집행하는 방안을 개발하는 일 등을 점차로 추진하여 모두 단기간에 정착하도록 하는 놀라운 업무성과를 거두었다.

남의 건물을 임시로 임차하여 업무 여건이 열악한 초기의 어려움이 있던 시절, 강지원 쌤은 이를 극복하고 안정적인 자체 청사를 확보하기 위해 각별히 노력했다. 여러 부처들과 직접 협의, 건물과 대지를 이관 받아 우리의 독자적 청사를 만든 일은 지금 생각해도 신기하고 자랑스럽기만 하다.

그뿐만 아니라 '국민의 참여 없는 보호관찰은 실효성을 확보하기 어렵다'라는 보호관찰제도의 제도적 속성을 살려 시민들의 범죄예방 자원봉사 참여를 유도하고, 새로운 제도의 홍보를 위해 각계 저명인사 초청 일일 보호관찰소장 체험 프로그램을 실시하기도 했다.

더 나아가 신생 보호관찰제의 원활한 정착과 발전을 도모하기 위해 전국 보호관찰소 단위 보호관찰 세미나를 개최하기도 했고, 또래집단의 지도를 위한 대학생 인턴십 프로그램 등을 실시하여 좋은 효과를 거둔 일도 잊히지 않는 일이다.

강지원 쌤의 기관장 재직 시절은 우리 업무가 무에서 유를 창조하던 시절이었다. 보호관찰제도의 업무 집행과 제도 정착을 통한 발전을 도모하기 위해 실로 동분서주했다. 당시 나를 비롯한 전국 270여 명의 모든 직원들에게 새로운 선진 제도를 정착시키고 발전시켜야 한다는 사명감이 있어 가능했다. 모두 미개척지를 내딛는 탐험자들처럼 도전 의식과 희망에 부풀어 있었다.

보호관찰 업무의 대표기관이라고 할 수 있는 서울보호관찰소는 다른 보호관찰소와 달리 기관 소재지나 직원의 규모, 업무개발의 여건이 좋은 편이었다. 그래서 전국의 다른 보호관찰소 직원들이 서울보호관찰소에서 개발하는 업무지침이나 활동내용을 모델로 삼아 업무를 추진하려는 경향이 있었다.

그러한 상황에서 서울보호관찰소를 보호관찰 업무 실천모델로 만들기 위해 노력했던 사람들이 바로 강지원 쌤과 당시 직원들이었다. 강지원 쌤은 1989년 9월 초 부임하자 바로 폭력, 약물 남용 등 비행을 저지른 청소년의 수강명령 집행을 위해 서울적십자 청소년복지관과 협약으로 '푸른교실'이라는 1주 수강 프로그램을 개발하여 첫 시범을 보였다.

이어 같은 해 11월에는 비행 청소년의 사회봉사 프로그램을 만들어 서울 소재 현충원, 종묘 등 물적 봉사시설은 물론 각종 사회복지관, 손길을 필요로 하는 소외계층, 농어촌 등을 찾아 인적 봉사를 할 수 있는 시설들을 리스트로 만들고 점차 그 영역을 넓혀갔다. 사회봉사를 통한 청소년의 근로 및 봉사정신을 심어주는 실효성 있는 사회봉사 프로그램 운영을 하도록 독려했다.

강지원 쌤의 소장 재임 시 처음 실시하는 각종 보호관찰 활동 상황에 대해서는 매스컴의 관심도 컸다. "비행 청소년 첫 사회교육 명령"(조선일보 1989. 9. 8.), "강도미수 10대 4명 보호관찰명령"(서울신문 1989. 9. 22.), "보호처분 30명 '푸른교실 수강'"(조선일보 1989. 10. 1.), "보호관찰 재범률 크게 낮아져"(한겨

하는 성질과 청소년 비행
1991.5.23

청소년 사회봉사 활동
서울보호관찰소

청소년 사회봉사활동 수료식

서울보호관찰소

保護委員聯合會 創立總會

전국 대학생보호위원 연합대회

서울보호관찰소

MBC
강지원검사
서울보호관찰소장

레신문 외 다수 1990. 3. 13.), "비행 청소년 사회봉사 재범방지에 큰 효과"(경향신문, 서울신문, 세계일보, 한국일보 등 1991. 1. 16.) 등등 많은 보도와 함께 관심과 격려가 이어졌다. 이때의 청소년 사회봉사 도입은 향후 우리 사회가 학생 자원봉사활동에 관심을 갖게 하는 계기가 되었다.

1990년도에는 청소년의 달에 맞추어 사회 저명인사들을 1일 서울보호관찰소장으로 위촉하여 직접 보호관찰 업무를 체험하게 하는 등 보호관찰 운영에 시민들의 실질적 참여를 유도하여 선진 보호관찰제도의 홍보 효과를 높여 나갔다. 탤런트 김혜자 씨, MBC 아나운서 차인태 씨 등 평소 청소년 문제에 각별한 관심을 갖고 있는 유명 인사들이 초빙되었다. 저명한 1일 서울 보호관찰소장들은 보호관찰 대상 청소년들을 만나 직접 상담도 하고 청소년들의 수강이나 사회봉사활동 등에 동참함으로써 직접 보호관찰 활동을 도와주었다.

1990년 11월에는 서울 서초구에 있던 서울보호관찰소 청사를 서울 양천구 신정동에 있는 서울출입국관리소 신청사로 옮기게 되었다. 임시청사이긴 하지만 새 건물이고 업무공간도 넓고 환경이 좋은 편이었으나, 또다시 이전을 하게 되는 상황이 오지 않을까 하는 우려도 있었다. 기관장인 강지원 쌤은 이미 이러한 직원들의 마음에 공감하고 나를 불러 우리 전용 청사를 만들자고 했다. 나는 엄두가 나지 않았다.

하지만 그 후 강지원 쌤은 여러 부처들을 찾아다니며 협의한 끝에 서울 동대문구 휘경동 소재 농림부 기계제작소였던 건물과 건물부지 2만 2천여 평을 찾아냈다. 그다음에는 우리 청사로 만들기에 적합하다고 판단하고 적극적으로 이관 받기 위한 노력을 기울였다. 그러한 노력이 결실을 보아 1993년 2월에 우리 직원들의 소원이며 우리 조직의 염원이었던 보호관찰의 대표기관 서울보호관찰소 청사가 만들어져 오늘에 이르게 된 것이다.

1990년도로 기억된다. 강지원 쌤이 사무과장인 나를 불러 보호관찰제도가 발전하려면 이론적, 제도적 연구와 발표, 나아가 토론을 통한 의견 수렴이 필요하다고 하면서 전국 규모의 보호관찰 세미나를 열자고 했다. 나더러 주제 발표자가 되어 보호관찰제도의 발전을 위한 주제로 준비하라는 것이었다. 논의 끝에 세미나 장소는 서초동에 있는 구 사법연수원 강당으로 정하고 전국 보호관찰소 직원과 범죄예방 자원봉사위원을 대상으로 세미나를 개최했다.

나는 국민 속의 보호관찰제도를 염두에 두고 발표 주제를 현실 상황에 맞게 '범죄예방 자원봉사위원 제도의 활성화 방안'으로 정하고 준비를 했다. 당시의 범죄예방 자원봉사 위원은 세 가지 유형으로 검찰청 소속의 청소년보호위원, 보호관찰 소속의 범죄예방자원봉사위원, 갱생보호공단 소속의 갱생보호위원으로 나뉘어져 있었다. 하지만 보호관찰법이 제정, 시행된 이후 이 세 분야 자원봉사자들의 역할은 보호관찰활동을 돕는 것으로 되어 있었다.

그러나 그 당시 현실적으로는 보호관찰제도가 도입되기 이전의 자원봉사 조직 형태를 그대로 유지하고 있어 주관 기관도 다르고 상호 협력이 잘 안 되는 상황이었다. 실무를 맡은 보호관찰소에서는 보호관찰에 관한 자원봉사 활동의 효율성을 기대하기 매우 어려운 상황이었다. 사실상 새로운 법적 제도가 도입되었으므로 과도기적 현상을 정비하고 자원봉사위원 조직을 일원화하여 본래의 목적대로 보호관찰을 효율성 있게 도울 수 있도록 하여야 하는 상황에 처해 있었다.

예정된 세미나 장소에는 전국 각지의 보호관찰소 직원과 범죄예방 자원봉사자 500여 명이 모였다. 강지원 쌤이 직접 사회를 보고 내가 주제를 발표한 후 범죄예방 자원봉사위원인 박영원 위원이 토론을 했다. 세미나 토론시간에 보호관찰소 소속 외의 기관에 속한 자원봉사위원들이 기존 제도의 유지가 좋다는 의견을 제시하며 통합 주장에 대한 불만을 털어놓았다.

그러나 기존의 불합리한 체계를 유지하자는 의견보다는 조직의 합리성과 효율성을 살려 통합해야 된다는 주제 발표가 설득력을 얻어 결국 5년 뒤에 기존 세 유형의 자원봉사조직이 보호관찰제도를 중심으로 통합하게 된다. 그 당시 관련된 세 부류의 직원들이나 자원봉사자들이 상호 엇갈린 주장만 해 왔다면 상호조직 간의 관계만 악화되었을 것이라는 생각이 든다.

그러나 이미 그것을 인지하고 있던 강지원 쌤이 세미나를 통한 의견 통합과 공적인 과정을 통한 설득안을 제시함으로써 미래를 구축했다는 점에 나는 감명을 받았다. 대규모 세미나에서 발표한 경험이 없던 나는 당황했었지만, 기관장 강지원 쌤의 지도와 격려로 그날 좋은 경험을 했고 발표에 대한 자신감을 갖게 되어 오늘날까지 대학 강단에 설 수 있게 된 건 아닐까 생각한다. 그러한 일련의 세미나가 제도 발전에 기여한 것은 물론 오늘날 '한국보호관찰학회' 창립의 기초가 되었다고 생각한다.

어느 날, 내가 『보호관찰제도론』이라는 책을 출간하기 위해 원고를 만든 후 기관장이신 강지원 쌤에게 가지고 가 추천의 글을 부탁드렸다. 그랬더니 책 내용이 좋다는 격려 말씀을 하시면서 추천의 글은 마다했다. 그러면서 형사정책연구원장이나 연구 분야에 있는 분들한테 글을 부탁하는 것이 좋겠다고 했다. 부탁을 들어주실 거라 거의 믿었는데 들어주시지 않아 내심 섭섭한 마음도 들었다. 좀 더 생각하니 같은 직장에 있는 사람이 추천하는 것보다는 외부 연구가들의 추천을 받는 것이 의미가 있다는 뜻으로 받아들여져 강지원 쌤의 겸양지덕이 헤아려졌다.

그 후 나는 다른 곳으로 전근을 했고 후배인 신석환 사무과장이 뒤를 이어 기관장인 강지원 쌤을 보좌하였다. 강지원 쌤이 "전임 사무과장은 짧은 기간에 책을 한 편 냈으니 신 과장도 노력해 보라"라고 말씀해 준 덕분에 격려와 자극을 받고 열심히 공부하고 노력한 결과 앞길을 잘 개척하며 살게 되었다는 이야기를 신 과장으로부터 듣게 되었다. 그 얘기를 들으니 강지원 쌤에 대한 존경의 마음이 더 커지는 것 같았다. 평소 강지원 쌤을 가까이서 본 사람이라면 1991년 홍조근정훈장을 받은 것도 너무나 당연하게 여겨질 것이다.

강지원 쌤은 직원들을 인간적으로 격려하고 잘 지도했다. 내가 서울보호관찰소를 떠나 대전보호관찰소장으로 있을 때다. 그때 강지원 샘은 법무부 관찰과장으로 부임해 전국의 보호관찰 업무를 총괄하고 있었다. 그런데 갑자기 대전에서 전국 직원 체육대회를 열자고 했다. 조직의 바람직한 목표를 달성하기 위해서는 직원의 융합과 협력이 필요하다는 쌤의 평소 지론을 실천하기 위해서였다.

법무부 관찰과장인 강지원 쌤의 지시로 나는 대전의 한 공공시설인 운동장을 확보하고 일정에 따라 전국 보호관찰소 직원들이 대전에 모이도록 했다. 계획에 따라 전국보호관찰소의 기관장과 직원들이 모두 함께 모여 달리기, 배구, 족구 등 한마음으로 즐거운 하루를 보냈는데, 이것은 보호관찰 업무의 발전을 위한 새로운 결의를 다지는 계기가 되었다.

강지원 쌤은 직원들에게나 보호관찰 대상자들에게 인자한 형님처럼, 아버지처럼 다가가는 분이셨다. 나는 강지원 쌤의 가족을 잘 모른다. 그러나 내가 사무과장으로 보좌하는 동안 들은 이야기로는 그분이 다른 지역의 좋은 자리로 영전할 기회가 주어졌음에도 불구하고 노부모를 모시기 위해 영전을 마다했다는 것이었다. 그 말을 들었을 때 나 같은 사람이라면 영전 쪽을 택할 것 같은데 효심이 강하고 실천하는 모범적인 분이라고 생각했다.

강지원 쌤은 우리 직원들의 생각과는 달랐다. 법무부는 각 직렬이 연합된 조직이다. 그중에서 검찰직은 직원들이 우러러보는 직종이거나 직위이기도 했다. 특히 검사는 사법시험에 합격하여 검사로 임명되었다는 점에서 일반 직원들의 눈으로는 더 위엄이 있어 보이고 일반직보다 특별한 분들로 우대하기도 하는 시절이었다. 그럼에도 그분은 일반 직원들과 눈높이를 맞추며 격려하고 지도하며 다른 사람을 존중하는 겸손한 분이었다.

나는 공직생활을 하면서 강지원 쌤을 만나 새로이 눈을 떴다. 합리적으로 제도를 운영하는 방법을 배웠고, 스스로 공부하고 노력하여 밝은 미래를 향해 노력하는 방법을 터득했다. 기관장으로서의 역할 수행, 직원을 지도할 때의 인간적인 태도, 그리고 보호관찰 대상자 교육 등을 본보기 삼아 노력했다. 나아가 직무 연구의 연장선상에서 대학 강의도 하고 퇴직 후의 노후 활동에도 지대한 영향을 받고 있다. 자신감 있는 인생을 살았고 미래지향적인 사고를 갖게 되었다. 그러한 깨달음을 통해 지금도 가족과 이웃과 더불어 행복하게 살고 있다. 많은 후배들에게 인간 본위의 귀감이 되는 강지원 쌤께서도 항상 건강하고 행복한 나날을 보내기를 기원한다.

우리나라 초창기 보호관찰 업무는 마치 사회운동하듯 무에서 유를 창조하며 시작되었다. 어느덧 30년이 지났다. 이제 후배들이 지금까지의 성숙을 뛰어넘어 한 발짝 더 크게 도약할 채비를 해주어야 할 때라고 생각하며, 그들의 활약을 기대한다.

최의선

작가, 전《큰바위 얼굴》 편집주간

청소년과 체·지·덕 성장—MBC TV '양심냉장고'

오래전에 《주변인의 길》이라는 작은 잡지가 있었다. 소외된 청소년을 위한 무료 잡지로 1987년 7월에 김동수 발행인이 창간했는데, 당시 소외계층이라고 할 수 있던 상업고등학교나 공업고등학교에 다니는 학생들에게 주로 보급되었다. 그때는 전국의 주산학원을 통해 널리 배포했던 터라 한때는 10여만 부가 발행되는, 나름의 베스트셀러 잡지였다. 특히 청소년들에게 꿈과 용기를 주는 인물들을 섭외해 표지 사진과 인터뷰 기사를 실어 크게 인기를 얻었다.

이 잡지가 창간 10주년을 맞아 특별히 표지인물에 대해 고심하던 중, 그때 바로 이분이다 싶은 사람이 있었다. 강지원 쌤이었다. 내가 강지원 쌤과 만나는 기회를 갖게 된 것은 이렇게 청소년 잡지의 편집주간으로 일했었기 때문이다.

1997년, 막 출범한 국무총리 산하 청소년보호위원회 초대 위원장으로 강지원 검사가 발탁되었는데, 이 인선에 대해 당시 언론이나 대중들은 가장 적합한 인물을 골랐다고 호평을 내놓고 있었다. 강 위원장에게 전화를 해 인터뷰 시간을 잡은 후, 그분에 대해 더 알아보기 시작했다.

어떤 사람은 그가 아주 유능해서 검찰총장이 될 검사라고도 했다. 그렇게 바라보는 이유는 충분했다. 그는 사법고시를 수석으로 합격했으며, 검사로서의 활동도 탁월해서 여러 방면에서 두각을 나타내고 있었다. 소년범 보호관찰을 위한 서울보호관찰소 소장을 역임하면서도 훌륭한 성과를 내었다. 우리나라에서 처음으로 시행되는 비행청소년 보호관찰제도를 실시하면서 수강명령, 사회봉사명령 등을 최초로 집행했다. 그는 문제 청소년에 대해 처벌보다 심리적, 정서적 치유에 중점을 둬 청소년 범죄자 재범률을 대폭 줄이는 일에 힘썼다. 그런 공로로 1991년 정부로부터 홍조근정훈장을 받기도 했다.

특히 1991년 5월 23일에 있었던 제1회 보호관찰 세미나 관련 기사가 눈길을 끌었다. 강지원 소장은 주제 발표자로 나서 '욱하는 성질과 청소년비행'이라는 제목으로 '욱하는 성질'의 문제를 제기했다. 누구에게나 성자의 심성이 내재되어 있으나, 이 '욱하는 성질'이 문제 중의 문제라고 지적했고, 이는 세간에서는 물론 심리학계나 정신의학계의 주목을 받았다. 그 후에도 강 쌤의 연구는 계속돼 1995년 12월 아홉 명의 심리학자들과 함께 『욱하다 깨달은 성자』라는 저서를 출간하기도 했다. 강 쌤은 서문에서 다음과 같은 의문을 제기하고, 이를 풀어나갈 수 있는 심리적인 해법을 모색했다.

> 인간 누구에게나 다 성자의 속성이 있다고 믿는다. 그것은 곧 인간에 대한 믿음과 고귀함과 소중함의 원천이라고 할 수 있다. 그런데도 인간들은 왜 그 같은 성자의 속성을 팽개치고, 어둡고, 거칠고, 어리석은 욕망의 세계에 빠져들곤 하는 걸까?

강지원 쌤은 가정 문제나 사회환경 문제도 제기했다. 법무부 관찰과장 재직 시인 1994년 11월 16일에 한 여성단체의 초청으로 '건전가정육성을 위한 토론회'에서 발표한 내용의 기사도 눈길을 끌었다. 그는 '건전가정 30훈'을 만들어 발표했는데, '문제가정이 있을 뿐 문제아이는 없다'라는 소신대로 가정교육의 중요함을 알린 것이었다. 많은 매스컴이 이 내용을 보도했고, 1995년 1월에는 저서로도 출간했다. 그는 서문에서 "서산의 지는 해는 지고 싶어 지는가?" 하고 의문을 제기하면서 "저는 이 글을 다시 정리하면서 한 사람의 법률가이기 이전에 한 사람의 철학적 사색가로서, 또는 한 사람의 구도자적 실천가로서, 참으로 겸손하고, 참으로 경건하고, 참으로 진실한 자세를 지키려고 애썼습니다"라고 썼다. 건전가정 30훈은 다음과 같다. '가정 명심보감'이라 할 수 있겠다.

건전가정 30훈

1. 부부문화의 창조

   부부싸움을 하지 않아야 한다.

   부부만의 은밀한 문화를 개발해야 한다.

   외도·탈선 없는 성문화를 지켜야 한다.

2. 효자문화(孝慈文化)의 창달

   효(孝) 문화를 생활화해야 한다.

   시부모와 처부모에게도 효도해야 한다.

   자녀에게 끝까지 자애로워야 한다.

3. 대화문화의 확립

'욱' 하여 폭력을 행사하지 않아야 한다.

사랑의 대화기술을 공부해야 한다.

말 한 마디에도 사랑을 듬뿍 담아야 한다.

4. 물질문화의 개선

'돈, 돈' 하지 않아야 한다.

가난을 부끄러워하지 않아야 한다.

'공짜'와 '한탕'과 '눈먼 돈'을 배척해야 한다.

5. 검약문화의 실천

작은 집, 작은 차, 그리고 낡은 것도 함부로 버리지 않아야 한다.

값싼 옷, 그리고 헌 양말도 꿰매 신어야 한다.

소박한 음식, 그리고 정성으로 채워야 한다.

6. 혼례문화의 개혁

결혼식은 가족 단위로 치러야 한다.

신혼살림은 셋집으로부터 시작시켜야 한다.

선대(先代)의 작은 전통을 전수시켜야 한다.

7. 장인문화(匠人文化)의 실행

'힘드는 일'에서 보람을 찾아야 한다.

장인(匠人)정신으로 일해야 한다.

1등주의, 실적주의에서 벗어나야 한다.

8. 여가문화의 개발

놀지 않고 '휴식'을 취해야 한다.

술과 잡기를 절제해야 한다.

TV 드라마를 가려 보아야 한다.

9. 애타문화(愛他文化)의 실현

공동체에 피해를 주지 않아야 한다.

이웃봉사, 사회봉사에 나서야 한다.

나라사랑을 실천해야 한다.

10. 정신문화의 수련

늘 겸손하고 감사해야 한다.

끝없이 착하고 끝없이 강인해야 한다.

날마다 반성하는 습관을 길러야 한다.

청소년보호위원회 초대 위원장에 취임한 후로도 강지원 쌤은 참 많은 일을 하고 있었다. 우리나라에서 청소년보호법이 처음으로 시행되는 때여서 모든 것이 처음 하는 일인데다, 청소년에 관련된 일이고 보니 국민들의 관심이 컸다. 예컨대, 지금도 술·담배 판매업소라면 어느 곳에나 붙어 있는 '19세 미만 판매금지', 유흥업소의 '19세 미만 출입금지' 표시판이 모두 그때 붙여진 것이다. 성인용 잡지에 비닐커버를 씌워 아무나 뜯어볼 수 없도록 한 것이나, TV 프로그램 중 ⑲, ⑮ 표시가 있는 것도 그가 한 많은 일 중 하나다. 유흥업소 밀집지역 청소년 야간통행 금지, 청소년 성범죄자의 신상 공개를 추진하고 학대아동과 여성에 대한 법률 구호에도 힘을 쏟았다. 청소년, 특히 여자 청소년들을 성폭력과 성매매 등 성적 공격으로부터 보호하기 위해 '청소년의 성보호에 관한 법률'의 제정을 추진, 통과시키기도 했다.

내가 그를 잡지 표지인물로 처음 만날 때에도 친밀감을 갖고 만날 수 있었던 것은 당시 방영된 MBC TV 프로그램에서 보았던 그의 모습 때문이다. 당시 인기 예능 프로그램이던 '일요일 일요일 밤에'의 '이경규가 간다, 양심냉장고' 코너에 등장한 강지원 쌤은 매우 유쾌한 인상이었다.

현직 검사이자 정부기관의 현역 위원장이 코미디언이 진행하는 예능 프로그램에 출연해 시청자들 웃기는 역할을 한다는 것이 일반적인 일은 아니었다. 강 쌤의 역할은 '몰래 카메라'와 함께 전국을 다니며 청소년들에게 술이나 담배를 파는지 감시, 관찰하는 역할이었다. 파장은 컸다. 그만큼 청소년보호법이 정착하는 데 크게 기여했으리라 짐작된다. 이처럼 강 쌤은 청소년을 위한 일이라면 일의 어려움이나 체면 같은 것은 개의치 않았다.

당연히 청소년 잡지인 우리 인터뷰도 잘 진행되었다. 인터뷰가 끝나가는 즈음에 청소년 선도 잡지를 만들어 감사하다는 말씀과 함께 무료로 배포되는《주변인의 길》이 그 경비를 어떻게 감당하는지에 대해 물었다. 발행인이 주산학원을 경영하며 청소년 문제의 심각성을 지켜보면서 그들의 정서 순화를 위한 잡지를 만들기 시작했고, 경영은 매우 힘든 상황임을 말했다. 강지원 위원장은 작지만 청소년들에게 유익한 이 잡지가 계속 발행되면 좋겠다고 격려했다.

청소년 지킴이 강지원 청소년보호위원장의 인터뷰 기사가 나오고 두서너 달이 지났을 때였다. 강 쌤으로부터 자신이 주관하는 '어린이청소년포럼' 모임이 있는데 그곳에 나올 수 있느냐는 연락을 받고 심지수 편집장과 함께 갔다. 30여 명의 포럼 회원들은 대부분 사회지도층이었다. 어느 만큼은 여유가 있는 분들이었다. 강 위원장은《주변인의 길》을 보여 주면서 뜻이 좋은 잡지이니 우리가 돕자는 취지의 말을 하고 자신이 먼저 지갑을 열어 후원금을 냈다. 그렇게 해서 다달이 그 포럼의 회원들이 모아 준 후원금은《주변인의 길》이 기사회생하는 데 큰 도움이 되었다. 강 위원장은 그 후에도 후원회 고문으로 이 잡지가 18년 동안 계속해서 나올 수 있도록 도움을 주었다.

청소년보호위원장 직무를 수행하느라 바쁜 와중에도『나쁜 아이는 없다』라는 저서를 출간해 청소년에 대한 인식 개선에도 노력하던 강 쌤은 청소년보호위원회 출범 3년 차에 들어설 무렵 정부의 청소년 관련 업무가 청소년보호위원회와 문화체육부로 나뉘어 있는 것은 옳지 않다며 문제를 제기하고 통합을 강력히 추진하려 했다. 그러나 이 문제로 당시 정부와 마찰을 빚다가 스스로 사표를 던지고 검찰로 돌아갔다. 강 위원장이 떠나고 몇 년 후 결국 통합이 이루어지고 새 위원회가 탄생했다.

서울고등검찰청 검사로 돌아간 이후에도 그의 아동 청소년에 대한 사랑은 계속되었다. 2000년 11월 28일 고 김수환 추기경과 함께 '인제인성대상'을 수상했는데, 이때 받은 상금 1,000만 원 전액을 결식아동돕기를 위해 써 달라고 사랑의열매에 기탁했다. 또 소년원에 수감 중인 청소년들을 위해 명작소설 41질을 구입해 기증한 사실도 알려졌다.

평소 검사직은 자신의 적성에 맞지 않는다고 고백한 대로 2002년 겨울, 명예퇴직을 신청해 변호사의 길로 접어들었다. 나는 그가 검찰을 떠나는 장면을 저녁 9시 TV 뉴스에서 보았다. 그는 떠나는 길에 검찰의 정치적 독립을 역설하면서 "대한민국 검찰 50년의 역사는 역대 정치권력과의 유착, 갈등의 치욕스러운 역사였다. 검찰은 끊임없이 저항했지만 결국 청와대와 가까운 '내부의 적'이

| 엄홍길의 무한도전 |

나는 또 다시 떠날 것이다.

| 이경규가 간다 |

인터넷 중독 자가진단

| 김미혜 가로되… |

잘웃고 잘먹고 잘자기

| 이서지화백 & 선비위미술관 |

풍속화

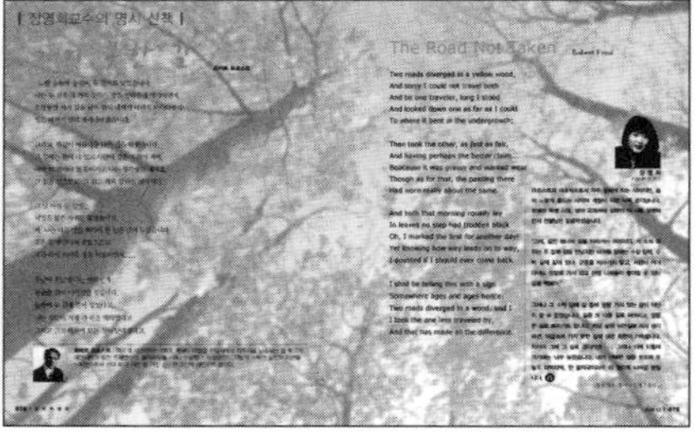
| 장영희교수의 명시 산책 |

The Road Not Taken

Robert Frost

Two roads diverged in a yellow wood,
And sorry I could not travel both
And be one traveler, long I stood
And looked down one as far as I could
To where it bent in the undergrowth;

Then took the other, as just as fair,
And having perhaps the better claim,
Because it was grassy and wanted wear;
Though as for that, the passing there
Had worn them really about the same,

And both that morning equally lay
In leaves no step had trodden black.
Oh, I marked the first for another day!
Yet knowing how way leads on to way,
I doubted if I should ever come back.

I shall be telling this with a sigh
Somewhere ages and ages hence:
Two roads diverged in a wood, and I—
I took the one less traveled by,
And that has made all the difference.

19세미만 청취불가	19세미만 이용불가
19세미만 시청불가	19
19세미만 이용불가	19세미만 구독불가
19세미만 관람불가	19세미만 구독불가

그것을 가로막아 왔다", "정치검사는 검찰을 떠나라", "후배들이여, 나를 딛고 넘어서라"는 말을 남겼다.

강 쌤은 변호사 사무실을 내고 자신의 별명인 '청소년 지킴이', '청소년 수호천사', '청소년 전도사'로서 본격적으로 청소년을 위한 사업을 펼쳐 나갔다.

청소년 잡지 《주변인의 길》의 운영이 힘든 것을 알고 있던 그는 자신의 변호사 사무실 한 켠을 쪼개서 잡지사에 내주었다. 나는 깜짝 놀라면서도 감사했다. 나는 잡지 편집을 위해 그의 사무실로 출퇴근을 했다. 덕분에 나는 그의 새로운 도전을 상세히 지켜볼 수 있었다.

2003년 7월부터는 매일 새벽 KBS1 라디오의 시사방송 진행을 맡기도 하고, 그렇게 모은 방송출연료, 원고료 등 5,000여만 원을 청소년단체에 기부하기도 하고, 지금은 고인이 된 한 영화배우의 억울한 소송을 맡았을 때는 수임료 1,000만 원을 밀양 성폭력 피해 청소년과 성폭력 상담사업을 돕기 위해 내어놓기도 했다.

그는 변호사 일, 방송출연, 신문기고, 강연, 청소년 관련 행사 참석 등등 무척이나 바쁜 나날을 보냈지만, 그중에서도 청소년을 위한 특강에는 특히나 열성을 다했다. 그는 늘 "청소년을 선도하자고 다니다 보니 선도된 사람은 바로 저 자신입니다"라며 웃었다.

그는 늘 강조했다. "사람은 누구나 여러 가지 적성을 가지고 태어나는데, 그 중에서 자신이 가장 하고 싶고 잘하는 일을 찾아 그 길을 가야 행복하다"라고. 그러니 무조건 이른바 일류 대학에 가기 위해서만 공부해서는 안 된다고 역설했다. 자신도 주변의 권유대로 법조인이 되었지만 결코 행복하지 않다고 고백하면서, 자신 역시 어린 시절 하고 싶은 것이 많았다고 했다. 문학소년이었던 시절에는 작가, 성악가, 연극배우가 되고 싶기도 했단다. 2004년 9월, 서울 국립국악원 대극장에서 열린 "한국, 이탈리아 수교 120주년 기념 음악회"에서 한국과 이탈리아 가곡을 불러 박수를 받기도 하고, 그 후에도 여러 차례 무대에 서고, 몇 차례 연극 무대에 선 것도 그런 끼와 무관하지 않을 것이다.

2004년 3월 모친상을 당했을 때 주변에 전혀 알리지 않고, 당시 진행 중이던 KRS1 라디오 생방송 '안녕하십니까, 강지원입니다'를 아무런 내색 없이 진행해, 뒤늦게 소식을 알게 된 사람들을 놀라게 했다. 그해 8월에는 아내 김영란 부장판사가 대법관에 임명되자, 자신이 진행하는 정치시사 프로가 공직자 아내에게 누가 될 수 있다며 방송 활동을 중단하고, 변호사 업무도 청소년, 여성 등의 공익과 관련된 일만 맡겠다고 선언했다. 2005년 4월부터 2007년 4월까지는 정보통신윤리위원회 위원장을 맡아 온라인상의 유해 콘텐츠 등에 대해 메스를 가하기도 했다.

2005년 4월 한국리더십센터의 "가장 신뢰, 존경받는 리더"에 관한 설문 조사에서 강 변호사가 시민운동부문 1위에 오르고, 2007년 6월에는 '국민훈장 모란장'을 수상한 것 등은 당연한 결과일 것이다.

큰 바위 얼굴의 '큰 바위 얼굴'

강 쌤은 바쁜 가운데도 우리 잡지 발행에 관심을 가지고 사무실 제공 이외에도 많은 도움을 주었다. 그럼에도 재정난을 견디지 못하고 《주변인의 길》은 18년 만인 2005년, 발행을 중단할 수밖에 없었다. 참으로 애석해하는 그분을 뒤로하고 사무실을 나올 수밖에 없었다.

그로부터 1년여가 지난 어느 날, 강 쌤으로부터 연락이 왔다.

"우리 청소년 잡지를 다시 만듭시다!"

만나자마자 이렇게 말하고는 너대니얼 호손의 '큰 바위 얼굴'이라는 작품이 전하는 메시지를 청소년들에게 심어 주고 싶다고 했다. 그러면서 잡지 제호를 '큰 바위 얼굴'로 하자고 제안했는데, 그 의지가 확고해 보였다. 이전 《주변인의 길》 만드는 것을 지켜보았으니 잡지 만드는 일의 어려움을 익히 알 터인데, 그럼에도 1년여의 숙고 끝에 결론을 내렸다면 거기에 이의를 제기하는 일은 무모해 보였다. 나는 그의 뜻에 동참하기로 했다. 그렇게 해서 젊음의 기상, 지성과 감성이 함께하는 청소년 잡지 《큰 바위 얼굴》이 2006년 12월 탄생했다.

강 쌤이 만든 편집기획안을 보아도 그가 얼마나 청소년을 생각하는지 알 수 있었다. 권두언의 주제를 '청소년의 기상, 세계로 우주로'라고 해서 각계 명사들에게 원고를 청탁하고, 이달의 얼굴, 내 적성을 찾아라, 중소기업에서 꿈 키우기, 기술개발 세계를 향하여, 양심·사랑·감동 뉴스, 청소년 토크 등등 청소년들이 체·지·덕·예를 갖추도록 하는 글을 고루 담아냈다. 강 쌤은 본업인 변호사 일보다도 잡지 만드는 일에 혼신을 다하는 것처럼 보였다. 창간사에는 그러한 열의와 청소년 사랑이 잘 담겨 있다.

> 우리는 청소년, 어린이들에게 반드시 자신만의 큰 바위 얼굴을 모색해 보라고 권합니다. 그 얼굴은 한 가지만이 아니라 여러 가지일 수 있고, 고정된 것이 아니라 변화하고 발전할 수 있습니다. 그러나 자신만의 큰 바위 얼굴을 늘 꿈꾸고 쉬지 않고 그렇게 되기 위해 노력하는 이는, 비록 자신은 결코 그런 인물이 되지 못하였다고 한다 해도, 다른 이들의 눈에는 바로 그 큰 바위 얼굴과 같은 인물로 비쳐질지 모르기 때문입니다.
>
> 이 잡지는 젊은이들에게 사람됨의 기본으로 체, 지, 덕을 제시합니다. 원래는 지, 덕, 체라 했습니다. 지식과 덕성과 체력을 뜻하지요, 그런데 오늘날의 젊은이들에게 새롭게 말하라고 한다면 우리는 이를 체, 지, 덕이라고 바꾸어 부르고자 합니다. 젊음의 기상과 양심, 지성과 감성이 함께하는 청소년 어린이를 위한 체, 지, 덕, 예의 철학을 담은 신명심보감 《큰 바위 얼굴》을 사랑해 주시기 바랍니다.

강 쌤의 교육 키워드는 체·지·덕의 전인교육이다. 그의 청소년 사랑은 전인적(全人的) 사랑이다. 청소년에게 몸과 마음을 건강하게 하고 자신이 하고 싶은 일을 맘껏 하게 하며 나아가 세상과 더불어 함께하는 삶을 살게 해야 한다는 것이다. 덕(德)을 맨 뒤에 놓은 것은 후순위라는 의미가 아니라 가장 궁극적이고 최후의 목표가치라는 뜻이라고 했다. 덕(德)은 공생(共生), 즉 '따로 또 함께'의 지혜이며, 나눔과 봉사를 지향한다.

무엇보다 자신의 적성에 맞는 일을 찾게 하고, 또 찾을 때까지 기다려주는 것이 지(知)의 길이다. 부모의 가장 큰 역할도 자식의 적성을 발견하도록 도와주는 것이다. 각자가 타고난 적성을 가꾸면 제각기 다양한 나무로 자라 종국에는 멋진 숲을 이룰 수 있다. 궁극적으로 아름답고 우람한 숲과 같은 세상을 위해 서로를 북돋우는 협력적인 풍토도 이렇게 만들어진다는 것이다.

먹기 쉽지 않은 약을 캡슐로 포장하듯이 꼭 필요한 이야기를 흥미와 재미로 포장하면 아이들이 잘 먹을 수 있을 것이라는 확신을 가지고 있었다. 예컨대, 광개토대왕의 원대한 꿈을 심어 주기 위해 '아! 고구려, 리틀 광개토의 꿈'이라는 고정란에 만화로 고구려 상상 이야기를 담았고, '엄홍길의 무한도전', '김미화의 잘 웃고 잘 먹고 잘 자자', '이경규가 간다-인터넷중독진단', '장영희 교수의 명시산책', '이서지 화백 & 선바위미술관'을 실었다. '10대, 세계 정상에 서다'에는 박태환, 김연아 등 예체능 분야 주역들의 화보를 싣고, '강지원 변호사의 반성록 말, 말씀'에는 짧게 명작 속의 의미와 속담풀이 등을 쉽고 재미있게 엮어 실었다.

그와 함께 잡지를 만들면서 밤샘을 할 때의 이야기이다. 자신의 이름을 걸고 쓰는 '강지원 변호사의 반성록 말, 말씀' 원고를 준비하느라 고심 중인 그에게 내가 말을 꺼냈다.

"변호사님, 주변 사람들이 변호사님이 법무부장관이 되었으면 좋겠다고 말하는 것을 들었는데, 난 그렇지 않아요. 만약 장관이 되신다면 교육부장관이 되어야 해요. 그럼 아이들이 행복해질 거예요."

긴장된 분위기를 풀 겸 꺼낸 말이었지만 나의 말은 진심이었다. 강 변호사는 매니페스토 실천을 위해 대통령 후보로 출마한 적이 있다. 나는 그가 권력욕 때문에 출마한 것이 아님을 안다. 그는 여전히 세상을 향해 순수한 청소년 지킴이이기에, 청소년 사랑과 열정이 가득한 그이기에 도전할 수 있었다. 어느 누가 권해도, 세상에서 아무리 유혹해도, 혼탁한 정치의 길을 절대 사양하고 꿋꿋이 외길을 걸어가는 그다. 그가 특정 종교를 갖고 있지 않은데도 왠지 종교인 같다는 생각이 드는 때가 많다. 그의 마이웨이가 아무래도 구도자의 길을 닮아서일까, 혹은 그가 인터뷰 때마다 존경한다고 말하는 간디의 물이 많이 들어서일까 생각해 보게 된다.

그를 만난 지 어언 20여 년. 그동안 나는 모든 사람의 모든 인생이 중요하지만, 그래도 가장 중요한 시기는 어린이, 청소년 시절이며, 그 기간에 인간이 갖추어야 할 덕목이 중점적으로 연마된다는 사실을 절실히 깨달았다. 그러므로 그 시기를 지나온 기성세대는 인생 선배로서 그 시기를 맞이하려는 젊은이들이 시행착오를 덜 하도록 길잡이 노릇을 해 주고, 올바로 가르쳐 줄 의무와 책임이 있다고 생각한다. 내가 작가로서 어떤 글을 써야할지 생각할 때 길잡이가 되었던 그와의 만남은 내겐 행운이었다. 2013년 나는 제266대 가톨릭교회의 최고 어른으로 선출되신 프란치스코 교황을 만나고, 어린이들에게 들려줄 큰 바위 얼굴 이야기 『슈퍼 교황, 세상을 구하는 프란치스코 파파 이야기』를 썼다.

강지원 쌤의 가슴속은 여전히 어린이와 청소년에 대한 사랑으로 가득 차 있다. 아마도 그의 열정은 나이가 들지 않을 것이기에 그는 영원한 청소년 지킴이이며, 청소년 수호천사일 것이다. 언젠가는 내가 청소년 지킴이 큰 바위 얼굴을 어린이·청소년 소설로 쓸지도 모르겠다.

인터넷과 스마트폰 세상에서 잡지가 설 자리를 찾기가 쉽지 않아 얼마 후 청소년 잡지의 발간은 멈추어야 했지만, 어떤 의미에서 강지원 변호사에게 청소년 잡지 《큰 바위 얼굴》을 만드는 일은 청소년들에게 '큰 바위 얼굴'을 찾아 주는 일이었다.

우리 사회에 다시 청소년 잡지가 등장하는 일은 쉽지 않겠지만, 어떤 매체를 통해서건, 어떤 교육을 통해서건, 우리 청소년들에게 체지덕(體知德)을 고루 갖춘 전인적 성장을 통해 아름답고 우람한 숲과 같은 세상으로 인도하는 일은 결코 소홀히 해서는 안 된다. 그것이 바로 청소년들에게 '큰 바위 얼굴'을 찾아 주는 일이기 때문이다.

김미안

EBS TV 작가

우리 교육은 어떠한가?—EBS TV '생방송 교육대토론'

'EBS 생방송 교육대토론'은 2015년 당시 국내에서 생방송으로 진행된 유일한 TV 교육토론 프로그램이었다. 매주 80분간 생방송으로 교육과 관련된 다양한 주제들을 선정하여, 각계각층의 전문가들과 함께 우리나라 교육이 나아가야 할 방향에 대해 심도 있는 토론을 진행하는 프로그램이었다. 이전의 토론들이 찬반으로 나뉘어 각자의 주장을 일방적으로 펼치는 데 그쳤다면, 'EBS 생방송 교육대토론'은 각자의 주장을 충분히 수용하면서 대안을 찾아가는 토론을 지향했다. 이로 인해 프로그램에 참가한 많은 토론자와 방청객들은 대부분 의미 있는 토론에 참석했다는 반응을 보였다.

그해 3월부터 3년간 생방송 진행을 맡은 분은 강지원 쌤이었다. 방송을 맡은 강지원 쌤은 우리나라 청소년과 대한민국의 미래를 위해 교육이 갖는 의미는 매우 크다고 말했다. 나아가 단순히 교육정책을 바꾸는 것에 그치지 않고, 사회 전체의 변화가 수반되어야 한다고 주장했다. 'EBS 생방송 교육대토론'의 진행을 맡은 이유도 이 프로그램이 교육과 함께 우리 사회를 바꾸는 마중물이 되어야 할 것이란 기대에서였다고 말했다.

왜 우리나라의 어린이·청소년 행복지수는 몇 년째 연이어 꼴찌일까?
왜 우리나라 청년들은 스스로를 외롭고 불행하다고 생각할까?
왜 우리나라의 저출산 문제는 해결되지 않는 것일까?

OECD가 삶의 질을 측정하는 데 목적을 둔 '보다 나은 삶 지수(Better Life Index, BLI)' 2015년 보고서 중 '일과 삶의 조화' 부분에서 우리나라는 조사대상인 36개 선진국 중 33위를 차지했다. 거의 낙제점을 받은 것이다. 어린이, 청소년을 비롯해서 성인까지 대한민국 국민의 거의 대부분이 자기 삶에 만족하지 못하고 있다고 해도 과언이 아니다. 그 이유는 무엇일까?

미국 문화의 정신적 기둥을 세운 사상가 랠프 왈도 에머슨이 현대인들은 불안과 두려움이라는 마음의 감옥에 갇혀 있다고 지적한 것처럼 강지원 쌤은 늘 현대의 한국인들은 상처가 너무나 많다고 안타까움을 나타냈다. 현재를 살아가는 우리들에게 가장 필요한 것이 자기 치유와 성찰의 힘이라고 강조했다. 그렇다면 어떻게 자기 치유와 성찰을 할 수 있을까?

강지원 쌤은 자신을 사랑하는 마음에서부터 시작해야 한다고 답한다. 자기애를 통해 행복을 느끼고, 삶에 적극적으로 임하면 자기와 세상을 바라보는 시선이 바뀐다는 것이다. 자신을 사랑하려면 어떻게 해야 할까? 너무나 쉬운 질문이지만, 그 답을 명쾌하게 제시할 수 있는 사람은 몇이나 될까? 쌤은 인간 개개인의 타고난 '적성'에서 그 답을 찾았다. 적성에 맞는 일을 하게 되면 행복감을 느끼고, 더불어 일의 성과도 높아진다는 것이다. 그러나 우리는 언제부터인가 자신의 적성을 잊고 지내고 있다. 과도한 경쟁에 내몰려, 숫자로 매겨진 줄서기에 익숙해져서 지금 내가 하고 있는 일이 즐거운지 아닌지조차 가늠하지 못하기 일쑤다. 그러다 보니, 행복감이나 삶의 질이라는 질문과는 멀어질 수밖에 없었던 것이다.

2015년 'EBS 생방송 교육대토론'에서는 연중기획으로 '대한민국, 적성을 찾아라'를 기획해 진행했다. 우리가 그동안 간과하고 있던 '적성'에 대해 일깨우는 계기를 만들고자 했다. 총 5회에 걸쳐 적성이란 무엇인지부터 적성을 찾는 시기, 방법까지 다방면에 걸쳐 심도 있는 토론을 진행했다. 처음에는 '지금 입시가 얼마나 중요한데, 적성이 뭐 그리 중요한가?'라고 반문하며, 의구심을 품던 방청객과 시청자들의 관심이 회가 거듭될수록 높아졌다. 교육학을 비롯해 뇌과학, 심리학, 사회학 등 다양한 분야의 전문가들과 함께 적성에 대해 토론하면서, 우리 교육이 나아가야 할 방향을 모색함은 물론 개개인의 인식 변화에까지 경종을 울리는 계기가 되었다.

'그동안 우리 교육이 추구해 온 가치는 무엇이며, 우리는 어떻게 구현해 나가야 할까?' 우리 교육을 이야기할 때, 언제나 나오는 주제이지만 속 시원한 답을 듣기란 쉽지 않은 문제였다. 우리는 'EBS 생방송 교육대토론' 연중기획, '대한민국, 적성을 찾아라'를 통해 교육의 본질에 다가서는 기회를 마련할 수 있었다. 더불어 방송을 시청한 시청자들과 방청객들은 아이의 적성은 물론 자신의 적성에도 관심이 생겼다는 반응을 보였다. 실제로 아이의 적성을 찾기 위해 고군분투하다 보니, 오히려 자신의 적성을 알게 되어 제2의 인생을 시작하게 되었다는 사례자도 있었다. 그 사례를 통해 나이에 상관없이 언제든 적성을 발견할 수 있다는 것과, 적성이 삶에 미치는 영향을 직접 확인해 볼 수 있어서 의미 있는 시간이 되었다.

2016년에는 'EBS 생방송 교육대토론' 연중기획으로 '대한민국 행복 찾기'를 진행해 우리나라 국민들에게 행복의 의미를 찾는 기회를 제공하고자 했다. 이에 기존의 토론 방식에서 벗어나서 미니 강연을 접목한 새로운 형식을 도입해, 자기 자신을 사랑하고 행복해질 수 있는 방법에는 어떤 것들이 있는지 각계각층의 전문가들과 함께 찾아보았다. 또한 주제와 관련된 대상자들이 직접 토론자로 자리하도록 하여 실질적으로 대안을 찾는 기회가 될 수 있게 했다. 교육으로 유발된 사회문제에 대한 대안이 탁상공론에 그치는 것을 막고, 수요자들에게 한 걸음 더 다가가는 대안이 될 수 있도록 토론을 진행했다. 정책 책임자들에게는 현장의 목소리를 생생하게 전달해 정책에 반영할 수 있는 기회를 제공하고, 현장에 있는 수요자들에게는 정책에 간접적으로 참여할 수 있는 기회가 되었다.

'EBS 생방송 교육대토론' 연중기획을 통해, 시청자가 방청객이 되고, 시청자가 곧 토론자가 되는 다방향 소통을 실현했다. 국내 최초로 학생들이 토론자로 출연해, 교육 수요자의 입장을 신랄하게 전달하기도 했다. '교육의 목적은 무엇인지?', '교육정책은 누구를 위한 것인지?', '경쟁 위주의 평가에 대한 문제점' 등 학생들의 입을 통해 나온 이야기들은, 시청하는 어른들의 고개를 저절로 수그러들게 했고, 어른들의 행동이 갖는 무게감을 다시금 느낄 수 있게 했다.

학생 토론자들과 함께한 방학특집을 진행하면서 배우고 느낀 것도 많았다. '요즘 학생들 참 똑똑하네'를 넘어서 '이런 생각을 가지고 있었구나. 내가 미처 몰랐네' 하고 반성하는 기회가 되었다. 그러다 보니 요즘 학생들이 하는 행동들 하나하나가 이해되기 시작했다. 이해가 선행되고 나니 공감할 수 있었고, 공감은 또 다른 대안을 제시하는 실마리를 제공하기도 했다. 속된 말로 '어린 것들이 뭘 알아'라고 하지만, '어리기 때문에 알 수 있다'는 것을 다시 한 번 깨달았다. 이후 방학특집을 기다리는 학생들과 학부모들이 늘어나기 시작했고, 매 방학 전에는 문의전화가 쇄도했다. 이렇게 적극적인 반응을 보면서, 그동안 우리 어른들이 학생들의 이야기를 너무 들어주지 않았던 것은 아니었는지 되돌아보고, 학생들의 이야기를 듣는 자리가 좀 더 늘어나야 할 것이라는 생각을 했다.

'EBS 생방송 교육대토론'에 참여하면서 가장 많은 고민을 한 부분은 바로 경청과 소통이었다. 사람들은 인정받기를 원하고, 누구나 자신의 이야기를 들려

다문화 시대, 우리 교육의 방향은?
EBS교육

Innovation

생방송
EBS교육대토론

EBS

EBS교육대토론

생방송
EBS 교육대토론

주고 싶어 한다. 그렇다면, 좋은 진행이란 어떤 것일까? 생방송이라는 특성상 사고의 위험은 언제 어디에나 존재한다. 이런 사고를 최소화하기 위해 두 번의 실전 같은 리허설을 비롯해서, 토론자와 방청 패널들이 아이스 브레이킹 시간을 충분히 갖는다. 토론자들은 각 분야의 전문가들이지만, '생방송'에 대한 부담은 여느 일반 출연자 못지않은 것이 사실이다. 게다가 방청석에서 마이크를 잡고 의견을 말하는 이들은 대부분이 학부모이거나 학생들이다 보니, 방송 경험이 전혀 없다시피 했다. 그런데 스튜디오 안에는 7대 가량의 큰 카메라와 수백 개의 조명이 천장에 달려 있고, 알아들을 수 없는 방송용어를 사용하는 낯선 사람들이 분주하게 움직이는 이런 상황에서 그 누가 긴장하지 않을 수 있을까? 강지원 쌤은 생방송이 시작되기 전까지 이들의 긴장을 풀어 주기 위해 다양한 시도를 했다.

"참 잘 했어요", "아니, 어떻게 그렇게 말을 잘해요?", "지금처럼 아주 자연스럽게 그렇게 하면 돼요" 등등은 리허설 시간 동안 강지원 쌤이 가장 자주 하는 말이었다. 처음에는 한껏 긴장이 돼서 앞도 제대로 보지 못하고 떨던 방청객들은 쌤의 이런 말 한마디에 크게 미소를 보이며 편안해했다. 이런 것이 뭐 그렇게 대단한 일이냐고 되물을 사람도 있지만, 우리 방송에 출연한 사람들은 자신 개인의 이익이 아니라, 자신의 경험을 공유하고 고민을 나누기 위해 어렵게 출연을 결심한 사람들이다. 그래서 그들이 틀에 박힌 정답을 말하게 하는 것이 아니라, 함께 마음을 공유하고 공감하도록 하는 진행이 필요했던 것이다. 쌤의 작은 칭찬 한마디가 그들의 마음을 움직이고, 결국엔 다른 어떤 방송에서도 들을 수 없는 진솔한 이야기를 듣는 귀한 자리가 될 수 있었던 것이다.

자신의 적성에 방송도 있는 것 같다고 말하는 쌤은 매주 원고 리뷰에서부터 토론자들과의 이견 조율 과정까지 세심하게 동참했다. 매주 선정된 주제에 따라 진행 방식을 달리하고, 어투까지 고민하는 그였다. 사실 판단이 필요한 부분은 날카로운 지적과 질문으로 오류를 바로 잡아 시청자와 방청객으로부터 박수를 받는 경우도 왕왕 발생했다. 특히, '대한민국 행복 찾기', '엄마가 행복해야 세상이 행복하다' 편에서는 엄마들을 대신해, 정책 담당자를 향해 일침을 가하면서, 일명 사이다 같은 진행으로 시청자의 마음을 대변해 큰 반향을 일으키기도 했다.

우리나라의 교육문제에 대해 얘기하다 보면 찬반양론을 불러일으키기도 하고, 해결 방안을 찾아나가는 과정에서 대립하는 경우도 종종 생긴다. 그러다 보면, 생방송 중에 예측하지 못했던 방향으로 토론이 진행되기도 한다. 그럴 때는 사안에 따라 각기 다른 진행 방식을 선택하게 된다. 양쪽의 입장이 첨예하게 대립할 때는 기회의 공정성을 추구하여 각각 상대 의견을 충분히 듣고 반박할 수 있도록 하고, 그동안 자신의 목소리를 낼 수 없었던 약자의 경우 그 의견을 최대한 전달할 수 있도록 기회를 제공하기 위해 노력한다. 이렇게 탄력적으로 진행하다 보면, 결국에는 전혀 새로운 대안을 절충안으로 찾아내기 마련이다.

"기존 토론 프로그램과 달라서 참 좋았다." 'EBS 생방송 교육대토론' 방청객들이 가장 자주 하는 말이었다. 찬반으로 나뉘어 진행하는 토론은 반대를 위한 반대 혹은 찬성을 위한 찬성으로 이어져서 결국은 공허한 외침으로 끝나는 경우가 많았다. 그래서 시청자의 입장에서는 나와는 관련 없는 남의 이야기, 혹은 말싸움으로 여겨졌던 것이다. 이런 토론에 염증을 느낀 쌤은 언제나 우리의 토론이 대안을 제시하길 희망했다. 그래서 보는 이에게 정보도 제공하고, 행동 변화까지 기대해 보는 것이다. 간절한 바람은 언제나 통하는 법, 그의 바람은 토론자는 물론 시청자들에게까지 전달되었다. 토론자는 상대를 비난하기 위해 토론을 준비하는 것이 아니라, 대안을 찾기 위해 수용의 자세로 토론에 임했다. 그렇게 해서 'EBS 생방송 교육대토론'에서는 교육을 주제로 놓고, 새로운 대안을 찾아나갈 수 있게 된 것이다.

'EBS 생방송 교육대토론'은 매주 각기 다른 주제를 진행자 특유의 위트와 입담으로 재치 있게 진행하며, 우리 사회의 변화를 위해 달려 왔다. 이 프로그램이 지금은 폐지되었지만, 앞으로도 우리나라 교육의 방향을 설계하고, 교육 수요자의 입장에서 교육을 바라보는, 그러면서 좀 더 나은 미래를 향해 나아가는 교육대토론이, 방송이 아닌 오프라인에서도 활발히 지속되기를 기원한다.

3부

장애·성 피해·빈곤을 위한 봉사

백경학

푸르메재단 상임이사

장애인이 행복하면 모두가 행복합니다

우리나라에서는 지금도 매년 30만 명이 넘는 사람들이 건강하게 잘 살다가 한 순간의 교통사고나 추락사고, 예기치 않은 질병 등으로 중도장애인이 되고 있다. 특히 신생아 43만 명 중 5% 정도가 선천적인 장애를 가지고 태어나거나 만 3세 이하 때 독감과 천식, 경기(驚氣) 등의 질병으로 장애를 갖게 되어 평생 부모에 의존해 살아간다. 조기에 장애를 발견하고 잘 치료하면 얼마든지 좋아질 수 있지만, 이들을 치료할 수 있는 어린이 전문재활병원은 한 곳도 없었던 것이 우리 현실이었다.

아마 나와 우리 가족이 건강했더라면 이런 문제가 눈에 뜨이지 않았을 것이다. 우리 가족은 2년 동안 독일에서 언론인 유학생활을 했었다. 귀국에 앞서 영국으로 떠난 자동차 여행은 이런 현실에 눈뜬 계기가 됐다. 아내가 1998년 영국 스코틀랜드에서 교통사고를 당해 중도장애인이 되어 장애인 재활문제가 얼마나 심각한지를 깨닫게 됐던 것이다.

약물에 중독된 운전자에 의해 사고를 당한 뒤 칼라일이라는 작은 도시의 병원에서 100일간 혼수상태를 견디고 세 번에 걸친 큰 수술을 받은 뒤 기적적으로 살아났다. 아내는 우리가 살던 독일 뮌헨으로 옮겨져 1년 반 동안 재활치료를 받다가 귀국했지만, 문제는 이때부터였다. 국내에 제대로 된 재활치료를 받을 수 있는 병원이 손에 꼽을 정도였다. 오랜 시간을 기다려 어렵게 신촌 세브란스 재활병원에 입원할 수 있었지만, 영국과 독일의 의료체계를 경험한 우리에게 한국의 의료 현실은 후진국 그 자체였다.

푸르메재단을 건립하기로 하면서 재단을 대표할 수 있는 분이 누굴까 고민했다. 사회적 약자인 장애인, 그중에서도 경제적으로 가난한 장애어린이들을 위해 일하게 될 푸르메재단의 이미지에도 맞고, 앞으로 전개될 재단활동을 위해서도 우리 사회에 헌신해 오신 분이 필요했다. 김성구 샘터사 사장, 이상기 기자협회 회장, 박원순 아름다운재단 상임이사 등과 상의하다가 강지원 변호사를 추대하기로 했다. 강지원 쌤은 법조인이시지만 청소년보호위원회 초대위원장을 맡는 등 청소년 문제에 열정을 쏟고 있었다.

일면식도 없는 강지원 쌤께 전화를 했다.

"그동안 비행청소년을 우리 사회의 당당한 일원으로 만들기 위해 노력하신다는 것을 들었습니다. 우리 사회 60만 명이 넘는 장애어린이들이 재활치료를 잘 받아서 독립적으로 살아갈 수 있도록 도움이 되는 재단의 건립을 준비하고 있습니다. 강 변호사님께서 동참하셔서 힘을 실어 주셨으면 합니다."

어렵게 말씀드렸는데 의외로 강 쌤의 대답은 간단했다.

"정말 우리 사회에 꼭 필요한 일입니다. 내가 어떤 역할을 할 수 있을지 모르지만 힘닿는 데까지 최선을 다하겠습니다."

12년 동안 기자 생활을 하면서 수많은 사람을 만났지만 강지원 쌤만큼 명확하고 흔쾌하게 답변을 주는 분은 드물다. 강 쌤은 응낙하며 푸르메재단의 취지와 목표가 분명해야 하고 투명하게 운영해야 한다는 단서를 달았다.

강지원 쌤이 물었다.

"그동안 청소년 문제를 다뤄오면서 정부뿐만 아니라 시민들이 함께하는 것이 얼마나 필요한가를 절감했어요. 재활병원을 지을 방안은 있나요?"

푸르메재단을 세우기로 했지만 주무부처인 보건복지부조차 우리 바람대로 재단 설립허가를 내줄지, 설립허가를 받는다 해도 수백억 원의 재원이 필요한 재활병원을 과연 지을 수 있을지 모르는 일이었다.

내 대답은 이랬다.

"저는 우선 두 가지 방안을 생각하고 있습니다. 정부는 재활병원 건립에 관심이 없고 기존 종합병원이나 대학병원도 의료 수가가 너무 낮기 때문에 재활병원을 세우는 데 부정적입니다. 이런 상황에서 푸르메재단이 재활병원을 지을 수 있는 방안은 자동차 회사나 석유회사와 같이 장애와 관련된 기업들이 사회공헌기금을 기부해 함께 병원을 짓는 방법입니다. 다른 하나는 내 가족 중 장애인이 없더라도 친척이나 친지 중에는 장애로 고통 받는 경우가 있기 때문에 사회운동 차원에서 재활병원 건립운동을 펼치는 것입니다."

두 가지 모두 비현실적인 방안이었다. 강지원 쌤은 뵌 지 얼마 되지 않았지만 늘 긍정적인 모습으로 오히려 나를 격려했다.

"불가능이란 없습니다. 두 가지 모두 한번 시도해 봅시다."

이런 말씀에 힘입어 나는 기회 있을 때마다 강 쌤을 찾아뵈었다.

강 쌤께서는 이때만 해도 서초역 주변에 변호사 사무실을 운영하면서 방송 출연과 언론 인터뷰를 통해 사회문제에 대해 목소리를 내고 있었다. 쌤이 바쁠 때는 봉고차를 개조한 것처럼 큰 쌤의 차에 동승해 이동하는 동안 현안을 상의했다. 재미있는 것은 자동차 안에 쌤이 입을 양복과 와이셔츠 등이 걸려 있었고, 방송 원고와 소송 서류가 산더미처럼 쌓여 있었다. 유명 연예인이 따로 없었다.

드디어 2004년 8월 17일 푸르메재단을 세우기 위한 발기인대회가 한국프레스센터 19층에서 열렸다. 재단 이사장과 대표로 종교계뿐 아니라 우리 사회의 큰 어른이신 김성수 대한성공회 주교님과 강지원 쌤이 선임됐다. 이사로는 성철 스님의 상좌였던 원택 스님, 서강대 김용해 신부, 박원순 변호사, 안국정 SBS 사장, 이정식 CBS 사장, 김성구 샘터사 사장, 이상기 기자협회 회장이 선임됐다.

무엇보다 김성수 주교님을 모시는 것은 쉽지 않았다. 김 주교님은 1973년 정신지체 어린이 특수학교인 '성베드로 학교'를 성공회대 안에 만드셨고, 유산으로 받은 강화도 온수리 땅에 정신지체 장애인 공동체 '우리마을'을 건립하는 등 사회적 약자인 장애인을 위해 온 힘을 쏟고 있었다. 그래서였을까, 어렵게 요청드렸지만 "사회연대은행과 성베드로 학교 등 맡은 단체도 제대로 건사하지 못하는데 푸르메재단까지 너무 버겁다"라고 단호히 거절했다. 낭패가 아닐 수 없었다. 이대로 물러설 순 없었다. 고심 끝에 성공회대에 재직 중인 진영종, 조효제 교수에게 SOS를 쳤다. 두 분은 당시 성공회대 총장으로 계셨던 주교님을 설득하기 위해 총장실을 점거해 농성을 벌였다.

그러기를 이틀째, 드디어 핸드폰이 울렸다. 대학 선배인 진영종 교수였다. "백 이사! 축하하네. 드디어 김 총장님께서 백기를 드셨어"라고 알려 왔다. 한국 사회를 대표하는 두 분인 김성수 성공회 주교님과 강지원 변호사님이 이사장과 대표를 맡으셨으니 푸르메재단은 앞으로 잘될 일만 남았다는 생각이 절로 들었다.

김성수 주교님은 발기인대회에서 상기된 표정으로 "작은 물방울이 모여 강물을 이루고, 조그만 벽돌이 모여 거대한 성채를 이루듯 장애 환자를 위한 아름다운 재활전문병원을 건립할 때까지 앞만 보고 뚜벅뚜벅 걸어가자"라고 당부했다.

임시 의장을 맡았던 강지원 쌤은 "60만 장애어린이들이 재활치료를 받는 것은 그 부모들뿐 아니라 우리 사회에 희망을 주는 일"이라며 "병원 건립 그날까지 모두가 헌신하자"고 역설했다. 나와 아내가 꿈꿔 오던 재활전문병원을 만들기 위한 '푸르메재단'의 닻을 올리게 된 것이다. 아내는 이날 밤 감격의 눈물을 흘렸다. 자신은 영국에서의 교통사고로 왼쪽 다리를 잃었지만, 그 다리가 장애 어린이를 위한 수많은 다리로 재생할 것을 믿으면서 말이다.

나는 강지원 쌤과 상의해 푸르메재단의 이름과 장애인의 실태를 알리는 데 주력했다. 나도 '장애인'이라 하면 보통 시각장애인과 다리가 불편해 휠체어를 타는 지체장애인만 떠올렸는데, 푸르메재단 일을 하다 보니 근위축증과 난치병 희귀질환, 통증, 각종 수술로 움직이지 못하게 된 사람 등등 정말 많은 사람들이 잘 알려지지 않은 장애로 고통받고 있었다.

푸르메재단은 한국에서 장애인 100명이 살아가는 모습을 담은 '세상을 만나는 또 다른 시선'이란 사진전시회를 비롯해, 가수 김창완 씨와 함께 맥주를 직접 생산하는 독일맥주 전문점 옥토버훼스트에서 푸르메재단 후원콘서트를 열었다. 겨울에는 LG전자와 외환은행 등 기업과 함께 산동네에 사는 장애인 수급자 가정을 찾아 겨울철 연탄을 배달하는 사업을 했다. 그때마다 강지원 쌤은 때로는 콧등에 연탄가루를 묻히고 때로는 맥주잔을 잡기도 하시며 열심히 푸르메재단을 알리고 기금을 모으는 데 앞장섰다.

강지원 쌤과 일한 지 십수 년, 강 쌤은 대표를 거쳐 김성수 주교님이 은퇴한 2017년부터 뒤를 이어 이사장직을 맡고 있다. 강 쌤을 보면서 나는 매번 감탄한다. 한 시간 간격으로 하루 몇 개의 약속이 있지만 푸르메재단 일이라면 만사 제쳐놓고 달려온다.

"백 이사! 잠을 자려다 생각났는데 일단 ㅇㅇ기업을 설득합시다."

밤 11시거나 12시거나 아이디어가 떠오르면 전화를 주셨다. 아마 너무 바빠 재단 일을 잠시 잊었다가도 잠자리에 들려고 하면 '푸르메재단'이 인생의 업보처럼 생각나는 것인지도 모르겠다.

일에 대한 열정으로 똘똘 뭉친 강지원 쌤을 모시고 일하면서 '푸르메재단이 갈 길이 멀지만 가능하다'는 확신을 하게 됐다. 병원 건립비를 설득하기 위해 강지원 쌤을 모시고 여러 번 대기업을 방문했다. 그중에서 특히 현대차 그룹을 방문했을 때가 기억에 남는다. 어렵게 실무자를 설득한 끝에 이루어진 만남이었다.

한 번은 대외담당 부회장, 한 번은 사회공헌담당 사장이었다. 강 쌤은 두 사람을 만난 자리에서 "우리나라에서 기업의 역할이 중요하고 특히 대기업 중에서 현대차가 어떻게 하느냐에 따라 한국 사회의 방향이 바뀔 수 있다"라고 강조했다. 강 쌤은 세계적인 자동차회사인 독일의 BMW를 예로 들었다. 많은 독일 사람들이 자동차 사고로 중도장애인이 되는 것을 안타까워한 BMW는 본사가 있는 뮌헨의 대형 재활병원에 자동차로 부상을 당한 사람들을 위한 거액의 재활기금을 조성했을 뿐 아니라, 장애인이 일할 수 있는 작업장을 개설해 기술자를 파견하고, 직무교육을 실시하고, 주문생산체제를 갖추고 있다고 설명했다.

강 쌤께서 여러 번 지원을 호소했지만, 현대차는 사회공동모금회와 전경련을 통해 사업을 하고 있다는 말만 되풀이했다. 회사를 빠져 나오면서 강 쌤은 "기업이 움직이려면 그들을 설득할 수 있는 논리와 그들에게도 도움이 된다는 확신이 필요하다"며 "이 문제에 대한 대안을 찾아보라"고 말씀했다. 모시고 가서 아무런 약속을 받지 못해 쥐구멍이라도 찾고 싶은 심정이었는데, 기업의 입장을 생각해 보고 서로 윈윈할 수 있는 방안을 찾으라는 쌤의 말씀을 들으면서 고개가 숙여졌다.

2006년 연말에 장애인단체 행사에 참석했다가 한 분을 만났다. 전동휠체어에 몸을 의지한 중증장애인이었다. 그는 내게 다가오더니 "푸르메재단에서 재활병원을 짓는다고 들었습니다. 그런데 우리에겐 치과치료가 더 절박합니다. 이가 아파요. 음식을 먹고 싶어요" 하고 말했다. 나는 그러면 치과에 가보시라

푸르메재단
발기인대회
2005
· 푸르메재단 설립
황혜경 기부자
10억 원 출연
2007
· 푸르메나눔치과 개원
· 미소원정대 봉사
2011
· 과천장애인복지관 개관
2012
· 푸르메재활센터 개원
종로장애인복지관
종로아이존
행복한베이커리&카페
푸르메 재활전문병원 건립을 위한
황혜경 기금 전달식
10억원
미소원정대

푸르메재단과 함께하는
희망을 나누는 바자회

푸르메재단과 옥토버훼스트가 함께하는
천원의 만찬 협약식

2016 · 푸르메어린이재활병원 개원
직업재활센터
스포츠센터
어린이도서관
2018 · 시립서울장애인종합복지관
동남보조기기센터/파니스
서북보조기기센터
사회적기업 행복한거북이
2020 · 푸르메스마트팜
장애청년들의 행복한 일터,
희망의 스마트팜 건립
넥슨 컴퍼니
어린이재활병원 건립기금 기부약정
NEXON
200억원
서울장애인종합복지관

愛人

고 말했다. 그러자 그는 "치과에서 우리를 받아주지 않아요. 가서 치료를 받을 수 없어요" 하는 말만 남기고 자리를 떠났다.

다음날 아침 나는 사무실에 출근하는 대로 광화문 세문안교회 앞에서 종로3가에 있는 치과는 모두 찾아다녔다. "아내가 중증장애인인데 치료를 받을 수 있느냐?"고 물었다. 그런데 대답은 한결같이 할 수 없다는 것이었다. 이유는 장애인을 치료하다 의료사고가 날 수 있고, 장애인 치료는 고가의 비용이 필요한데 대부분 치료비를 내기 어렵고, 다른 환자들이 싫어한다는 이유를 들었다.

그길로 나는 강지원 쌤을 찾아 병원이 아니라 장애인 치과를 지어야겠다고 말씀드렸다. 강 쌤은 잠시 생각에 잠기시더니 치과 개설비를 구해 보자고 했다. 때마침 SBS에서 사회공헌기금을 배분하는 사업을 한다는 소식을 접하고 우여곡절 끝에 우리는 5억 원의 기금을 받을 수 있었다. 의료진이 문제였다. 하지만 지성이면 감천이랄까, 때마침 서울대 치대 교수로 있던 친구가 개업을 한다는 소식이 들려왔다. 장경수 원장이었다. 그를 찾아가 장애인 치과치료의 어려움을 설명하자 자신의 후배와 제자가 자원봉사로 시작하겠다는 약속을 했다. 민간 최초의 장애인치과인 푸르메치과는 이렇게 시작됐다.

푸르메재단은 서울 종로구 신교동 66번지 빈터에 외래 어린이의원인 푸르메재활센터와 종로장애인복지관을 짓는 작업을 계속했다. 이 건물을 짓기 위해 강지원 쌤은 가수 션과 한동대 교수가 된 이지선 씨와 함께 기금이 있는 곳이라면 어디든 달려갔다. 큰 기금도 있었지만, 초등학교 학생들이 모은 몇 천 원일 때도 있었다. 하지만 강지원 쌤은 늘 "귀중한 기금을 주어서 너무 감사하다"며 기쁜 표정을 감추지 않았다.

목표를 세우고 발로 뛰어다닌 결과, 고 박완서 선생님과 조무제 전 대법관, 성악가 조수미 씨 등 각계 인사와 시민 3,000명이 기부에 동참하면서 85억 원의 건립기금이 모아졌다. 강지원 쌤께서도 2,000만원을 기부했다. 2012년 7월 4일

종로 세종마을 푸르메센터 개관식 날, 강 쌤은 “이제 재활센터가 세워졌으니 이곳을 기반으로 정말 도움이 필요한 가난하고 어려운 장애인들의 눈물을 닦아 주는 의료사업을 하자”고 다짐했다.

푸르메재활센터 부지를 빌려 준 종로구청에 기부채납하기로 했을 때, 강지원 쌤은 처음에 강하게 반대했다. 하지만 현재 재단이 가진 기금으로는 평생 이만한 터전을 마련할 수 없다는 말씀을 듣고 나서는 누구보다 빨리 상황을 이해했다.

강지원 쌤을 모시고 종로구청장을 만나러 갔다. 85억 원을 들여 짓는 건물을 종로구에 기부채납하고 종로의 장애인들을 우선 치료하겠다는 내용의 협약서를 상의하는 자리였다. 어려운 과정은 있었지만 재단의 결정과 종로구의 가난한 장애인을 우선적으로 최선을 다해 치료하겠다는 뜻을 전했다.

그런데 당초 적자의 25%를 지원하겠다고 했던 담당과장이 어렵다는 뜻을 전하자, 쌤께서는 구청장을 향해 약속을 그렇게 손쉽게 뒤집을 수 있느냐고 목소리를 높였다. 쌤의 서슬 퍼런 결기에 구청장은 결국 수락을 했다. 장관이나 재벌기업의 대표를 만날 때, 강 쌤은 더 무서워지신다. 강 쌤의 장점은 약한 사람에게는 더 겸손하고, 권력을 가지고 군림하는 사람에게는 매섭다는 것이다.

한번은 강지원 쌤을 모시고 정신대대책협의회 모금행사에 간 적이 있다. 강 쌤께서는 여성재단 이사와 정대협 후원회원 등을 맡아 여성에 대해서 많은 관심을 갖고 있었다. 이날도 재단회의를 하던 중 “오늘 행사에 꼭 와 달라”는 정대협의 전화를 받으시고 부랴부랴 달려갔다. 관계자들과 반갑게 인사를 한 뒤 행사가 끝날 무렵 쌤께서는 말 그대로 지갑에 있는 모든 것을 탈탈 털어 기부금을 냈다. 우리는 지하철역에서 헤어지게 되었는데, 그때서야 생각이 났는지 “아! 백 이사, 내가 깜박했네요. 혹시 2만 원만 있으면 빌려 주세요”라는 게 아닌가. 지하철역에서 댁까지 가는 좌석버스비마저도 남기지 않았던 것이다.

강지원 쌤과 일하면서 귀에 못이 박히게 들은 것이 두 가지가 있다. 하나는 한국 사회에 만연해 있는 학연, 지연 등에 의한 연고주의를 근절하지 않는다면 이로 인한 병폐가 심화될 것이라는 말씀이고, 다른 하나는 선진적인 기부문화가 확대되기 위해서는 혈연 중심의 상조문화가 개선되어야 한다는 말씀이었다. 나는 십수 년 동안 강지원 쌤과 함께 일하면서 쌤의 모교인 경기중고와 서울대 자랑을 한 번도 들어본 적이 없다. 우연히 동문 이야기가 나오기라도 하면 "재학 시절 얼굴도 한 번 본 적 없는 사람들이 어디를 나왔다는 이유만으로 서로 끌어 주고 특혜를 주는 풍토가 사라져야 한다"라고 강하게 성토했다.

강 쌤의 부인이신 김영란 전 국민권익위원장이 2011년 부친상을 당하고도 주변에 알리지 않고 해외출장 일정을 모두 소화한 사실이 뒤늦게 알려져 화제가 되었다. 그런데 강 쌤 역시 같았다. 그보다 전인 2004년 어머님이 돌아가셨을 때 일절 부고하지 않았다. 부고를 하지 않은 것은 너무했다는 얘기도 들리지만, 내심 반기는 분위기도 느껴진다.

현대차 부회장과 사장도 경기고 동문이었지만, 고교 얘기는 한 마디도 꺼내지 않으셨다. 강 쌤은 "친지 간 경조사가 좋은 측면이 있기도 하지만, 연고 문화가 도움이 절박한 사람을 돕는 것을 막고 있다"라고 강조했다. 내 가족, 내 동문, 내 지역 사람에 대한 집착이 우리 사회의 발전에 걸림돌이 되고 있다는 말씀이다. 문제점을 말하는 사람은 많이 봤지만, 몸소 실천하기란 쉬운 일이 아닌데 강 쌤은 언제나 말보다 실천으로 모범을 보인다.

재단 설립 초기에 김성수 주교님과 강지원 쌤을 모시고 일본의 장애인 시설을 방문한 적이 있다. 일본 고베시에 있는 장애인종합복지타운 '행복촌(幸福村)'이었다. 일본은 우리와 비교할 수 없을 정도로 장애인 복지가 잘 이루어지고 있어서, 쌤께 아무리 바빠도 꼭 봐야 한다고 강권하여 떠나게 됐다.

우리가 방문한 행복촌은 고베 시장이 노르웨이를 방문한 뒤 10년 동안의 준비를 거쳐 1982년 총 62만 평의 부지에 만든 장애인종합복지타운이다. 이곳에는 재활병원과 노인병원, 양로원, 장애인 작업장, 가족호텔, 온천장, 직업훈련소 등 34개 건물이 들어서 있고, 고베시로부터 위탁 받은 민간단체가 운영하고 있다. 무엇보다 도요타와 소니 등 일본을 대표하는 기업들이 매년 이곳에서 직원연수를 겸한 사회공헌활동을 하고 있어서 우리에게는 좋은 모델이 됐다.

어렵게 모시고 가긴 했지만 아침 7시부터 밤 9시까지 고베와 오사카의 장애인시설을 둘러보는 것은 강행군이 아닐 수 없었다. 그런데 열 명의 참가자 중 가장 부지런한 사람이 강지원 쌤이었다. 약속 시각보다 늘 20분 먼저 나와 일정을 체크했고, 방문기관에서 질문할 것까지 미리 메모했다. 청소년 문제라면 모를까, 재활병원과 장애인 작업장 등 낯선 분야임에도 미리 자료를 찾아 학습해 왔고, 궁금한 사안에 대해 질문하고 받아 적는 모습은 같이 간 직원 모두에게 매우 인상적이었다.

강지원 쌤의 가장 큰 매력은 진정성이다. 그 진정성은 아무런 대가 없이 도움이 필요한 사람들에게 손을 내미는 데 있다. 쌤은 매주 하루 재단으로 출근했는데, 찾아오는 분들의 사안은 다양했다. 가정폭력, 사기사건, 상속문제 등. 그렇지만 그들에게는 공통점이 있었다. 그들은 모두 억울한 일을 당했지만 법에 하소연할 방법이 없어 발을 구르고 있는 서민들이었다.

쌤께서 이들에게 화를 내거나 안 된다고 말하는 것을 보지 못했다. 한 시간이고 두 시간이고 억울한 사정을 들으시고 가능한 해결책을 제시했다. 대부분 하소연만 들어 줘도 고민과 분노가 반쯤은 풀린 것처럼 보였는데, 그런 점에서 본다면 강지원 쌤은 마음을 다해서 상대의 얘기를 듣는 정신과 의사 같았다.

한번은 여느 때와 달리 크게 낙담하시는 모습을 보인 적이 있다. 탤런트 최진실 씨가 자살을 했을 때였다. 강 쌤께서는 최 씨의 손해배상 사건을 무료 변론해 주면서, 악성댓글에 시달리는 데 대해서도 관심을 갖고 상담해 주었다. 쌤은

"최 씨가 난관을 극복하기 위해서는 남의 시선과 말에 초연해야 할 텐데 걱정"이라는 말씀을 여러 번 하셨는데, 불행하게도 최 씨는 최악의 선택을 하고 말았다. 강 쌤은 당신이 좀 더 강하게 최 씨를 붙잡았어야 했는데, 그러지 못해서 결국 이런 결과를 초래했다고 깊이 자탄했다.

재단이 조금씩 성장하고 활동 영역이 넓어질 때쯤 강지원 쌤께서는 변호사 활동을 접었다. 당신이 하시던 말씀대로 "30년 동안은 당신을 위해서 사셨으니 이제 여생을 사회를 위해 봉사하겠다"라고 결정한 것이다. 강 쌤은 푸르메재단 대표 일을 하면서도 정치인들의 정책 공약을 강조하는 한국매니페스토실천본부 상임대표와 사회통합위원회 지역분과위원장, 국민추천포상위원장 등으로 바쁘게 활동했다.

그러면서도 일의 중심에서 늘 푸르메재단이 떠나지 않았다. 재단의 설립 취지와 장애어린이들의 현실을 알리기 위해 홍보대사를 위촉할 때도 "장애인 당사자가 홍보대사가 돼서 장애인들이 가진 아픔과 희망을 알리는 것이 가장 좋겠다"라며 가수 강원래 씨와 이지선 씨를 추천했다. 두 분 모두 교통사고와 화재사고로 장애를 갖게 된 분들이다. 쌤은 추천하는 것에 그치지 않고, 직접 이들을 만나서 승낙을 받았고, 위촉식을 직접 주재했다.

푸르메재단이 2005년 세워진 후 11년 만인 2016년 3월 드디어 숙원사업이었던 어린이재활병원이 서울 마포구 상암동에 건립되었다. 종로 세종마을 푸르메센터처럼 이 역시 마포구에 기부채납되었다. 초등학교 학생에서부터 80대 할머니까지 1만 명이 넘는 시민들이 기적처럼 440억 원을 모아 주셨다. 네이버나 다음을 통해 이름 없이 기부하신 분들까지 합하면 2만 명이 넘는 숫자이다. 기적이 아닐 수 없다. 푸르메재단 넥슨어린이재활병원에서는 현재 하루 500여 명의 어린이가 치료를 받고 있다. 국내 최초의 어린이재활병원이자 시민병원이다.

그동안 나는 기자 생활을 하면서 수많은 사람을 만났다. 대통령부터 범죄를 저질러 감옥에 갇힌 죄수에 이르기까지 만난 사람들은 다양하다. 그저 스쳐 지나가듯 의미 없는 만남도 있었지만, 진한 감동이 평생 이어지는 아름다운 인연도 있다.

그런 점에서 본다면, 가장 향기로운 만남이 강지원 쌤과의 만남이 아닌가 한다. 다른 분을 통해 소개받았을 때만 해도 명망가인 강지원 쌤이 재단을 알리는 데 도움이 될 거라는 이기적인 생각이 있었다. 하지만 강 쌤을 만나 그분의 진정성을 하나둘 발견하면서 고개가 숙연해졌다. 무엇보다 경청하고 상대의 입장에서 생각하고 이해하는 마음에 감동을 받곤 했다. 하지만 부와 권력을 가진 사람들에게 단호한 모습을 보일 때는 가끔 놀랍기도 했다.

방송사에서 사회 저명인사들 몇 사람을 선정해 그들에게 각 장르의 댄스를 연습하도록 하여 제작한 설특집 프로그램을 방영한 적이 있다. 강지원 쌤의 미션은 왈츠를 추는 것이었다. 보통 사람 같으면 고개를 저으며 달아났을 텐데, 쌤은 이번 기회에 몸치를 탈출해 보겠노라고 정말 열심히 배웠다. 텔레비전을 통해 강 쌤이 멋지게 춤 솜씨를 발휘하는 것을 보면서 당신이 가진 끼와 열정이 참 아름답다고 생각했다.

지난 십수 년은 결코 짧지 않았지만 행복한 시간이었다. 강지원 쌤께 상의를 드릴 때마다 물으시는 말씀이 있다. "이것이 우리가 선택할 수 있는 최선일까요?" 최선을 물으시는 강지원 쌤께 이렇게 말씀드리고 싶다. "네! 변호사님! 이것이 최선입니다"라고.

이미경

한국성폭력상담소 소장

성폭력 피해자를 위해 우리가 해야 할 일

한국성폭력상담소는 1991년 4월에 성폭력 문제를 전문으로 상담하는 우리나라 최초의 비정부기구(NGO)로 문을 열었다. 피해자를 심리적·법적·의료적으로 지원하는 일과 새로운 성문화를 만들어 가기 위한 운동, 이와 관련된 교육과 연구를 본격적으로 진행하면서, 이 모든 일의 유기적이고 통합적인 활동을 위해 만들어진 조직이다.

한국성폭력상담소는 그동안 '21년 전의 강간범을 찾아가 살해한 사건'과 '13년간 강간한 의붓아버지를 남자친구와 협력해 살해한 사건'의 피고인이자 성폭력 피해자를 비롯해 많은 피해자들을 지원하는 일뿐 아니라, 법 제도 개선을 위한 활동에 이르기까지 꾸준히 본연의 임무를 다해 왔다.

과거에는 성폭력이 6개월 이내에 고소해야 하는 '친고죄'로 규정되어 있었고, 직계존속을 상대로는 고소할 수조차 없어 아버지한테 성폭력을 당하고도 아무런 도움을 받을 수가 없는 기막힌 상황이었다. 위 두 사건을 계기로 여성단체들은 성폭력 특별법 제정을 촉구하는 운동을 펼쳤고, 3년 만에 법이 제정되었다.

이후로도 관련법의 제정·개정에 전국의 성폭력상담소와 여성인권단체들이 연대하여 현장의 목소리를 담아내는 운동을 지속하고 있다. 1990년대 초반에 성폭력 신고율이 2%에서 지금은 10% 정도로 늘어난 것은 이러한 운동의 성과이기도 하다.

나는 1990년에 대학에서 여성학을 강의하다 우리나라에 '성폭력상담소'가 한 곳도 없다는 것을 깨닫고, 동료들과 함께 우리가 배운 여성학의 가치를 실천하고자 상담소 만드는 일에 참여했다. 8개월 동안의 준비기간을 거쳐 마침내 문을 열 수 있었다.

초대 총무와 부소장, 쉼터인 '열림터' 원장 등으로 활동하다가, 2000년 상근 활동을 접고 대학원에 들어가 박사과정 학업에만 열중했다. 그러다가 논문을 남겨둔 채 2002년 9월에 상담소로 돌아와서 6년 동안 소장으로 일했다.

우리 사회는 1994년에 성폭력특별법이 제정되는 등 성폭력과 관련한 법과 제도가 새롭게 마련되었지만, 실제 현장에서 피해자를 상담하고 지원하다 보면 형사사법절차의 담당자인 형사·검사·판사로부터 2차 피해를 입었음을 호소하시는 분들을 많이 만난다. "옷차림이나 평소 행실에 문제가 있었던 것 아니냐?", "왜 저항하지 못했느냐?", "증거가 있느냐?"는 등 피해자를 의심하고 비난하는 일이 잦은데, 이것은 성폭력 사건의 특성에 대한 이해 부족에서 나오는 문제들이다.

한국성폭력상담소의 통계에 의하면 고소인의 25%가 형사사법절차에서 2차 피해를 겪고 있다. 이에 전국성폭력상담소협의회(줄여서 '전성협')에서는, 2004년 수사와 재판과정을 지속적으로 모니터링하면서 문제점을 집어내고 개선 방안을 제안하기 위해 성폭력 수사·재판 시민감시단(줄여서 '시민감시단')을 발족하기로 했다. 시민감시단 활동은 주로 법적 지원 과정의 모니터링이므로 법률 전문가의 참여가 절실히 필요했다. 그 역할을 강지원 쌤이 맡아 주시는 것이 최고이고 최선이라는 의견이 모아져, 전성협에서 찾아가 합류를 요청했다. 그는 흔쾌히 수락했다.

준비팀은 여러 달 동안 열띤 논의와 준비과정을 거쳐 형사사법절차의 모니터링을 위한 점검표를 만들고 '성폭력 피해자 권리헌장'을 제정했다. 그리고 전성협 총회에서 한 해에 한 번 형사사법절차 담당자들 중에서 여성인권 존중의 디딤돌과 걸림돌을 선정해 언론을 통해 발표하고, 이를 법원행정처, 대검찰청, 경찰청에 공문으로 송부하기로 했다.

이 과정에서 강지원 쌤은 이 사업의 활동 방향에 관한 다양한 제안과 법적 조언을 해 주었다. 그뿐만 아니라 주변의 지인을 연계해서 이 활동의 경제적 기반도 마련해 줬다. 배우 고 최진실 님도 그중 한 분이다. 쌤은 당시 최진실 님으로부터 변호사 수임료로 받을 돈의 절반을 우리 시민감시단에 기부하게 하고, 나머지 절반은 밀양 성폭력 피해자 가족에게 지원하도록 했다.

드디어 2004년 10월 14일에 성폭력 수사재판과정에서 일어나는 부당하고 불법한 사례에 적극적으로 대응하고자 시민감시단이 출범했다. 많은 분들의 협조와 지원에 힘입은 시민감시단의 활동은 어린이 성폭력 피해자 지원을 위한 토론회를 시작으로 해서, 그해 12월에 보도된 '밀양 집단성폭력 사건'의 피해자를 지원하는 일에 본격적으로 뛰어들었다. 이 사건은, 44명의 남학생들로부터 1년 동안 지속적으로 성폭력 피해를 입은 중학생 피해자가 경찰에 고소를 했는데, 오히려 수사과정에서 2차 피해를 입으면서 더욱 큰 문제가 되었다.

당시 많은 네티즌들은 "강지원 변호사님, 지금 뭐 하고 계십니까? 당장 울산으로 가서 이 피해자를 지원해 주세요!"라고 강지원 쌤을 강력하게 '소환'했다. 나는 강 쌤의 전화를 받고 전성협의 시민감시단으로서 사건 지원을 위해 2004년 12월 15일 강 쌤과 함께 울산으로 갔다. 당일 피해 학생과 가족을 만나는 것을 시작으로 해서 사건공동대책위, 해당 경찰서, 검찰청, 법원 방문 일정을 소화하고, 사건의 주요 쟁점들을 논의했다. 지금도 그때의 기억들이 생생하다.

문제가 되었던 수사과정에서의 성폭력 2차 피해는 (1) 기자들에게 피해 사실 및 인적사항을 누설한 일, (2) 경찰이 노래방 도우미 앞에서 피해자의 인적사항을 누설한 일, (3) 여성 경찰에게 조사받고 싶다는 요청을 묵살한 일, (4) 범인식별실을 사용하지 않고, 가해자들을 한 줄로 세워 놓은 채 피해자에게 그들 면전에서 강간범, 성추행범을 가려내라고 한 일, (5) 진술 녹화실을 사용하지 않은 일, (6) 가해자들의 가족들로부터 피해자를 보호하는 조치를 취하지 않은 일, (7) 피해자를 상대로 밤샘조사를 벌인 일, (8) 식사와 휴식시간을 주지 않은 일, (9) '○○(지역) 물 흐려 놓았다'고 하며 피해자 비하 발언을 한 것 등이다. 성폭력 2차 피해의 전형을 보여 주는 다양한 일들이 벌어졌던 것이다.

당시 여성가족부 및 국회에서도 진상조사단을 꾸렸고, 사안의 심각성을 알아챈 국가인권위원회에서 직권조사를 실시해 경찰청 등에 해당 경찰의 징계 및 시정권고를 한 바 있다. 이 사건의 형사소송에서는 총 44명의 피의자 중 단 10명만 기소되었는데, 이 10명에 대해서도 부산지법 가정지원 소년부 송치로 마무리되어 솜방망이 처벌이란 비난을 면치 못했다.

이러한 흐름 속에서 강지원 쌤은 2005년에 이 사건의 성폭력 2차 피해에 대해 국가를 상대로 손해배상소송을 제기하고 이 소송을 무료 변론했다. 2006년, 1심에서는 인적사항을 누출한 것만 인정해 총 1,300만 원을 배상하도록 선고했고, 양측은 모두 항소했다. 고등법원에서는 피의자들을 대질시켜 범인을 지목하게 한 것과 피해자를 비난하는 발언을 한 것은 위법한 공무집행이라며 5,000만 원을 배상할 것을 판결하였다. 2008년에 대법원은 이를 확정했다. 성폭력 2차 피해에 대한 국가 책임을 묻는 소송에서 강지원 쌤이 우리나라 최초로 승소 판결을 이끌어낸 것이다.

10여 년간의 시민감시단 활동이 처음부터 관련인들에게 크게 관심을 받은 것은 아니다. 그러나 해가 갈수록 디딤돌상을 받은 법조인은 주변의 큰 축하를 받고, 어떤 분은 시민들이 준 이 상이야말로 가장 영예롭다면서 집무실 서재 중앙에 상패를 장식해 놓기도 했다. 그런가 하면 걸림돌로 선정된 경우에는 전성협에 거센 항의를 하기도 했다.

시민감시단 활동이 이만큼 영향력이 있다는 것은, 사회정의를 목적으로 10년 넘게 꾸준히 펼쳐 온 운동의 성과가 나타나기 시작했기 때문이 아닌가 싶다. 활동을 시작할 때부터 지금까지 강지원 쌤은 언제나 함께한 활동가의 일원이었고, 시민감시단 심사위원장으로서의 역할도 너무나 당연하다는 듯 귀찮아한 적도 생색을 낸 적도 없다. 그렇게 한 해도 거르지 않고 든든한 버팀목이 되어 주었다.

한국성폭력상담소는 2006년 '성폭력 조장하는 대법원 판례 바꾸기 운동'을 시작했다. 당시 상담소는 개소 15주년을 맞아 우리 사회에서 지금 당장 바뀌어야 할 것이 무엇인지를 고민하다가, 잘못된 법원의 판결이 오히려 성폭력을 조장하고 있는 현실의 문제를 제기하기로 했다. 이 사업은 대법원 판례에 대한 비평이 주된 일이라서 역시 법조인의 참여가 필요했다. 우리는 언제나처럼 강지원 쌤께 함께해 주실 것을 요청했다. 물론 승낙을 받았다.

판례 바꾸기 운동은 하급심의 판결에서 준거가 되는 대법원 판결이 성폭력 피해의 특수성을 제대로 고려하지 못해, 결과적으로 성폭력을 묵인하고 조장하는 결과를 낳고 있다는 문제의식에서 출발했다. 법원이 성폭력 사건의 재판에서 '객관성', '합리성'이라는 이름으로 많은 피해 여성들을 또 다른 고통으로 몰아넣고 있는지 반성해야 한다는 뜻에서 목소리를 크게 내기로 한 것이다.

지금까지의 법체계가 피의자(피고인)의 인권을 중심으로 고려되었다면, 이제는 '피해자'의 인권을 돌아봐야 한다는 것이다. 무엇보다 남성 중심적인 우리 사회의 통념에 가려져 들리지 않고 보이지 않는 피해자의 목소리에 귀 기울여야 한다는 당연한 요구를 하기로 한 것이다. 판례 바꾸기 운동의 방식은 매달 판례비평 자료집을 만들어서 법조인들에게 우편으로 보내는 것이었다.

판례비평이 목표로 한 것은, 강간의 판단 기준에서 폭행과 협박 여부를 중요하게 고려하는 '최협의설(最狹義說)'을 비판하는 것과, 아내 강간·아동 성폭력의 특수성을 부각해서 논의하는 것, 장애인 상대 성폭력을 비장애인 중심으로 정해 놓은 것을 비판하는 것 등으로 정했다.

그리고 매달 인권 침해적인 판결문 2~3개를 찾아 여성주의 시각으로 비판하고 제언했다. 이 판례비평은 법학과 교수와 법조인, 현장 활동가들이 번갈아 가며 맡았다. 강지원 쌤은 매달 나오는 비평문을 한 번도 거르지 않고 꼼꼼히 검토한 뒤 수정·보완 의견을 주곤 했는데, 그런 감수 작업이 있어 우리는 더 굳은 확신을 갖고 활동할 수 있었다.

대법원 판례비평 자료집은 존엄, 정의, 그리고 여성의 색깔로 상징되는 자주색 봉투에 담겨 대법관을 비롯한 전국의 부장판사, 검사, 경찰들에게 매달 꼬박꼬박 배달되었다. 마지막에는 매달 보낸 자료집 13권에 담긴 판례비평문을 한데 모아 만든 책을 보내드렸다.

몇몇 현직 판사·검사들이 이 운동의 취지에 공감한다는 격려의 편지를 보내오기도 했고, 따뜻한 마음을 담아 후원금을 보내오기도 했다. 이러한 반응은 커다란 응원이자 활력소가 되었다. 아쉽게도 이 운동은 예산상의 문제로 1년 1개월 만에 접었지만, 성역으로 일컬어지는 사법부의 판결에 피해자의 경험과 목소리를 담아 법의 '객관성'을 비판한 비평문을 법조인들에게 전달했다는 점에서 중요한 의미가 있다.

피해자 권리보장을 위해 2006년과 2007년에 진행되었던 한국성폭력상담소의 대법원 판례 바꾸기 운동은 2015년부터 '성평등한 사회를 위한 성폭력 판례 뒤집기' 운동으로 새로이 부활했다. 이 운동은 이슈가 된 사건을 골라 1년에 한 번, 시민들의 모의법정으로 이루어진다.

보면 돕고
신고합시다.
성폭력상담소
성폭력 없는
세상을 향해! 아자!
고객에 의한

한 가정의 가장
기부 내역서
일방적
2017년 9월 14일 목요일 오전 11시

달빛! 아래

호주제 싫어
한국성폭력 상담소
호주제
개인별
신분
평등가족 실현
성씨선택의
자유!
한국성폭력 상담소
완전폐지!!

여성들에게는 밤길에
폭력을 당하지 않을
달빛시위공동준비위원회

특별법제정을 위한
정당인초청간담회
주최 성폭력특별법제정추진위원회

대법원 판례 바꾸기 운동
성폭력 조장하는
대법원 판례는 바뀌어야 합니다

제18차

한국 성폭력상담소 개소식
일시:1991년 4월13일 토요일오후3 ~ 5시
장소: 이대 중강당
'91 4 13

#STOP 영화계 내 성폭력
그것은 '연출'이 아니라 '폭력'입니다

작년에는 1심과 2심에서 각각 12년형, 9년형이 선고되었으나 대법원에서 무죄 취지로 파기 환송했고, 파기 환송심에서 무죄판결이 내려진 '연예기획사 대표에 의한 청소년 성폭력 사건'을 다뤘다. 교통사고로 병원에 입원한 여중생이 엘리베이터에서 우연히 만난 연예기획사 대표에게 성폭력 피해를 입고 임신, 출산에 이른 사건이다.

대법원은 이 학생이 피고인에게 보낸 편지의 내용 등을 문자적으로만 해석해 '사랑'으로 판단했다. 이 사건은 그 후 대법원에 재상고되었다. 전국 340개 단체들이 연대해서 결성한 이 사건 공동대책위원회에서는 전국적으로 서명운동을 벌이고 매주 수요일이면 대법원을 향해 시민, 활동가, 법조인 등이 릴레이로 의견서를 보내는 활동을 했다.

2017년에는 성폭력 피해자에게 무고죄와 명예훼손죄를 씌워 역고소하는 것을 주제로 모의재판을 진행했다. 이 모의재판에서는 "누가 무고죄를 두려워해야 하는가?"라는 제목으로 대학 내에서 발생한 데이트 성폭력 사건을 다뤘다.

최근 상담 현장에서 체감할 수 있는 무고죄 역고소는 매우 심각한 수준이다. 얼마 전, 성폭력으로 피소된 연예인이 언론 인터뷰에서 "무고는 큰 죄입니다"라고 말한 것은 이러한 현상의 단면을 보여 준다. 실제 유명 연예인 박○○ 성폭력 사건을 보더라도 고소인 4명 모두 무고와 명예훼손으로 역고소되었다. 성폭력 피해를 입었다고 고소를 했지만 피해자가 어느새 피의자, 곧 범법자가 되어 버리는 게 현실이다.

2009년 1월 한국성폭력상담소 소장 임기를 마치고 학교로 돌아가 박사학위 논문을 쓰려니 막막했다. 반성폭력운동현장에서 맞닥뜨린 문제의식은 컸지만, 막상 이를 논문에 담아내려니 어떻게 시작해야 할지 갈피를 잡기가 어려웠다.

내가 그동안 성폭력 상담 현장에서 만나온 생존자(survivor)들의 지난한 분투과정은 말로 표현하기 어려운 안타까움의 연속이었고, 분노와 좌절로 힘겨울 때도 많았지만, 변화에의 의지, 감동, 희망으로 가슴 벅찰 때도 많았다. 생존자들과 함께하는 과정은 한 사람의 활동가이자 자연인으로서의 나를 키우고 성장시키는 원동력이었다. 그러나 여성운동의 뛰어난 성과로 평가되는 성폭력 법제화 과정은 늘 긴장의 연속이었고, 복잡한 심경을 갖게 했다. 특히 보호해야 할 존재로만 거론되어 온 성폭력 피해자의 자리에 대해, '생존자의 권리'라는 우리가 새로이 제기한 주장은 여성주의자들의 과도한 외침쯤으로 치부되고 있었다.

용기를 내 고소를 한 생존자들이 형사사법절차상 겪는 2차 피해 문제는, 과연 우리나라에 "법과 정책이 존재하는가? 국가는 무엇을 하고 있는가?"라는 강한 의문을 갖게 했다. 그래서 '성폭력 2차 피해와 피해자 권리'라는 오래된 나의 '화두(話頭)'를 꺼내어 학위논문 주제로 고민하기 시작했다. 그때 강지원 쌤이 떠올랐고 언제나처럼 면담할 수 있었다. 그동안 강 쌤이 진행한 성폭력 2차 피해에 대한 국가 상대 손해배상소송 내용을 자세히 들을 수 있었는데, 몇 가지 사례를 보면 다음과 같다.

2000년에 발생한 15세 여중생이 유인 및 강간피해로 임신하게 된 사건에서, 피해자 가족이 검사에게 낙태할 수 있게 해 달라고 요청했으나 거부당하고 출산한 사례에 대해, 2005년 국가를 상대로 손해배상소송을 제기했다.

법원은 "낙태 지휘는 검사의 직무 범위에 속한다고 보기 어렵고, 직무 관련성이 인정된다 하더라도, 수사가 종결되지 않은 상황에서 원고 측 요청대로 강간에 의한 임신 여부를 확인해 줄 수 없다"는 이유로 이를 기각했다. 강지원 쌤은 이 사건 피해자가 결국 아이를 출산할 수밖에 없었으며, 아이는 외국으로 입양되었고, 결국 피해자는 3년 후 자살을 했다며 안타까워했다. 형법에 낙태가 죄가 된다고 했어도 모자보건법에 성폭력으로 임신한 경우 낙태를 허가하는 법이 분명히 있는데도, 강간임을 입증하는 과정에서 벌어진 2차 피해인 것이다.

2003년에는 운동선수 팬클럽 회장으로 활동하던 고등학생이 해당 선수에게 성폭력 피해를 입는 사건이 벌어졌다. 강지원 쌤은 피해자가 수사받는 과정에서 모욕적인 언사를 들은 것과 현장검증 중 자동차 안 성관계 체위를 재연하도록 한 검사의 행위를 인권침해에 해당한다고 보고 국가를 상대로 손해배상소송을 제기했다.

이 소송 역시 "성교 체위 재연은 현장검증에서 대역 없이 본인이 직접 하겠다 했으며, 당시 이의제기 사실이 없고, 피해자 측 보호자와의 협의를 거쳐 이루어진 조사를 수행한 것 자체를 보호의무 위반으로 볼 수 없다"는 법원의 판결을 받았다. 강지원 쌤은 현장검증을 누가 신청했느냐가 중요한 것이 아니라, 진행의 적법성을 논의해야 한다고 힘주어 말씀했다. 그리고 당시 동석했던 상담원이 말한 내용인 "재연 당시 별 문제를 느끼지 못했다"는 진술이 재판부에 매우 비중 있게 받아들여졌다고 지적하며, 동석한 상담원의 느낌이 이 현장검증의 부당성을 정당화할 수는 없다고 했다.

사실, 현장검증 당시 피해자의 위치가 어떠했는지, 검사에게 대역을 요구하는 등 자신의 권리를 행사할 수 있을 정도로 존중받는 위치였는지 아닌지가 중요한 문제이다. 수사 지휘를 하는 검사와 사건 피해자라는 권력관계에 대한 합당한 고려 없이 단지 '피해자가 대역을 요구하지 않았다'는 것을 근거로 들다니, 인권침해가 분명한 현장검증의 위법성을 인정하지 않는다니, 이런 판결은 정당화될 수 없다. 비록 국가의 책임을 묻는 민사소송에서 강지원 쌤이 패소했지만 매우 의미 있는 싸움이 아닐 수 없다.

위에 언급한 대로 강지원 쌤의 열정과 전문성으로 2004년에 발생한 밀양 집단성폭력 사건의 수사과정에서 발생한 2차 피해에 관해서는 우리나라 최초로 국가의 책임이 인정된 판례가 되었다. 그때 강지원 쌤 사무실의 소송서류를 싼 묵직한 보따리들이 지금도 눈에 선하다.

강지원 쌤은 이렇게 나의 박사논문의 중요한 부분인 국가 상대 손해배상소송 분석의 실마리를 제공해 주었다. 그 지원 덕택에 무사히 논문을 마칠 수 있었다. 마음 깊이 감사드린다.

강지원 쌤은 사실 상담소 개소 전부터 관련 세미나 등을 통해 우리를 지원하고 있었지만, 내가 강 쌤을 처음 뵌 것은 1997년 당시 한국성폭력상담소 부소장으로서 청소년보호위원회 주최의 여러 행사나 회의에 참여하면서다. 강지원 쌤이 당시 초대 청소년보호위원회 위원장으로 일할 때이니 벌써 20여 년 전이다.

당시 나는 강 쌤을 보면서 청소년에게 매우 특별한 애정을 품고, 각별한 사명감을 갖고 있는 분임을 느낄 수 있었다. 한 행사의 인사말에서 반성매매운동단체의 소식지를 보고 난 뒤 당신도 '윤락(淪落)'이나 '매춘(賣春)' 대신 '성매매(性賣買)'라는 용어를 사용하게 되었다며, 별 생각 없이 사용해 오던 용어의 문제점을 알게 해 준 단체 활동가 분들께 감사드린다고 한 것은 인상적이었다.

검사로, 변호사로, 공무원으로 거침없이 달려온 분이 NGO 활동을 존중하고 응원해 주다니, 당시만 해도 보기 드문 일이었다. 또한 강지원 쌤은 우리 상담소를 비롯한 여러 단체들의 후원행사마다 지원을 아끼지 않았을 뿐 아니라, 바쁜 가운데도 직접 참석하여 자리를 빛내 주었다.

강지원 쌤과는 정부의 위원회에서도 많이 만났다. 특히 여성가족부의 정책자문위원회 소위원회 활동을 같이했다. 피해자 지원 관련 소위원회였고, 강지원 쌤이 위원장이었다. 나는 우리 정책 패러다임이 '피해자 보호'를 넘어 '피해자 권리보장'으로 진화해야 한다는 주장을 했고, 강지원 쌤은 이를 적극 지지해 주었다. 덕분에 나는 이후로도 법무부의 정책위원회나 대검찰청의 정책자문위원회, 행정안전부의 경찰위원회, 그리고 최근 참여하고 있는 법무부의 법무·검찰개혁위원회 등에서도 이러한 입장을 소신 있게 펼치고 있다.

강지원 쌤은 KBS 라디오 '안녕하십니까, 강지원입니다', YTN 라디오 '강지원의 출발 새 아침', 그리고 EBS TV '선택, 화제의 인물' 등의 프로그램을 진행하며 방송에서도 활약했다. 주요 이슈가 있을 때마다 진행자인 강지원 쌤이 우리 활동가들을 스튜디오에 초대하거나 생방송 전화 인터뷰를 통해 이야기를 나눈 것도 여러 번이었다.

그중 기억에 남는 것은, 2014년 여름에 방송한 EBS TV의 '만나고 싶습니다'이다. 강 쌤이 진행하는 것은 아니었고, 사회명사가 만나고 싶은 사람과 대담하는 프로그램이었다. 당시 나는 이화여자대학교 리더십개발원의 특임교수로 있었는데, 방송국에서 온 한 통의 전화를 받고 깜짝 놀랐다. 강지원 쌤께서 반성폭력 운동 현장에서 함께한 나를 대담자로 초빙했다는 것이었다. 당신의 스승님들은 벌써 고인이 되셔서 초빙할 분이 안 계신다는 설명도 덧붙였다. 감사했지만 많이 쑥스럽기도 해 처음에는 사양했다. 방송 PD로부터, 2004년 우리 사회를 발칵 뒤집어 놓았던 밀양 집단성폭력 사건을 되돌아보는 의미 있는 시간이라는 설명을 듣고는 결국 설득되어 방송에 참여했다.

우리는 그날 방송에서 밀양 집단성폭력 사건의 의미와 소회 등을 나누었고, 청소년운동과 반성폭력 운동을 하면서, 사람을 존중하는 것, 특히나 따뜻한 시선이 얼마나 중요한지를 깨달았노라고, 그리고 그 운동이 누구보다도 우리 자신을 성장시켰다고, 이 현장이 늘 가슴 뛰게 한다는 이야기를 나누었다.

강지원 쌤은 가끔 예상치 못한 모습도 보여 주는데, 무엇보다 정의롭지 못한 일에 대해서는 거침없이 독설을 퍼붓는 바람에 옆 사람이 안절부절 못하기도 한다. 2012년에는 18대 대통령선거에 대선 후보로 출마하여 사람들을 놀라게 했다. 그때 청운동 캠프에 응원을 갔었다. "내가 꼭 대통령이 되려고 하는 게 아니라 잘못된 선거판에 문제를 제기하려고 출마한 것이다"라고 한 말씀이 기억난다. 후원금을 드렸더니, NGO 활동가가 무슨 돈이 있냐며 한사코 되돌려주고, 귤 한 상자만 받으셨다. 그렇게 배려가 깊은 분이다.

언젠가 한국여성단체연합 후원의 밤 행사가 종로의 조계사에서 있었다. 강지원 쌤이 나무 아래 설치된 무대에 올랐다. 나비넥타이에 검은 슈트를 입고 열정적으로 노래를 불렀다. 그때 우리는 강지원 쌤의 또 다른 매력을 보았다. 그리고 '돈키호테'라는 별명을 붙였다.

그분은 나이가 전혀 중요하지 않음을 보여 준다. 언제나 열정적으로 일을 찾아 나서고, 당신이 가진 능력으로 우리 사회가 조금이라도 더 정의로워지도록, 세상이 더욱 살 만한 곳이 되도록 실천하는 그 모습을 닮고 싶다. 우리는 많은 분들의 성원과 지원에 힘입어, 성폭력 피해자의 아픔을 헤아리고 성폭력 없는 성평등 사회를 만들어 가고자 하는 반성폭력운동에 더욱 힘을 쏟을 것이다.

조중신

전 한국성폭력위기센터 소장

성폭력 사건의 걸림돌과 디딤돌

올해의 성폭력 피해자 인권보장을 위한 수사와 재판 과정상의 디딤돌과 걸림돌은 누구일까? 전국의 많은 성폭력 상담시설의 연합체인 전국성폭력상담소협의회(이하 전성협)은 매년 정기총회에서 디딤돌과 걸림돌을 선정, 발표한다. 그 즈음이면 많은 관계자들이 촉각을 곤두세우곤 한다. 나는 한국성폭력위기센터 소장으로서 2011년부터 2017년 12월 65세로 정년퇴직을 할 때까지 이 일을 집행했다. 그 후에는 박윤숙 소장이 맡고 있다.

2004년 전성협에서는 매해 '올해의 여성인권 존중을 위한 수사·재판과정에서의 디딤돌·걸림돌'을 선정하는 시민감시단 사업을 개시했다. 시민감시단 사업은 그때부터 2010년까지 한국성폭력상담소에서 주관하여 집행했다. 당시 한국성폭력상담소 이미경 소장이 전성협의 상임대표였기 때문이다. 2011년부터는 한국성폭력위기센터가 여성가족부 무료법률지원사업을 위탁수행 중이어서 전국에서 진행되는 성폭력 사건의 수사 및 재판과정을 모니터링하고 취합하는 것이 용이해 이 사업을 넘겨받아 집행했다. 나는 2006년 15년간 활동하던 한국성폭력상담소를 퇴직하고 상담심리학 박사과정을 거친 후 2008년부터 한국성폭력위기센터 소장으로 활동하게 되어 2011년부터 시민감시단 사업을 맡게 된 것이다.

심사위원회 위원장은 강지원 쌤이 맡아 처음부터 지금까지 매해 선정회의와 시상식에 참석하고 있다. 심사위원은 전성협 대표단, 변호사 4명, 법학자 1명, 초기 시민감시단장, 집행기관 소장 등 10명으로 구성돼 있다.

매년 11월까지 전국 성폭력피해자 상담기관에서 지원한 사건의 형사사법 절차를 모니터링해 우리 센터에 추천하면, 추천받은 내용을 정리하여 심사위원들이 검토하게 하고, 12월 중순쯤 전체 심사위원이 모여 선정하는 작업을 한다. 치열한 논의를 거쳐 연초에 열리는 전성협의 정기총회에서 그 결과를 발표하고 시상한다.

전성협 정기총회에서 시상식을 하기 전에 디딤돌, 걸림돌에 선정된 인물이나 그가 속한 기관에 공문으로 통보하고 시상식 전날 보도 의뢰를 하여 기자들이 시상식을 취재해서 전국적으로 보도가 된다. 가끔 걸림돌에 선정된 사람들이 선정에 불만을 갖고 항의하기 때문에 걸림돌 선정에 더 신중을 기하게 된다. 전성협 시민감시단 사업은 근본적으로 성폭력을 없애기 위한 입법운동은 물론 법의 시행 및 적용과정, 그리고 법 관행에 대한 감시와 견제가 지속적으로 필요하다는 인식에서 출발했다. 디딤돌은 수사·재판과정에서 성폭력 피해사건을 적극적으로 지원하며 의미 있게 진행한 개인 및 기관, 수사관, 재판부를 대상으로, 걸림돌은 성폭력문제 처리과정이나 수사·재판과정에서 성폭력 피해자에게 2차 피해를 준 조직이나 수사관 또는 재판부를 대상으로, 특별상은 사건이 발생한 조직의 대응 및 대처, 사건을 재조명하는 데 기여한 언론, 증언 및 기타 적극적인 개입으로 사건 해결에 도움을 준 시민 등 사건 해결에 기여한 공로를 대상으로 선정한다.

시민감시단의 수사·재판 모니터링은 전성협에서 제작한 체크리스트에 기반하여 운영된다. 특히 걸림돌 추천 시 참고사항을 보면 다음과 같다.

수사과정에서 피해자가 원치 않는 합의 강요, 피해자의 정보(인적사항, 연락처)가 가해자나 주변인들에게 노출되었는지 여부, 성경험 등에 대한 질문, 가해자와의 대질신문 강요, 형사사건화 기피, 신뢰관계자 동석이 가능한지 안내 여부, 고소절차 및 수사과정·진행상황에 대해 피해자가 알기 쉽게 안내했는지 여부, 검찰이 결정(무혐의, 불기소 등)에 대한 이유를 충분히 설명했는지 여부, 재판과정에서 피해자 법정 출석 시 증인보호조치가 있었는지 여부, 별도 출입문 사용 여부, 법정 경위의 보호·동행 여부, 비공개 심리 및 피고인 배제, 신뢰관계 있는 자 동석 등을 통한 피해자 보호조치가 있었는지 여부, 증인 대기실 장소 구비, 법원 내 장애인 시설 구비 여부, 증인 신문 중에 불필요한 수치심 유발 또는 비난조의 질문을 했는지 여부, 피해자에게 경어를 사용하는지 여부, 피해자를 불신하거나 책임 추궁하는 등 위협적인 태도를 보이는지 여부, 수치심 유발 가능성이 있는 질문이 있었을 때 적극 제지했는지 여부, 피해자의 진술을 끊은 경향이 있는지 여부 등.

시민감시단에서 발표한 '올해의 여성인권 존중을 위한 디딤돌·걸림돌' 선정 내용은 전성협의 '정기총회 및 성폭력 수사 재판 시민감시단 활동 보고' 자료집에 수록되고 그 자료는 전성협 카페에서 열람 가능하다.

디딤돌 선정 현황은 〈표 2〉에서 보듯이 재판부가 45건으로 전체의 47.3%를 차지해 가장 많은 수를 보이고 있다. 이어서 경찰 30건(31.3%), 검찰 21건(21.9%) 순으로 나타난다. 이와 같은 분포는 수사 단계인 경찰과 검찰의 역할은 판결문 분석으로 대신할 수 있는 재판부의 모니터링에 비해 쉽지 않은 측면이 있음을 짐작하게 한다. 걸림돌에 재판부가 가장 많은 것도 같은 맥락으로 볼 수 있다. 따라서 이 결과로 우리나라 형사사법절차상 재판부가 가장 인권감수성이 높다거나 또는 검사가 가장 낮다고 일반화할 수는 없다.

〈표 1〉 연도별 디딤돌, 걸림돌 선정 현황 (단위: 건 수)

	'04	'05	'06	'07	'08	'09	'10	'11	'12	'13	'14	'15	'16	총계
디딤돌	4	6	6	7	7	8	6	7	11	7	10	9	6	94
걸림돌	7	6	4	7	6	4	5	7	2	6	6	5	5	70
특별상*	-	-	-	-	-	1	2	2	3	2	-	1	1	12
합계	11	12	10	14	13	13	13	16	16	15	16	15	12	176

* 특별상은 사건 진행을 도운 학교 교사나 법원 내 젠더법연구회, 장애인복지재단 직원, 여성신문 통합미디어국 기자, '그것이 알고 싶다' 제작진 등 성폭력 피해자의 권익 증진에 특별한 의미가 있는 사례 선정.

〈표 2〉 연도별 디딤돌 선정 현황 (단위: 건 수)

	'04	'05	'06	'07	'08	'09	'10	'11	'12	'13	'14	'15	'16	총계(%)
경찰	1	2	2	2	2	2	2	-	3	4	2	5	4	30(31.3)
검찰	-	-	-	1	1	2	3	1	6	1	2	3	1	21(21.9)
재판부	3	4	4	3	4	5	2	6	5	2	5	1	1	45(47.3)
기타	-	-	-	1**	-	-	-	-	-	-	1***			1(1.1)
합계*	4	6	6	7	7	9	6	7	14	7	8	9	6	97(100)

* 2009년 한 사건에 검사·판사, 2012년에는 두 사건에 각각 검사·판사, 경찰·검사·판사, 2016년에 검사·판사를 동시에 선정했기 때문에 합계는 총계와 5건의 차이가 있음.

** 국가인권위원회 조사관

*** 군 수사관

연도별 변화 추이도 유의미한 차이를 드러내지는 않는다. 다만, 초기 3년 동안에는 한 건도 디딤돌로 선정되지 않았던 검찰이 2012년에는 6건 선정된 것이 큰 변화로 읽힌다. 이는 검찰에 대한 모니터링이 시민단체들에 의해 활발히 진행되고 있음을 나타내는 동시에 검찰의 긍정적인 변화가 체감되는 부분이기도 하다.

성폭력 없는 세상 만들기
전국성폭력상

13년 13차 정기총회
13차 총회

17차 정기총회

익산경찰서 백우현 수사관

폭력상담소협의회 17차 정기총회

2017년도 시민감시단 사업
수사·재판과정에서의 성폭력피해자

성폭력상담소협의회 제18차 정기
2018년1월23일(화) 오전10시30분~오후4시
서울여성플라자 국제회의장

2019 전국성폭력상담소협의회 정기총회

2019 전국성폭력상담소협의회 정기총회

걸림돌 선정 현황은 전체 74건 중에서 재판부가 54건으로 전체의 72.9%를 차지하고 있으며, 검찰 12건(16.2%), 경찰 5건(6.7%) 순이다. 이처럼 재판부가 디딤돌이나 걸림돌에 많은 비율을 차지하는 것은 앞에서 언급했듯이 재판부에 특별히 문제가 있어서라기보다 판결문이 남아 있어 형사사법절차 중에서 비교적 모니터링이 쉬운 측면이 작용한 것으로 본다. 그러나 재판부의 판결은 우리 사회 구성원들에게 성폭력을 판단하는 근거가 되기 때문에 이와 같은 디딤돌, 걸림돌 선정이 갖는 의미가 매우 크다고 볼 수 있다.

또한 2013년부터 군대 내 성폭력사건이 외부로 알려지고 사회적으로 대두됨에 따라 그 후에는 보통군사법원, 헌병대, 육군본부 등이 선정되기도 했다.

> 폐쇄적인 군대 문화 속에서 피해자가 죽음으로 호소했던 가혹행위와 성적 괴롭힘에 대해 단호하게 처벌함으로써 군대 내의 왜곡된 병영문화 개선에 기여할 좋은 판결을 내릴 수 있는 기회였음에도 피고인의 입장을 더 많이 고려하면서 시대착오적인, 시늉에만 그치는 솜방망이 처벌 선고(2014).

> 군판사와 검찰관을 포함한 법무병과의 수장이 노 소령 성추행 사건의 1심 선고가 난 후 성폭력 피해 사실을 왜곡하고, 가해자에 대한 집행유예 판결이 정당하다고 옹호하는 기자 브리핑을 함으로써 성범죄 피해자를 보호해야 할 육군 법무병과 수장으로서의 지위를 망각하고 이후 항소심 등에 영향력을 행사할 여지를 남김.

> 군 참모장(대령) 가해자의 운전병 강제추행치상 사건 1심은 피해의 일부를 인정하여 징역 1년 집행유예 2년을 선고, 2011년 항소심도 징역 1년 9개월을 선고했으나 2013년 대법원에서 무죄취지로 파기 환송했고, 고등군사법원에서

무죄판결을 받은 뒤 대법원 3부에서 무죄로 최종 확정(2014).

병장인 가해자가 당시 일병인 피해자를 강제추행한 사건으로, 보통군사법원은 강제추행 사실을 인정하면서도 가해자가 초범이고 자신의 잘못을 뉘우치고 있다는 점을 들어 선고유예로 판결(2015).

한편 지역 상담기관에서는 성폭력 사건에서 수사진의 협조가 절대적인 변수인데, 지역 경찰이 걸림돌로 선정되면 차후 성폭력상담소에서 지원하는 사건에 대해 부정적으로 임할 것을 우려하여 추천을 꺼리는 현상이 나타나기도 한다.

걸림돌 수상자의 거센 항의로 가끔은 신변 위협도 느끼고 손을 떼고 싶은 적도 있었지만, 이 주제로 경찰교육을 해 달라는 요청이 오거나 해마다 1월이면 검사들이 누가 걸림돌로 선정됐는지 관심을 갖는다는 얘기를 들으면 이 사업이 피해자 보호에 긍정적인 영향을 미치는 것 같아 보람을 느끼기도 한다.

1991년 한국성폭력상담소가 개소했을 때 1기 상담원으로 자원활동을 시작

〈표 3〉 연도별 걸림돌 선정 현황 (단위: 건 수)

	'04	'05	'06	'07	'08	'09	'10	'11	'12	'13	'14	'15	'16	총계(%)
경찰	1	-	1	-	-	-	-	1	-	1	-	1	-	5(6.7)
검찰	2	1	-	-	1	1	1	1	1	3	-	-	1	12(16.2)
재판부	4	5	3	7	5	4	4	4	1	2	5	4	6	54(72.9)
기타	-	-	-	-	-	-	-	1**	-	1	1***	-	1****	3(3.0)
합계*	7	6	4	7	6	5	5	7	2	6	6	5		74(100)

* 2009년에 한 사건에 검사·판사를 동시에 선정했기 때문에 이 표에서는 걸림돌 총 합계에 차이가 있음.

** 기자 *** 육군본부 **** 기자

하면서 성폭력 피해자들을 만나기 시작한 지 20여 년이 넘었다. 고통스런 사연을 함께하면서 그 아픔에 압도되기도 하고, 법과 제도의 한계에 부딪칠 때마다 분노하고 좌절하기도 하고, 스스로 계몽적이거나 시혜적이 되지 않기 위해 늘 조심하지만, 충분히 공감하지 못하는 소심하고 회의적인 나에게 화가 나기도 하고 가끔 지치고 고갈되는 것을 느끼곤 했다.

그러나 주변에서 태생적으로 그런가 싶을 정도로 높은 인권감수성을 갖고 사욕 없이 꾸준히 참여하는 많은 여성운동가들, 인권변호사들을 보며 늘 자극과 감동을 받는다. 그들을 지켜보면서 다시 마음을 다잡고, 지속적으로 활동할 수 있는 에너지를 받는다. 강지원 쌤 역시 그런 분이다.

강 쌤이 언제나 청년처럼 맑고 열정적인 모습으로 양손에 노르딕 스틱을 쥐고 전철을 타고 다니는 모습을 보면 나도 저렇게 나이 들고 싶다는 생각을 한다. 이 세상을 보다 건강하고 자유롭게 만들고자 하는 열정이, 청소년과 여성에 대한 관심과 지원이, 후배들에게 감동을 주고 에너지원이 되고 있음을 감사히 여기며, 내내 강건하시기를 기도한다.

앞으로도 시민감시단 사업은 우리 사회에서 성폭력 사건 수사·재판의 '걸림돌' 수상자가 없어지는 그 날까지 지속될 것이다.

김미랑

탁틴내일연구소 소장

성착취에 내몰리는 아이들

지난 일을 돌이켜보면 특별히 기억나는 청소년들이 있다. 모두 성산업에 유입되어 끔직한 피해를 입었던 청소년들이다.

A는 친부로부터 가정폭력과 성폭력을 당하다가 고1 때 가출해서 유흥업소에서 일했다. 그때 만난 40대 남자에게서 생애 처음으로 사랑을 받았고 행복했다고 말하던 A는 도움을 주려는 우리를 오히려 나쁜 사람으로 여겼다. 난생 처음 감기약을 사다 주고 병원을 데려간 사람이 업주였으니, 업주로부터 자신을 분리시키려는 우리가 A에게는 나쁜 사람이었던 것이다. 가끔 법적 절차를 진행하는 중에 오히려 석방 탄원서를 제출하는 경우가 있었는데, 그런 상황은 그루밍(grooming)으로 인한 것이었다. 그루밍(grooming)이란 성착취를 수월하게 하고 범죄의 폭로를 막으려는 목적으로 신뢰를 쌓거나, 성적 가해 행동을 자연스럽게 받아들이도록 하기 위해 대인관계 및 사회적 환경이 취약한 대상에게 다양한 통제 및 조종 기술을 사용하는 것을 가리킨다.

B는 부모의 무지함으로 호적도 없이 전국의 티켓다방을 전전했다. 호적이

없으니 어디서도 제대로 된 일을 할 수 없었고 늘 급여를 떼이고도 받아 내지 못하는 일들을 겪으면서 그야말로 악바리가 되어버린 청소년이었다. 티켓다방에서 구해 내어 쉼터에 보내면 갈등을 빚다가 1~2주를 버티지 못하고 퇴소하기를 반복했다. 내가 B에게 해 준 것이라고는 메일을 보내고 가끔 서울 오는 차비를 부쳐 주는 정도였을 뿐, 대개는 무력감과 자괴감에 시달릴 때가 많았다. 그래도 그 힘이 도움이 되었다며 아직도 스승의 날 즈음이면 연락을 해 온다. 그때 버텨 주셔서 감사하다고…….

C의 사연은 오랜만에 열어본 메일함에 여전히 남아 있다. 지금은 어디서 무엇을 하는지 문득 생각이 들곤 한다. 어머니는 가출하고, 아버지는 병석에 누워 있으며, 오빠는 교도소에 가 있는데, 뭘 먹고 살라느냐며 자기 밥줄 끊어 놓는다고 화를 내고 광화문 청사 앞에 가서 드러눕겠다고 했었다. 그래도 어찌어찌해서 티켓다방을 나오기로 한 날, 경찰은 출동했지만 그 자리에 없었다. 얼마 후, 먹고살 길이 없어 이 일이라도 해야 한다고 '미안하다'는 연락을 보낸 그녀에게 더 할 말이 없었다. 얼굴 한번 만나지 못하고 메일과 전화로만 연락을 이어가던 그녀에게서 한동안 소식이 없었다. 다시 연락이 와서 그로부터 1년 이상 메일을 주고받았지만, 그녀는 어디에 있는지를 다시는 말하지 않았다. 세상과 사람에 대한 신뢰를 잃어버린 C에게 그 정도의 인연이란 그다지 도움이 되지 못했던 것 같다. 언젠가 한번은 친구와 찍은 사진을 보내 왔는데, 그녀는 동그란 얼굴에 긴 생머리를 한 앳된 모습이었다.

성산업에 유입된 청소년을 피해 청소년으로 바라보지 못하는 시각은 아직도 여전해서 사람과 세상에 대한 신뢰를 잃어버린 아이들에게 비난의 시선을 보낸다. 때로는 이를 견디다 못한 아이들을 죽음으로 몰고 가기도 한다.

청소년인권보호센터(이하 센터) 일을 시작한 것은 2003년 봄부터였다. 재충전을 위해 잠시 쉬려고 했던 때에, 강지원 변호사로부터 성매매 청소년과 관련된 일을 해 보지 않겠느냐는 제안을 받아 선뜻 결정을 내렸다. 이미 청소년을 상담하면서 성매매 청소년을 만나 본 경험이 있어서 크게 어려움이 없을 것이라 생각했다. 하지만 지금 생각해 보면 아쉬움이 많이 남고, 부족함도 많았다. 짧다면 짧은 2년이었지만, 티켓다방, 선불금, 차용증, 업주 등등 낯선 단어들이 쓰인 공을 청소년들과 함께 받아 내야 했던 시간이었다.

강지원 쌤은 이전부터 가끔씩 뵙기는 했지만, 변호사이면서 청소년 문제에 관심이 많은 분이라는 정도만 알고 있었다. 처음, 사업계획서를 써서 쌤을 만나기로 한 날, 호텔 커피숍의 분위기는 크고 낯설고, 무겁게 가라앉아 있었다. 아마도 새롭게 일을 시작하는 내 마음이 긴장한 탓일 것이다. 어설픈 사업계획서를 보고도 별말씀 없이 좀 더 구체적으로 사업계획을 세워 보라고 권했다. 인권보호센터 일을 하는 내내 처음이나 일을 마무리할 때나 늘 변함없이 스스로 할 수 있는 기회를 주었다. 제안하시고, 기다려 주고, 또 다시 생각해 볼 기회를 주었다. 그러는 동안 많은 경험을 하고 더 성장할 수 있었다.

센터 활동을 마무리할 때도 마찬가지였다. 단체 일과 상담 일을 놓고 고민하다가 대학교 상담실로 자리를 옮기기 위해 의견을 말씀드렸을 때도 흔쾌히 내가 원하는 일을 할 수 있도록 배려했다. 갑작스런 이직이라 혼자서 끙끙거리며 고민했던 것이 무색할 정도로 편하게 대해 주었던 것이 내내 감사했다. 그렇게 해서 2년여에 걸친 센터 활동을 마무리했다.

이 시기는 강지원 쌤이 한참 신문, 방송 등 언론매체를 통해 청소년 인권에 대한 사회적 관심을 환기시켰던 때였다. 나도 청소년에 대한 관심과 열정이 한창 세상과 맞닿아 있던 때라 심리 상담에서 실질적인 법률 지원까지 가능한 체계는 매우 매력 있는 일이었다. 이때의 경험이 상담을 하면서도 사회 구조적인 문제에 관심을 놓지 못하게 한 힘이 아니었나 생각해 본다.

센터는 (사)어린이청소년의전당 부설단체로서, 국무총리 청소년보호위원회 산하의 법률지원단 사무국 역할을 했다. 성착취 피해 청소년 법률지원 및 인권 보호를 목적으로 한 국고보조 사업으로, 주로 유흥·향락업소 고용 청소년에 대한 성착취 피해상담 및 법률구조를 진행했다. 총 사업기간은 2003년 4월부터 2005년 7월까지였다.

센터는 강지원 쌤이 대표 변호사로 있던 법률사무소 '청지' 사무실 한편에 자리를 잡았다. 나는 상담팀을 맡아서 전화 또는 면접상담을 한 후, 심리상담을 진행할 것인지 아니면 바로 법률지원으로 연계할 것인지 내담자와 의논하여 결정하는 일을 했다.

나는 센터 소장으로 있었고, 이상임 간사가 상근했다. 법률지원은 주로 '청지'의 젊은 변호사들, 박민재, 장현우, 이성환 변호사 등이 도움을 주었다. 때로는 외부 변호사들이 함께 도와주기도 했다. 당시 함께했던 청지의 한영미 사무장도 많은 도움을 주었다. 많지 않은 인원이었지만, 다시 돌아보니 함께 열정적으로 일했던 감회가 새롭다.

당시는 강지원 쌤이 워낙 청소년 문제나 성매매 관련한 일에 집중하던 때여서 센터는 다양한 사람들로 늘 북적거렸다. 청소년 인권과 관련해서 억울함을 느끼던 사람들이 자유롭게 사무실을 드나들었고, 강지원 쌤에게 도움을 청하기 위한 문턱은 매우 낮아서 누구나 쉽게 쌤을 만날 수 있었다. 이렇게 말하면 가볍게 느껴질 수 있겠지만, 나는 그것을 강지원 쌤의 자유로움과 세상 사람들을 널리 이롭게 하려는 홍익인간의 마음이 반영된 것이라고 생각한다.

센터에서는 주로 성매매에 유입된 청소년을 지원했다. 이들은 성피해 또는 성착취의 위험이 있는 티켓다방, 유흥·향락업소 등에 고용되어 있는 청소년이었다. 이들 청소년은 수도권 일부뿐 아니라 각 지역에 산재해 있으며, 이동거리가 전국적이어서 각 지역단체에서 청소년 성보호에 앞장서고 있는 실무자와 연계망을 형성하여 적극 지원할 수 있는 방법을 모색했다.

법률지원은 대개 전화상담을 통해 먼저 연결되고, 법률자문이나 직접적인 법적 지원은 면담을 통해 이루어졌다. 먼저 1~2회 이상의 전화상담(당시 02-598-1318)을 통해 어느 정도 신뢰감이 형성된 다음에 직접 대면을 했다. 대개의 경우, 자신들이 보호받을 수 있는 권리에 대한 정보가 없었을 뿐만 아니라 업주의 횡포와 협박에 도저히 항거할 수 없을 정도의 무력감을 가지고 있었다. 법보다 주먹이 가깝다는 것을 늘 몸으로 느끼면서 살았기 때문에, 직접 법에 호소하여 자신들의 권리를 보장받을 수 있다는 것에 대해 의구심을 가지고 있었다.

가장 먼저, 청소년들에게 기성세대와 사회에 대한 신뢰를 바탕으로 법적인 인권보장에 대한 확신을 주는 것이 중요했다. 특히 가출하여 성매매에 유입된 청소년들은 전국적으로 연계망을 형성하고 있기 때문에 하나의 전형이 긍정적으로 성립될 경우, 확산될 가능성이 크다고 생각했다. 이를 위해서는 1차적인 상담과정에서부터 법적 지원에 이르기까지 청소년 성보호와 인권보호에 대해 애정을 가진 사람들의 네트워킹이 중요했다. 동시에 이러한 과정이 언론을 통해 보도되면 대국민 홍보와 더불어 청소년 성보호에 대한 인식을 제고하게 될 것이며, 법적·제도적 개선에 대한 필요성이 부각될 것이라는 취지로 활동했다.

결과적으로 청소년 성매매, 성폭력뿐만 아니라 학교폭력, 아르바이트 관련, 가정폭력, 자녀 학대 등 말 그대로 청소년 인권과 관련한 활동을 두루 하게 되었다. 상담을 통한 심리 지원뿐만 아니라 형사, 민사, 행정, 가사 소송 등 법적 지원에 이르기까지 실질적인 도움을 주고자 했다.

첫해인 2003년에는 사업을 위한 기초 단계로서 각 단체의 실무자들을 위한 법률상담 실무교육을 진행하였고, 10월 14일에는 국가인권위원회 배움터에서 '성피해 청소년의 법적 고통 사례 발표 및 대안 모색을 위한 심포지엄'을 개최

청소년보호위원회 인권보호 법률지원단 위촉장 수여식
2004년 7월 3일

청소년의성보호에관한법률」 개정안에 대한 전문가 좌담회

청소년 성 보호를 위한
법률상담실무교육

청소년 성 보호를 위한 법률상담 실무자 워크

성 피해 청소년의 '법적고통' 사례발표 및 대안모색 심포지엄
시 : 2003년 10월 14일(화) 14:00~17:00
최 : 국무총리청소년보호위원회, 성피해청소년법률지원단
장소 : 국가인권위원회 배움터 2
주관 : 청소년인권보호센터
'03 10 14

하여 120여 명의 실무자들이 함께하였다. 홍보물을 제작하여 배포하기도 하고 이메일을 이용한 상호작용도 많이 했다.

그때 애용하던 문구가, 가수 이지상의 노래 '황혼'의 노랫말 중에서 '살아온 날들의 상처가 살아갈 날들의 새살이 될 때까지'였다. 그런 심정으로 청소년들을 만났다. 청소년들이 들려주는 힘든 삶의 얘기를 듣다 보면 우리도 힘들어질 때가 있어서, 이상임 간사와 콘서트나 연극을 보러 다니면서 쌓인 감정을 풀어내기도 했다. 가끔은 강지원 쌤이 후원한 단체의 일일호프 티켓을 받아 여흥을 즐겼던 시간도 있다. '청지'의 젊은 변호사들과 짬짬이 즐거운 시간을 가진 것도 큰 활력이 되었다.

다음해인 2004년에는 본격적으로 많은 일을 할 수 있었다. 기본적으로 상담전화를 운영했고, 피해청소년 법률구조활동으로서 손해배상청구를 진행했다. 이를 위해 38명의 변호사들을 법률지원단 변호사로 위촉했다. 7월 3일에 청소년보호위원회 위원장실에서 위촉식이 있었다. 당시 위촉된 '청소년 인권 보호 법률지원단' 변호사는 강지원 외 37명이었다.

서울지역 8명(강지원, 박민재, 이성환, 장현우, 변웅재, 위은진, 한상인, 황용환), 강원 6명(황동규, 이종필, 홍지훈, 김희근, 박형수, 김재성), 경남 5명(황석보, 최성도, 차정인, 황정복, 남상업), 경북 5명(김연중, 최정식, 김용대, 이동형, 권준호), 경기 4명(김성훈, 박홍규, 정일배, 이성호), 전남 3명(신현일, 정치훈, 박창훈), 부산 2명(변영철, 이용운), 울산 2명(송철호, 최용석), 충남 2명(여운철, 이병선), 충북 1명(최석진) 등 총 38명이었다. 그분들에게 이 자리를 빌려 감사드린다.

10월 19일에는 서울여성플라자에서 관련 기관 및 단체 실무자 60여 명이 참석하여 청소년 성보호 법률상담 실무자 워크숍을 진행했다. 법률지원 전문가 자문회의도 세 차례에 걸쳐 진행되었다. 특히 단체 실무자들의 청소년 성매매 법률상담에 대한 이해와 능력을 제고하고, 법률상담 및 법적 지원 과정을 공유하고자 '완전초보, 청소년 성매매 법률상담 실무 따라잡기'라는 청소년 성매매 법률상담 매뉴얼을 제작하기도 했다. 참으로 어설픈 작업이었지만, 많은 열정을 쏟은 일이었다.

그리고 11월 1일에는 '청소년의 성보호에 관한 법률 개정을 위한 청소년 성보호 전문가 좌담회'가 한국언론재단에서 있었다. 국무총리 청소년 보호위원회와 청소년인권보호 법률지원단이 주최하고 센터가 주관했다. 주제 발표는 '2004년 개정안 마련의 배경·경과와 주요쟁점'으로 심희기 교수(연세대)가 맡았고, 토론자는 김성수 교수(연세대), 이호중 교수(한국외대), 최은순 변호사, 이명화 관장(아하! 청소년성문화센터), 이미경 소장(한국성폭력상담소), 진영옥 여성위원장(전국교직원노동조합) 등이었다.

센터의 여러 일들에 강지원 쌤과 변호사 분들이 많은 도움을 주었지만, 세세하고 자잘한 살림살이와 행정업무는 주로 이상임 간사가 담당했다. 꼼꼼한 이상임 간사 덕분에 벌여 놓은 일들을 차분히 정리할 수 있었다. 그때 이후로 이상임 선생은 대학원에 진학하여 상담공부를 하였고, 지금은 한 아이의 엄마이면서 상담전문가로서 임용시험에 합격하여 상담교사로 활동하고 있다. 센터에서 함께하면서 깊어진 인연이 그이에 대한 특별한 감사와 애정을 느끼게 한다.

2005년에는 기존의 상담과 법률구조를 진행하면서 법률지원 활성화를 위한 연계망을 확대하고 지역 슈퍼비전을 실시했다. 이를 위해 4월 8일 '창원 여성의집'에서 단체 관련 실무자, 변호사 등 15명이 참석하여 성매매방지법 이후의 현장 현안 및 대책과 청소년 인권보호를 위한 법률적 지원에 관한 논의를 진행했다. 이즈음 강지원 쌤은 지역 강연을 활발히 하면서 청소년 인권에 대한 국민적 관심을 환기시켰다.

이러한 센터의 법률지원단 사무국으로서의 역할은 2005년 7월 31일 자로 마무리되었다. 당시는 문화관광부 청소년국과 청소년보호위원회가 통합되어 청소년위원회로 격상되면서 다양한 활동을 적극적으로 펼치기 시작한 때였다.

이 사업의 성과로는 성매매 청소년에 대한 전화, 인터넷, 면접상담 등을 통해 상호 신뢰감을 형성하고, 법적 지원 등을 통해 성매매 청소년의 인권을 신장하고 희망을 심어 주고, 법률구조 및 손해배상청구 등 직접적인 법적 지원을 통해 신체적, 정신적, 물질적 피해에 대해 보상을 받을 수 있는 기회를 마련하고, 청소년 인권에 대한 사회적 인식을 향상시킨 것이다. 특히 청소년 인권과 관련해서 성매매뿐만 아니라, 성폭력과 학교폭력의 심각성에 대한 국민의 인식을 제고하고, 법적·제도적 개선을 위한 논의의 필요성을 부각시키기도 했다.

특별한 일이 하나 더 있다. 사업이 진행되는 과정에서 피해자에 대한 2차 가해 문제가 제기되었고, 강지원 쌤은 경찰이건 검찰이건 간에 불합리하고 부당하다고 생각되는 그 어떤 것에 대해서는 문제를 제기했다. 가해자 대질에 대한 문제를 제기하고, 변호사와 검사에 대한 손해배상소송을 제기하기도 했다. 수개월에 걸친 재판 결과가 그다지 긍정적이지는 않았지만, 처음으로 2차 가해·피해에 대한 문제를 환기시킨 것은 매우 중요한 일이었다. 2차 가해·피해는 피해 후유증에 큰 영향을 미치는데도 아직도 덜 중요하게 다루어지는 것 같아 속상하고 안타까운 마음이 크다. 다시 돌이켜보면 쌤은 할 수 있는 모든 일들을 열정적으로 하는 분이시다.

센터 일을 정리한 다음 수년 전까지만 해도 가끔씩 센터 소장님이냐고 묻는 전화가 오고, 청소년 인권 관련한 인터뷰 요청을 받을 때가 종종 있었다. 이제는 그 일을 하고 있지 않지만 상대방과 잠시 대화를 나누다 보면, 청소년 인권은 아직도 갈 길이 멀구나 하는 생각을 하게 된다. 여전히 청소년들은 존재로서, 또는 삶에서 어려움을 겪고 있으며, 먹고살기 위해서, 때로는 다른 이유로 성 관련 산업에 유입되고 있다.

여전히 청소년 '보호'와 '연령'에 관한 논란이 있고, 때로는 청소년들이 이를 거부하기도 하는 것을 알고 있다. 그러나 '미숙하고 불완전하고 모자라기 때문에 보호하는 것이 아니라, 그 자체로서 완전하고 존중되어야 할 존재이며, 따라서 성년에 이르기까지 고유한 인격이 조화롭고 완전하게 발현하도록 발달해 가는 과정을 방해하지 않고 온전하고 건강하게 성장하도록 보호하고 좋은 환경을 만들어 줄 필요성'[임수희, 2017, "아동·청소년 성범죄 속 그루밍(Grooming), 어떻게 볼 것인가?" 토론회 자료집, 112쪽]이 있기 때문에, 여전히 '청소년 보호'는 중요하다고 생각한다. 즉 청소년이, 어른이 되기 위한 '온전한 발달과 성장'을 누릴 권리가 있다면, 어른들은 이러한 과정이 온전히 이루어질 수 있도록 보호해야 할 의무가 있는 것이다.

2003년 첫 심포지엄을 여는 마음을 '벌써 살폈어야 할 것들을, 이제야 돌아보는 무심함을 반성하는 자리'라고 했는데, 어째 이 말은 아직도 유효한 듯하다. 그때 일을 돌아보고 지금을 살펴보니, 마음 한편이 묵직해지며 여전히 책임감(responsibility=response+ability, 소암 이동식 선생님 풀이) 있는 어른이지 못함이 부끄럽다. 그럼에도 그때가 그립고 또 감사하다. 자유롭고 열정적인 쌤의 모습을 좋은 어른의 모습으로 오래도록 기억할 것이다.

변정애
한국여성인권진흥원 팀장

종이학을 접는 성매매 피해 여성들의 눈물

오늘도 아침에 출근하며 사무실에 들어서는데 강아지 토피어리가 제일 먼저 나를 반갑게 맞아 준다. 토피어리는 한국여성인권진흥원 성매매방지중앙지원센터의 전신인 여성인권중앙지원센터 '종이학' 때부터 10년을 훌쩍 넘게 째 우리 사무실을 지키고 있다. 2006년 현장의 성매매 피해자 지원기관에서 자활물품을 판매할 때 강지원 쌤이 사 준 것이다.

2000년 9월 19일에 발생한 군산 대명동 성매매 집결지 화재사건과 2002년 1월 29일 발생한 개복동 성매매 집결지 화재참사는 우리나라 반성매매운동의 기폭제가 되었다. 각각 5명과 14명이 사망했는데, 업소의 문이 밖으로 잠겨 있어 탈출하지 못하고 감금된 채 희생된 참사였다. 성매매 집결지에서 늘 종이학이 발견되듯 그곳에도 종이학이 있었다. 집결지 안에 갇혀 있던 여성들은 1,000개를 접으면 그곳을 벗어나 자유롭게 거리를 거닐 수 있으리라 꿈꾸었던 것일까? 억압에서 벗어나 자유롭게 비상하고 싶었던 그들의 미래에 대한 희망, 종이학은 이후 여성인권중앙지원센터의 상징물이 되었다.

두 화재참사가 계기가 되어 여성인권운동단체를 중심으로 성매매방지법 제정을 촉구하는 운동이 시작되었고 2003년는 국무총리실에 '성매매방지대책기획단'이 설치되었다. 강지원 쌤은 기획단의 공동단장을 맡아 성매매 방지 관련 법률 제정과 각 부처별 중점 과제를 추진했다.

그리하여 2004년, 현장 단체의 주장이 모두 수용되지는 못했지만 '성매매방지 및 피해자보호 등에 관한 법률(이하 성매매방지법)'과 '성매매알선 등 행위의 처벌에 관한 법률'이 제정, 시행되기에 이르렀다. 법의 제정에 따라서 성매매 현장에서 보다 효과적으로 피해여성들을 구조하고 지원하기 위해 허브 역할을 할 수 있는 시스템이 요구되었다. 이에 여성인권운동단체들이 힘을 모아 2005년 '(사)여성인권을 지원하는 사람들'을 설립했다. 11월 25일에는 성매매 피해여성 구조와 지원을 위한 최초의 중앙기관인 여성인권중앙지원센터 '종이학'을 여성가족부로부터 위탁받아 문을 열었다. 강지원 쌤은 사단법인 '종이학'의 초대 이사장도 맡아 주었다.

'종이학'에서는 그 당시 전국의 현장 단체 성매매 피해여성 상담소 28곳, 지원시설 35곳, 자활지원센터 2곳 등 60여 개소 간의 종합 연계망 구축사업과 성매매방지 상담원 양성교육, 전국 성매매 집결지 실태조사, 성매매 피해여성 지원 매뉴얼 개발, 탈성매매 여성 자활 프로그램 개발·보급 등의 사업을 진행했다. 우리나라에서 처음으로 시작하는 뜻깊은 사업이었다.

'종이학'은 2008년 말 문을 닫게 되고, 성매매방지법을 근거로 2009년 4월 20일 (재)한국여성인권진흥원이 발족하여 사업을 수행하고 있다. 센터의 사업은 크게 성매매방지 지원기관 간 연계 등 국내외 네트워크 강화, 탈성매매 여성 자립·자활 지원, 상담원 등 종사자 양성 및 역량 강화, 성매매방지 인식 개선 홍보, 국제개발협력사업(개도국 성매매 등 여성폭력 방지 및 피해자 지원사업)으로 나눌 수 있다. 별도로 '아동·청소년의 성보호에 관한 법률' 시행령 제9조에 의한 성매매 피해청소년 치료·재활 사업이 있다.

나는 여성인권중앙지원센터 '종이학'의 개소 다음해인 2006년 1월부터 일을

세상에는
거래할 수 없는 것이
있습니다
2015 성매매 추방주간

성매매 없는 세상
아름다운 동행

성매매 없는
사회를 위하여

2006
성매매방지 상담원 양성교육
여성인권중앙지원센터

전국 성매매 업소 집결지 실태조사 보고서

자활지원정보
자활지원가이드 부록

자활지원
가이드

성매매 여성의
지속가능한 자활을
위한 대안 모색
2007년 9월 19일

성매매 여성의 사회통합을 위한
자활 유형별 지원 가이드

의료지원 매뉴얼

법률지원 매뉴얼

성매매 없는 세상을 여는
언론가이드

성매매 방지 및
피해자 보호를 위한
통합적 전략 모색
Expert Meeting on
Prostitution Prevention and
Victim Protection Strategy

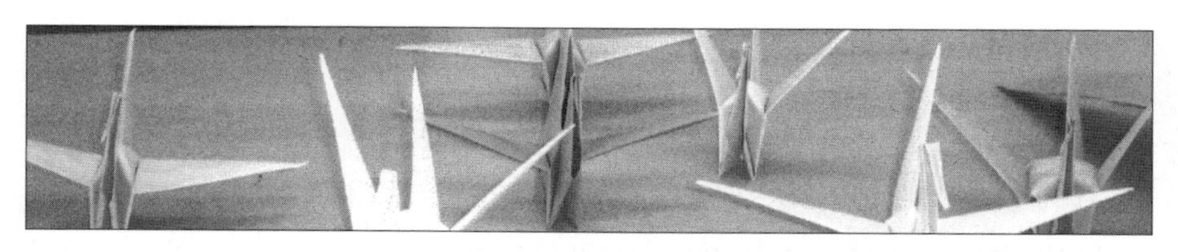

한국여성인권진흥원

성매매 유입 아동·청소년 어떻게 보호할 것인가?

2005 APEC
가족과 함
아름다운 미래
"성매매 없는
우리가 만들어요!"

시작했고, 그때 처음 강지원 쌤을 만났다. 그전부터 강지원 쌤의 명성을 들어왔고 매스컴에서도 자주 접했기 때문에 낯설지 않았다. 성매매방지법 시행 초기, 우리나라에서 반(反)성매매에 대한 인식이 거의 없었던 시기에 처음 시작하는 반성매매사업에 강지원 쌤이 이사장을 맡았다는 사실만으로도 인식 개선이나 홍보 면에서 많은 도움이 되었다.

나는 '종이학'에서 일하기 전 6년 남짓 반성매매 현장에서 활동가로 일을 했었다. 나의 예전 모습만 기억하고 있는 사람들은 어떻게 반성매매 영역에서 활동을 시작하게 되었느냐고 묻곤 한다. 그 계기는 학창 시절로 거슬러 올라간다. 사회복지라는 학문을 더욱 깊게 알기 위해 대학원에 입학하고, 세부 전공으로 여성복지를 선택하여 공부하던 중 사회학과 교수님의 특강을 듣게 되었다. 내용은 우리나라 성산업과 성매매 피해여성의 현실에 대한 것이었다. 그때 성매매라는 단어를 처음 들었고 우리나라 성산업의 구조, 피해여성들의 현실에 분노를 금할 수가 없었다. 마음 안에서 불덩어리 같은 것이 일어났고, 나는 그 다음날 성매매 피해여성을 지원하는 여성단체를 찾아갔다. 자원활동을 시작하면서 1999년 나는 반성매매 인권운동활동가로 첫발을 디뎠다.

내가 일했던 '새움터'라는 단체는 1996년 기지촌 지역 성매매 피해여성들과 그 자녀를 지원하기 위해 동두천에 세워져 상담·의료·경제적 지원을 하는 상담센터와 혼혈아동에 대한 보육, 학교교육, 진학상담, 공부방 등의 서비스를 제공하는 아동센터, 탈성매매 여성들이 전업(轉業)을 준비하는 직업재활센터를 운영했다.

나는 아동센터에서 공부도 가르치고 아이들과 함께 신나게 놀며 친구가 되었고, 직업재활센터에서는 언니들과 아주 사소한 문제해결부터 법률적 문제까지 지원하며 지지자 역할을 했다. 그리고 성매매방지법 제정을 위해 스웨덴의 성구매자처벌법이라든지 외국법 등을 공부하는 연구모임에도 참여하였다. 지금 돌이켜보면 그때는 내가 참 열정적이었다는 생각이 든다. 2시간 30분이나 소요되는 출근길이 아이들과 언니들을 만날 생각으로 가슴 뛰는 시간이었으니 말이다.

이후 새움터는 2001년 평택 새움터를 세워 여성복지상담소, 성매매 집결지 안에서 현장지원 서비스를 제공하는 Drop in Center, 성매매업소에서 탈출하는 등 위기상황에 놓인 여성들의 일시 보호시설까지 운영했다. 그 당시 새움터는 우리나라에서 유일하게 위기상담과 일시 보호, 성매매 피해문제(법률·의료) 해결, 심리치유 상담, 자립지원, 사후상담 등 성매매 피해여성들의 탈성매매를 위한 통합적인 서비스를 제공하는 곳이었다.

나는 평택으로 옮겨 활동을 시작했는데 성매매 집결지 안에 Drop in Center가 있다 보니 황당하고 위험한 일을 당하기도 했다. 출근길에 여성인 것도 재수없는데 장애를 가져서 더 재수없다며 소금을 맞기도 했고, 업주가 사무실에 칼을 들고 올라와 위협을 하기도 했다. 이 모든 과정의 경험은 묵묵히 반성매매, 한길로 가고 있는 지금의 나를 만들어 준 밑거름이었다.

나는 반성매매 현장활동가로 일했던 경험을 살려 2006년 1월부터 여성인권중앙지원센터 '종이학'에서 성매매 피해여성 지원 매뉴얼 개발과 전국 성매매 집결지 실태조사사업을 진행했다. 그러나 안타깝게도 퇴근길에 크게 다치는 바람에 그해 8월말 종이학에서의 일을 접어야 했다.

이후 수술과 요양, 재활로 이어지는 힘든 과정을 지나보낸 나는 반성매매 활동에 대한 미련을 못 버리고 2007년 6월 현장으로 돌아가 다시 활동가의 길을 걸었다. 그때는 시교육청에서 각급 학교의 신청을 일괄적으로 받아 평택시 중고등학생들에게 성매매 예방교육을 실시했다. 성매매 예방교육이 법률상의 의무가 된 지금도 별도의 교육을 하지 않는 학교가 있는데 2007~2008년 당시에 그것은 획기적이라 할 수 있었다. 그런데 2008년 말, 수술했던 질병이 재발하여 나는 현장에서의 활동을 접어야 했다.

그러다 2009년 (재)한국여성인권진흥원이 발족한 후 성매매방지중앙지원센터에서 다시 일을 시작했다. 교육팀장인 나는 현장에 꼭 필요한 교육기획을 위해 알맞은 강사를 찾아내서 우리나라 성산업과 성매매 피해자 현실과 상황의 바른 인식이 얼마나 중요한지 열심히 설명한다.

앞에 나서는 일을 별로 좋아하지 않는 나로서는 부담스러운 일이었지만 성매매 피해자 지원을 위한 연계체계를 조금이라도 더 확대하기 위해 유관 기관 전문가들과 간담회도 진행하고, 반성매매 관련 토론회에 나가 토론을 하고, 자문회의에서 자문을 하기도 한다. 또한 현장에서 제안하는 의견을 주무부처에 전달하여 정책으로 만드는 역할을 하고 있다.

성매매 문제를 해결하기 위해서는 여성들에게만 집중할 것이 아니라 구매자, 알선자들에게 초점을 맞추는 것이 필요하다. 현행법 내에서 구매자 및 알선자 처벌에 대한 강력한 법집행이 이루어져야 하고, 이른바 '노르딕모델' 채택이 요구된다. 1999년 스웨덴에서 성매매를 성착취로 보아 성매매 여성은 비범죄화하고 구매자를 처벌하는 성구매자처벌법이 제정되면서 성구매자가 반으로 줄었다. 이것을 현재 북미와 유럽 국가에서 채택하여 노르딕모델이라 일컫는다.

우리나라도 현재 수요 차단에 초점을 맞춘 정책 입안을 위해 현장활동가들이 토론회, 캠페인, 언론 기고 등 여러 활동을 하고 있는 중이다. 그들을 보면 나는 늘 현장을 떠나 온 것에 대한 미안함을 느낀다. 열악한 현장에서 발로 뛰며 일인다역을 감내하는 현장활동가들에 대한 부채감 때문이다. 그래서 다른 어떤 현장보다 빠르게 변화하는 반성매매 현장상황을 읽고 사업에 반영하는 것이 나의 책무라고 생각한다. "좋은 교육이었어요", "꼭 필요한 기관과 연계해줘서 도움이 많이 됐어요"라는 말을 들으며 내가 살아 있음을 확인한다.

내가 최우선의 가치로 여기는 것은, 성매매는 젠더 권력에 따른 사회구조의 문제이며, 폭력이고 인권유린이기 때문에 반드시 없어져야 한다는 것이다. 그러나 대다수의 일반대중은 성산업의 구조나 성매매의 폐해를 모르고 있어서 동의하지 않는 상황이다. 나는 한 사람에게라도 더 알리기 위해 언제 어디서 누구에게든 "이제 그 정도 했으면 됐으니 그만하지"라는 말을 들어도 성매매가 왜 폭력이며 인권유린인지 꿋꿋하게 역설하곤 한다.

나는 성매매방지중앙지원센터에서의 일을 그만두게 되어도 성매매가 없는 성평등 세상을 만들기 위해 반성매매 영역에서 활동할 것이다. 나에게 건강이 주어지는 한 성매매 없는 성평등 세상을 향해 발걸음을 계속할 것이며, 오늘도 당당히 그 길을 걷고 있다.

김동희

전쟁과여성인권박물관 관장

일본군 위안부 피해자 할머니들의 절규

2004년 2월 어느 날, EBS TV의 '선택, 화제의 인물' 프로그램 녹화를 위해 길원옥, 이용수 할머니를 모시고 양재동 EBS 방송국으로 향했다. 당시에는 할머니들을 모시고 갈 차편이 만만치 않아 택시를 타고 이동했다. 택시 안에서 할머니들은 노래도 부르고 옛 이야기도 나누셨지만, 정작 방송에 관한 이야기는 하지 않으셨다.

방송국으로 출발하기 전, 당시 한국정신대문제대책협의회(이하 정대협) 사무총장이었던 윤미향 씨는 두 분께 "할머니, 오늘 방송하시면서, 우리가 만들 박물관 이야기를 꼭 해 주세요. 사회를 맡으신 변호사님이 아주 유명한 분이시거든요. 여러 사회문제에 관심을 가진 분이니 꼭 박물관에 대해 이야기해 주세요"라고 단단히 당부했다. 내가 혹시나 하는 마음에 차 안에서 다시 한 번 말씀드리려고 하자, 할머니들께서는 오히려 기사님 눈치를 살피며 "다 안다. 안 해도 된다"라고 하셨다.

할머니들이 출연하는 방송 프로그램 사회자는 바로 강지원 쌤이었다. 이날 나는 처음으로 강지원 쌤을 만났다. 당시 내게 강지원 쌤은 여러 사회문제에 적극적으로 참여하고, 방송에도 많이 나오는 유명한 변호사로 각인되어 있었다.

이날 세 시간이 넘도록 진행된 녹화에서 할머니들은 지옥 같았던 위안소에서의 경험, 해방을 맞이하여 돌아온 고국이지만 위안부의 경험으로 인해 겪어야 했던 또 다른 아픔들, 매주 참석하는 수요시위와 문제해결을 위한 활동 등에 대해서 이야기하셨다. 말씀들도 참 잘하셨다. 그런데 문제는 그렇게 당부했던 박물관 이야기는 쏙 빠트렸다는 것이었다. 미션이 성공되지 못한 안타까움보다는 아쉬움이 컸다.

녹화를 마치고 마지막 인사를 나누는데 갑작스레 할머니 중 한 분이 강지원 쌤에게 "변호사님, 우리 박물관 건립합니다. 아직 우리에게는 땅도, 돈도 없어요. 그래도 세우려고 합니다. 그러니 함께해주세요"라며 느닷없이 이야기를 꺼냈다. 옆에 있던 나와 작가들을 비롯해 관계자들은 모두 당혹스러웠다. 그러나 강지원 쌤은 전혀 당황하지 않았다. "허허, 네, 네, 할머니." 그러면서 수표 한 장을 꺼내 건네며 할머니의 손을 꼭 잡았다. 무려 100만 원. 유명하다지만 100만 원이라는 큰돈을 쉽게 내어놓을 수 있을 정도로 재력이 있을 것 같지 않은 강지원 쌤. 그런데 박물관 건립을 위해 그렇게 선뜻 후원금을 내놓다니.

1990년 11월 16일 정대협이 발족되고, 일본군 '위안부' 문제해결의 7개 과제가 제시되었다. 진상규명, 범죄인정, 공식사죄와 배상, 책임자 처벌, 역사교육, 추모비와 사료관 건립이었다. 역사교육과 추모비와 사료관 건립의 주요 목표 중 하나는 다시는 이런 일이 재발되지 않도록 해야 한다는 것을 교육하는 일이다. 이를 위한 작업의 하나로 정대협에서 일차적으로 사료관 건립을 추진했다. 그러나 '기억과 교육'이라는 이 과제는 일본군 위안부 피해자들의 복지, 일본 정부에 대한 사죄와 배상요구 등 긴박한 활동 상황 때문에 미루어질 수밖에 없었다.

박물관 건립을 준비하던 당시는, 정대협이 일본군 위안부 문제해결을 위한 운동을 한 지 10여 년이 된 때였지만, 일본 정부는 여전히 일본군 위안부 범죄에 대한 국가의 책임과 법적 책임을 부인하고 있었다. 많은 피해자들이 정의 실현을 기다리다 '고인'이 되는 순간까지 염원한 것은 바로 '다시는 이런 일이 없는 세상'이었다.

1991년 8월 14일 처음으로, 자신이 위안부였다고 용기 있게 밝힌 김학순 할머니는 "한국 여성들 정신 차리시오. 이 역사를 잊으면 또 당합니다"라며 호소했다. 그림으로 위안부 문제를 표현했던 강덕경 할머니는 임종을 앞에 두고도 "온 세계 사람들이 다 우리 문제를 알아 줬으면 좋겠다", "진실을 널리 알려 달라"고 하셨다. 길원옥 할머니는 "우리 후손들이 우리 역사를 보고 배워서 우리처럼 속지도 말고, 우리처럼 그런 수난도 당하지 말고, 그렇게 험난한 세월을 보내지 않으면 좋겠습니다"라고 호소했다.

할머니들의 염원에도 불구하고 일본 군국주의는 부활하여 전쟁을 할 수 있는 국가로 퇴행했고, 세계 곳곳에서 발생한 전쟁과 무력 분쟁 속에서 여성들의 성폭력 피해는 늘어갔다. 정대협은 '전쟁과여성인권박물관' 건립을 더 이상 미룰 수 없었다. 2003년 12월, 그해 돌아가신 할머니들을 위한 추모회를 준비하면서 정대협은 '진정한 추모는 일본군 위안부 피해자들의 뜻을 우리 운동으로 살려 내는 것'이라고 적극적으로 해석하고, 일본군 위안부 '명예와 인권의 전당'을 위한 점화식을 열었다.

이후 정대협은 1년 동안의 준비 끝에 2004년 12월 16일, 사회 각계 대표들로 구성된 '전쟁과여성인권박물관' 건립위원회를 발족시키고 모금, 용지 마련, 건축·설계 사업계획을 확정했다. 이로써 본격적으로 박물관 건립을 추진할 수 있었다. 건립위원회가 가장 우선하여 추진한 것은 건립비 모금과 박물관 용지를 마련하는 활동이었다. 그날의 만남을 계기로 강지원 쌤은 '전쟁과여성인권박물관' 건립위원회 상임공동건립추진위원장을 맡아 주었다.

그러나 당연히 박물관을 건립해야 한다는 신념과 할 수 있다는 희망으로 시작한 박물관 건립사업은 정대협 운동을 시작하던 때와 마찬가지로 고난의 연속이었다. 아무것도 없는 땅에 박물관을 건립해야 한다는 계획만 확정된 상황에서 '용지'라도 생기면 모금이 늘어날 거라는 생각만으로 전국을 헤매며 다녔다. 신문에는 종종 누가 땅을 기부했느니, 전 재산을 기부했느니 하는 소식들이 있었지만, 그런 일들은 위안부 문제와는 전혀 관계없는 곳에서 일어나고 있었다. 우리를 기다리는 땅은 어느 곳에도 없었다.

그러기를 약 1년, 서울시로부터 서대문독립공원 내에 주차장 옆 매점 용지를 박물관 건립 용지로 허가받을 수 있었다. 그러나 용지만 생기면 금방 모금도 늘어나고 박물관을 지을 수 있을 것 같았는데, 장벽은 참으로 높았다. 당시 서대문독립공원 내 건축비가 무려 30억 원. 어떻게 건축비 30억 원을 마련할 수 있을까? 정부도 예산지원 불가 입장을 밝혔고, 기업들은 자신들의 기업 이미지와 맞지 않는다며 회피했다.

피해자들이 가장 먼저 주춧돌 기금으로 100만 원, 200만 원, 많게는 1,000만 원을 기부했다. 당신들에게는 엄청난 큰돈임에도 국민들의 참여를 독려할 수 있을 거라는 희망을 갖고 내린 결정이었다. 할머니들의 바람은 현실로 이어져 노동자, 일반 회사원, 가족, 학생, 친목 모임, 해외 한인 동포들, 일본의 양심 있는 시민 등 많은 시민들이 돼지저금통 등 소액부터 고액에 이르기까지 성금을 보내 주면서 관심을 모아 주었다. 이 모금과정 역시 우리 사회에서 일본군 위안부 문제에 대한 인식을 변화시키는 또 다른 운동과정이 됐다.

일본에서는 박물관 건립 후원을 위해 2009년 2월 7일에 일본건설위원회가 발족되었고, 일본 현지에서 모금, 홍보, 세미나 등 연대활동을 적극적으로 펼쳐 주었다. 그렇게 하여 건립기간 9년 동안 20억 원이 넘는 기금이 모였다.

그런데 또 하나 커다란 장벽이 나타났다. 일본군 위안부 이미지를 여전히 역사의 수치로 여기는 사람들과 관련 단체들이 반발하면서 서대문독립공원 내 박

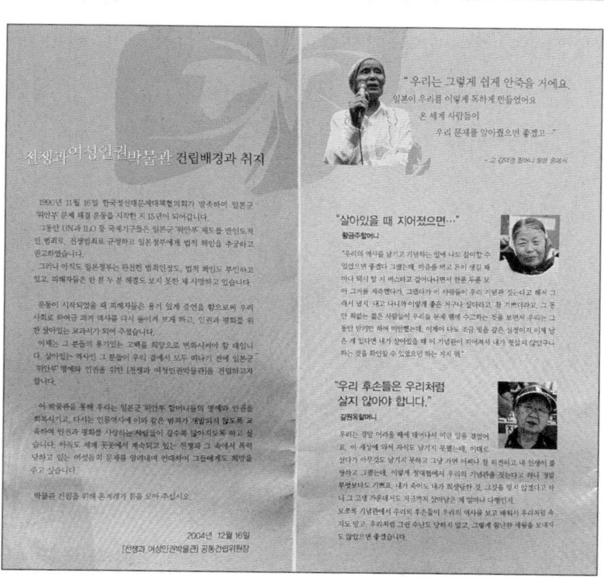

전쟁과 여성인권박물관 건립배경과 취지

1990년 11월 16일 한국정신대문제대책협의회가 발족하여 일본군 '위안부' 문제 해결 운동을 시작한 지 15년이 되어갑니다.

그동안 UN과 ILO 등 국제기구들은 일본군 '위안부' 제도를 반인도적인 범죄로, 전쟁범죄로 규정하고 일본정부에게 법적 책임을 추궁하고 권고하였습니다.

그러나 아직도 일본정부는 완전한 범죄인정도, 법적 책임도 부인하고 있고, 피해자들은 한 분 두 분 해결도 보지 못한 채 사망하고 있습니다.

운동이 시작되었을 때 피해자들은 용기 있게 증언을 함으로써 우리 사회로 하여금 과거 역사를 다시 돌이켜 보게 하고, 인권과 평화를 위한 살아있는 교과서가 되어 주셨습니다.

이제는 그 분들의 용기있는 고백을 희망으로 변화시켜야 할 때입니다. 살아있는 역사인 그 분들이 우리 곁에서 모두 떠나기 전에 일본군 '위안부' 명예와 인권을 위한 [전쟁과 여성인권박물관]을 건립하고자 합니다.

이 박물관을 통해 우리는 일본군 '위안부' 할머니들의 명예와 인권을 회복시키고, 다시는 인류역사에 이와 같은 범죄가 재발되지 않도록 교육하여 인권과 평화를 사랑하는 사람들이 갈수록 많아지도록 하고 싶습니다. 아직도 세계 곳곳에서 계속되고 있는 전쟁과 그 속에서 폭력 당하고 있는 여성들의 문제를 알려내며 연대하여 그들에게도 희망을 주고 싶습니다.

박물관 건립을 위해 온겨레가 힘을 모아 주십시오.

2004년 12월 16일
[전쟁과 여성인권박물관] 공동건립위원장

"우리는 그렇게 쉽게 안죽을 거예요.
일본이 우리를 이렇게 독하게 만들었어요
온 세계 사람들이
우리 문제를 알아줬으면 좋겠고…"

"살아있을 때 지어졌으면…"

황금주할머니

"우리의 역사를 남기고 기념하는 일에 나도 참여할 수 있었으면 좋겠다 그랬는데, 마음을 먹고 돈이 생길 때마다 택시 탈 거 버스타고 걸어다니면서 한푼 두푼 모아 그거를 저축했다가, 그랬다가 이 사람들이 우리 기념관 짓는다고 해서 그래서 냈지. 내고 나니까 이렇게 좋은 거구나 싶더라고, 참 기쁘더라고. 그 동안 죄없는 젊은 사람들이 우리들 문제 땜에 수고하는 것을 보면서 우리는 그동안 받기만 하여 미안했는데, 이제야 나도 조금 빚을 갚은 심정이지. 이제 남은 게 있다면 내가 살아있을 때 이 기념관이 지어져서 내가 헛살지 않았구나 하는 것을 확인할 수 있었으면 하는 거지 뭐."

"우리 후손들은 우리처럼 살지 않아야 합니다."

길원옥할머니

우리는 정말 어려울 때에 태어나서 이런 일을 겪었어요. 이 세상에 와서 자식도 남기지 못했는데, 이대로 살다가 아무것도 남기지 못하고 그냥 가면 어쩌나 참 허전하고 내 인생이 불쌍하고 그랬는데, 이렇게 정대협에서 우리의 기념관을 짓는다고 하니 정말 무엇보다도 기쁘고, 내가 죽어도 내가 희생당한 것, 그것을 잊지 않겠다고 하니 그 고생 가운데서도 지금까지 살아남은 게 얼마나 다행인지.
모쪼록 기념관에서 우리의 후손들이 우리의 역사를 보고 배워서 우리처럼 속지도 말고, 우리처럼 그런 수난도 당하지 말고, 그렇게 험난한 세월을 보내지도 않았으면 좋겠습니다.

여성인권 박물관

Rights

일시: 2011년 7월 21일
김희옥
강지원
김원옥

물관 건축허가를 철회하라고 서울시에 요구하기 시작한 것이다. 서울시는 사업인가를 내주고도 여러 해 동안 반대가 없어질 때까지 기다려 달라는 요청을 계속했다. 일본군 위안부 피해자들의 눈치는 살피지 않고, 반발하는 이들의 눈치만 살피는 서울시 공무원들의 태도도 우리에게 엄청난 걸림돌로 여겨졌다.

그렇게 서울시가 책임을 방기하고 있는 사이, 박물관 건립을 바라며 주춧돌 기금을 낸 피해자들 대부분이 고인이 되었다. 더 이상 '전쟁과여성인권박물관' 건립사업을 지연시킬 수 없었다. 그래서 정대협은 김학순 할머니가 반세기의 침묵을 깨고 본인이 일본군 '위안부'였다는 공개 증언을 한 지 20년, 일본군 위안부 문제해결을 위한 수요시위가 1,000회가 되는 2011년에 들어서면서 대안을 찾기 시작했다. 서대문독립공원 부지를 보류하고, 역사적 연관성, 접근성, 자연친화적 공간성을 고려한 기존 건물을 찾아 '우리가 세우는 박물관'을 만들어 보기로 한 것이다. 그리고 서울시내 전역을 거의 돌아다닌 끝에 서울 마포구 성미산 끝자락에 있는 주택을 박물관 건물로 매입했다. 이로써 전쟁과여성인권박물관이 둥지를 틀게 되었다.

시민들의 모금을 통해 건립운동을 시작한 지 9년 만인 2012년 5월 5일, 어린이날에 마침내 박물관을 개관했다. 개관일을 5월 5일 어린이날로 정한 것은 박물관이 과거에 갇혀 있는 것이 아니라 미래를 향해 열려 있다는 뜻과, 우리 아이들이 전쟁 없는 세상에서 살았으면 좋겠다는 할머니들의 뜻을 살린 것이다. 일본군 위안부 피해자들이 우리 아이들에게 주는 가장 멋진 '평화의 선물'로 박물관을 열게 되었다.

강지원 쌤은 2004년 12월을 시작으로 박물관이 개관한 2012년 5월 5일 이후 건립위원회 해단식이 있었던 6월까지 상임공동건립추진위원장 역할을 감당해 주었다. 무려 9년이었다. 용지 마련을 위해 당시 서울시 이명박 시장을 직접 만나 서대문독립공원 내의 매점 용지에 대해 허락을 받아 내기도 했고, 오세훈 시장으로 교체된 후 전쟁과여성인권박물관 건립에 관한 갈등이 심해지자 이를 해결하기 위해 관련 단체 관계자들을 수차례 만나 설득을 거듭했다. 도움을 청했을 때, 강지원 쌤은 시간만 된다면, 아니 없는 시간을 만들어서라도 거기가 길거리라도, 농구장이라도, 극장이라도 함께해 주었다.

개관한 지 수년을 맞은 전쟁과여성인권박물관은 지금 가족 단위의 관람자뿐만 아니라 전국 각지의 초·중·고등학생과 청년, 종교단체, 시민단체, 연구자, 노동자단체 등 국내 시민사회 전 분야에 걸쳐 관람이 줄을 잇고 있다. 해외 관람자들도 늘어나 2016년 한 해만도 16,000여 명이 다녀갔다. 언론방송 취재의 공간으로도 활용되고 있고, 건축학을 공부하는 학생들의 공부 장소로도 활용되고 있다. 이렇게 관람자들이 남기고 가는 흔적들은 또 하나의 박물관 내용으로 축적되고 있다.

전쟁과여성인권박물관은 단지 전시물로만, 건물로만 표현하고 있는 것이 아니라, 그 속에서 만나는 사람들의 활동을 통해 평화 만들기를 계속하고 평화를 완성해 가는 뜻깊은 공간이다. 우리가 일본군 위안부 피해자 할머니들과 만나 고통을 극복하는 방법을 배웠듯이 우리 아이들, 콩고 여성들, 또 다른 무력 분쟁지역의 여성들이 할머니들을 만나 고통을 극복하고, 그 고통에서 해방될 수 있도록 이 박물관을 통해 길을 안내하고자 한다. 나아가 세계 각지에 있는 전시 성폭력 피해자들의 연대, 여성폭력을 반대하며 활동하고 있는 세계 각국 인권단체들과 인적 네트워크를 만들어 연대활동으로 이어가고자 한다.

나는 2001년 시작하여 2016년까지 정대협에서 활동했다. 박물관 건립 초기부터 박물관 실무를 담당했다. 박물관 실무담당자로서 언제나 내 머릿속은 '우리가 정말 세울 수 있을까?', '그 큰돈을 모금할 수 있을까?' 였다. 잘될 거라는 희망과 자신감을 갖기 어려운 상황에서 안개 자욱한 험산을 힘겹게 넘고 또 넘어야 했다. 그러나 9년의 시간 동안 박물관 건립을 위해 손을 맞잡은 사람들이 늘어나면서 자욱하기만 했던 길은 어느새 봄날의 햇살이 드리운 숲길이 되었다. 2003년 2월, 그날 할머니의 손을 잡아 주던 그 손길. 그로부터 함께해 온 9년간의 시간. 그 귀중한 시간을 함께한 강지원 쌤에게 감사의 인사를 전한다.

현재 나는 전쟁과여성인권박물관 부관장을 거쳐 관장으로 활동하고 있다. 오늘도 나는 박물관을 찾아온 이들에게 전쟁 속에서 고통당했던 일본군 위안부 제도의 역사, 그 전쟁이 남긴 상처와 아픔들을 극복하고 치유하기 위해 적극적으로 연대하고 싸웠던 할머니들과 함께한 사람들의 용기 있는 역사, 그리고 지구의 다른 한편에서 그 여성들이 당했던 똑같은 일들을 겪고 있는 사람들의 눈물과 희망을 전하고 있다. 슬픔과 한(恨), 그것을 넘어서는 평화와 인권, 희망차고 밝은 미래에 대해 이야기를 나누고 있다.

그리고 이들은 "다시는 같은 일이 반복되지 않기를, 생각에 그치지 않고 할머니들을 기억하고 행동할게요", "할머니들의 소원 꼭 이루어 드릴게요", "정의는 언제나 승리한다", "분쟁 속 고통받는 아이들이 없는 것이 평화다"라고 다짐하고 또 다짐한다. 그리고 행동한다.

이현식

나눔플러스 이사장

다 함께 행복한 세상, 나눔과 봉사

바울(Paul)은 그리스도교 역사에서 가장 탁월한 인물이다. 그는 원래 '작은 자'가 아니다. 그는 명문가에서 태어나 학문을 겸비하고 로마의 시민권을 가진 자로서 얼마든지 대접을 받으며 모든 세상적인 권위를 앞세울 수도 있었다. 그러나 예수를 받아들인 후 인생의 전환점을 맞게 되면서부터 이전에 가졌던 모든 명예를 내려놓고 '겸손의 사람'으로 살아갔다. 그가 얼마나 겸손한 사람인지는 다음과 같은 그의 고백에서 알 수가 있다. "나는 지극히 작은 자다. 내가 나 된 것은 모두 주님의 은혜이다."

강지원 쌤은 지치지 않는 인물이다. TV는 물론, 전국을 다니며 행복전도사로 활동한다. 강지원 쌤이 가는 곳에서 행복의 신바람이 메아리처럼 번져 나간다. 그의 모습은 검사 출신답지 않게 항상 온화함을 풍기는 외모에, 늘 잔잔한 미소가 떠나지 않으며, 겸손의 미덕이 온몸에 배어 있는 분이다. 마치 바울처럼!

2009년 어느 날 나눔활동가 목회자 100여 명이 뜻을 모아 각자 자기 지역사회의 힘든 이웃을 섬기면서 서로 돕고 지원하기 위해 지역사회 봉사단체를 세웠다. 사단법인 나눔플러스다. 그리고 그해 연말인 12월 3일 서울 양재동에 위치한 윤봉길의사기념관 대강당에서 전국에서 모인 180여 명의 관계자가 참석한 가운데 출범식을 가졌다. 그리고 강지원 쌤을 이사장 및 총재로 추대했다.

당시 강지원 쌤은 인사말에서 나눔플러스의 설립 목적과 취지를 다음과 같이 풀이했다.

우리 모두가 각자가 속한 지역사회에서 민간 차원의 사회안전망을 자발적으로 구축해 보자는 사단법인 나눔플러스가 발족하였습니다. 오랫동안 법조계에서 일하면서 청소년 지킴이로 불려 온 저이지만, 처음 듣기에는 다소 생소한 운동이라 하지 않을 수 없었습니다. 그러나 잠시 생각해 보니 이런 운동이야말로 현실적으로 우리 공동체에 꼭 필요한 운동이요, 이 시대의 희망이며 대안이 될 수 있는 운동이라는 생각이 들었습니다.

지금 우리나라는 심각한 경제적 양극화 현상을 드러내고 있습니다. 중산층이 점점 사라지고 빈곤층이 증가하고 있습니다. 기초생활수급자 등 극빈 계층은 정부가 돕지만, 신빈곤층이나 기존의 차상위계층은 점점 더 빈곤의 나락으로 떨어질 수밖에 없는 형편입니다. 그런데 이러한 빈곤층에 대해서 정부가 모두 다 도울 수는 없습니다. 왜냐하면 그 수가 헤아릴 수 없이 많기 때문입니다.

그리고 각 지역의 관공서에서는 행정적으로도 그 모든 빈곤층을 다 파악할 수가 없습니다. 그렇기 때문에 그 동네 안의 빈곤 문제는 일차적으로 동네 안에 있는 사람들이 힘을 합쳐 해결하는 것이 가장 현명합니다. 그래서 동네 안의 기업, 학교, 마트, 병원, 식당, 점포, 주민들이 십시일반으로 조금씩 모금을 해서 그 돈으로 그 동네의 가장 어려운 사람들을 돕는 운동이 필요합니다. 이런 운동을 가리켜 각자의 지역에서 민간 차원의 사회안전망을 구축한다고 표현할 수 있겠습니다.

동네 안에서 가장 어려운 사람들은 차상위계층이라고 할 수 있습니다. '차상위계층'이란 실제적으로는 어려운 상황임에도 불구하고 여타의 조건으로 정부의 재정지원을 받지 못하는 복지 사각지대에 있는 사람들을 말합니다. 가령 주민등록상에 자식이 있으면 그가 감옥에 있든지, 장애인이든지, 실업자이든지, 혹은 연락을 끊고 살든지 관계없이 정부가 돕지 않습니다. 그 이유는 실제로는 자식의 도움을 받으며 살면서도 그렇지 않은 것처럼 처신하면 정부가 이를 규명하기가 거의 불가능하기 때문입니다.

그런데 실제로는 이들의 생활이 가장 어렵습니다. 그래서 차상위계층은 정부가 기초생활보장법에 따른 극빈자들을 지원하는 '사회안전망'의 사각지대입니다. 게다가 이런 분들은 그 신원을 찾아내기가 그다지 쉽지 않습니다. 이런 분들을 실제적으로 찾기 위해서는 그 동네의 사정을 속속들이 잘 아는 사람이 필요한데, 동사무소의 사회복지담당 직원이 그 일을 감당하기에는 한계가 있기 때문입니다.

어느 집 할머니가 갑자기 보이지 않으신다든지 하는 동네의 사소한 사건들에 대해서 누구보다 잘 아시는 분들이 누굴까? 바로 각 지역의 작은 교회 목회자들입니다. 그분들은 동네의 이런저런 사정을 잘 아십니다. 지역의 목회자들이야말로 그 지역 사정을 그 누구보다 잘 알기 때문에 실제적으로 빈곤한 사람들이 누구인지를 잘 아십니다.

사실 작은 교회 목회자들은 교회가 자립하기에도 힘들어 남을 도울 생각까지는 미처 생각조차 못하는 경우도 많습니다. 그러나 이러한 상황이 목회자들의 능력과 환경에 오히려 더 큰 동기가 될 수 있습니다. 역설적으로 이런 상황에서 오히려 더 큰 역할을 해낼 수 있다고 보는 것입니다.

당시 주무관청인 보건복지부장관이 보내온 축하 메시지는 다음과 같다.

민간구호 활동으로 새롭게 태어난 사단법인 나눔플러스는 나눔을 통한 사랑의 촉매제가 되어 전국 곳곳에 사랑의 기운을 확산하여 어둠을 밝히는 등대 역할을 할 것을 믿어 의심치 않습니다. 나눔 문화를 통하여 우리 사회의 냉소주의와 무관심이 사라지고 사랑의 온도를 높이는 초석으로서 나눔플러스의 활발한 활동을 기대합니다.

그리하여 '다함께 행복한 세상 만들기'라는 슬로건으로 전국 100여 곳의 나눔센터장들이 각자의 특성에 맞는 방법으로 다양한 나눔 활동을 시작하였다. 놀랍게도 전국 곳곳에서 감동적인 소식들이 전해지기 시작했다.

반찬 나눔 활동, 빨래방 사업, 아동·청소년 공부방 운영, 푸드뱅크 사업, 어르신 경로잔치, 김장 나누기 사업, 사랑의 쌀 나누기, 사랑의 바자회, 무료 이·미용 사업, 청소년 축구교실, 다문화 및 결손가정 아동 후원 사업, 무료 급식소 운영, 나눔가게 운영, 생필품 나눔 사업, 고민상담소 운영, 역사기행 캠프, 작은 도서관 운영, 청소년 장학사업, 의료서비스 연계 사업, 법률서비스 연계 사업, 쪽방촌 도배 지원 활동 등등…….

이렇게 정부의 손길이 닿지 않는 마을 동네의 차상위계층을 발굴, 지원하는 나눔플러스 활동가(나누미)들의 사랑의 온도는 날이 갈수록 높아져 갔다. 이를 계기로 전국 15개 지자체에 나눔플러스 지부가 발족하였다.

급기야 출범 이후 1년도 되지 않은 2010년 가을에는 전국에서 200여 명의 나눔센터장들이 활동하게 되었다. 나눔플러스 활동이 잔잔한 감동을 주면서 많은 지역에서 나눔활동가로 봉사하겠다는 분들이 늘어났다. 신규 나눔센터장 세미나를 통해 '나눔활동가' 교육도 시작했다. 나눔활동가들은 수도권뿐 아니라 강원, 충청, 전라, 경상, 부산, 제주도에 이르기까지 전국에서 해당 지역의 차상위계층을 섬기며 새로운 나눔운동의 모델로 착실히 뿌리내려 갔다.

지금은 전국에 500여 지역 나눔센터장들이 함께 나눔공동체를 만들어 가고 있다. 그리고 3,000여 명의 CMS 후원가족들이 매월 자신의 소중한 소유를 기쁜 마음으로 내어 놓는, 모두가 행복한 아름다운 샘물이 되고 있다.

나눔플러스의 독특한 운영방식은 본부의 전국적인 활동이 매우 적다는 것이다. 본부는 행정적인 뒷받침을 하는 역할에만 집중하고, 본부가 아니라 각 지역의 나눔센터들이 활성화되어야 한다는 게 목표이기 때문이다. 이것은 나눔플러스 설립 당시부터 강지원 쌤이 주창한 철학과 사상이다. 본부가 비대해지면 많은 관리비용이 발생할 뿐 아니라, 지역사회의 사회안전망을 위해서는 본부보다 각 센터 단위의 활동이 활발해야 한다고 보기 때문이다.

이러한 본부 운영방침으로 지역 나눔센터에서는 본부에 행정적인 지원 외에는 어떤 물질적인 지원 요청을 하지 않고, 스스로 모금활동을 하고, 스스로 지원 및 배분활동을 하고 있다. 그래서 각 지역에 있는 기업이나 단체, 학교, 교회, 병의원, 약국, 슈퍼마켓 등과 업무협약(MOU)을 체결하며 인적, 물적 인프라를 구축하고 지역에 있는 많은 분들과 함께 마음과 뜻을 모아 '사회안전망 운동'을 펼치고 있다.

예컨대 안산시 지역본부(본부장 김정복)에서는 2012년부터 안산튼튼병원과 업무협약을 맺고, 수술비 때문에 걱정하는 차상위계층의 어르신들을 찾아 지원해 오고 있다. 또 천안시 지역본부(본부장 소영진)는 2017년부터 백석대학교와 업무협약을 맺고, 그 지역의 어려운 청소년을 찾아 유익한 프로그램을 마련하고 돌봄 서비스를 수행하고 있다.

서울의 경우 2010년 5월에는 '사회적 기업 인증' 기관으로 선정되어 어려운 가정의 청소년과 청소년 일시쉼터 등에 따뜻한 유기농 도시락을 전달해 주는 사업을 했고, 6월 30일에는 경기도 구리시 허종칠 본부장이 '구리청소년쉼터'를 개소하였다. 허종칠 본부장은 계속해서 '지역아동센터'를 개설해 지역사회 봉사활동을 하고 있다. 이들 행사에는 강지원 총재를 비롯해서 이판근 부총재,

나눔PLUS

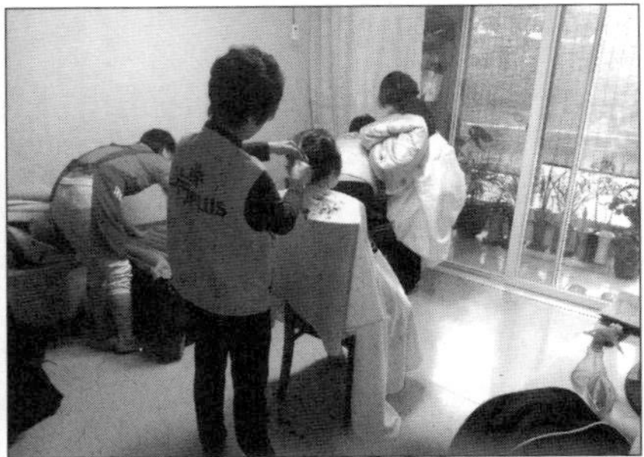

나눔PLUS
다함께 행복한

나눔PLUS
다함께 행복한 세상만들기

나눔플러스 봉사대상 시상식
전국 나눔인의 밤

이현식, 김남덕, 유중한, 엄대성, 이억희, 김용국, 서만석, 최회광 이사 등이 모두 함께했다.

2011년 5월 13일 오후 5시 도봉구민회관 대강당에서는 본부가 유일하게 설립 운영하고 있던 '나눔플러스 지역아동센터'(센터장 한정희 사회복지사)에서 중·고교 학생에게 표창장 수여 및 장학금을 전달하고, 함께 참석한 학생과 학부모 150여 명에게 강지원 총재의 특강이 진행되었다. 주제는 '내 안의 꿈을 찾아라' 였다.

강 쌤은 "꿈은 절대로 멀리 있지 않다. 바로 내 안에 있다. 학생들에게 꿈이란 무조건 연예인이나 대통령이나 과학자가 되겠다는 것이 아니라, 자신에게 잠재되어 있는 적성을 찾아내 실현시키는 것이다. 잠재되어 있는 내 안의 적성을 찾아내어 나만의 꿈을 실현시키기 위해서는 교실과 학원에서 하는 공부뿐 아니라, 더 많은 체험과 활동이 필요하다"라고 역설했다.

2011년 가을 강지원 쌤이 갑자기 앞으로는 총재직만 맡고 이사장직은 내려놓겠다고 요청했다. 결국 당시 연장자였던 이현식 이사가 후임 이사장직을 이어받았다. 사무실도 서울 방배동 시대를 마감하고, 강동구 천호동에 있는 동선교회(담임 박재열 목사) 2층으로 이전했다.

2012년 아직 매서운 추위가 가시지 않은 2월 중순, 서울 양재동에 있는 AT센터 에메랄드홀에서 후원의 밤을 열었다. 5월 21일에는 '어려운 이웃돕기 사랑의 바자회'를 열었다. 이틀 동안 본부 건물 앞 넓은 주차장을 이용하여 각계에서 지원해 준 물품과 먹거리를 판매해 얻어진 수익금으로 차상위계층 가정을 지원했다. 별도로 마련된 강지원 쌤의 행복특강(주제 '상처치유의 행복')에도 많은 주민들이 모여 성황을 이루었다.

2013년부터는 전국나눔센터장 연합수련회도 개최했다. 4월 22일과 23일 1박 2일 일정으로 강원도 속초에 있는 설악수양관에서 열렸다. 나눔사랑 실천을 위해 힘쓰는 각 지역의 나눔센터장 100여 명이 한자리에 모여 친교와 힐링의 시간을 가졌다. 총재 강지원 쌤과 작은교회살리기운동본부 박재열 목사를 특별강사로 모셨고, 특별히 마련된 프로그램으로 쉼과 연합을 위한 충전의 시간을 가졌다. 모범 나눔센터장 및 공로자에 대한 표창식도 거행했다.

2014년 6월에는 경기도 안성에 있는 사랑의 수양관에서 제2회 연합수련회를, 2015년 9월에는 강원도 속초에서 제3회 연합수련회를, 2016년 6월 13~14일 양일간 충남 예산에 있는 수양관에서 제4회 연합수련회를 가졌다. 2017년 제5회 연합수련회는 충북 옥천군에 위치한 수생식물학습원에서 개최했다. 이날은 특별히 부산가정법원 소년재판 전담 천종호 부장판사를 초빙하여 한국의 비행청소년 문제에 대해 알아보는 시간을 가졌다. 그는 죄를 뉘우치지 않는 가해 학생들에게 죄의 무거움을 깨닫게 하려 호통을 치고는 해서 호통판사로 불렸다. "안 돼, 안 바꿔 줘. 바꿀 생각 없어. 빨리 돌아가"라며 호통을 치는 모습이 담긴 영상은 사회에 많은 울림을 주었다.

그는 비행청소년 문제가 수면 위로 떠오를 때마다 범행의 잔혹성이나 극단적인 가해자—피해자 구도와 같은 피상적 수준에 집중하여 근본적인 원인 탐구나 환경 개선의 의지 없이 모든 책임을 가해자에게로 돌리는 엄벌주의의 들끓는 현상에 대해 비판적으로 본다며, 환경의 열악함이 만들어 낸 가해학생에게 모든 책임을 씌워, 가해학생이 반성하고 개과천선하여 살아갈 기회조차 주지 않는 관용 없는 사회에 대해서도 비판을 해야 하다고 피력했다.

이렇게 전국 각지에서 나눔플러스 활동가들에 의해서 사회안전망 운동이, 잔잔한 감동을 주면서 점점 확산되어 가고 사랑의 온도가 높아지고 있을 즈음, 나눔봉사 사랑에 공헌한 분들을 찾아내어 표창하기로 의견을 모으고 '나눔플러스 봉사대상'을 제정했다.

제1회 시상식은 2013년 11월 23일, 서울의숲에 있는 윤봉길의사기념관 3층 대강당에서 거행되었다. 영예의 대상은 박재열 목사가 수상했다. 작은 교회 목회자들을 10여 년 동안 지속적으로 지원해 주면서 숭고한 나눔정신을 몸소 실천한 공로를 인정한 것이다. 최우수상은 김순주 사회복지사, 김재수 목사가 수상했으며, 우수상은 이동성 사회복지사를 비롯하여 총 15명 수상자가 받았다. 강지원 쌤은 축하 메시지에서 "오늘의 수상자들은 어두운 세상을 밝히는 작은 촛불이다. 우리 나눔플러스는 작지만 큰 단체이다. 왜냐하면 사랑의 힘을 퍼뜨리는 일을 하고 있기 때문이다. 이런 사랑의 아름다운 향기가 메아리처럼 멀리멀리 퍼져서 힘들고 어려운 이웃들의 가슴속에 스며들어 '다함께 행복한 세상 만들기'에 앞장서시는 분들이 되기를 소원하며, 이 사랑의 향기가 오늘 봉사대상 시상식을 거행하는 이 자리에 넘쳐나기를 희망한다"라고 말했다.

봉사대상은 격년 주기로 시상했다. 제2회 시상식은 2015년 12월 3일 안양에 있는 스칼라티움 글로리아홀에서 150여 명의 축하객이 참여한 가운데 거행되었다. 영예의 대상은 이정구 목사(안양시 사회복지사협회장)가 수상했다.

제3회 시상식은 2017년 12월 2일 부산 부전교회 '닿음아트홀'에서 거행되었다. 영예의 대상은 천종호 부산가정법원 부장판사가 수상했다. 이날 행사에는 김석준 부산시 교육감, 김영란 전 대법관 등이 참석하여 수상자들에게 감사패와 축하 메시지를 전해 주었다.

2014년도에 들어서면서부터는 본부 행정실 업무가 대폭 늘어나 행정시스템을 재정비했다. 나눔플러스의 역사가 5년에 접어들면서 매월 정기적으로 CMS를 통해 후원하는 분들이 늘어났고, 예산 및 행정업무가 증가했기 때문이다.

최초 출범 때부터 발행해 온 '소식지'도 지금까지 빠지지 않고 이어지고 있다. '권두칼럼'에 이어 '각계 인사의 특별기고', '전국나눔센터장들의 나눔봉사 이야기'와 '각종 나눔행사 화보', 그리고 3,000여 명의 정기적인 CMS 후원자들의 리스트 등 전국나눔센터와 후원자들의 소식을 전하고 있다.

강지원 쌤은 나눔플러스의 '큰 바위 얼굴'이다. 내가 강지원 쌤을 처음 만난 것은 단체 출범 직전이었다. 당시 강 쌤은 인기 방송인이나 마찬가지로 친밀하게 느껴졌던 분이다. 미디어를 통해 전국에서 인기 절정에 있던 쌤을 만날 때마다, 나는 그의 해박한 지식에 놀랐고, 또한 그의 겸손한 모습에 감동했다. 더욱이 그분의 온화한 성품에 나의 머리는 자연히 조아려질 수밖에 없었다.

강지원 쌤은 '행복 전도사'다. 200여 명의 나눔활동가들이 모인 특강 자리에서 강 쌤은 이렇게 역설했다.

> 행복은 어두운 그림자를 싫어합니다. 게으름과 나약함, 겁과 두려움, 원망과 불평……. 이런 모습들은 모두 어두운 그림자들입니다. 불행은 어두운 그림자가 낳은 대표적인 결과물입니다. 어두운 그림자에 가려진 사람들은 대체적으로 꿈과 희망을 찾아볼 수 없습니다. 내 마음에 꿈과 희망이 사라지면 삭막한 느낌에 남을 바라보는 눈길에서도 따스함이 사라집니다. 사라지는 것들로 인해 자신은 물론 다른 사람들을 생각할 여유조차 없어집니다. 불행의 씨앗인 이런 어두운 그림자가 내 마음에 침입하지 못할 때 비로소 행복의 씨앗이 싹트기 마련입니다. 이 자리에 계신 우리 모두는 불행의 씨앗을 저 멀리 날려 보내고 행복의 씨앗을 퍼 나르는 행복의 전도자가 되었으면 합니다.
>
> 행복의 씨앗을 싹트게 하는 일은 어렵지 않습니다. 아주 작은 일, 작은 손길, 작은 봉사, 작은 마음의 창을 열면 가능합니다. 서로 돌아보고, 격려하며 칭찬하고, 그러면서 화합을 도모할 때 가능합니다. 우리 '나눔플러스'의 사명이 여기에 있습니다.

강 쌤은 그 바쁜 와중에도 시간을 쪼개어 전국을 순회하며 나눔플러스가 속해 있는 지역을 돌아보고 활동가들을 격려하며 용기를 북돋아 주었다. 어느 곳을 가든지 미소 띤 모습으로 봉사자들의 손을 잡아 주면서 칭찬과 격려를 아끼지 않았다. 그리고 특강 때마다 늘 봉사에 대해 강조했다.

봉사는 인생을 살아가는 데 반드시 지불해야 하는 임대료나 마찬가지입니다. 통계를 보면, 해마다 국민들의 봉사에 대한 수준이 높아져 가고 있는데, 이는 참 감사한 일이며 환영할 일입니다. 하지만 저마다 입으로는 '사랑'을 외치지만, 정작 이 사회에서 사랑이라는 단어가 점차 빛을 잃어 가고 퇴색되어 가는 현실을 보면 참 안타깝지 않을 수 없습니다. 사랑은 진정한 희생과 봉사와 더불어 뚜렷이 드러납니다. 봉사 없는 곳에 사랑이라는 단어는 존재하기 어렵습니다.

우리는 대체로, 각자 처해 있는 직장이나 가정에서 맡은 바 직분을 다함으로써 자신의 인생의 임무를 다하고 있다고 생각하는 경향이 있습니다. 하지만 이 임무 속에는 반드시 봉사하도록 부름받은 우리들의 소명도 포함되어 있다는 것을 깨달아야 합니다.

서로가 적극적인 봉사의 실천으로 사랑의 기쁨을 맛보아야 합니다. 화려하거나 빛나는 일이 아닙니다. 크나큰 보상이나 대가가 눈앞에 주어지는 것도 아닙니다. 그러나 스스로 자신을 드러내지 않고 계속하노라면 봉사활동의 공은 반드시 인간의 삶 속에 나타납니다. 그리하여 나의 인간을 향한 조그마한 정성이, 나의 이웃과 공동체의 행복의 밑거름이 되고 건강한 사회를 떠받쳐 주는 원천이 되어 있음을 알게 될 것입니다. 봉사는 인간다운 삶 그 자체이며, 우리가 피할 수 없는 사회적 책임이며 과제인 것입니다.

그리고 항상 투명성에 대해 강조했다. "기금을 조성하고 물품을 많이 모아 어려운 이웃을 섬기는 것도 중요하지만, 민간 차원에서 사회안전망 운동을 지속적으로 바르게 정착시키기 위해서는 올바른 정신을 바탕으로 투명성이 선결되어야 한다"라고.

그동안 한국 사회에는 많은 봉사단체가 저마다의 목적을 가지고 출범했지만, 아직도 무늬뿐이면서 실상은 허술한 운영으로 세인들로부터 지탄을 받는 곳도 있는 것이 사실이다. 행복을 전하는 자가 행복하지 않고, 사랑을 전하는 자의 손길이 아름답지 못하며, 선한 일을 하는 자가 '선한 사마리아 정신'이 없다면 그것은 결코 바람직한 현상이 아니라고 강조할 수밖에 없다.

나눔플러스의 지역사회 이웃들을 위한 봉사는 '선한 사마리아 정신'으로 변함없이 지속될 것이다.

4부

공동체의 사랑과 정의

이광재

한국매니페스토실천본부 사무총장

정치권은 정책 경쟁으로-매니페스토 운동

나의 가장 친숙한 친구는 알베르 카뮈(Albert Camus)다. 카뮈의 소설 『이방인』은 내가 감당하기 어려운 무게를 선물했다. 그의 철학적 에세이 『시지프의 신화』는 견딜 수 없는 혼동과 고통을 안겨 주었다. 일반적인 기대감에 철저한 불일치가 나타나는 부조리, 그것은 오래전부터 지금까지 나의 친구이며 삶의 주제였다.

대학 시절 나는 대통령직선제 쟁취와 독재타도를 목 놓아 외쳤다. 군사독재 체제라는 부조리에 대한 도전이었다. 그렇게 우리 사회의 민주주의를 온몸으로 열어젖힌 것에 대해 강한 자부심을 느끼고 있다. 하지만 그로 인한 상흔도 깊다. 양김의 분열이었다. 민주 진영을 동서로 갈라놓고, 지역 구도를 악화시킨 그때 나는 치를 떨며 분노했다.

기성세대로 진입하던 마흔 즈음에도 내게는 지역에 기반을 둔 패권주의 정치가 가장 큰 부조리였다. 선거 때마다 거리에 붙은 수많은 현수막과 선전 벽보, 시끄러운 유세 차량과 길가에서 같은 옷을 입고 구호를 외치며 춤추는 선거운동 관계자를 보면 지난 1987년의 부조리가 떠올랐다. 선거를 치르고 나서 폐기되는 현수막은 약 350만 개, 무게로는 5,000톤에 이른다고 했다. 이것이 우리가 이루어 낸 민주주의인가 싶은 회의가 깊어졌다. 사그라질 줄 모르는 지역주의는 우리 세대를 더욱 화나게 했다. 그때 숙명처럼 다가온 '매니페스토'를 만났다.

매니페스토(Manifesto)는 1984년 영국 보수당 당수 로버트 필에 의해 시작되었다. 그리고 1997년 노동당 토니 블레어에 의해 세계적으로 퍼졌다. 매니페스토는 구체적인 예산과 추진 일정을 갖춘 공약을 말한다. 수치가 들어가기 때문에 객관적으로 검증, 평가하기가 쉽다. 기록하고 기억하고 통제하기도 쉽다. 선거에서 지연, 혈연, 학연 등 연고주의가 비집고 들어올 틈을 주지 않는 운동이다. 선거에서 후보자의 고용과 해고를 연고로 하는 것이 아니라 고용계약서라 볼 수 있는 정책공약 중심으로 결정하는 것이다.

나의 오래된 벗들은 매니페스토 운동을 하겠다는 나를 부질없는 짓이라며 말렸다. 지역주의 등 연고주의를 극복하는 것은 사실상 거의 불가능하다는 것이었다. 상처받고 실망하고 좌절했던 지난 기억 때문이었을까. 나는 철저히 이방인이었다.

2006년 2월 1일 세종문화회관에서 한국매니페스토실천본부를 공식 발족했다. 그런데도 답답함과 혼돈은 계속됐다. 국정 선거인 대선과 총선이 아닌 지방선거에서 매니페스토 운동을 시작하려는 것은 거의 자해 행위에 가까웠다. 나를 다잡기 위해 전주 전농성당을 찾기도 하고 대구로 내려가 국채보상운동로와 2·28기념공원에 멍하니 앉아 있기도 했다. 그러나 큰 도움이 되지 못했다. 단지 유일한 위안은 2003년 4월 일본 지방선거에서 매니페스토가 선풍을 일으켰다는 점이었다.

2006년 2월 15일 오후 7시 서울 중구 정동 민주화운동기념사업회 교육장, '한국형 매니페스토 운동의 확산과 로컬 거버넌스의 발전 방향'에 대한 토론회가 열리고 있었다. 교육장 뒷줄에 강지원 변호사가 앉아 있었다. 나는 강 쌤에게 조용히 다가갔다. 목례를 한 후 어떻게 오셨는지, 누가 초대했는지 등을 진지하게 물었다. 그의 대답은 정말 간단했다. 당신이 할 수 있는 일이 있다면 무엇이든 거들고자 왔다는 것이다. 또한 매니페스토 운동은 우리 사회에 꼭 필요한 운동이라고 했다.

나는 속으로 '이제 됐어!'라고 외쳤다. 그 순간 알베르 카뮈와 스승 장 그르니에와의 첫 만남을 떠올렸다. 두 사람의 첫 만남은 1930년 알제리 알제에서였다. 17세 알베르 카뮈의 마음이 이랬을까? 당시 매니페스토 도입 시점에서 가장 문제였던 것은 공정성 확보였다. 지난 '낙천·낙선 운동'처럼 편파성 논란이 제기되면 주요 정치세력과 국민은 등을 돌리게 될 것이었다. 그는 이 같은 우려를 단번에 날려줄 수 있는 유일한 분이었다.

"우리나라 선거문화에서 가장 큰 문제는 학연, 지연, 금연, 그리고 조직선거입니다. 이런 비민주적인 선거문화 때문에 정치가 사회의 발목을 잡고 있지요. 이를 바로잡아야 합니다. 저는 육십 이전의 인생은 활동적이어야 하고, 육십이 넘어서는 젊은 세대의 활동력을 충분히 보장해 주어야 한다고 생각합니다. 첫 갑자인 육십까지는 숨이 헐떡거릴 정도의 오르막길을 오르는 것이고, 육십이 넘어서는 첫 갑자를 잘 정리하는 삶이어야 한다고 생각해요. 언제나 젊을 줄 알았는데 내 나이 어느덧 육십에 접어들었습니다. 이제 나의 역할이 바뀌어야 할 나이입니다. 지금부터 나이 든 나는 젊은 활동가들의 가드(guard)를 서 줄 터이니 나를 충분히 활용하세요. 나는 그 일에 충실히 하고자 이 자리에 왔습니다."

그의 말이 더욱 반갑고 고마웠다.

1932년 17세의 카뮈와 32세의 스승 그르니에, 나이 차는 15세였다. 우연이었을까. 2006년 그해 강 쌤은 58세였고, 내 나이 43세였다. 어느덧 십 수 년이 지나 나의 나이가 당시 그의 나이가 되어 간다. 그때를 떠올리니 다시금 가슴 뭉클하다. 노자는 『도덕경』에서 "죄악 중에 탐욕보다 더 큰 죄악이 없고, 재앙 중에는 만족할 줄 모르는 것보다 더 큰 재앙이 없고, 허물 중에는 욕망을 채우려는 것보다 더 큰 허물은 없느니라"라고 했다. 노자의 말을 되새기노라면 당시의 울림이 더욱 커진다.

쾌도난마(快刀亂麻)! 이후 모든 일을 주저 없이 명쾌하게 처리했다. 중앙선거관리위원회를 설득했고, 중앙일보의 협조를 견인했다. 매니페스토 운동 전개를 위한 사회적 분위기를 조성하고, 유권자들의 공감을 이끌어내기 위해 노력했다. 이는 우리나라 선거 과정에서 선관위와 시민단체, 언론이 충돌하지 않고 협력한 첫 사례였다.

매니페스토 운동 도입 첫해인 2006년에 치러진 5·31 지방선거는 우리나라 선거사상 처음으로 지방자치단체장과 지방의회 의원을 비롯하여 교육감 선거와 교육위원 선거 등 여덟 개를 동시에 치르는 선거였다. 과거 지방선거는 혈연·지연·학연 등의 연고주의, 후보자 간 상호비방 및 흑색선전, 선심성 공약남발 등 부정적 요소가 많았던 선거였기에 운동이 녹록치는 않았다.

그렇지만 여러 성과가 있었다. 중앙선관위와 매니페스토본부가 공동 주최했던 '매니페스토 정책선거 실천 협약문 체결식'에 5개 정당 대표들 모두가 모였다. 시민단체와 정부기관, 언론 등의 협력 네트워크 구축을 통해 대통령이 초청해도 한두 명씩은 빠지던 정당대표들이 모두 모인 것이다. 또한 5당 대표들은 당의 후보 경선 단계에서부터 지원자들에게 매니페스토 공약 제시를 의무화하겠다는 대국민 약속도 했다. 이에 따라 3만 명쯤 되었던 출마 희망자들이 매니페스토 공약을 준비하느라 법석대기도 했다. 당시 후보자의 매니페스토를 대신 작성해 주는 기획사가 운영되기까지 했다는 언론보도도 있었다.

2006년 지방선거에서부터는 후보자들의 어려움을 덜어 주기 위해 매니페스토본부가 선거관리위원회와 중앙일보에 제안하여 공약은행을 설립, 운영했다. 공약은행은 돈이 아닌 정책을 예금하고 대출하는 일을 했다. 정책예금은 전국

6.2지방선거 매니페스토 5대 운동 선언!
4,800만 정책선거 온라인 서명운동 돌입 선언 기자회견
정책보고 투표하자
후보자 선정하라
매니페스토 발표하라
정책경선 실시하라

민선4기, 지방자치단체
매니페스토 웹 소통 현

18대 총선 D-20
구태 정치 경고 한다
언론 각성 촉구 한다

2010 시민매니페스토 전달식
지 역 의 미 래 매 니 페 스

2011 지방의원 매니페스토
약속대상

홍보대사 위촉 및 새내기 유권자
일 시 : 2008년 2월 12일(화) 오후 1시30분 장소 : 국회 의원회관

www.manifesto.or.kr
매니페스토운동
이라고 아시나요?

제18대 총선 매니페스토
주요활동 계획안

매니페스토
발표하라!

초등학생 우수 매니페스토 시상식
내가 만일 대통령이라면...
초등학생들이 바라는 대선후보의 공약!

의 유권자들이 지역에 살면서 느낀 불편사항의 개선안을 공약은행에 올릴 수 있도록 안내했다. 정책대출은 후보자들이 소속 정당의 당론이나 자기 정치철학, 취향에 따라 공약은행의 정책들을 무료로 퍼갈 수 있도록 했다. 공약은행은 "온라인상의 공약은행에 유권자가 정책을 예금"→"후보자가 공약을 대출"→"후보자가 당선되면 오프라인의 실제 세계에서 공약을 이행", 즉 예금→대출→이행의 순환구조로 구성된 것이다.

2006년 지방선거를 통해 당선된 광역자치단체장 전원이 지방자치 역사상 처음으로 인수위원회를 꾸리고, 선거공약을 지방정부 정책으로 구현할 수 있는지 검증하기 시작했다. 또한 2008년 제정된 공직선거법은 "선거공약서에는 공약과 각 사업의 목표·우선순위·이행 절차·기한·재원 조달방안 등 추진계획을 기재해야 한다"고 규정했다. 대통령 및 단체장 후보의 선거공약에 대해 법으로 그 구성을 제도화한 것이다.

이와 함께 매니페스토본부의 제안으로 모든 선출직 공직자의 선거공보를 선거관리위원회 홈페이지에 상시 공개하여 지난 선거에서의 공약을 수시로 확인할 수 있게 했다. 그리고 매니페스토본부가 시·도지사와 시·군·구청장의 공약 이행 상황을 매년 평가하여 지역주민에게 그 정보를 제공하는 등 혁명적인 변화를 이끌어냈다.

내게 주변에 대한 광범위한 호기심 혹은 관심이라는 장점이 있었다면, 강 쌤에게는 저돌적인 실행력과 돌파력이 있었다. 신랑과 신부가 하객들에게 약속을 발표하는 매니페스토 결혼식, 급훈 등 친구들과 약속을 만들어 보는 교실 매니페스토, 결혼 10년 차 부부들의 리마인드 결혼식인 부부 매니페스토 리프러포즈 등이 나의 호기심과 궁금증, 강 쌤의 실행력과 돌파력이 결합해서 열매를 맺은 대표적인 사례다.

2011년 중앙일보와 1년간 기획보도했던 '내 세금 낭비 스톱'은 기획기사와 르포 등 다양한 형식으로 전국 곳곳의 세금(예산) 낭비 현장을 고발하면서 전 국민에게 세금 낭비의 심각성을 알리기도 했다. 이로써 세금 낭비 주범으로 꼽힌 단체장들의 전시·과시용 사업을 억제하는 효과를 거두었고, 정책을 감시하지 못하면 눈먼 돈이 될 수 있다는 점을 각성시켜 주는 계기가 되었다. 강 쌤과 함께하면 못할 것이 없어 보였다.

만남과 헤어짐은 준비할 시간을 주지 않고 갑작스레 일어나기도 한다. 18대 대선이 치러졌던 2012년 여름, 강 쌤은 광화문 한 식당으로 나를 불렀다. 그는 매니페스토 운동을 하며 지방선거와 총선, 대선을 모두 치렀지만, 시민사회운동으로는 그 한계를 절실히 느껴, 이번 대선에 자신이 직접 매니페스토 후보로 출마하여 정책선거의 모범을 보이려 한다고 말했다. 나는 그를 말렸다. 정치권의 변화가 너무 더디다고 생각할지 모르겠지만, 외부에서 평가하기에는 너무도 많은 변화를 이루어냈으며, 앞으로도 적지 않은 변화를 견인할 것이라 기대하고 있다고 했다.

하지만 그의 의지는 확고했다. 매니페스토 운동을 하면서 정치권을 깨끗하게 청소하겠다는 소명의식이 점점 더 커졌다고 했다. 매니페스토 정책선거를 위해 무엇보다 경쟁후보들에 대해 욕설·비방을 절대로 하지 않을 것이며, 오히려 상대후보를 칭찬하고 선거를 축제 분위기로 만드는 데 주도적 역할을 하겠다고 했다.

세상은 이런 강 쌤을 '돈키호테'라 불렀다. 나 또한 그를 말리고 싶어 정식 후보등록은 하지 말고 캠페인만 하는 페이크를 쓸 것을 제안하기도 했다. 그러나 거짓 정치를 하지 말자는 운동을 했던 사람이 거짓 캠페인은 할 수 없다며 더욱 단호한 모습을 보였다. 나는 더 말리지 못했다.

시간이 약이었을까, 강 쌤처럼 세상을 바꾸려는 여러 사람의 노력이 주효했을까? 2014년 치러진 7·30 재보선에서 보수정당 후보가 진보정당의 텃밭인 호

남지역에서 당선되면서 견고했던 지역구도가 서서히 깨지는 것 아니냐는 분석이 나오기 시작했다. 그러더니 2016년 치러진 20대 총선에서는 넘기 어려운 벽으로만 보였던 지역주의 장벽이 대구, 부산, 호남 등에서 무너졌다. 지역주의가 서서히 힘을 잃어 가고 있다는 증거가 곳곳에서 나타나고 있었다. 정치권에서 보기에 강 쌤은 불온한 꿈을 꾸는 몽상가였겠지만 세상은 이렇게 조금씩 진화하고 있었다.

시민사회운동은 운동이라는 에너지에 기반을 두어 폭발력을 가져야 하는 것이 보편적이다. 하지만 매니페스토 운동은 조금 다를 수 있다. 시민운동이지만 오랫동안 비행하기 위해서 폭발을 통해 주기적으로, 지속적으로 추진력을 얻어야 한다. 그래서 오랫동안 먼 거리를 나는 로켓처럼 5년 주기로 3단계 설계를 했다.

그 첫 단계가 2006년 지방선거에서부터 2011년까지로 지역주의를 극복하는 도입 부분이었다면, 두 번째는 2012년 대선에서부터 2016년 총선까지로 정책공약의 재정논쟁을 불러일으키는 확산단계, 세 번째는 2017년 대통령선거에서부터 2023년까지의 정착단계, 이렇게 해서 온전한 민주적 통제를 제도화하는 것으로 설계했다. 그리고 가장 중요했던 첫 단계부터 두 번째 단계의 7년을 강 쌤과 함께했다.

아쉬움도 있다. 가장 큰 아쉬움은 두 번째 단계에서의 민주적 통제의 실패이다. 두 번째 단계에서 강 쌤까지 선거에 직접 뛰어들어 정책공약의 재정논쟁 촉발에는 성공했지만, 국정농단세력의 관여를 차단하는 페어링 분리에는 실패했다는 점이다.

천천히, 또박또박, 그러나 악착같이 나아가겠다고 다짐하며 시작했다. 실패하고 실망하고 좌절했지만, 주저앉지는 않았다. 이는 내 삶의 가치에 대한 증거이기도 했다. 난 매니페스토 운동 10년의 평가와 향후 과제에 대해 스스로 묻는다. 그럴 때마다 매니페스토 운동은 내 삶의 또 다른 터닝 포인트(turning point)였고, '세렌디피티(serendipity)' 였다는 자기고백을 하게 된다. 그 중심에는 강 쌤과의 만남이 있었다.

우연과 필연은 하나의 원 안에 공존한다고 믿는다. 지역주의 약화라는 우연과 필연이 절묘하게 교차하는 시점에서 매니페스토 운동이 시작되었다. 세대, 계층 등을 겨냥한 정책공약이라는 강력한 선택지가 등장하면서 과거 선거를 지배해 온 지역주의의 '지역' 이란 변수는 후순위로 밀리고 있다. 나는 이를 매니페스토 운동의 가장 큰 성과로 꼽고 있다.

향후 과제는 우선 민주적 통제이다. 대의민주주의는 비행기 승객들이 일정한 기간마다 승객 중에서 기장을 선출하는 매우 엄중한 제도라고 한다. 기장이 되려는 사람의 항로(철학과 비전)와 항법(정책공약)에 대한 면밀한 검증을 하지 못하면 무능하고 무책임한 기장을 선출하게 되고, 일순간 추락하는 위기를 맞을 수 있다는 것이다. 따라서 민주적 통제는 선거과정이나 선거 이후에도 민주주의에서는 가장 중요한 요소가 아닐 수 없다.

또 다른 과제는 강 쌤이 했던 것처럼, 청년들이 정치판을 뒤흔들 수 있는 환경을 만들어 주는 것이다. 지금의 한국 정치는 시시각각 늙어 가고 있다. 현재의 대의민주주의는 표의 등가성 반영에 매우 취약한 구조로 되어 있다. 인구구조 변화와 4차 산업혁명 등의 기술 발전에 따른 청년의 음울한 현실과 삶의 질 저하도 심각한 사회문제가 되고 있다. 하지만 제도정치의 변화는 매우 더디고 유보적이다. 그래서 매니페스토 운동을 통해 청년들이 정치판을 뒤흔들 수 있는 구조를 만들어 주고자 한다.

난 여전히 부조리에 반항하면서 살아야 하는 것이 숙명임을 이해하고 있다. 앞으로도 일정 부분 실패하고 실망하고 좌절할 것이다. 그렇지만 절대 주저앉지는 않을 것이다. 난 밑으로 굴러 내려온 바위를 다시 산꼭대기까지 밀어 올릴 것이다. 온몸으로 열어젖힌 우리 사회의 민주주의에 대한 강한 자부심과 강 쌤과의 만남이 내가 더욱 그리하도록 만들어 주기에 이 몸짓을 절대 그만두지 않을 것이다.

황우갑

신간회기념사업회·민세안재홍선생기념사업회 사무국장

공생－'다사리' 민세정신과 '좌우합작' 신간회의 길

경기도 평택 출신의 독립운동가 민세 안재홍을 역사 속에 복원하고 정신을 계승하는 기념사업회가 2000년 창립되고, 일제강점기 최대 항일민족운동단체인 '신간회'의 민족통합·사회통합 정신을 선양하는 기념사업회가 2007년 창립되었다. 나는 두 단체의 창립 때부터 현재까지 사무국장으로 활동하면서 한편으로는 야학교사로도 봉사하고 있다. 분단과 전쟁, 산업화의 그늘 속에서 소외된 청소년과 성인들이 정규 학력을 취득하고, 한글을 자유롭게 읽고 쓸 수 있도록 지원하는 활동을 하고 있다.

생애봉사를 강조하는 강지원 쌤과는 2010년 1월부터 소중한 인연들을 이어왔다. 쌤은 2016년 8월 이후 현재까지 민세안재홍기념사업회와 신간회기념사업회 회장으로 봉사하며, 사업회의 여러 행사에 항상 밝은 미소를 띤 채 오셔서 포용적 겸손과 공감적 배려를 실천해 오고 있다.

아직도 잘 모르는 분들이 많지만 민세 안재홍(1891~1965)은 일제강점기 국내 독립운동을 이끈 핵심 인물이다. 안재홍은 1919년 임시정부를 지원하는 '대한민국 청년외교단' 총무, '물산장려회' 이사와 1927년 2월 창립한 일제강점기 최대 항일운동단체 '신간회' 총무간사, 조선어학회 활동 등을 하면서 9차례 걸쳐 7년 3개월의 옥고를 치른 항일운동가다. 또한 시대일보 논설기자를 시작으로 조선일보 주필과 사장, 해방 후 한성일보 사장을 지내며 민족언론 수호에 힘쓴 언론인이다.

또, 1934년 '조선학 운동'을 주도하며 일제 식민사관에 맞서 한국 고대사를 연구하고 다산 정약용의 저서 『여유당전서』를 교열 간행했다. 민세는 『조선상고사감』, 『조선통사』 등을 집필하며 일가를 이룬 역사학자이기도 했다. 해방 후에는 여운형과 함께 건국준비위원회를 조직하고, 좌우합작 추진위원, 미 군정청 민정장관, 2대 국회의원 등으로 활동하며 통일 민족국가 수립에 힘쓴 중도파 정치가였다. 또한 『신민족주의의 신민주주의』, 『한민족의 기본진로』 등을 저술, 대한민국 건국의 이념적 기초를 세운 정치사상가였다.

그러나 민세는 1950년 6·25 때 납북되어 한국 근현대사의 뒤안길로 사라졌다. 고향 평택에서도 잊힌 존재였다. 뒤늦게나마 1989년 3월 1일, 사후 24년 만에 대한민국 정부는 건국훈장 대통령장을 수여하고, 복권시켰다. 1991년 국립묘지에 위패를 안치했고, 1992년 12월에는 경기도 평택시 고덕면 두릉리 소재 안재홍 선생 생가가 경기도 문화재로 지정되었다. 이런 재조명 분위기 속에 2000년 10월 21일 평택과 전국의 뜻있는 인사들이 모여 (사)민세안재홍선생기념사업회를 창립했다.

일제강점기 국내 민족운동을 주도하며 지조를 지켰던 인물이 수십 년이 지나서야 정당한 평가를 받기 시작한 것에 안타까움도 있다. 다행히 민세가 꿈꾸었던 통일국가, 개방사회를 지향하는 열린 민족주의의 가치를 계승하기 위해 기념사업은 다양한 방식으로 추진됐다. 고향 평택에 기반을 두고 활동을 시작한 민세기념사업은 국가보훈처, 평택시 등의 꾸준한 예산 지원, 민세가 주필과 사장을 지낸 조선일보 등의 적극적 사업 홍보, 민세 유족의 관심과 협조 속에 20년 가까운 기간 동안 많은 노력을 기울였다.

그간의 사업으로는 첫째, 추모 계기사업으로, 매년 돌아가신 3월 1일에 추모식을 개최하고, 8·15 광복절 기념행사, 민세홍보기획전시회를 열며, 10월 9일 한글날 민세문화제 등을 꾸준하게 개최하고 있다. 2008년 해방 후 민정장관 시절의 공문서가 국가기록원에 의해 '국가기록물 제2호'로 지정되었고, 2009년에는 천안 독립기념관에 '민세 어록비'가 제막되었다. 2012년에는 정부로부터 납북인사로 공식 인정되었다.

둘째, 학술연구·출판 사업으로서 매년 민세의 활동 분야 관련 학술대회를 20여 회 이상 개최해 왔다. 매년 민세학술연구총서를 발간해 왔으며, 민세평전 발간 지원, 어린이 전기, 민세 『백두산 등척기』 현대어 번역, 민세 홍보자료 발간사업을 꾸준하게 해 왔다.

셋째, 교육문화사업으로 2006년 9월부터 매월 1회 '다사리포럼'을 개최, 전국 명사를 평택으로 초청하여 강연과 토론회를 열고 있으며, '청소년 다사리문화학교'를 열어 청소년들에게 민세정신을 알리고 있다. 또한 백두산 등척 80주년 기념답사, 청소년 한일 교류, 일본 역사교과서 왜곡반대운동 등도 추진했다.

넷째, 민세상 사업으로, 매년 11월 30일 민세 탄생일에 평택시, 조선일보와 함께 사회 통합과 한국학 진흥에 힘쓴 인사를 선정, 민세상을 시상함으로써 민세정신을 전국적으로 알리고 있다.

2006년부터는 신간회운동 재조명 사업도 전개해 오고 있다. 안재홍은 일제강점기 최대의 항일민족운동단체 신간회 창립의 주역 가운데 한 사람이다. 이에 한국 독립운동사에서 최초로 통합에 성공한 귀중한 경험인 신간회의 21세기적 의미를 되새기기 위해 2006년 2월 15일 창립 79주년 기념식을 처음으로 열었다. 그리고 2007년 2월 80주년 기념학술대회를 개최하면서 신간회기념사업회를 발족했다. 이후 매년 2월 15일 여러 기관과 협력하여 창립기념식을 개최하고 있으며, 기획전시회 개최, 표지석 건립, 신간회 유족 모임 등을 통해 신간회운동의 재조명과 통합정신 계승에 힘쓰고 있다.

민세기념사업회는 2010년 1월 14일 제41회 조찬 다사리포럼에 초청강사로 한국매니페스토실천본부 상임대표로 활동하고 있던 강지원 쌤을 초대했다. 강 쌤은 "참 공약이 지역의 미래를 만든다"라는 주제강연을 통해 한국 선거문화에 큰 전환점이 된 매니페스토운동의 중요성을 다양한 사례를 들어 강조했다.

이런 인연이 이어져 2010년 11월 8일 민세기념사업회가 주관하고, 평택시 후원, 조선일보 특별후원의 제1회 민세상 사회통합부문 심사 때 이세중 변호사, 김후란 문학의집 서울 이사장과 함께 초대 심사위원으로 심사를 맡음으로써 민세기념사업회와 더 가까워지게 되었다.

그리고 2011년 9월 5일 한국프레스센터에서 열린 '대한민국, 중도(中道)에 길을 묻다'라는 주제의 민세학술토론회에는 토론자로 참여했다. 이 토론회는 안재홍의 민세 다사리 정신을 계승하고 한국 사회의 갈등 해소와 통합을 위해 분야별 과제를 심층 토론하는 자리였다.

2012년 9월부터는 민세기념사업회 수석부회장으로 추대되었다. 당시 2005년 9월부터 선친과의 인연으로 사업회를 맡아 도와주신 김진현 회장은 여든을 바라보고 있었다. 자신의 후임으로 봉사할, 민세 선생의 정신을 실천하는 60대 저명인사를 찾아보라는 회장님과 이사회의 의견을 정리해서 강지원 쌤을 찾아 뵙고 추대 의견을 밝혔다. 평택 출향 인사가 맡는 것이 좋겠다며 여러 차례 고사했으나 몇 번의 만남에서 간곡한 권유를 드려 어렵사리 수석부회장으로 추대할 수 있었다.

강지원 쌤과 두 단체의 인연을 생각하면 "하늘은 스스로 돕는 자를 돕는다"라는 말을 절감한다. 대개의 독립운동 관련 기념사업회가 그렇듯이 두 단체도 여러 여건이 넉넉한 편이 아니다. 그렇지만 이러저러한 협력과 지혜가 모아져 선열들에게 부끄럽지 않은 활동을 하려고 많이 애써 왔다. 세상을 살아가면서 나를 도와줬으면 싶은 사람이 도와주지 않아 서운한 때도 있지만 한편 뜻밖에 전혀 관계없는 사람이 흔쾌히 도움을 줘서 희망을 발견하는 일도 많다. 두 사업회 활동내용의 격에 맞게 전국적으로 명망이 있는 분이 회장을 맡으면 좋겠다는 것이 이사들 대부분의 뜻이었다.

제4회 민세상 학술부분 수상자이신 한형조 교수에게서 들었는데 조선 중기의 대학자 퇴계 이황의 부인은 정신지체장애자였다. 장인 되는 사람이 퇴계의 인품을 보고 찾아와 "자네가 내 딸을 맡아 주었으면 좋겠다"고 했고, 퇴계도 이런 청을 받아들여 정신지체자인 아내와 평생을 함께했다고 한다. 퇴계의 인품이 예사롭지 않게 느껴지는 이유다.

당시 서울로 강 쌤을 찾아가 추대 요청을 드릴 때 내 심정은 마치 퇴계 장인의 마음 같았다. '이분이 맡아 주시면 좋겠다', '이분은 꼭 맡아 주실 것 같다'는 생각을 갖고 찾아갔다. 민세상 심사위원으로 몇 차례 만나 느낀 것은 이분이 세상에서 부러워하는 사법고시 수석합격의 검사 이력을 가진 게 맞나 싶을 정도로 소탈했다는 점이다.

이미 언론을 통해 청소년 단체나 장애인 단체 활동을 하고 있다는 사실은 알고 있었지만, 간접 정보로 얻은 이미지와 실제의 품성이 다른 경우도 많이 있어서 강 쌤과의 만남은 여러모로 깊고 좋은 인상이 남았다. 강 쌤이 전국적인 여러 봉사단체에 차도 없이 뚜벅뚜벅 걸어 다니며 오랜 기간 봉사하고 있다는 점을 생각하며, 소박하지만 강한 희망을 갖고 말씀드렸다. 강 쌤처럼 민세 선생을 조금이라도 닮고자 하는 분이 수석부회장을 맡아 주시는 것이 좋겠다는 나의 진심도 통했다는 생각이 든다.

1999년 12월 4일 평택서 열린 민세기념사업회 발기인대회 때 고 강원룡 목사가 오셔서 축사를 하고 나서 가시기 전 로비에서 내 손을 꼭 잡으면서 "민세 선생은 내가 해방 직후에 청년기 때 만난 분 가운데 특히 그 인품이 훌륭해서 존

평택이 낳은 독립운동가, 국회의원, 언론인, 역사학자
민세 안재홍선생 기념사업회 창립대회
장소:평택시북부(송탄)문예회관 소공연장

제90주년 신간회新幹會 창립기념식

제91주년 신간회 창립기념식

제 7 회
민 세 상
시 상 식

제 8 회
민 세 상
시 상 식

제10회 민세학술대회
민족운동가들의 교류와 협동

나와 나라와 누리가

경해. 아는 것을 행동으로 옮기는 지행합일과 민족과 사회통합을 평생 실천하셨어. 늦게나마 기념사업 활동이 시작되어 기쁘고, 내가 살아 있는 동안에는 꼭 행사에 참석할 테니 연락하게"라고 말씀하셨는데, 그 말씀처럼 민세는 주변에 폐가 된다며 1946년 본인 외동딸인 서용 씨 결혼식에 일가 외에는 아무도 초대하지 않았다고 한다. 미 군정청 민정장관 시절에는 도시락을 싸 가지고 다닐 정도로 검소했다. 음식도 미식을 삼가고 이런 돈을 아껴서 해방 전에는 김좌진 장군의 아들 김두한 씨와 신채호 선생의 가족을 돕고, 독립운동을 함께했던 후배 자녀들 학비에 보탰다. 강지원 쌤도 이런 민세의 삶을 닮은 우리 시대의 대표적 지식인이다.

강지원 쌤은 민세안재홍기념사업회와 신간회기념사업회 회장을 맡아 현재까지 왕성하게 기념사업회를 이끌고 계신다. 여러 활동으로 바쁘신 가운데 사업회 이사회 등 내부 모임에도 빠짐없이 참석해서 이사들과 현안에 대해 기탄없이 말씀을 나누기도 하고 다양한 활동을 해 왔다. 많은 분들이 동의하듯 대한민국의 청렴을 상징하는 강지원·김영란 부부이기에 평택시와 시민사회에서는 민세와 신간회를 통해 강지원 쌤과 평택이 소중한 인연을 맺은 것에 대해 환영하는 의견이 지배적이다.

강지원 쌤은 민세기념사업회와 여러 가지 일을 함께하며 새로운 활력을 불어넣어 주었다. 매년 3월 1일 민세 선생 기일에 열리는 추모식에 참석해서 뜻을 함께해 오고 있다. 제7회 민세상 시상식도 개최하여 사회통합부문에 손봉호 나눔국민운동본부 대표, 한국학 연구부문에 신용하 서울대 사회학과 명예교수가 수상했다.

2017년에는 8월 20일부터 21일까지 민세 독도학술조사대 파견 70주년을 기념해서 강지원·김영란 부부를 포함해서 60여 명의 시민과 청소년들이 울릉도·독도탐방을 함께했다. 두 분이 유명인사다 보니 60여 명의 참석자들과 일

일이 여러 곳에서 함께 사진을 찍느라 고생도 많이 했다. 기상 여건이 좋지 않아서 독도 동도 정상에는 오르지 못했으나, 독도의 소중함과 안재홍의 우리 땅 수호 의지에 대해 함께 공감하는 계기가 되었다.

참석한 분들의 공통된 의견이 두 분이 참 소박하다는 것이었다. 두 분 다 승용차 없이 대중교통을 이용한다고 하면 다들 놀라는 눈치다. '대중교통을 이용하는 변호사·대법관 부부', 시민들은 사회 지도층의 이런 모습에 감동하고 응원을 보낸다.

2016년 9월 23일 제10회 민세학술대회를 맞아 민세와 함께 일제강점기와 해방공간에서 교류했던 민세의 스승이자 민족교육자 이상재, 제자이자 의열단을 이끈 김원봉, 서울 북촌을 조성하며 디벨로퍼로 그 수익금을 신간회와 조선어학회에 지원한 친구 정세권, 신간회를 함께 기획 추진한 이승복, 조선어학회를 이끌며 한글 수호에 힘쓴 이극로 등 5인의 민족운동가를 조명하는 학술행사를 개최해 학술 연구의 지평을 넓히고 그들과 민세의 소중한 인연을 탐색했다. 발표논문은 정리해서 2017년도에 민세학술연구총서 7권으로 간행했다.

제8회 민세상은 사회통합부문에 김성수 대한성공회 주교, 한국학 연구부문에 진덕규 이화여대 정치학과 명예교수가 수상했다.

2016년 9월부터는 민세 실제 생가 보전에도 힘썼다. 강 쌤은 현 경기도 문화재로 지정된 곳은 민세 선생의 실제 생가가 아니고, 바로 부근에 한국토지주택공사가 허물 계획인 곳에 생가와 숙부집이 남아 있다는 이야기를 듣고, 진주에 있는 한국토지주택공사 본사라도 같이 찾아가서 설득해서 보존하는 것이 좋겠다고 했다. 다행히 한국토지주택공사 평택지사도 그 장소의 항일운동사적 가치를 인정해서 보전을 결정했다.

2017년 7월 17일에는 민세상 시상식 이후 처음으로 역대 수상자를 모시고 오찬을 했다. 이날 한국토지주택공사, 경기도, 평택시가 조성 중인 고덕 국제신도

시 민세 안재홍 생가 주변 '민세기념관·역사공원 건립추진준비위원회'를 열어 그 뜻을 다졌다. 평택시 지원부서도 종래 문예관광과에서 보훈정책을 담당하는 복지정책과 보훈나눔팀으로 이관되었다. 향후 국가보훈처 등 유관부서와 더 유기적 협력을 할 수 있는 계기가 만들어졌다. 2018년부터는 평택시 예산도 일부 증액돼 1억 원 규모를 유지할 수 있게 되었다. 2011년 1억 원 이하 예산에서 다시 1억 규모로 증액된 것이다.

강지원 쌤은 신간회기념사업회도 함께 맡아 다양한 활동을 해 주었다. 기념사업회는 2017년 창립 90주년을 맞아 국가보훈처, 조선일보, 방일영문화재단 등의 도움을 받아 2월 15일 창립 90주년 기념식을 개최하고, 6월 29일 서울 YMCA 회관에서 창립 90주년 기념학술대회 '신간회와 신간회운동의 재조명' 학술대회를 개최, 일제강점기 신간회 운동의 성과와 현재의 의의를 성찰했다.

특히 뜻깊은 것은 9월부터 현재 전국에 남아 있는 신간회 운동 지회 관련 사적지 4곳에 표지석 사업을 한 것이다. 9월 6일에는 신간회 대구지회 활동의 중심이었던 대구 교남YMCA에, 9월 27일에는 목포지회의 목포청년회관에, 10월 24일에는 충남 서산지회의 천도교 서산종리원에, 11월 6일에는 하동지회의 하동청년회관에 90주년 만에 표지석을 세워 신간회 선열들의 절대독립, 민족통합정신을 기념하고 미래 세대에 그 뜻을 전하기 위해 힘썼다.

강지원 쌤은 대구, 목포, 서산, 하동 등 전국 각지에서 열리는 표지석 제막식에 빠짐없이 참석해 관계자를 격려하고 함께 축하의 뜻을 전했다. 하동청년회관 제막식 때는 평택에서 20여 명의 이사, 시민, 청소년들과 함께했다.

두 기념사업회의 가장 큰 장점은 목적사업을 중심으로 꾸준하게 활동하면서 정치적 변화에 관계없이 다양한 공익사업을 통해 신뢰를 쌓아 왔다는 점이다. 이사회 구성도 보수와 진보 등 다양한 성향의 인사가 참여하고 있으나, 정치적 활동으로 오해받을 일과는 거리를 두어 왔다. 창립 이후 20년 가까이 평택시,

이사회, 유족들 간의 긴밀한 관계가 이어져 오면서 큰 잡음 없이 꾸준한 활동을 전개해 왔다. 여기에 강지원 쌤처럼 명망 있는 분의 참여와 상징성이 큰 힘이 되었음은 물론이다.

민세기념사업회의 핵심 중장기 과제는 '민세기념관 역사공원 조성'이다. 이미 안재홍 생가 주변 88,596m²(약 2만6천8백 평) 규모의 부지가 조성되어 있어 국가보훈처, 경기도, 평택시, 조선일보 등과 협력하여 적당한 시기에 공원과 기념관 조성으로 민세 정신을 알리는 전시관, 교육관을 만들어 나가려고 한다. 또한, 현재 DB로 구축된 민세전집을 활자화하는 작업도 하나씩 추진해야 한다.

신간회기념사업회는 국내 신간회 사적지 표지석 건립, 일본 도쿄, 교토 등 신간회 지회 창립지 상징물 건립사업을 추진해 나가야 한다. 민족주의자와 사회주의자가 함께한 항일운동이라는 측면에서 신간회 남북공동연구, 전국 신간회 지회활동 종합정리와 자료집 발간, 2027년 신간회 창립 100주년 기념관 건립 등도 실천과제이다.

심리학자 아들러는 인생의 핵심가치를 '타인과 협동하는 능력'이라고 강조했다. 최근 인기를 끌고 있는 『사피엔스』, 『호모데우스』의 저자 유발 하라리는 사피엔스 종이 다른 종을 물리치고 만물의 영장으로 성장한 가장 큰 원인은 협동하는 능력과 상상을 만들어 내는 힘이라고 주장한다. 강지원 쌤이 내 삶의 거울인 이유는 많지만 특별히 세 가지를 들 수 있다.

첫째, 강지원 쌤은 아주 뛰어난 협동능력의 소유자이다. 바쁘신 가운데에도 최선을 다해 참여하면서 회장단 및 사무국의 의견을 존중하고, 부족한 부분에 대한 대안 제시에 노력한다. 어려운 일이 있으면 "독립운동 정신 선양사업은 떳떳한 일이다. 누구든 만나 협조를 구하고 함께하자고 호소하자"며 희망을 심어 준다.

둘째, 강 쌤이 전해 주는 긍정의 힘과 에너지를 말하지 않을 수 없다. 사업추진과정에서 여러 가지 실수가 있지만 늘 잘했다고 칭찬하고, 모자라는 것은 다음에 보완하자고 격려해 주곤 한다.

셋째, 타고난 생애봉사능력이다. 생애봉사가 삶의 소중한 가치라는 생각이 든다. 사회로부터 받은 것은 다시 돌려주고자 하는 진정성을 느낄 수 있어 기쁘다. 청소년, 여성, 장애인 등 낮은 곳에 관심을 두고 실천하는 것은 쉬운 일이 아니다. 개인의 사적 욕망을 내려놓고 사회공익에 헌신할 때 가능한 일이다. 이 분을 보면 나 역시 생애 후반, 은퇴 이후의 삶도 이렇게 살면 좋겠다는 생각을 하게 된다.

우리가 사는 시대에도 민세와 같은 사회지도층이 그립다. 사람에게서 구하고 배우라고 한다. 동시대를 살면서 모범이 될 만한 사람들과 만나고 배울 수 있다는 것은 행복한 일이다. 그런 면에서 강지원 쌤과의 만남은 내 인생에서 소중한 만남이자 큰 행운이다. 칠순을 넘은 청년 강지원 쌤도, 신간회 선열들과 민세 선생의 이념, 지역, 계층, 세대를 아우르는 민족통합과 사회통합의 정신을 실천하는 우리 시대의 어른으로 계속 희망을 주시길 기원한다.

지천명의 나이에 이르니 민세가 더 존경스럽고, 민세처럼 사는 일이 어렵다는 생각이 든다. 내가 민세를 좋아하는 것은 아홉 번 감옥에 가면서도 비타협의 태도를 보인 삶의 실천에 있다. 민세(民世)라는 호는 민중의 세상, 백성의 현실 개선을 위해 평생을 함께하겠다는 다짐이다. 평민과 보통사람에 대한 애정이 그로 하여금 일제강점기 나라를 떠나지 않고 백성들과 함께 낮은 곳에서 고난의 길을 함께하게 했다. 민세 기념사업과 신간회 기념사업을 하면서 날이 갈수록 더 드는 생각은 민세에게서 더욱더 배워야겠다는 것이다.

박월항

KBS TV 작가

갈등 치유, 공감과 위로-KBS TV '제보자들'

많은 방송 프로그램들이 감성적으로 소비되고 기억에서 소멸한다. 그런데 어떤 프로그램들은 사람들의 삶을 바꾸는 터닝 포인트가 되기도 한다. 살다 보면 나에게도 그저 남의 일 같던 어려움이 닥칠 때가 있다. 세상은 내 맘 같지 않아서, 상식이라고 믿었던 당연한 일에 배반당하고, 선의가 악의에 눌려 허물어지고, 무지한 작은 실수로 인생을 송두리째 잃기도 한다.

억울해도 기댈 곳조차 없는 사람들, 세상이 원망스러워도 할 수 있는 게 없어 도리어 힘없는 자신을 책망하고 있는 사람들……. 그들이 그들의 인생을, 우리와 함께 딛고 있는 세상을 포기하기 전에 그들의 손을 잡아, 함께 불행의 출구를 찾아줄 수 있는 프로그램을 2016년 여름, KBS 2TV에서 새로 기획 중이었다.

기획단계에서의 고민은 '기존의 다른 시사 프로그램과의 차별성을 어디에 둘 것인가?' 였다. 그래서 착안한 콘셉트는 전문가를 직접 실제 사건 속에 투입해 사건을 해결해 가는 방식이었다. 전문가도 또 다른 주인공이 되는 것이다. 그들을 '스토리 헌터'라 명명했다. 새 프로그램의 '스토리 헌터'는 전문성은 물론 캐릭터도 있어야 하고, 거기다 열의와 진정성이 있는 인물이어야 했다.

그러나 현실적인 문제들이 너무 컸다. 한 아이템의 취재에 걸리는 시간은 짧게는 2주에서, 실마리가 풀리지 않을 때는 한 달이 넘기도 한다. '스토리 헌터'들의 노고에 답하기에 제작비는 부족했고, 스토리 헌터들에겐 봉사나 다름없는 일이 될 것이다. 이러한 여건에서 과연 누가 우리와 동행할까?

여러 후보가 스토리 헌터로 논의됐고, 무리한 섭외가 시작됐다. 최종 6명의 스토리 헌터 중 강지원 쌤을 가장 먼저 만났다. 제1회 방송 아이템의 취재가 난항이었던 시점이다.

어렵게 살던 장남이 로또에 당첨되자 노모를 모시고 있던 다른 남매들이 분배를 요구하고 나섰는데 뜻대로 되지 않자 장남에게 강한 요구를 했고, 그러자 장남의 아들과 딸이 고모들을 고소하면서 접근금지명령을 신청했다. 이에 노모가 의절한 장남을 패륜아로 고발하는 1인 시위를 해 세간을 떠들썩하게 한 사건이었다.

돈만 있으면 행복할 것 같았던 가족이 돈 때문에 남보다 못한 사이가 된 것이다. 무엇보다 가슴 아팠던 건 자식들 사이에서 버림받을까 두려움에 떨며 장남과 딸들 사이에서 이리저리 휘둘리던 힘없는 노모였다. 어떻게든 가족의 해체만은 막아 보고자 했다.

딱딱한 법리로는 가족 간의 분쟁이 풀리지 않는다. 과오를 범한 시간을 되돌려 수습할 수 있는 지혜를 갖고 계신 분, 이해 당사자들 각자의 상황을 공감해 줄 수 있는 분이 필요했다. 그 상황에서 중재자로 떠오른 건 강지원 쌤이었다.

강지원 쌤은 법조계에서 유명한 효자다. 부모님 두 분 다 돌아가시기 전 치매로 고생하셨는데, 퇴근 후엔 안방에 모신 부모님 곁에서 자며 수년간 직접 기저귀를 갈아드렸던 분이다.

나는 함정민 피디와 함께 다급하게 강지원 쌤을 만나 무턱대고 사건의 중재를 의뢰했다. 그런데 그때 마침 궁지에 몰린 노모의 사위에게서 전화가 걸려왔고, 그 자리에서 선뜻 전화기를 건네받은 강지원 쌤은 누구누구의 잘못을 따지기 전에 마치 아버지처럼 도닥이며 한 시간 가까이 그들의 사연을 들어 주고 곧바로 먼 지방까지 내려가겠다는 약속을 하셨다. 출연조건도, 출연료 협의도 없이, 프로그램 의도와 사연만 듣고 그냥 돕겠다고 나서 주신 것이다.

추적추적 내리는 비를 뚫고 새벽 기차에 올라 노모의 집을 직접 찾아가 서러운 손을 잡아 주고, 딸과 사위들을 설득한 끝에 장남의 로또 당첨에 대해서 권리 없는 분배를 요구하지 않겠다는 각서를 이끌어 냈다.

그런데 문제는 강경하게 돌아선 장남이었다. 겁에 질린 그는 대문을 걸어 잠그고 누구의 말도 듣지 않았다. 하는 수 없이 강지원 쌤이 직접 장남 측 변호인을 만나 설득에 들어갔고, 마침내 상대 변호인까지 중재에 나서게 하는 극적인 상황이 펼쳐졌다. '누가 옳고 그른가?'를 따지는 진흙탕 싸움에서 '무엇이 중한가?'를 되묻는 신의의 중재자가 강지원 쌤이었다.

시사프로그램을 제작하다 보면 세상사는 앞뒤가 안 맞는 '막장 드라마'보다도 더 요지경이라는 사실을 실감하게 된다. 그만큼 우리 상상을 초월하는 사건들이 부지기수다.

나이 서른이 되어 뒤늦게 출생의 비밀을 알게 됐다는 남자가 친부모를 찾아 달라고 했다. 자신을 키워 준 아버지, 어머니가 양부모인 줄 모르고 부모와 자식으로 30년을 살며 제 손으로 집까지 지어드렸는데, 직장에서 가까운 셋집을 얻어 달라고 요구하며 홧김에 대들자, 양부모가 친자식이 아닌 사실을 밝히고 쫓아냈다는 것이다. 그 후 11년 동안 호적 없는 부초가 되어 친부모를 찾아 헤맸지만, 친부모에 대한 기억도, 어떤 정보도 없어서 별의별 노력들이 매번 헛일이 되었다고 했다.

강지원 쌤을 만난 남자는 세상에 떠도는 '근본 없는 놈'이라는 소리가 자신을 두고 하는 말이 아닌가 싶어 모든 것이 원망스러운 마음에 죽으려고까지 했었다고 엎드려 울었다. 친부모에 대한 단서를 갖고 있는 사람은 10년 넘게 연락

제보자들
일상 속 미스터리 발견!

KBS 2
제보자들

강지원

제보자

제보자

제보자

제보자

방금 하나도 안보였는데요
길을 돌았을 때 차가 오면 급정거를 하게 되네요

많은 분이 활용했어요?

제가 먼저 말씀드리고 싶은 건
이 로또 돈을 받은 것은 그 사람이거든요

강지원 변호사 / 스토리 헌
청년임대주택은 좋은데
왜 (주민들에게) 피해를 주느냐?

이 축사의 오폐수나 오물들이
엄청나게 유입될 겁니다

읍사무소에서도 가만히 있으면 안 됩니다

을 끊고 지낸 양부모뿐이다. 그 길로 강 쌤은 홀로 양부모를 찾아갔다.

양부모는 양부모대로 키워 준 부모도 부모이건만, 잘못했다고 하면 그만이었을 일에 끝내 파양을 선택한 아들이 괘씸하다고 했다. 41년 전, 아들 없는 양부모의 딱한 사정을 아는 이웃이, '아이 낳자마자 엄마가 죽은 집이 있는데, 형제 많고 가난한 집이라 아버지 혼자 갓난아이를 기를 처지가 아니다'며 입양을 권유해서, 핏덩이를 받아 외아들로 호적에 올렸다고 한다. 그러나 남몰래 친자식으로 기를 작정이었기 때문에 그 집 사정을 묻지도, 연락을 주고받지도 않아서 아들의 친부모에 대해 아는 게 없단다. 다만 친아버지의 성이 박씨라는 것과 강원도 어느 초등학교 옆 탄광촌이었다는 것만 기억할 뿐이다. 그때 당시 탄광촌에서는 어려운 형편을 견디지 못하고 친자식을 입양 보내는 사례가 많았고, 오래전 폐광이 된 곳도 많아서 경찰에서도 남자의 친부모를 찾는 게 어려울 것 같다고 했다.

강지원 쌤은 남자의 손을 잡고 한겨울 살을 에는 태백마을들을 뒤지기 시작했다. 쌤의 연세 칠순. 선생님의 건강을 염려하는 제작진을 오히려 재촉해 빙판길이 돼버린 골목 사이사이 한 집도 놓치지 않고 찾아다니며 전단을 돌리고 아들을 입양 보낸 박씨 성을 가진 광부를 찾았다. 또 혹시 입양을 주선했다는 이웃을 아는 이가 없는지 묻고 또 물었다. 그런가 하면 동사무소마다 찾아가 40년 전 탄광촌 광부 입출기록을 하나하나 살폈다. 쌤의 모습은 마치 아들의 간절함을 어떻게든 이뤄 주려는 아버지와도 같았다.

강지원 쌤이 제보자의 문제를 풀어 가는 지혜는 검사 출신 변호사이자 저명한 사회활동가의 능숙한 '전문성'보다 늘 '마음'이었다. 강지원 쌤은 제보자의 심정을 헤아려 상대와 같은 시선으로 처한 상황을 먼저 살핀다. 모든 문제를 법리가 아닌 마음으로 푼다. 그 진심이 강지원 쌤이 제보자와 상대방의 마음을 열고 문제를 풀어 가는 방식이었다.

강지원 쌤은 30년을 키워 준 양부모에게 등을 돌린 채, 얼굴도 모르는 친부모 찾기에 매달려 온 남자를 설득했다. 늙은 양부모에 대한 원망을 거두고, 그 원망 뒤에 숨어 먼저 손을 내밀지 못하는 미안함과 그리움을 꺼내, 내 자식으로 30년을 키워 준 양부모에게 용서를 구하는 게 친부모를 찾기 전에 우선해야 할 일이라고. 결국 남자는 11년 만에 양부모의 외아들로 돌아갔고, 기적처럼 친부모까지 찾게 됐다.

강지원 쌤은 '제보자들'이란 프로그램의 방향타였다. 스토리 헌터들이 의문의 제보를 단서로 일상 속에 숨은 미스터리를 좇으며 진실을 찾아가는 프로그램이란 명제 위에 인간에 대한 위로와 우리 사회에 대한 성찰을 더하셨다. 이상한 사람, 피하게 되는 사람, 비정상으로 보이는 사람들도 가까이 다가가 사연을 듣다 보면 달리 보이고 이해가 된다. 심지어 그들 속에서 나를 발견하게 된다. 그들은 우리 사회의 자화상이다.

한 마을에 노예 신고가 접수된다. 같은 마을에 사는 강씨 할머니가 이웃 주민인 최씨 부부를 30년간 자신의 농장과 축사에서 일을 시키며 노예나 다를 바 없이 학대하고 있다고 했다. 그러나 지주인 강씨 할머니는 고아였던 최씨를 자신이 거둬 결혼도 시켰고, 땅과 집을 사주고 부부의 자식들까지 길러 줬다며 모함이라고 주장한다. 그리고 피해자 최씨 또한 강씨 할머니가 누나나 다름없다며 피해 사실이 없다고 진술하고, 그의 아내는 입을 닫는다. 학대를 본 증인들은 넘쳐나는데, 학대를 당한 피해자는 없는 것이다. 이런 식으로 사건이 무마된 게 30년이었다.

강지원 쌤이 폭염에 하우스 일을 하다 탈수로 쓰러져 입원한 최씨의 아내를 찾았다. 여기저기 남아 있는 흉터와 골절된 흔적들. 손을 잡아 준 쌤에게 지적장애가 있는 최씨의 아내는 몇 번이나 도망치려 했지만 지속적인 폭행을 당하면서 딸이 마음 아플까 봐 말하지 못했다고 눈물을 흘렸다. 즉시 신변보호에 들어간 최씨의 아내. 그런데 그녀의 딸과 사위가 강씨 할머니는 친할머니 같은 존재라며 어머니의 말은 과장된 것이라고 강씨 할머니를 두둔하고 나서며 사건은 또다시 무마될 위기에 놓인다.

강지원 쌤은 강씨가 최씨 부부의 통장을 임의로 유용한 행적을 은행 CCTV와 입출금 전표의 필적을 통해 확인하고, 목격자와 증언을 수집해 피의자 강씨를 만나 직접 추궁했다. 그리고 복지기관과 연계해 최씨 아내의 자립을 돕는 방법을 모색했다. 무엇보다 가진 것 없이 태어나 업신여김을 당하는 자신의 처지가 행여 자식에게 해가 될까 평생 고통을 감수한 어머니의 마음을 일깨웠다.

강지원 쌤은 스튜디오 녹화 날이면 지하철을 타고 내려 노르딕 지팡이를 짚고 젊은이보다 빠른 걸음으로 늘 먼저 도착해 있었다. 아이템 회의를 할 때 진행하고 있는 사건들을 말씀드리면 강지원 쌤이 늘 하는 말씀이 있다. "그 사건은 내가 맡았어야 하는데……." 어떤 복잡한 사건도, 어떤 난처한 상황도 마다하는 법이 없다. 12시간이 넘는 뱃길도 불사하고, 사례자를 설득하기 위해 그 집 앞 벤치에서 기다리며 길 위에서 잠을 청하는 분이다. 사회적 약자와 여성의 인권, 청소년 선도에 앞장서 온 법률가로서의 면모다.

KBS TV '제보자들'이 다루는 내용은 우리 시대의 이야기다. 종래 방송에서 조명받지 못했던 고립되고 소외된 사람들의 진실을 알리고, 평범한 사람들이 겪는 갈등을 보여 주며, 우리 시대의 또 다른 자화상을 그리고 있다. 고발과 처벌이 목적이 아니라, 사건의 주인공에게 어떤 도움이 필요하고, 어떻게 해결해 가야 할지를 시청자와 함께 고민하고 실마리를 찾아가는 프로그램이다. 사회의 변화는 법이나 제도에 의해 일어나는 게 아니라 공감에 의해 시작되기 때문이다.

모두가 함께 강지원 쌤의 너른 시선으로 세상을 볼 수 있어 KBS TV '제보자들'은 분명 더욱 따뜻한 프로그램으로 기억될 것이다.

엄상현

동아일보 출판국 기자

작은 약속, 큰 실천–결혼 매니페스토

동아일보 기자로 일한 지 오래되었다. 출판국에서 발행하는 정통 시사 잡지인 《신동아》와 《주간동아》 등에서 정치와 이슈를 주로 담당했다. 동아일보가 개국한 종합편성채널인 채널A에서 4년 정도 방송기자와 PD를 경험하고, 다시 출판국으로 돌아와 전략기획팀, 디지털미디어팀에 이어 미디어플래닝팀으로 부서를 옮기면서 새로운 분야를 개척하고 있다.

내가 아내를 처음 만난 것은 2006년 봄이다. 1년 정도 연애를 하다가 양가 부모님께 인사를 드리고 2007년 3월 결혼식을 올리기로 했다. 난 전북 전주, 아내는 대구 출신이다. 그 힘들다는 영남과 호남의 결합이었다. 더욱이 오랜 노총각 생활을 정리하는 감개무량한 순간, 누군가 의미 있는 분이 주례를 맡아 주었으면 싶었다. 그때 가장 먼저 떠오른 분이 바로 강지원 쌤이었다.

강지원 쌤은 당시 한국매니페스토실천본부 상임대표, 푸르메재단 대표, 정보통신윤리위원회 위원장 등을 맡아 폭넓은 사회공헌 활동을 펼치고 있었기 때문에 '바쁘실 텐데 가능할까', '결례는 아닐까' 이런저런 생각에 조심스런 마음으로 서울 서초동 강지원 쌤 변호사 사무실을 찾았다. 우려와 달리 흔쾌히 주례를 승낙해 주었다.

내가 강지원 쌤과 처음 인연을 맺은 건 '요리' 때문이었다. 기자와 유명 변호사가 사건이 아니라 요리 때문에 만났다니 좀 생뚱맞을 수도 있겠지만, 그랬다. 되짚어 보니 벌써 십 수 년 전의 일이다.

내가 《신동아》에 근무하고 있을 때다. 정치담당 기자로 일하면서 사진부 모 선배의 제안으로 '명사의 요리'라는 흥미로운 연재코너를 맡게 됐다. 각계의 저명한 인사들 중 매달 한 명씩 섭외해 자신에게 특별한 의미나 사연이 담긴 요리에 대해 회고하면서 직접 만들어 보는 방식으로 진행하는 코너였다. 독자들이 직접 만들어 먹을 수 있도록 친절한 요리법 설명까지 곁들여서…….

저명한 인사들이 직접 앞치마를 두르고 요리하는 모습도 그렇거니와, 그동안 알려지지 않은 요리에 얽힌 재미있는 에피소드가 여럿 알려지면서 당시 상당한 화제를 모았다. 이 연재코너를 위해 강지원 쌤을 만난 건 2003년 11월쯤이다.

당시 강지원 쌤이 들고 나온 요리는 '탕평채'였다. 후일 대법관에 이어 국민권익위원장까지 역임한 부인 김영란 판사(당시 대전고법 부장판사)가 집에서 회식이 있을 때면 빼놓지 않고 내놓는 요리라고 했다. 부인 덕에 자주 먹어 보기는 했지만 강지원 쌤이 직접 앞치마를 두르고 만드는 건 그날이 처음이었단다.

탕평채는 당파와 붕당을 넘어 치우침 없이 타협과 조화를 추구하는 탕탕평평(蕩蕩平平)을 상징하는 음식으로 황(黃), 청(靑), 백(白), 적(赤), 흑(黑) 오방색 재료의 요리라는 설명이 곁들여졌다. 그 독특한 인터뷰 이후, 강지원 쌤 부부는 각자 끊임없이 언론의 주목을 받는 행로를 걸어 왔고, 난 간간이 연락을 드리고 인터뷰도 하면서 인연을 이어 왔다.

그런데 결혼식이 2~3일 정도 남은 어느 날, 쌤에게서 전화가 왔다.

"엄 기자, 내가 매니페스토 운동을 하고 있는 건 알지요? 엄 기자랑 아내 될 사람, 서로에게 각자 5개씩 공약을 써서 보내 봐요. 가능한 지킬 수 있는 걸로……. 알겠지요?"

뜻밖의 제안이었다. 조금 당황스럽기도 했다.

"하하, 무슨 공약을 말씀하시는 건지……."

"결혼해서 살면서 서로에게 지킬 수 있는 걸로 하면 돼요. 너무 부담 가질 필요 없이."

생각해 보니 그리 나쁠 것 같지 않았다. 부부가 결혼하면서 서로에게 5개 정도 약속도 못 해 주나 싶었다. 며칠 후면 아내가 될 그녀에게 전하니 재밌을 것 같다고 했다. 나와 아내는 곧바로 서로에게 5개씩 공약을 만들어 협상에 들어가기로 했다. 약속이라는 게 상대방이 원치 않는 너무나 일방적인 것이거나, 해도 그만 안 해도 그만인 건 의미가 없을 것이라고 생각했기 때문이다.

막상 적으려니 쉽지 않았다. 월급쟁이가 수입은 뻔하고, 일과 술자리가 많은 기자라는 직업 탓에 집에 일찍 들어가는 것도 어렵고…… '아, 약속할 수 있는 게 뭐가 있을까' 고민 끝에 어렵사리 다섯 가지를 골랐다.

첫째, 청소와 설거지 등 집안일을 돕겠다.
둘째, 딴 주머니를 절대 만들지 않겠다.
셋째, 한 달에 한 번씩 공연이나 전시 등 문화생활을 즐기도록 하겠다.
넷째, 운동을 열심히 해 뱃살을 꼭 빼겠다.
다섯째, 매년 첫눈 오는 날 꽃다발 바치는 것을 잊지 않겠다.

아내가 고른 다섯 가지 공약도 고민의 흔적이 역력했다.

첫째, 남편의 건강을 책임지기 위해 건강지식을 열심히 공부하겠다.
둘째, 지금처럼 예쁜 모습 잘 관리해서 남편이 한눈팔지 못하도록 하겠다.

공약

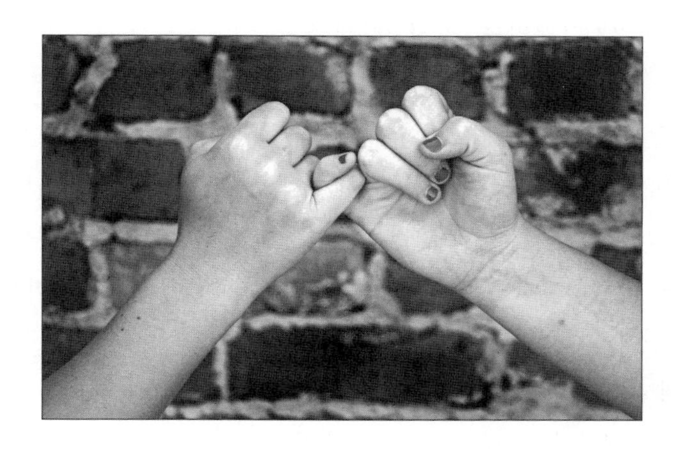

부부의 날 기념

셋째, 집을 잘 가꿔서 집에 일찍 들어오도록 만들겠다.

넷째, 재테크에도 최선을 다하겠다.

다섯째, 쓰레기 분리수거를 철저히 하겠다.

사랑하는 서로에 대한 최소한의 약속이니 이 정도면 됐다 싶어 별다른 이의 없이 협상을 마쳤다. 그리고 강지원 쌤께 이메일로 공약 내용을 보내드렸다. 그런데 결혼식 당일 전혀 예상하지 못한 일이 벌어졌다. 국내 주요 신문과 방송, 심지어 통신사에서까지 결혼식을 취재하러 온 것이다. 한마디로 난리가 났다.

"이거, 선배 결혼식이었어요?"

같은 회사 후배 사진기자조차 황당해하며 물었다. 아마도 강지원 쌤이 대표로 있던 한국매니페스토실천본부 측에서 주요 언론사 기자들에게 보도자료를 돌린 모양이었다. 이런 사실을 전혀 몰랐던 나는 당혹스럽기 그지없었다. 그렇다고 결혼식을 취소할 수도 없는 노릇이고 현실을 받아들일 수밖에 없었다.

결혼식이 시작되고, 강지원 쌤이 '신랑·신부 공약'을 하나씩 발표하자 여기저기에서 웃음과 환호가 터져 나왔다. 때론 주례사에 능수능란(?)한 강지원 쌤의 적절한 배려와 감사의 말씀에 하객들은 박수로 호응했다. 그럴 때마다 카메라 플래시가 터졌다. 유명인사도 아닌 평범한 어느 노총각 기자의 결혼식에 그렇게 많은 기자와 카메라가 몰린 적은 전무후무할 것이다.

물론 나의 첫 결혼식이자, 국내 첫 매니페스토 결혼식은 그렇게 시끌벅적하게 끝났다. 다음날 어떤 매체에서 어떤 기사가 어떻게 날지 아무것도 모른 채, 그날 오후 신혼여행 길에 올랐다. 발리에서의 달콤한 허니문을 꿈꾸며…….

신혼여행 기간 내내 기사를 검색할 틈도 없었지만 그럴 맘도 없었다. 하루 24시간, 365일 뉴스와 떼려야 뗄 수 없는 숙명을 지닌 기자가 신혼여행지에서까지 뉴스에 얽매이고 싶지는 않았다. 정말 여유롭고 즐겁게 신혼여행을 즐겼다. 무사히 신혼여행을 마치고 인천공항에 도착해 휴대전화를 켜자마자 그동안 쌓인 문자메시지가 봇물 터지듯 쏟아져 들어왔다.

급한 연락을 기다린다는 후배에게 전화를 걸자 대뜸 이런다.

"선배, 귀 안 가려웠어요? 여기저기 기사가 안 난 곳이 없어요."

조심스레 한 포털사이트 검색창에 '매니페스토 결혼식'을 검색해 봤다. '이색적인 매니페스토 결혼식 열려', '결혼식도 매니페스토 운동', '서로에게 공약 내건 이색 매니페스토 결혼식', '뱃살 빼고 비자금 안 만들겠습니다, 매니페스토 결혼식', '신랑, 설거지 책임지겠습니다…… 대선 공약하듯 매니페스토 결혼', '이젠 결혼식도 매니페스토 시대' 등 다양한 제목으로 10여 건의 기사가 떠올랐다. 당시 기사 내용 중 하나다.

이색적인 '매니페스토 결혼식' 열려. 강지원 상임대표 첫 '매니페스토 주례'

"뱃살을 꼭 빼겠습니다. 절대 비자금을 만들지 않겠습니다."

4일 낮 12시 서울 중구 프레스센터에서는 신랑 신부가 서로에게 결혼 생활에서 지킬 '공약'을 맹세하는 이색적인 결혼식이 열렸다.

이날 새로 부부가 된 두 사람은 "남편과 아내는 서로 사랑하고 존중하며……" 식의 전통적인 결혼서약이 아니라 구체적인 약속을 제시하고 반드시 지킬 것을 다짐하는 일종의 '매니페스토(참공약 실천)'를 맹세했다.

이번 결혼식은 한국매니페스토실천본부 상임대표를 맡고 있는 강지원(58) 변호사가 엄상현(39) 씨 부부의 주례를 맡아 제안하며 열리게 됐다. 〈중략〉 엄씨 부부는 자신의 공약을 낭독하고 마치 양해각서(MOU)를 체결하듯 공약서를 주고받으며 하객들 앞에서 공약 이행을 맹세했다.

엄씨는 "결혼으로 가장 가까운 사이가 된 신부와 평생 지켜나갈 약속을 했다는 점에서 의미가 깊다"며 "열심히 노력해 오늘의 약속을 꼭 지키면서 살겠다. 정치인들도 올해 대선에서 맺을 국민과의 약속을 지켰으면 좋겠다"고 말했다.
강 변호사는 "사소한 약속을 지키는 데서 부부의 믿음이 싹트며 이를 바탕으로 정치인을 비롯한 사회 구성원들이 실현 가능한 약속을 제시하고 반드시 이행함으로써 신뢰 사회가 구축된다는 생각에 매니페스토 주례를 마련했다"고 설명했다.
그는 "특히 오는 12월 19일에 치러지는 대선에서 각 후보들이 우리 사회에서 막 뿌리 내리기 시작한 매니페스토 정신을 지켜 주길 바란다. 이를 위해 앞으로 주례를 맡는 결혼식은 모두 '매니페스토 결혼식'으로 진행하겠다"고 말했다.
한국매니페스토실천본부는 지난달 1일 국회의원과 시민단체 대표 등 200여 명이 참석한 가운데 서울 여의도에서 '2007년 대선 매니페스토 물결운동 선포식'을 갖고 '대선 공약 검증 운동'을 포함한 매니페스토 활동에 돌입한 바 있다.

—2007년 3월 4일자 연합뉴스

일부 방송사 아침 토크프로그램에서는 우리 부부 공약을 차트로 만들어 놓고 한 장씩 뜯어 가면서 토크를 이어 갔다는 이야기도 들려왔다. 신혼여행을 다녀오니 전국적으로 유명인사(?)가 되어 있었다. 당시 국회를 출입하던 나는 한동안 얼굴을 제대로 들고 다니기 어려웠다. 만나는 사람마다 "요즘 설거지는 잘하고 다니느냐"거나 "뱃살은 왜 안 빼느냐"면서 농담조로 공약이행 상황을 묻는 통에 무척 무안했다.

나의 결혼식 이후 매니페스토 결혼식에 대한 신혼부부들의 관심이 높아졌다. 특히 젊은 신세대 부부들 사이에서 매니페스토 결혼식을 치르는 경우가 늘어나기 시작했다. 일부 부부들은 '매년 첫눈 오는 날 꽃다발을 바치겠다', '지금처럼 예쁜 모습 잘 관리해서 남편이 한눈팔지 못하도록 하겠다' 등 우리 부부의 공약 중 일부를 그대로 베끼기도 했다.

20대 후반의 한 부부는 자신들이 매니페스토 결혼식을 올리는 이유에 대해 "작은 것이라도 서약하고 대화하고 작성해서 진행한다면 사소한 다툼도 줄어들 것이고 작은 행복을 느낄 것 같아서 (하게 됐다)"라고 말했다.

한국매니페스토실천본부뿐만 아니라 중앙선거관리위원회, 바른선거시민모임 등 선거와 관련한 국가기관과 시민단체들도 매니페스토 결혼식에 속속 동참했다. 그해 4월 중앙선거관리위원회가 '생활 속 매니페스토 확산 운동'의 일환으로 기획한 매니페스토 결혼식이 서울에서 열린 데 이어 이듬해인 2008년 1월에는 대구에서 대구시 선관위 지원으로 열렸다. 4월에는 바른선거 시민모임 주최로 서울 광진구 어린이회관 웨딩홀에서 '제1회 매니페스토 결혼식'이 진행됐다.

또 그동안 민간단체에 의해서만 기념되던 5월 21일 '부부의 날'이 2007년 국가기념일로 지정되자 서울 송파구와 강동구 등 일부 기초단체에서는 지역에 거주하는 부부들을 대상으로 '매니페스토 리(Re)프러포즈' 행사를 마련했다. 처음엔 10년 이상 결혼생활을 해 온 부부들이 서로에게 지키지 못했던 약속들을 되돌아보고 초심으로 돌아가 새롭게 실천할 수 있는 것들을 공약하자는 취지로 마련한 행사였는데, 해를 거듭하면서 결혼식을 올리지 못한 채 살아온 결혼이민자 부부와 다문화가정 부부, 저소득가정 부부 등으로 대상이 점점 다양화되고 확대됐다.

매니페스토 리프러포즈 행사에 참여한 부부들은 다시 한 번 부부와 가정의 소중함을 깨닫고 서로 간에 새롭게 내건 공약을 앞으로 살며 지켜 나갈 것을 많은 사람들 앞에서 약속했다. 이처럼 매니페스토 결혼식이 우리 사회 곳곳에 확산돼 가는 모습을 보면 그 흐름에 조금이나마 일조한 것 같아 마음 뿌듯하다.

이제 내가 결혼한 지 10년이 넘었다. 결혼 때 내걸었던 공약을 다시금 짚어 보니 조금 유치한 것 같아 낯이 뜨겁다. 그래도 얼마나 지켜 왔는지 따져 보니 다행히 절반은 지킨 것 같다.

청소와 설거지 등 집안일은 잘 돕고 있고, 딴 주머니를 만든 적도 없다. 반면 뱃살은 더 쪘고, 한 달에 한 번씩 공연이나 전시 등 문화생활을 즐기겠다는 약속은 어느샌가 슬며시 잊혀졌다. '매년 첫눈 오는 날 꽃다발을 바치겠다'는 약속은 '돈 아깝다'는 알뜰한 아내의 의견을 존중(?)해 결혼한 지 3~4년쯤 되던 해에 합의하에 파기했다.

아내의 공약이행 상황은 나보다 나은 것 같다. 10년이라는 세월이 흘렀지만 아내는 여전히 아름답고, 집 안도 잘 가꿔 가능한 일찍 들어가고 싶다. 쓰레기 분리수거도 잘한다. 물론 버리는 것은 주로 내 몫이지만. 남편의 건강을 책임지기 위해 건강지식을 열심히 공부하는지, 재테크에 최선을 다하는지는 잘 모르겠다. 다만 내 건강이나 우리 집 살림살이가 그다지 나빠진 것 같지는 않다. 전체적인 아내의 공약 이행률은 80% 이상은 되는 것 같다.

부부관계를 유지하는 데 가장 중요한 것은 신뢰라고 생각한다. '신뢰(信賴)'란 굳게 믿고 의지한다는 뜻이다. 그 신뢰는 바로 약속에서 출발한다. 아무리 뜨거운 사랑을 하더라도 서로 간에 약속을 지키지 않으면 신뢰는 깨지고 사랑도 한순간에 식어 버린다. 그러니 아무리 사소한 약속이라도 서로 간에 지키기 위해 노력하는 태도와 마음가짐이 그래서 중요하다.

부부처럼 사적인 관계에서도 이럴진대 대통령과 국민, 정치인과 유권자, 기초 및 광역단체장과 지역주민 등 공적인 관계에선 더 말할 나위 없다. 대통령과 정치인, 기초 및 광역단체장 등 각종 선출직 공직자들이 내놓은 공약은 반드시 지켜져야 한다. 설사 공약을 이행할 수 없는 불가피한 상황이 발생하더라도 최선을 다해 가능한 선까지 노력해야 한다. 하지만 선거 때마다 그럴싸한 공약을 내놓고 당선되면 언제 그랬냐는 듯 약속을 지키지 않는 정치인들이 많다. 국민이 가장 신뢰하지 않는 직업군으로 정치인을 꼽는 것이 이와 무관하지 않을 것이다. 그런데도 선거철마다 학연과 혈연, 지연 등에 얽매여 제대로 된 정치인을 뽑지 않는 국민에게도 책임이 있다.

매니페스토 결혼식은 이런 사회적 모순을 해소하고 약속을 중요하게 여기는 사회적 풍토를 만드는 데 매우 의미 있는 시도라고 생각한다. 오랜 기간 매니페스토 운동을 펼쳐 온 강지원 쌤. 다시 한 번 존경과 감사의 마음을 전한다. 정치인에게는 매니페스토 실천을 촉구하고, 부부에겐 매니페스토 결혼식을 권하는 등 우리 사회의 변화를 위해 노력해 온 매니페스토운동에 박수를 보낸다.

신산철

생활개혁실천협의회 사무총장

생활 개혁, 검소한 혼례와 상례로부터

1998년, 34개 시민사회단체가 우리 사회의 다양한 생활문화 가운데 가정의례, 특히 혼례와 장례문화 개선을 중심으로 활동하기 위해 협의체를 구성했다. 생활개혁실천협의회가 그것이다. 당시 우리 사회에는 왜곡된 혼례문화로 인해 지나친 예단 등의 문제가 큰 사회문제로 대두되었다. 또한 장례문화는 매장 중심의 문화로 인해 아름다운 우리나라의 금수강산이 묘지강산으로 변한다는 캠페인 구호가 나올 정도로 매장문화에 대한 문제 인식이 부각되고 있었다.

따라서 이러한 문제들을 개선하기 위해 혼례는 청첩장을 남발하지 않고 가까운 친지만 초대하여 작은 결혼식으로 치르고, 장례는 매장이 아닌 화장으로 모시자는 화장서명운동 등에 사회지도층이 먼저 참여하자는 시민사회운동이 절실한 시점이었다.

2001년 7월 2일 '아름다운 혼·상례를 위한 사회지도층 100인 선언'이 발표되었다. 이 선언은 우리 사회의 각계각층을 대표하는 지도층 인사들이 우리의 혼례와 상례가 체면치레에 치우쳐 사회적 병폐가 되고 있다는 인식에 공감하고 구체적인 개선, 실천사례들을 결의한 것이었다. 그리고 선언으로 끝나는 것이 아니라 한 명 한 명이 직접 실천을 약속하는 자리였다.

이 선언에는 당시 김수환 추기경, 강영훈 전 국무총리, 고건 서울시장, 한승헌 전 감사원장, 봉두완 회장, 이세중 변호사, 손봉호 교수 등 당시 사회지도층에서 활동 중인 많은 분들이 참여했다. 이때 특별히 눈에 띈 분은 당시 현직 검사이던 강지원 쌤이었다. 현직 검사라는 신분으로 참여한 것도 특이했지만 다른 분들에 비해 젊은 분이었기 때문이다. 내가 강지원 쌤을 처음 뵙게 된 것은 그때였다. 결의사항은 이런 것이었다.

—청첩장 남발하지 않기
—화환, 축의금 사절하기
—호화 혼례 주례 맡지 않기
—인쇄물에 의한 부고 보내지 않기
—조화, 조의금 사절하기
—화장 봉안(납골)시설 이용하기

강지원 쌤이 100인 선언에 참여한 지 3년이 지난 2004년 3월 4일, 갑작스럽게 어머님께서 소천하셨다. 갑작스러운 상황에서 장례 절차에 혼란이 있을 수 있었지만, 쌤은 장례를 100인 선언대로 모실 것을 가족들에게 설득했다. 장례 진행에 커다란 이견은 없었지만 화장으로 장례를 모시자고 했을 때는 다른 목소리도 있었다고 한다. 하지만 약속한 그대로 부고를 하지 않고 장례를 화장으로 모셔 100인 선언 내용 그대로 실천했다.

화장으로 장례를 모신 후 산골을 하고, 조화 역시 동생 앞으로 들어온 10여 개가 전부였다. 장례식 이후, 동참하신 100인 선언 내용 그대로 실천했다는 소식이 여러 언론을 통해 소개되었다. 이 소식을 접하고 나는 건전 장례를 실천한 사례로 인터뷰를 요청했다. 나는 당시 사회지도층의 건전한 혼례와 상례 사례를 찾아 인터뷰를 하고 그 내용들을 생활개혁실천협의회에서 발행하는《먼저 실천한 용기》라는 작은 책자에 소개하는 역할을 하고 있었다. 인터뷰 글 말미에는 강 쌤의 이런 말씀이 실려 있다.

> 우리의 장례문화 개선을 위해서는 상례가 고인을 추모하는 예(禮)라면 고인을 아시는 분들이 중심이 되어야 한다고 생각한다. 그렇게 되면 고인의 지인과 고인의 가족이 장례를 모시게 될 것이다. 그 정도면 족하지 않을까 생각된다. 생활개혁실천협의회에서 약속한 100인 선언대로 하면 물질적인 손해를 많이 본다. 그러나 우리 사회는 건강한 사회로 한 걸음 한 걸음 나아가게 될 것으로 생각된다.

이 말씀은 건전한 장례문화가 무엇인가를 깊이 생각하게 한다. 또한 손해를 보더라도 우리가 살고 있는 이 사회의 건강함을 위해 어떻게 삶을 살아야 할 것인지 고민하게 한다.

강지원 쌤의 건전 장례와 관련된 이야기는 여기서 끝이 아니다. 2011년 3월에 강지원 쌤의 부인 김영란 당시 국민권익위원장의 부친상이 있었다. 김영란 위원장 역시 부친상을 외부에 알리지 않기 위해 당시 해외출장 중에 소천 소식을 들었음에도 아무 일 없는 듯이 일정을 모두 소화했다. 동행한 직원들은 물론 공항에 마중 나온 직원들조차 장례 소식을 몰랐다고 한다. 심지어 고인과 상주를 알리는 장례식장 입구의 알림판에조차 강지원 쌤과 김영란 위원장의 이름을 빼기로 결정하여 장례를 외부에 알리지 않았다고 한다.

강지원 쌤이 어머님이 위독하시다는 소식을 들은 것은 국무총리실에서 민간단장으로서 성매매방지기획단 회의를 주재하고 있을 때였다. 쌤은 어머님의 소천 소식을 듣고도 일절 내색도 하지 않고 회의를 마무리했다.

이처럼 두 분 모두 공적인 업무를 수행하고 있던 중에 부음을 들었고, 업무를 끝까지 마무리했다는 점 역시 같았다. 심지어는 장례 소식을 외부로 알리지 않기 위해 당시 진행 중이던 KBS 라디오 아침 생방송인 '안녕하십니까, 강지원입니다'도 평상시와 마찬가지로 내색 없이 진행했다. 장례식장의 입구 알림판에 두 분의 이름을 모두 알리지 않았음은 물론이다.

이처럼 우리 사회지도층에 계신 한 분 한 분의 건전한 장례 실천 소식은 우리 사회의 장례문화에 많은 변화를 가져왔다. 2005년 우리나라의 화장률은 52.6%로 매장비율을 앞지르기 시작했다. 이후 2016년도 우리나라 전국의 화장률은 82.7%가 되었다. 매년 약 3% 정도씩 증가한 수치이다.

또한 2008년에는 화장 이후 자연장으로 치르도록 하는, 자연보호까지 꾀할 수 있는 친자연적 장례문화가 마련되었다. 우리의 아름다운 금수강산이 묘지강산으로 바뀐다는 구호는 이제 듣지 않아도 될 정도가 되었다. 아름다운 자연은 당대를 살아가는 우리 것이 아니라 우리 후손의 것임을 생각해야 한다.

2001년의 100인 선언이 있은 지 10년이 지난 2011년 10월 13일에 또다시 아름다운 혼례문화 정착을 위한 100인 선언식이 진행되었다. 이때의 주요내용은 사회적 위화감 조성, 경제적 부담을 초래하여 결혼 기피 혹은 지연의 문제가 되는 과시적 혼인문화를 지적하는 것으로서 다음과 같은 내용들을 척결하자는 것이었다.

—호화 호텔 결혼식

—도를 넘은 예물과 예단

—청첩장 남발

—부담스러운 축의금

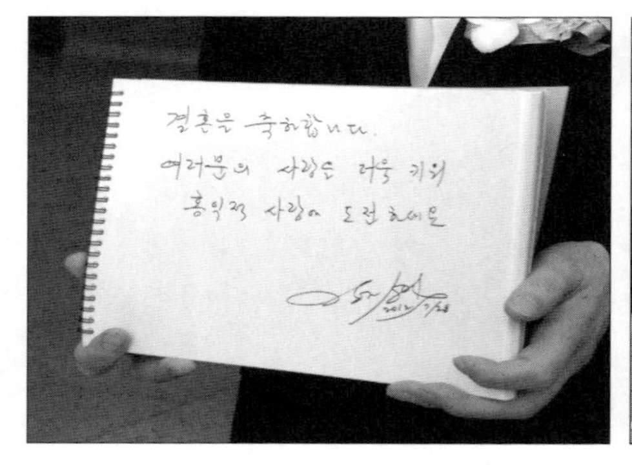

결혼을 축하합니다.
여러분의 사랑을 더욱 키워
홍익적 사랑에 도전하세요

아름다운 혼·상례를 위한 사회지도층 100인 선언

21세기 새천년을 맞이하여 우리의 일상생활에는 많은 개혁이 요구되고 있지만, 그 가운데에서도 가장 시급(時急)을 요하는 문제가 혼·상례(婚·喪禮) 문화를 아름답고 경건하게 바꾸어 나가는 것이다. 현실의 비합리적이고 왜곡된 혼·상례 관행을 바로 잡기 위하여 우리 모두의 각성이 필요하다.

그동안 우리의 혼·상례(婚·喪禮) 문화는 본래의 의미가 퇴색(退色)된 채 자기과시욕(自己誇示慾)과 상혼(商魂)이 서로 결부된 나머지 사치(奢侈)와 낭비(浪費)를 조장하여 크나 큰 사회적 병폐로 일록져 왔다. 이러한 현상을 일부 사회지도층이 주도해 왔다는 사실은 부끄러운 일이 아닐 수 없다. 이는 계층간 위화감(違和感)을 조성하고 사회전체의 결속을 어렵게 만드는 것이며, 다수 국민들로 하여금 실용적이고 합리적인 혼·상례를 치루는 것을 오히려 부끄럽게 느끼도록 하는 풍조(風潮)를 만들고 있다.

이에 뜻을 같이 하는 우리는 이러한 현실을 반성하고 아름답고 경건한 혼·상례를 치를 것을 결의하고 실천해 나가고자 한다. 이러한 결의(決意)와 실천(實踐)이 우리 사회에 만연된 혼·상례 관련 병폐를 개선하고 혼·상례가 가지고 있는 본래의 의미를 되살려 정착시키는데 작은 밑거름이 될 것을 기대하며 다음과 같이 선언한다.

아름다운 혼례문화 정착을 위한 실천

1. 매우 소중한 통과의례(通過儀禮)의 하나로서 엄숙(嚴肅)하고 아름다운 혼례의 본뜻을 살리도록 노력한다.
1. 청첩장(請牒狀)을 남발하지 않으며, 화환(花環)·축의금(祝儀金) 등을 가급적 사절하며 하객의 규모를 신랑, 신부측 100명 이내로 한정한다.
1. 허례의식과 과소비를 부추기는 상업주의를 배격하고 분수에 맞는 예물(禮物)과 예단(禮緞) 등으로 올바른 혼례문화를 정착시키기 위해 노력한다.
1. 호화(豪華) 혼례로 인정되는 경우에는 주례(主禮)를 맡지 않으며, 축하객(祝賀客)으로의 참석도 가급적 자제한다.

경건한 장례문화 정착을 위한 실천

1. 형식적이고 허례허식에 치우친 장례행사에서 탈피하여 경건(敬虔)하고 검소(儉素)하게 치루도록 노력한다.
1. 인쇄물에 의한 부고(訃告)행위는 하지 않으며, 조화(弔花)·조의금(弔意金)등을 사절(謝絶)하여 유가족 및 가까운 친인척의 행사가 되도록 한다.
1. 가능한 한 매장(埋葬)을 피하고 화장(火葬)하여 납골시설(納骨施設)을 이용하는데 솔선수범하고, 부득이 매장을 할 경우 호화분묘(豪華墳墓)는 절대로 조성(造成)하지 않으며 최소한의 묘지면적으로 관련법에서 규정한 내용을 준수하도록 한다.
1. 매장문화의 폐단이라고 할 수 있는 명당(明堂) 선호는 물론 이미 조성된 묘지를 명당에 이장(移葬)하는 행위는 하지 않는다.

2001년 7월 2일

아름다운 혼·상례를 위한 사회지도층 100인 선언 참여자 일동

"경건한 혼·상례를" 2일 생활개혁실천 범국민협의회 주최로 서울 중구 프레스센터 외신기자클럽에서 열린 '아름다운 혼·상례 문화 개선을 위한 사회지도층 100인 선언식'에 참석한 사회지도층 인사들이 경건한 혼·상례 문화 정착을 다짐하는 선언문을 낭독하고 있다.

이 선언에는 사회지도층과 연예인 등이 참여하여 건전한 혼례문화를 확산시키도록 하는 데 목적이 있었다. 선언식을 준비하며 강지원 쌤에게 연락해 참여를 부탁드렸다. 나의 말이 끝나기도 전, 당연히 참여하겠노라는 답변을 들을 수 있었다.

나는 흔쾌한 답변에 힘입어 한 가지를 더 부탁했다. 100인 선언문을 낭독해 달라는 것이었다. 이미 100인 선언을 실천하셨기에 가장 적임자라 생각했기 때문이다. 역시 승낙을 받을 수 있었다. 그렇게 해서 강지원 쌤과 당시 소비자모임 김자혜 사무총장이 함께 선언문 낭독을 했다.

이 100인 선언은 우리 사회의 결혼문화에 적지 않은 변화를 이끌어 왔던 '작은 결혼'의 시발점이라고 할 수 있다. 100인 선언 이후 2012년에는 전국적으로 공공시설을 이용한 작은 결혼식이 열리게 되었으며, 1,000명의 작은 결혼식 릴레이 서명운동이 시작되었다.

특히 작은 결혼의 시작으로 부모의 경제적 도움 없이 자신들의 힘으로 결혼식을 하고자 하는 100쌍을 선정하고, 작은 결혼식을 하는 커플에게 무료로 주례 봉사를 해 줄 수 있는 주례자를 초청하는 활동도 함께 진행했다. 최근에는 주례 없는 결혼식도 많이 있지만, 2012년 당시는 주례를 모시는 것이 당연하게 여겨질 때였다.

그렇다 보니 주례 봉사를 해 주실 분들이 필요했다. 가장 먼저 강지원 쌤에게 연락을 해 무료주례 운동에 동참해 주실 것을 부탁했다. 이번에도 흔쾌히 허락해 주셨다. 작은 결혼 문화를 확산하기 위해서는 실제 작은 결혼식을 실천할 대상자가 있어야 했고, 이들의 결혼을 축하해 주실 주례 봉사자도 있어야 했다. 뜻있는 많은 분들이 무료주례 운동에 참여해 주었다.

이제 남은 것은 결혼의 소중한 의미를 담아 스스로의 힘으로 작은 결혼식을 할 수 있는 결혼식장이 필요했다. 일반 예식장에서는 시간에 쫓기는 관계로 새로운 결혼문화를 만들어 가기에 한계가 있었다. 이런 문제를 해결해 가기 위해 공공시설의 문이 열리는 것이 필요했다. 다행히 전국의 많은 공공시설이 작은 결혼식을 위해 열리기 시작했다. 이렇게 준비된 작은 결혼식이 같은 해 7월부터 진행되기 시작했다.

100쌍 중 1호 커플이 무료주례를 요청해 왔다. 결혼을 준비한 예비부부들은 정말 스스로의 힘으로 결혼식을 준비했다. 다만 무료주례를 해 주실 분이 필요했다. 나는 강지원 쌤에게 전화를 드려 100쌍 커플 중 1호라는 상징성과 스스로 준비한 결혼식임을 설명하고 염치없게도 또 부탁을 했다. 언제나처럼 허락해 주셨다.

2012년 7월 28일 한국증권거래소에서 김기욱·박수현 커플의 결혼식이 진행되었다. 결혼식 시간보다 일찍 도착한 쌤에게 덕담 노트를 보여드리고 덕담을 부탁했다. 노트에 적힌 덕담은 다음과 같은 것이다.

"결혼을 축하합니다. 여러분의 사랑을 더욱 키워 홍익적 사랑에 도전하세요."

'홍익적 사랑'은 나도 사랑하는 동시에 함께 살아가는 배우자를 사랑하고, 그 범위를 더욱 크고 넓게 펼쳐 나가는 것이다. 나를 사랑하지 않고 타인을 사랑한다는 것은 자칫 건강한 사랑이 아닐 수 있다. 이러한 관점에서 강지원 쌤의 덕담은 부부의 건강한 삶의 기본원리가 되고 있으리라 생각된다.

일반적인 주례사처럼 신랑과 신부를 축하하고 새로이 출발하는 신랑과 신부에게 교훈이 될 말씀도 있었지만, 무엇보다 중요한 것은 두 사람이 부부로서의 삶에서 지켜 나가야 할 약속들을 중심으로 진행하는 점이었다. 즉 부부 서로가 지켜가야 할 매니페스토(Manifesto) 중심이었다. 결혼식에서 빠지지 않는 순서 중 하나가 부부서약인데, 강지원 쌤의 주례 진행을 바라보며 작은 결혼의 주요한 차례로 활용해야겠다는 생각을 했다.

7월 예식에서 강지원 쌤의 주례 봉사가 소개되면서 여러 커플들이 강지원 쌤을 주례로 모셔 달라고 요청해 왔다. 강지원 쌤과 일정 조율을 하면서 한두 커플이 약속되었던 것으로 기억된다. 그 커플들에게도 약속이 되었다는 내용을 전하고 얼마간의 시간이 흘렀다. 그런데 갑자기 강지원 쌤으로부터 주례 봉사가 어렵게 되었다는 연락이 왔다. 그 이유는 18대 대통령 후보로 출마하게 되었다는 것이었다. 그리고 후보자는 법적으로 주례를 설 수 없게 되어 있으니 약속한 예비부부들에게 잘 설명을 해 달라고 부탁하며 몹시 미안해했다.

2013년에는 작은 결혼식의 장소로 공공시설을 개방한다는 큰 상징성을 포함하여 작은 결혼 모델을 개발하기 위해 청와대 사랑채가 개방되었다. 내 힘으로 하는 작은 결혼식 장소로 청와대 사랑채는 많은 인기가 있었다. 당시 21쌍을 선정하는 데 신청은 100쌍이 넘었다. 1차 서류심사 후 최종 심사에서도 74쌍이 올라갔을 정도였다.

청와대 사랑채 결혼식을 진행하면서 예비부부들이 반드시 해야 할 숙제가 한 가지 있었다. 이는 다름 아닌 혼인서약서를 본인들이 직접 작성하는 것이었다. 강지원 쌤의 부부 매니페스토를 적용한 것이다. 예비부부들이 혼인서약서를 작성해서 사무실로 보내오면 사무실에서 컬러로 예쁘게 인쇄를 해서 예식 당일 부부가 서약할 때 사용하도록 했다. 그뿐만 아니라 초기에는 예쁜 액자를 만들어서 주어 서로의 약속을 기억하도록 했다.

청와대 사랑채에서 예식을 진행하는 부부들에게도 무료주례가 가능하다는 것과 무료주례에 참여해 주시는 주례자 분들을 소개했다. 청와대 사랑채에서 결혼하는 예비부부들 가운데 강지원 쌤에게 주례를 부탁하는 커플들이 있을 때면 쌤에게 연락을 드려 주례를 부탁드렸다. 청와대 사랑채의 예식장소의 개방을 시작으로 시민청과 국립중앙도서관, 경기도 굿모닝하우스 등은 작은 결혼식장으로 으뜸 명소가 되었다.

작은 결혼의 시작이 100인 선언이었고, 직접 작은 결혼식을 한 개그맨인 김원효·심진화 부부가 이 선언에 참여했으며, 방송인 크리스티나 부부도 참여했다. 이후 한 언론이 연중 계획으로 작은 결혼에 대한 사례와 참여 기업들을 보도하면서 유명 연예인들의 동참이 이어졌다. 이후 작은 결혼문화는 우리 사회에 급속히 확산되어 결혼문화의 한 축을 이루고 있다. 이처럼 작지만 의미 있는 일이 우리 사회의 문화로 이어져 갈 수 있었던 그 중심에는 사회지도층의 참여와 유명 연예인의 참여, 그리고 한 언론의 지속적인 관심과 보도가 있었다.

작은 결혼 문화 정착을 위한 노력으로 전국 작은 결혼식 장소로 공공기관과 종교시설 등이 참여하여 250여 곳이 되었으며, 이에 대한 안내와 작은 결혼 상담, 무료주례 연계 등의 내용을 담고 있는 작은결혼정보센터가 운영되고 있다.

작지만 의미 있고 아름다운 작은 결혼 문화가 정착되고, 작은 결혼으로 결혼식을 치른 부부들이 홍익적 사랑으로 건강한 가정을 이루어 감으로써 우리 사회가 건강한 사회로 한 걸음 한 걸음 나아가는 것을 기대해 본다.

최종수

한국효문화센터 이사장

세대 공감, 사랑과 효

"우리 반 모두 특별상 수상! 제9회 전국 세대공감 사랑과 효 그림 수상자 발표."

편도 2시간 왕복 4시간 걸리는 시상식에 다녀왔다. 제9회 사랑과 효 그림 그리기대회에서 우리 반 학생 다섯 명 모두가 특별상을 수상했다. 서울랜드 베니스 무대에서 열리는 시상식에 날씨가 너무 더워 이 조그만 꼬마 녀석들이 잘 버텨 줄지 걱정됐지만, 결론은 모두모두 너무너무 즐거웠다. 손바닥과 손끝으로 콕콕 찍어서 완성된 우리 아이들의 그림 전시까지 보고 상장에 부상까지 받았다.

그중 가장 기억에 남았던 건 강지원 변호사를 만난 일이었다. TV에서만 보다가 실제로 강지원 변호사를 보게 되니 신기해서 몰카를 마구마구 찍어 댔다. 암튼, 오늘은 정말 즐겁고 행복한 하루였다.

지난 3월부터 틈틈이 그린 작품들인데, 접수일을 잘못 알아 낙담하고 있었는데, 직접 전화까지 주시고 특별상을 주시고 소중한 경험 주신 한국효문화센터 이사장님, 정말 감동입니다. 정말 감사해요.

2017년 5월 27일, '제9회 입지효문화예술축제'에 참가한 인천 주안초등학교 특수반 학급의 선생님이 블로그에 올린 글은 이렇게 끝을 맺었다. 축제 준비 중, '세대 공감 사랑과 효' 글짓기, 그림 그리기대회의 접수가 마감된 후에 도착한 초등학교 특수학급의 그림 다섯 점이 나를 당황하게 만들었다. 어떻게 해야 할지 고민스러웠다. 장애 학생들과 비장애 학생들을 같은 기준으로 심사하기도 어렵고, 더구나 마감 후에 접수가 된 것이었다.

궁리 끝에 특별상을 주기로 결정하고, 시상식이 열리는 서울랜드에 초대하기로 했다. 이 작은 고민과 결정에 학생들이 행복해하고 감동을 받았다고 하니 그 감동이 나에게 그대로 전해져 오는 것 같았다. 인솔 교사의 적극적인 생각과 학생들에 대한 애정을 보며 오히려 내가 감사하다고 해야 하지 않을까 싶었다. 또한 바쁜 일정에도 불구하고 무더운 날씨에도 끝까지 남아 학생들을 격려해 주신 모든 분들에게도 감사하다.

특히 축제에서 아이들의 인기를 한 몸에 받으며 사진 촬영에 응해준 강지원 쌤은 사업 초기부터 남다른 인연으로 전폭적인 지지와 격려를 보내 준 분이다.

해마다 5월이면 전국의 학생들이 '세대공감 사랑과 효'라는 주제를 가지고 글과 그림, 무용 대회에 참가를 한다. 최근에는 일본, 중국, 미국 등 재외학생 등과 전국 300여 개 학교에서 12,000여 명이 참여해서 이제 국내뿐만 아니라 국제적으로 효문화의 다양한 변화를 볼 수 있다. 이제 효의 개념은 과거와 확연히 달라졌고, 앞으로도 시대에 따라 변화할 것이다.

효와 가정, 스승, 사랑과 존경을 나타낼 수 있도록 세대가 공감하는 효에 대한 글짓기로 원고지 7~8매 분량의 글을 쓰도록 하면, "어머니, 아버지, 죄송해요"라고 쓰고 더 이상 글을 잇지 못하는 학생도 있었다. 비록 글재주가 없고 표현력이 부족해 아버지, 어머니에게 '죄송하다'는 한 마디로 모든 것을 대신하거나, 혹은 '어머니, 저는 항상 어머니 마음속에 있어요'라고 쓴 학생도 나름대로 효를 머릿속에 되새기며 쓴 말일 것이다. 비록 상을 받지는 못하더라도 효를, 부모를 생각하고 고마워하는 동기가 되고 마음속에 새기도록 한다면 이 또한 우리가 바라는 것이다.

사랑과 효, 부모, 스승을 주제로 한 그림 그리기대회는 관심이 점점 커져서 전국적으로 참여하고 있다. 초등학생의 작품은 역시나 순수한 사랑과 동심을 표현한 작품이 많았다. 중·고등부의 작품들은 마치 기성 작가 작품처럼 우수한 테크닉을 발휘한 것들이 많았다는 게 심사위원들의 평이었다.

효도는 물질적인 봉양보다 정신적으로 편안하게 해드리는 것이 중요하다. 춘추시대의 사상자 노래자(老萊子)는 항상 부모 앞에서는 색동옷을 입고 춤을 추고 어린아이처럼 재롱을 떨며 즐겁게 해드렸다고 하는데, 그것을 가리켜 노래희(老萊戲)라고 한다.

순조의 아들 효명세자는 어머니를 위해 춘앵무(春鶯舞)를 만드는 등 효를 실천하면서 궁중정재(宮中呈才)의 황금기를 가져오기도 했다. 이와 같은 효를 계승하고, 자신의 재능과 소질을 발휘하여 아름다움과 효심을 표현하는 무용대회는 전통문화의 원형을 지켜 나가고 창작의 다양함을 보여 주는 계기가 되었다.

아이들의 생각을 읽다 보면 부모님에 대한 마음, 또는 조부모에 대한 사랑으로 가득 차 있어 우리 어른들의 우려가 기우가 아닐까 생각하게 된다. 학생들의 다양하고 뛰어난 글과 그림, 무용 들은 순위를 매기는 것이 무의미한 듯싶어 모두에게 상을 주고픈 마음이 들곤 한다.

이제 한국효문화센터가 창립된 지 10년이 넘었다. 걸음마 내딛듯이 조심스럽게 시작하여 이제는 성숙기로 접어드니 기대하고 바라보는 시선에 어깨가 무거워진다. 되돌아보면 참으로 많은 일을 한 것 같은데, 아직도 갈 길이 멀다.

2009년 과천의 문화예술인들이 모여 지역의 자원과 문화를 이용한 새로운 콘텐츠 개발을 시도했다. 과천지역의 단체장들은 당시 과천문화원장인 나에게 과천의 향토사 중 효에 대한 자료 제공과 자문을 포함해서 일을 맡아 줄 것을 요청했다. 과천은 효의 도시로서 자료가 풍부했다.

과천의 과지초당은 추사 김정희 선생이 말년을 보낸 곳이다. 추사는 아버지 김노경의 억울함을 호소하기 위해 격쟁(擊錚)을 벌이기도 했고, 부친이 돌아가셨을 때는 옥녀봉(玉女峰) 아래 장례를 모시고 3년간 시묘살이를 한 효자였다.

'과천무동답교놀이'는 정조대왕이 화성 능행 때 과천을 지나므로 과천의 백성들이 그 효행을 칭송하기 위해 베풀었던 춤과 연희가 발전한 민속놀이다. 경기도 무형문화재 제44호로 지정되어 효를 기리는 전통문화로 계승되고 있다.

> 과천 막계리 출생인 최사립은 부모님에 대한 효성이 지극하여 모친상을 당하여 묘 앞에 여막을 짓고 살며 슬퍼하여 울음이 그치지 아니하고, 조석상식에 손수 음식을 차리어 올리는 시중을 매일하고, 그 아버지가 돌아가자 역시 이같이 하여, 이를 장려하시고 그 돈독한 풍습을 전하도록 하여 주십시오"라고 경기도 관찰사가 장계를 올리니, 상께서 명하시되 "효자문을 세워 표창하라" 하시다.

효자 최사립에 대해 조선왕조실록은 이렇게 기록하고 있다. 현재 효자 최사립 정문(旌門)은 과천시 향토유적 제3호로 지정하여 보존, 전승되고 있다.

과거의 유물이나 공자 말씀 정도로만 기억되고 있는 효 사상의 보급과 대중화를 위해 과천문화원, 과천국악협회, 과천문인협회, 과천미술협회, 과천사진작가협회 등 문화예술단체의 단체장을 필두로 하여 한국효문화센터를 발족하였고, 효에 관한 다각적인 콘텐츠 개발과 효문화 보급을 위한 운동을 시작했다.

과천 효문화운동의 정체성을 수립하기 위해 과천시 향토유적 제3호인 효자 정문의 주인공 최사립의 자(字)인 입지(立之)를 따서 '입지효문화예술축제'라

강지원과 함께하는 세대공감 효 포럼 "우리가 세상을 바꾼다!"

강지원과 함께하는 청소년 "세대공감 효" 포럼

19/10/2011

2015 강지원과 함께하는 세대공감 효 포럼
부모와의 대화단절 그 이유와 해결방법 모
2015. 9. 9 (수) 14:00 과천시청 대강당

제5회 입지 효 문화예술

21세기 새로운 효 문화와 입지 孝 문화제 방향

한국효문화센터 후원의 날

ABC방송
ABC NEWS
조선 중종 때 과천에 살았던 이름난 효자

고 부르기로 하고 2009년 5월 제1회 입지효문화예술축제를 개최했다.

이어서 그해 가을 '21세기 새로운 효문화와 입지효문화제 방향'에 대한 세미나를 열었다. 그때 제일 먼저 생각난 분이 강지원 쌤이었다. 2005년 나는 당시 한국문화원연합회 권용태 회장님의 초대로 연극을 관람하게 되었다. '서울열린극장 창동'에서 봄맞이 문화가족 큰잔치로 열린 '우리 사랑 아무도 못 말려'라는 연극이었다. 문화소외계층을 위해 명사들이 출연했는데, 시인 권용태, 의학박사 이시형, 민족문화연구소 이사장 임헌영, 연극인 이경원 등이었다. 그중 두루마기와 수염으로 분장하고 신령을 열연한 배우와 인사를 나누었는데, 바로 강지원 쌤이었다.

청소년 전문가인 강지원 쌤과의 첫 만남은 그렇게 시작되었다. 이후 2009년 한국문화원연합회 회장과 한국효문화센터의 이사장으로 재임하며 청소년 문제에 대해 자문을 구하고 도움을 받기 시작했다.

효 세미나에서 '위기의 가정문화, 대안은 있는가?'라는 강지원 쌤의 기조발제는 당시 나에게는 신선한 충격으로 다가왔다. 주로 가족관계에 대해 언급을 했다.

가족은 이루되 자녀는 갖지 않겠다는 딩크족, 가족은 이루되 종교적 이유 등으로 정신적 유대만을 강조하는 그룹 등 다양한 가족의 형태가 등장하고 있는데, 이에 대한 대안점을 찾아야 한다. 무엇보다 수직적 사고와 수평적 사고의 조화를 통해 사회 갈등을 해소해야 한다. 가족제도의 변화는 과거 수직문명에서 수평문명으로 전환해 온 문화사적 변화와 맥을 같이한다. 수직형 가족제도인 가부장적인 제도에서 수평형 가족제도로의 변화에서 발생되는 문제점을 해결하기 위해 두 제도의 장점을 결합시킨 수직·수평형 가족제도인 '+형 가족구조', '+형 가족기능', '+형

부부관계', '+형 부자관계' 등과 같이 '+형 가족상' 을 모색하여 화목한 가족을 통해 아름다운 세상을 만들어 가야 한다.

또한 교회의 십일조처럼 부모님에 대한 십일조 헌금이 있어야 한다는 논리를 펴기도 했다. 당시 성균관 자문위원 겸 전의로 과천향교의 전교이기도 했던 나는 유학인으로서 수평적 사고에 대해 과연 우리가 생각한 대로 가능할지 회의가 들기도 했지만, 변화하는 시대의 효에 대한 인식과 새로운 패러다임의 제시는 공감하는 바가 많았다

그 후로도 활동을 이어, 2010년부터 '강지원과 함께하는 세대공감 효포럼'이란 명칭으로 청소년들과의 교류를 시작했다. 모두가 청소년의 인성교육에 대해 이야기하고 심각하다는 부분에 공감하면서도 학업과 대학입시 등 사회 전반의 분위기로 인해 현실적으로는 뒷전이었다. 그들의 고민을 들어 주고, 청소년기의 대화 단절과 사회적 반항에 대한 그 이유와 해결방법을 모색해야 했다. 이 포럼은 강지원 쌤이 사회를 맡고 약 200여 명의 청소년들이 모여서 주제 발표와 자유토론 형식으로 진행했다. 학생들은 효는 어렵다, 부모님이 나를 이해 못한다, 강요가 많다, 전통의 방식은 고루하다 등 여러 이야기에 이어 학교생활과 입시에 대한 불만의 목소리를 내었다. 강지원 쌤은 이렇게 설파했다.

자신이 가진 재능을 마음껏 발휘하고 나의 꿈을 이뤄 가는 것이 진정한 효의 시작이다. 나 자신을 사랑해야 다른 사람을 사랑할 수 있다. 장애가 있으면 있는 대로, 얼굴이 못생겼다면 그 못생긴 얼굴까지도 사랑하자. 내가 가진 환경도 사랑해야 풍만하고 넘쳐나는 아주 위대한 나가 된다.

강지원 쌤의 말에 공감하며 모두 같이 울고 웃었다. 같이 사진을 찍고 싶어 하는 학생 하나하나의 이야기를 꼼꼼히 들어주며 그들을 끌어안아 주었다.

청소년 효 콘서트의 날짜를 2012년 9월 5일로 정하고 엄기영 전 MBC 문화방송 사장과 최윤규 카툰경영연구소장 등 게스트를 초대하기로 했고, 여러 가지 준비에 여념이 없었다. 그런데 진행을 맡기로 했던 강지원 쌤이 토론회 전날 대통령 출마를 선언했다. 출마에 대한 방송 보도가 계속되어 확인을 위한 연락을 했으나 연결되지 않았다. 토론회가 당장 내일인데 난감했다. 다음 날, 내가 사회를 맡고 프로그램 계획을 수정하여 행사를 진행하기로 하고 있는데, 정확한 약속시각에 강지원 쌤이 들어오시는 것이었다. "학생들과 한 약속을 어길 수는 없지요. 전 한번 한 약속은 지킵니다"라며……. 안도하면서도 대통령에 출마하는데 과연 가능할까 의구심이 들었지만 출마에 대해서는 단 한 마디 언급도 없이 변함없는 모습으로 행사를 진행하는 것이었다. 역시 큰 분이라는 생각이 들었다.

앞으로도 매년 강지원 쌤의 도움으로 입지효문화예술축제를 비롯해 청소년 효포럼, 효 후원의 날, 효행장학생 선발, 효문화 예술교육 프로그램 등의 활동들이 지속적으로 전개될 것이다.

세대 간의 격차, 다문화 사회, 인성교육 등 사회적 문제 해결의 길을 효를 통해서 찾을 수 있을 것이다. 부모에 대한 효심과 어른 공경의 마음을 고취시킬 수 있도록 효문화 축제의 부흥을 위한 범국민적인 운동이 요구되는 이유이다. 무너져 가는 예의 틀을 다시 세우기 위해 국가와 지방자치단체에서도 구체적 실천방안을 모색해야 할 것이다.

효를 통해 사람답게 사는 법을 배우고 아름다운 세상 만들기에 동참하는 일, 대한민국이 세계에 자랑할 정신적 브랜드, 효문화를 세계화하는 일이 우리의 과제이다. 결코 쉽지 않은 이 길에 아름다운 동행이 이어지길 기원한다.

김광수

전 세계효문화본부 사무총장

수직과 수평, 조화적 효–부자자효(父慈子孝)

2003년 9월 경기도 수원시와 화성시에서 세계효문화축제가 열렸다. 26일 전야제를 시작으로 27일(토)부터 10월 5일(일)까지 9일간 개최되었다. '세대 간의 만남과 이해(Breaking the Gap)', '신세대를 위한 효', '효 의미 되새기는 효(孝)원골 잔치', '수원·화성, 세계 효문화로 꽃을 피웠다' 등의 슬로건으로 수원야외음악당, 청소년문화센터, 화성행궁, 융건릉 일대 등에서 열렸다.

주제전시관, 영사관, 효 미술관, 연극관, 불효자 공포체험 돔 등이 설치되었다. 특히 야외 가설 돔에 설치한 불효자 공포체험관은 인기를 끌었다. 경기도 지역 여러 병원과 한의사협회의 도움이 매우 컸다. 노년 세대들을 위해 무료 진료와 침방, 혈압 체크, 마사지 등 대민 봉사실을 운영하여 침술과 진맥을 제공했다. 참가 인원은 9일 동안 110여만 명으로 추정되고, 초·중·고에 다니는 청소년도 약 30만 명이 참가한 것으로 집계되었다.

별도 홍보관을 마련해서 운영했고, 본 행사가 끝난 후 언론사에서 취재한 기사와 사진들을 모아 효행 및 홍보 파일 2부를 만들었다. 그간의 행사계획과 신문에 보도된 크고 작은 기사, TV 및 라디오 출연 내용 등을 집계해 시간과 출연자별로 간추려 적었다.

'세계 孝문화축제 수원, 화성서 개최, 명실상부한 효의 본고장으로 발돋움', '3세대 효문화 종합공모전 개최, 孝는 일방통행 아닌 대화통로', '효 의미 되새기는 효원골 잔치', '효 실천운동 확산 불 밝혀', '아시나~효, 효의 본 고장서 배우는 효의 참뜻', '효를 보고, 듣고, 느끼고 체험할 수 있는 효문화 감각화 시도' 등등 다양한 헤드라인을 달고 많은 홍보가 이루어졌다.

'2003 세계孝문화축제' 기념조형물도 세워졌다. 이제 고인이 된 이서지 화백의 작품으로 하늘과 땅 그리고 인간, 우리 전통문화인 효를 사랑과 존경으로 표현한 인체 형상이었다.

세계효문화축제는 세계효문화본부 주관으로 수원시와 화성시가 공동 주최한 행사다. 그래서 행사 직전인 9월 4일에 세계효문화축제 조직위원회 창립총회가 열렸다. 참석 대상 125명이 모여, 고문 박종희 외 13명, 공동대회장 수원시장 김용서, 화성시장 우호태, 조직위원장 홍일식, 부위원장 강지원·이존하, 감사 김통래·양종천, 사무총장 김광수, 조직위원 81명, 운영위원 30명 등을 선정하고, 주요 행사 내용을 결정했다.

세계효문화본부는 강지원 쌤이 청소년보호위위원장 재직 시 법인단체로 접수하고 허가한 인연이 있는 단체다. 검사에서 변호사로 전직한 강지원 쌤의 세계효문화축제에서의 역할은 지대했다. 부총재로서, 인기 방송인, 유명인으로서, 영상과 현장 참여, 대외 소통과 협력으로 큰 힘이 되어 주었다.

2002년 11월 20일, 서울 종로구 혜화동에서 세계효문화본부 총재와 강지원 쌤을 만났다. 처음 만나는데도 낯익은 기분이었고, 정식으로 인사를 하고 보니 더욱 친숙하게 느껴졌다. 그 자리에서 두 분은 나더러 다음 해 9월로 예정된 세계孝문화축제의 중책인 사무총장을 맡아 달라고 했다. 전임 본부장에 이어 신임을 빨리 정해야 하는 상황이었지만 즉답을 하긴 어려워 말미를 달라고 했다.

세계효문화본부는 창립 이후 효문화 창달을 위해 많은 노력을 한 단체였다. 2000년 효의 세계화 방안을 위해 서울 프레스센터에서 개최한 'Hello! 孝 세미나' 심포지엄을 수원시민과 관계자 등 700여 명이 참가한 가운데 성황리에 마치고 '효원의 도시 수원'으로 지역 특화하는 데 기여했다. 같은 해 9월에는 효엑스포닷컴 행사로 캐릭터 시연회를 개최하고, 수원 초·중·고등학생 500여 명 및 일반 지역주민 5,000여 명이 참가한 대규모 심포지엄을 성황리에 마쳤다. 12월 9일에는 세계孝문화축제와 관련, 효동이·효순이 효문화 봉사대 등의 효문화 인프라 구축과 효 실천을 위한 '사랑의 삼각끈' 운동을 전개, 확산해 나갔다. 강지원 검사, 김미화 이사 외 지역이사 및 주민 3,000여 명이 참석했다. '사랑의 삼각끈' 결연식, 효동이·효순이 인증서 수여, 사랑나눔잔치, 효도관광 축하공연, 함께해~효! 孝문화축제 등을 열었다.

2001년에는 버드내를 중심으로 한 지역문화 축제로 수원 신곡초등학교 및 버드내 일원에서 3세대 가요제를 열었고, 2002 월드컵 이벤트로 열린 버드내 음악제에는 수원지역 주민 5,000여 명이 참석했다.

2003년 '축제'는 열 달도 남지 않았다. '수원孝문화축제'에 대한 정부지원금은 국회에서 청구액의 5분의 1인 3억 원을 확보했지만 이는 턱없이 부족한 액수여서 추가 요청한 상태라고 했다. 재무 상태도 확인할 겸 현장답사 후에 답을 드리기로 했다. 앉아서 보고를 받느니 직접 수원 현장 사무실을 방문, 실상을 파악하는 것이 중요했다.

다음 날 수원으로 내려가 주변을 살폈다. 근무 직원들과 대화하고 현황에 대한 설명을 들었다. 그리고 내가 맡고 있던 ㈜한국유니폼콜렉션 상근부회장직도 고려하여 많은 생각을 했다. '86 아시아경기대회'와 '88 서울올림픽대회' 미술담당관으로 재직하면서 나름대로 큰일을 치렀다. 더욱이 체육공단 설립 멤버로 18년간 기여하고 정년퇴직을 한 내가 아닌가! 그래도 그간 배우고 체득

2003 세계 孝문화축제

한·중·일 국제청소년 孝문화 포럼
孝의 올바른 이해와 실천방향
Hello! Hyo
2004년 11월 16일 14시 · 세종문화회관 컨퍼런스홀

SK telecom과 함께하는
孝사랑가족축제
2006/06/24

태권도 지도자 孝교육

태권도 지도자 효 교육
주최: 세계 효 문화본부 후원: 서울시태권도협회 2005. 7. 14~16 국기원

신세대와 함께하는
孝 사랑 가족 패션쇼 & 콘서트
- 패션과 음악 -
일시 : 2005년 3월 17일(목) 오후 7시
장소 : 서울특별시교육연수원 대강당

慈 내리사랑
孝 치사랑

2004

Hello, Hyo!!!
孝의 세계화세미나

세계孝문화축제
헬로 孝
창간호
아주 오래된 그러나 언제나 새로운 우리의 孝를 이야기합니다.

세계孝문화축제 기념우표
Theme 1 - 감사
Theme 2 - 사랑
Theme 3 - 생일

한 경륜으로 우리 민족 고유의 자랑거리인 효의 세계화를 위해 뛸 만한 가치가 충분하다는 생각에 이르렀다.

그래서 나는 심사숙고를 하면서 현장 사무실인 '수원청소년문화센터' 본관 1층 세계효문화본부를 찾아 들어갔다. 당시는 수원시장 선거에서 심재덕 당시 시장과 김용서 당시 시의회 의장이 경쟁하여 전임시장이 패한 상태였다. 그 때문에 전임시장이 만들어 온 효문화사업의 방향이 틀어져 사무실 임대료나 직원들의 임금도 체불돼 해결이 막막한 상태였다. 여러 시간 브리핑을 받고 질문을 하여 현황 파악이 되었다. 그리고 작성해 놓은 수불관리 장부 등을 대략 검증하였다.

1) 사무실 인원 : 7명(본부장 1, 총무부장 1, 기획부장 1, 직원 4명)

2) 미지급 총액 : 108,963,590원(미정산 34,131천 원, 미지급 67,615천 원, 미반납 375천 원, 미납분 6,841천 원)

이틀 후 현장답사 결과를 들고 총재, 강지원 쌤, 나, 이렇게 3인이 모인 가운데 조사한 내용을 보고하고, 별도 건의한 사항을 수용하는 선에서 사무총장직을 받아들였다.

1) 미정산, 미지급, 미반납, 미납금 등 총액이 108,963,590원.

2) 미지급금 최소 3천5백만 원 염출 지급이 절실함. 나머지는 형편대로 지급. 단 직원 3명은 단계적으로 퇴진시키면서 정리한다.

3) 孝본부 소식지 '헬로우 孝' 발행(광고 주문으로 경비 등 충당).

4) 당장 임원 3명 추대(부총재2, 사무총장은 3개월간 무보수). 소신껏 총재단 성금 갹출(홍 총재 1,000만 원, 부총재 강지원 2,000만 원, 이존하 500만 원).

5) 2003년 1월 6일자 (사)세계孝문화본부 임원 선임. 이사 홍일식, 강지원, 이존하, 김광수, 우봉제, 이계진, 이준직, 황영조.

6) 본회 구성 임원 이사 및 회원들도 적정한 임원회비 및 회비를 갹출한다.

이렇게 시작한 사무총장직에 나는 최선을 다했다. 많은 분들의 도움 가운데 '2003 세계孝문화축제'도 나름대로 잘 끝냈다. 아무런 사건 사고 없이 마무리된 것이다. 다만 초반 행사 마무리가 덜 된 부분에 대한 질문에 총재가 답변한 내용이 수원시와의 오해로 인해 문제가 됐다. 이로 인한 갈등이 해소되지 않은 상태에서 우리는 청소년문화센터에 있던 효문화본부 사무실을 비워야 했다.

그렇다면 어디로 갈 수 있을 것인가? 그때 부총재인 강지원 쌤께서 서울 서초동 변호사 사무실의 반을 무상으로 내주셨다. 다급한 상황에서 우리 효문화본부는 이사 갈 곳을 얻게 되어 2년이나 함께하면서 신세를 졌다. 그 기간 동안 또 다른 행사를 계속하고 발행인 강지원, 편집인 김광수로 청소년 잡지 《큰 바위 얼굴》도 펴냈다.

2004년 11월 16일 세종문화회관 컨퍼런스 홀에서 '한·중·일 청소년 효문화 포럼'을 개최했다. 이 또한 효의 세계화를 위한 발걸음이었다. 나의 사회로 진행된 포럼은 홍일식 총재의 기조연설과 한·중·일 3국 대학교수의 주제 발표, 그리고 3국의 신세대 청소년들의 의미 있는 현실적인 의사표현이 모두의 공감을 불러일으켰다. 생각하는 효의 개념을 토로하여 또 다른 변화와 시대상을 접할 수 있었다.

2005년 3월 17일 오후 7시에는 서울시 교육연수원에서 '신세대와 함께하는 孝사랑 가족 패션쇼 & 콘서트'를 관객 1,000여 명을 모시고 개최했다. 배추머리 김병조 교수가 사회를 맡아 멋지게 진행했다. 결코 흔한 패션쇼가 아니었다. 3세대 가족을 상징하는 할아버지, 할머니 1세대와 아버지, 어머니 2세대, 그리고 남녀 청소년 자녀 3세대가 한자리에 어울렸다. 3세대 젊은이는 양복 양장 스타일로, 부모 세대는 생활한복으로, 그리고 할아버지·할머니 세대는 전통한복

스타일로 등장해 코믹하고 멋스러운 몸동작을 선보였다.

각자가 처음 무대에 서는 것인데도 결코 처음이 아닌 것처럼 맵시도 좋고 나이에 따라 다양하고도 멋진 모델이 되어 조화를 이루었다. 대검소리 인간문화재 이정석 씨가 할배가 되어 손녀를 업고 춤을 덩실덩실 추었다. 그리고 지금은 고인이 되신 김수환 추기경께서 직접 나와 의미 있는 효 메시지를 전해 주었다. 2부에서는 중견 성악단 Cantatori가 출연해 '가족, 고향 그리고 효'를 주제로 연주하여 참여 관객 모두에게 감동을 전해 주었다. 모두를 숙연하게 했고, 관중은 여러 차례 아낌없는 박수를 보냈다. 특히 '고향의 봄', '어머니 마음'을 합창할 때는 관객 모두가, 그리고 단상의 출연자들이 다 같이 손에 손을 잡고 하나가 되었다. 모두가 뭉클한 화음으로 잊었던 가족을 생각하며 '효'의 마음을 되살리는 순간이었다.

다음은 당시 연합뉴스 보도다.

각계 명사 한복 '孝 패션쇼'

전직 대학총장과 시민대표, 올림픽 금메달리스트 등 각계 명사들이 세대 간 화합과 효(孝)를 주제로 한 한복패션쇼를 선보였다.

세계효문화본부는 17일 오후 7시 서울 서초구 서울시 교육연수원에서 신세대와 함께하는 '효·사랑가족패션쇼'를 열었다. 무대에는 키 크고 늘씬한 젊은 모델이 아니라 푸근함과 넉넉함이 배인 중년 인물들이 올라 자태를 한껏 뽐냈다.

홍일식 전 고려대 총장을 비롯, 초대 청소년보호위원장을 지낸 강지원 효본부 부총재는 부자자효(父慈子孝)라고 쓴 족자를 들고 나와 펼쳐 보였다. 이는 어버이의 자애로움과 자녀의 효성을 말하는 내용으로, 임선희 청소년보호위원장과 함께 펼쳐 보이자 박수를 많이 받았다. 1992년 바르셀로나 올림픽 마라톤 금메달리스트 황영조 씨도 패션모델로 나섰다. 또 윤여헌 동양생명보험 사장, 이동초 풍국통상 사장, 성교육가 구성애 씨, 김종규 한국박물관협회 회장, 권용태 전국문화원연합회 회장, 이종상 서울대 명예교수, 이서지 화백, 심재덕·전병헌 의원 등도 한복을 입고 등장했다.

청소년 300명이 무료 초청된 이번 행사에 특별히 자리를 함께한 김수환 추기경이 '효 메시지'를 전하는 기회를 가져 뜻이 깊었다. 이어서 '가족·고향·효'를 주제로 국내 중견 성악가들이 꾸미는 콘서트도 곁들여졌다.

행사 주관 김광수 세계효문화본부 사무총장은 "시간이 갈수록 효문화가 잊혀져 가는 것이 안타까워 가정의 의미를 되살리고 이를 통해 사회와 국가, 인류애를 강조하자는 취지로 행사를 개최하게 됐다"고 말했다.

—서울=연합뉴스

2005년도 후반부터는 태권도 서울시협의회와 MOU를 맺고 국기원 제2강의실에서 태권도 사범 및 지도자 효 교육을 여러 차례 시행했다. 이 자리에 강지원 쌤과 사무총장인 나도 빠짐없이 참여했다. 우리나라 태권도는 세계의 터널을 뚫고 지구촌 120여 개국에서 활동하고 있다. 우리 본부도 태권도와 함께 효문화의 세계화를 위해 최선을 다하기로 목표를 세웠다. 우선 서울에서 시작하여 지역별로 '효사랑 가족축제'를 통해 그 가족들에게 효행을 실천하면서 태권도의 발전을 기하는 장이 되었다.

이 같은 움직임은 경기도 의왕시태권도협회를 시작으로 점차 확대되었다. 김선수 회장, 김지숙 관장, 김한창 관장, 박미정 관장 등 많은 태권도 지도자들이 동참했다. 우리 본부 부총재로서, 방송인으로서 모두에게 친밀한 강지원 쌤이 그 역할을 더해주었다. 잡지 《큰 바위 얼굴》은 태권도 축제행사에 맞추어 특집으로 행사 주인공들을 싣기도 했다. 서해, 송운, 냉정, 시흥, 서촌 초등학교 어린이와 군서, 송운, 함연, 시흥 중학교 및 서해, 정왕, 함현 고등학교 학생 등등 많은 친구들이 참여했다.

1부는 세계효문화본부를 대표해 강지원 쌤이 인사말을 하고, 이어서 그 지역 대표관장 등 준비위원장의 인사, 교육청 교육장의 축사, 효행상 시상식 순으로 진행되었다.

2부는 사물놀이, 태권도 효공연, 어머니의 밥그릇(TV 동화 한 편), 효도편지 낭독(부모님 칭찬하기, 나의 부모님, 하늘에 계신 아버지께 등), 다함께 노래, 세안식과 세족식, 효체조, 음악 줄넘기 등으로 구성되었다.

3부는 효사랑 가족축제 태권도 축하공연이 진행되었다. 공연은 1) 기본동작 및 음악 품새, 2) 단체 격파, 3) 연합동작 및 겨루기, 4) 고려 품새, 5) 쌍절곤, 6) 에어보드 시범 발차기, 7) 태권체조 및 종합 격파와 꼭짓점 댄스 등으로 이루어졌다.

지역에 따라 변화를 주면서 신청 지역별로 특성을 살려 효교육을 시행했다. 유·무상을 가리지 않고 사람 만나는 걸 좋아해 활동을 그치지 않았다.

강지원 쌤, 그는 우리나라 어린이 청소년 지킴이로서 자신의 직함에 매이지 않고, 언제나 사회적 약자인 어린이, 청소년 문제를 해결하려고 성심을 다했다. 여성문제까지도 그러했다.

그리고 우리 민족 전래의 효문화운동에도 참여해 부단히 노력해 왔다. 늘 그렇듯 밝은 모습으로 활동했다. 마다하는 사람이 없었다. 쌤과 사진 찍고 함께하는 것을 모두들 좋아했다. 그는 탤런트다. 참으로 보람 있는 삶을 살아가는 분이다.

이후로 나는 효학 박사과정도 수료하고 학위도 받았다. 효문화 활동과 강연

활동도 지속적으로 진행하고 있다. 우리 효문화에 대한 관심이 더욱 드높아지기를 기대한다.

최정호
《통일신문》 논설실장

통일시대, 민군의 역할

국방대학교는 1955년 국방대학, 1957년 국방연구원을 거쳐 1961년 국방대학원으로 발족했다가 2000년 국방대학교로 확대, 재창설된 군 교육연구기관이다. 군의 고급 장교와 행정부의 고급 공무원 등을 대상으로 군사와 비군사 분야의 통합조정과 안보능력을 배양하기 위한 군 교육연구과정을 운영하는 기관이다. 민군이 함께 군사, 비군사, 안보, 통일 그리고 통일 이후의 과제까지 숙의할 수 있는 기관인 셈이다.

매년 수료자를 많이 배출했지만, 총동창회가 발족하게 된 것은 2003년 11월 28일이었다. 첫발을 내딛는 그날의 창립기념식에는 많은 졸업생을 비롯해 학교 관계자와 초청인사가 참석했다.

당시 국방대 황규식 총장의 발의로 시작된 총동창회는 창립까지 1년여의 시간이 걸렸다. 1986년 국방대학교 안보과정 졸업생이었던 황규식 총장은 국방대학교 창설 50주년을 2년여 앞두고, 50주년 행사가 졸업생들과 함께 축하할 수 있는 행사가 되었으면 하는 바람으로 2002년 5월 21일 자신보다 선배기수인 1980년도부터 1985년도 졸업 동기회장들을 초청하여 총동창회 창립에 대한 논의를 시작했다.

총동창회 창립은 민간인 출신으로 1981년도 졸업 동기회장인 조남홍 당시 경총 상근부회장이 발기인 회장을 맡아 진행했는데, 당시 나는 발기인 간사로 지명이 됐다. 그리고 1년여의 산고 끝에 총동창회 창립총회를 열 수 있었고, 초대회장에는 1979년도 졸업생인 정해주 전 산업통상자원부 장관(당시 진주산업대 총장)이 만장일치로 선출되었다. 역시 민간인 출신으로, 이후 총동창회장은 모두 민간인 출신이 맡았다. 그때 나는 사무총장으로 임명되어 육군중령 출신으로는 쉽게 누릴 수 없는 영광의 자리–그러나 그것은 일시적이었고 사실은 고난의 자리였다–에 함께하게 되었다.

창립 후 각 기수별 동기회장 명단을 작성하고 첫 동기회장단 모임을 가졌는데, 당시 1987년도 졸업 동기회장을 맡던 이는 강지원 쌤이었다. 서울 용산의 전쟁기념관에서 2004년 7월 만났던 것으로 기억된다. 어떤 분일까, 내심 기대와 설렘이 있었다. 물론 강지원 쌤은 청소년 선도사업의 대부였고, 여성과 장애인 등 사회적 약자를 위한 사회활동과 각종 방송활동을 활발히 하던 터라 그 명성은 익히 알고 있었지만, 실제 마주하는 것은 처음이라 만남이 기다려졌다.

'검사 출신이니 눈매가 매서울까? 카리스마도 있겠지?' 내 나름대로 장수의 모습을 상상하며 강지원 쌤을 대면했는데, 악수를 나누고 얼굴을 마주한 순간 '어, 이게 아닌데?' 싶었다. 생각했던 것과 달리 얼굴은 하얗다 못해 뽀얗고, 체구는 아담했다. 심지어 가녀린 손으로 악수하며 전해 오는 여릿함과 순수함은, 검사 출신이라고는 전혀 느껴지지 않는 따뜻함이었다. "강지원입니다. 사무총장님, 잘 부탁드립니다." 환한 미소로 건네 온 인사에 순간 답례를 잊고 있었으니, 나름대로 충격이 컸던 것 같다. 강지원 쌤은 다시 한 번 내게 "87 동기회장입니다"라는 말을 덧붙이고, 이내 엷은 미소를 지으며 먼저 도착해 있던 동기회장들과 담소를 나누기 시작했다. 비로소 '저분이 존경받는 이유가 있구나' 싶었다. 강지원 쌤과의 첫 만남은 짧았지만 나에겐 잊지 못할 기억이 되었다.

총동창회는 창립 첫해 첫 결산을 어떻게 하느냐에 따라 미래 명암이 갈린다는 한 지인의 조언을 들었다. 그래서 우리의 첫 번째 사업으로 '모교를 빛낸 자랑스러운 동문'을 선정하기로 했다. 사회적으로 명망 있고 존경받아 누구나 인정할 수 있는 동문을 선정하는 일이 쉽지는 않았다. 그런 인물이 없어서가 아니라 오히려 한둘이 아니라 머리가 아플 지경이었다.

그렇게 추천된 후보는 군 출신으로 국방부 장관을 비롯해 합참의장 등 4성 출신들이 있는가 하면, 전직 장관 5명, 고위공직자 출신 후보 5명 등 15명이었고, 다시 세 차례의 심사 끝에 선발된 '모교를 빛낸 자랑스러운 동문' 제1호는 바로 강지원 쌤이었다. 선정 이유는 여러 가지가 있었지만 높은 자리를 마다하고 청소년보호위원회 초대위원장을 맡는 등 청소년 지킴이로서의 역할을 해 나가는 모습이 국민들에게 귀감이 되는 점이 결정적이었다.

그는 1987년도 국방대학원 졸업 동기회장으로서도 모범적인 역할을 해 주었다. 동기생 중에는 육해공군 참모총장과 해병대 사령관 출신들이 있었고 장차관은 물론 국세청장, 경찰청장, 서울시장을 비롯해 도지사도 몇 명씩 있었으니, 마치 작은 정부의 소대통령이라고 해도 될 만큼 동기회장으로서 활약을 했다. 다른 동기회에서는 하지 못하는 매월 오찬모임을 정례화해 가장 모범적인 동기회로 이끌어가는 리더십도 발휘했다. 이 모임은 30년 넘게 이어져 왔다. 강지원 쌤은 재판이나 공식적인 모임이 없는 한 모임을 한 번도 거르지 않았고, 회장직을 그만둔 이후에도 참석해 동기생들로부터 신망과 존경을 받았다.

한참 후인 2010년부터 4년 동안은 강지원 쌤이 제3대 총동창회장도 맡았다. 나는 1985년 졸업생이고 강지원 쌤은 1987년도 졸업생이다. 나보다 두 기수 아래지만, 나는 스스럼없이 강 쌤을 나의 상관으로 모셨고, 누가 되지 않도록 성심성의껏 보좌했다. 나이도 내가 네 살 위였으나 그런 것은 문제가 되지 않았다. 강지원 쌤은 온유했고 겸손한 성품이었다. 언제나 만나면 "선생님, 혹시 어려운 일 없으십니까?" 하고 물어 왔다. 그 한마디는 내가 더욱 열정적으로 총동창회를 위해 봉사하도록 이끄는 힘이었다.

언젠가 강 쌤이 전화를 걸어서는 느닷없이 총동창회 통장번호를 알려 달라고 하더니 얼마 후 후원금을 보내 왔다. 당시 동창회는 운영비가 부족해 고전하던 때였는데 그 사정을 이미 알고 있었던 것이다. 강지원 쌤은 청소년과 장애인 관련 단체에도 이미 많은 기부활동을 하고 있었기에 굳이 국방대학원 동창회까지 챙겨야 했을까 싶지만, 이유는 간단했다. 강지원 쌤은 대한민국 최고의 명문학교(서울재동초등, 경기중, 경기고, 서울대)를 다녔음에도 국방대학원 졸업을 너무나 자랑스럽게 생각했다. 군대를 제대로 체험하지 못한 것을 늘 안타까워했었는데 고급 장교들과 국방대학원 안보과정을 다니게 되어 그 1년이 인생에 많은 교훈이 되었다는 것이다. 그리고 이 경험이 이후 KBS, YTN 등 방송 진행을 할 때도 큰 자산이 되었다고 회고했다.

또 한번은 무료 봉사로 사무총장 일을 하던 나를 안타깝게 생각했던지 "제가 사비로라도 월급을 드리겠습니다"라고 했다. 물론 "저는 하늘에서 이미 많은 상급을 받았고, 국가로부터도 군인연금을 받고 있으니 자비량으로 계속 봉사하겠습니다"라고 사양했지만, 감동을 받았던 기억은 아직도 생생하다.

강지원 쌤이 총동창회 임원들의 결속을 위해 특전캠프 병영 체험을 제안했다. 아니, 총동창회 임원들이 이미 군인 출신이고 공직자들인데, 고급 호텔에서의 워크숍이 아닌 병영 체험이라니, 이게 웬 말인가. 처음엔 다들 마뜩찮게 여겼다. 그런데 당시 동창회 부회장이었던 김학연 장군(육군소장 출신)이 자신이 특전사 여단장까지 지냈으니, 강지원 쌤을 모시고 하는 것도 좋겠다는 의견을 내면서 병영 체험은 시작됐다.

임원 6명이 김포에 위치한 특전여단 하계 병영캠프에 입교했다. 2박 3일 동안 청소년들 사이에서 유격훈련, 막타워에서 점프하기 등 빡빡한 전 일정을 소

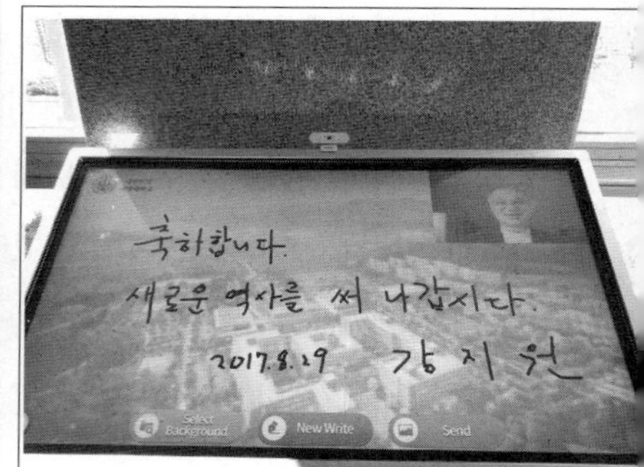

축하합니다.
새로운 역사를 써 나갑시다.
2017.8.29 강지원
Select Background
New Write
Send

제3기 정기총회 국방대상 시상식
국방대학교 총동창회(안보) 2008. 4. 11(금)18시 30분 공군회관

제6기 정기총회 국방대상 시상식

2018년 국방대 발전기금 제1회 정기이사회

충 성 명 예 단
대한민국 안보 우리가 지킨다
국방대학교 총동창회(안보) 2012년 1월 12일~13일 특전1공수여단 캠프

화했다. 다소 늦은 나이에 쉽지 않은 일이었지만, 잠시나마 청춘의 시절로 돌아가 땀을 흘리며 시간을 보냈다. 물론 현역 여단장(육군준장)은 이런 우리가 염려되었던 것 같다. 한참 선배 여단장이 앞장서 훈련을 받고 있고, 강지원 쌤도 자원해 유격훈련을 받고 있으니 퇴근도 못 하고 먹거리, 잠자리를 둘러보며 걱정스러운 눈으로 지켜보았다. 그런 배려에 오히려 우리가 미안할 지경이었다.

그런데 강지원 쌤이 다 큰(?) 어른들을 데리고 병영 체험을 간 데는 이유가 있었다. 강지원 쌤은 아직 군에 가기 전인 민간인 신분의 대안학교 학생들과 이미 여러 차례 육군 특전캠프에 참가해 왔었고, 이를 통해 청소년들에게 몸으로 국가안보의 중요성을 체험하게 한 경험이 있었다. 민간인 시절부터 몸과 마음을 묶어 국가관을 심어 주었던 것이다. 평생을 국가안보의 최전선에 몸담아 온 총동창회 임원들의 체험 훈련을 통해, 재학생은 물론 졸업생들에게도 자신의 자리에서 안주하지 않고 국가안보와 번영을 위해 역동적으로 자기역할을 해야 한다는 것을 보여 주는 본보기가 된 것이다. 쌤을 다시 한 번 평가할 수 있는 기회가 됐음은 두말할 필요가 없다.

강지원 쌤은 통일시대 민군의 역할에 대해 늘 관심이 많았다. 총동창회 회장을 맡았을 때 느닷없이 한 가지 지령(?)이 있었다. 총동창회 운영에 급급하지 말고 대한민국 각 분야에서 최고의 지성인들로 활약하고 있는 자원들이 통일에 기여하는 방안을 모색해 보자는 것이었다. 그래서 나는 나름대로 그동안 정리하고 생각해 왔던 '한반도 통일안보포럼'을 제안하고 구체화해 나갔다. 그리고 제1회 포럼을 2011년 4월 22일 국방부 내에 위치한 육군회관에서 국방대학교 안보과정 재학생 전원과 졸업생들이 참석한 가운데 개최했다.

그런데 이후 강지원 쌤은 포럼명칭에서 '안보'를 빼고 '통일시대 민군포럼'으로 하자고 제의했다. 이유는 통일을 위한 포럼이 아니고, 통일 후 남북이 하나 되기 위한 정책을 민군이 함께 추진하는 것을 연구하는 것이 미래를 위해 필요한 시점이 아니냐는 것이었다. 편협하고 구태의연한, 다람쥐 쳇바퀴 돌 듯 답습하는 '통일을 위한 안보'가 아니라 언젠가는 틀림없이 실현될 통일, 그 통일 시대에 국가가 해야 할 정책과 그 실천방안을 주제로 포럼을 열자는 것이었다. 미래를 바라보는 그 시각에 모두 감탄하며, 현재를 뛰어넘는 미래의 꿈을 포럼에 담기로 했다. 그러나 강지원 쌤이 총동창회장 연임을 사양하면서 아쉽게도 두 번의 포럼을 끝으로 막을 내렸다. 이 포럼이 활성화되었다면 현 통일정책에 다소나마 밑거름이 되지 않았을까 하는 아쉬움이 남는다.

강지원 쌤이 총동창회장을 수행하고 있는 동안 우리 동문들이 대거 국회에 입성한 일이 있다. 마치 짜맞추기라도 한 듯 여권 10명, 야권 10명, 무소속 1명 등 무려 21명이 국회의원에 당선됐다. 따로 당을 만들어도 될 정도였다.

그런데 그 무렵 강지원 쌤이 갑자기 대통령 출마를 선언했다. 당시 강지원 후보에게는 그를 뒷받침해 줄 아무 조직도 없고, 그렇다고 재벌도 아니었다. 무슨 배짱으로 출사표를 던졌는지 아무도 설명할 수 없는 것이었다. 출마 소식을 듣고 총동창회 사무총장인 나는 어떻게 처신을 해야 할지, 그리고 강지원 쌤의 대통령 출마 소식에 빗발칠 동문들의 질문에는 어떻게 대답할지 막막했다.

하지만 그것은 나의 기우였을 뿐이다. 강지원 쌤은 대통령 출마를 선언한 후 전화를 걸어와 "총동창회장은 출마기간 중 사임합니다" 이 한마디를 남겼고, 그 뒤로 강지원 쌤과는 6개월 넘게 얼굴조차 보지 못했다. 그리고 그를 후보연설이나 방송으로 지켜볼 수밖에 없었다. 물론 당선은커녕 출마 보증금조차 돌려받을 수 없는 지경이 됐지만, 강 쌤은 선거기간 동안 아주 현실적이고 미래지향적인 공약들을 쏟아 냈다. 매니페스토 정치개혁과 선거개혁의 메시지를 전하기 위한 희생이었다는 것을 뒤늦게 알게 되었다. 국민 모두가 공감하면서도 표는 이율배반적이었던 것은 아쉬움으로 남는다.

강지원 쌤의 반려자인 김영란 전 대법관도 우리 국방대학원과 인연이 있다.

2007년도로 거슬러 올라간다. 앞에서 살핀 것처럼 '모교(국방대학교)를 빛낸 자랑스러운 얼굴' 첫 번째 인물로 선정됐던 강지원 쌤에 이어 2007년도에는 김영란 대법관이 자랑스러운 동문가족으로 등극했다.

우연인지 필연인지 2007년에는 입법, 사법, 행정부에 몸담은 동문 가족들이 유독 눈에 띄었다. 입법부에는 전재희 국회의원(1985년 졸업동문), 사법부에는 김영란 대법관(강지원 쌤 가족), 행정부에는 이배용 이화여대 총장(1995년 졸업동문)이 있어 나는 이 세 분의 가족을 '2007년도 국방대를 빛낸 자랑스러운 얼굴'로 추천해 인사위원회에 올렸다. 이 안은 그대로 통과되어 강지원 쌤 부부가 '국방대를 빛낸 자랑스러운 얼굴'에 선정되는 진기록을 세웠다. 아마도 이 기록은 수십 년, 아니 수백 년이 되어도 깨지지 않을 것이라고 확신한다.

수상하는 그날, 김영란 대법관을 보고 또 한 번 놀랐다. 사회적 명성과는 거리가 멀 정도로 옷차림이 수수하고 검소했기 때문이다. 과연 부창부수였다. 김영란 대법관은 퇴임 후 장관급인 국민권익위원장을 맡아 대한민국 공직사회를 경천동지하게 한 '김영란법'을 발의하여 청렴한 사회를 만들어 가는 선도 역할을 했다.

강지원 쌤은 2011년 설립된 국방대학교 발전기금의 이사를 거쳐 2016년부터는 이사장을 맡아 지속적으로 국방 발전에 관심을 가지고 통일시대에 대비해야 한다고 지적하고 있다. 무엇보다 이를 위해서 군이 과거의 관행으로부터 벗어나 새 지평을 열어나가야 한다고 강조한다.

2017년 9월부터 2018년 2월말까지는 군 적폐청산위원회 위원장을 맡아 6개월간 갖가지 군 개혁방안을 내놓고 임무를 마쳤다. 2017년 12월 어느 날 언론보도 내용이다.

군의 정치개입 행위를 강력하게 처벌하고 군 상급자의 정치 관여 거부를 의무화 하는 방안이 추진된다. 지난 9월 발족한 군 적폐청산위원회는 전체 회의를 열고 이 같은 내용을 국방부에 권고했다. 군 적폐청산위는 상급자가 정치 관여 행위를 지시, 요청, 권고하면 현행보다 강력하게 처벌하고, 군인에게 영향력을 행사할 수 있는 외부 공직자도 정치 관여를 지시하면 처벌하도록 했다. 군의 하급자도 상급자의 정치 관여 지시를 거부해야 한다는 내용도 명시토록 했다. 강지원 적폐청산위원장은 "국방부가 권고를 충실히 이행해 신뢰를 되찾길 바란다"고 말했다.

최고의 엘리트 교육을 통해 부와 명예, 그리고 더 많은 것을 가질 수 있음에도 강지원 쌤은 그 길을 가지 않았다. 그만의 온유함과 겸손함과 낮은 자리에서 섬기는 진솔한 사랑으로 한 알의 썩은 밀알이 되었다. 그리고 혼탁한 세상의 한 줄기 빛과 소금으로 소명을 다하고 있는 것이다. 나뿐 아니라 강지원 쌤을 만난 사람들 모두가 그 모습에 감동되었을 것이다. 그러기에 강지원 쌤과 같은 큰 바위 얼굴이 있어 대한민국의 미래는 희망적이다.

강지원 회장님을 '쌤'이라고 지칭하니 참 편하다. 처음에는 변호사, 상임대표, 사회운동가 등등 부를 수 있는 호칭이 널렸는데, '쌤'이라 하는 것이 어떨까 싶었다. 학생이나 학부모들이 혹은 선생님끼리 친근하게 부를 때 '쌤~' 하는 것이다 싶어 익숙지 않았던 것이다. 역시나 이런 격의 없는 호칭을 쓰게 되니 수더분하고 편안한 그의 성품이 더욱 잘 읽어진다.

일흔을 한참 넘긴 나는, 군에서 25년이라는 청춘의 시기를 보냈다. 누구나 그러하듯이 제2의 인생에 대한 고민 때문에 한동안 방황도 하고 힘든 시간도 보내야 했다. 2016년에는 십 수 년간 성심을 다해 열심히 봉사하던 사무총장직에서도 물러났다. 하지만 하나님의 놀라운 은총으로 내가 가장 잘할 수 있는 달란트를 갈고 닦으며 국군방송 해설위원과 《통일신문》 논설실장으로 장병과 국민에게 통일과 안보의식을 드높여 왔다. 그리고 현재는 방위사업청과 국방홍보원, 국군복지단 기독신우회의 지도목사로 국방공무원과 장병들에게 신앙 전력을 심어 주며 국가안보에 기여하고 있다. 주일에는 서울역 주변 쪽방촌과 노숙자들을 위해 아내와 함께 봉사하며 인생의 마지막 책장을 한 장 한 장 채워 가고 있다. 그들이 원하고 호흡이 있는 한 함께하려고 한다.